MICHAEL HÜBNER

Todespakt

Michael Hübner

Todespakt

Thriller

Auflage 1
Originalausgabe Dezember 2013

Vertreten durch:
Dr. Harry Olechnowitz
Autoren- & Verlagsagentur
Fritschestraße 68
10585 Berlin
www.agentur-olechnowitz.de
E-Mail: olechnowitz@agentur-olechnowitz.de
info@michaelhuebner.de
Umschlagillustration
Hintergrund: © oly5 – Fotolia.com
Symbol: © domagoj8888 – Fotolia.com
ISBN: 1494349086
ISBN-13: 978-1494349080
www.michaelhuebner.de

Für Rainer und Heike

Prolog

Die Dämmerung war bereits fortgeschritten, als die Touristengruppe gegen neun Uhr den Kern des historischen Stadtteils Sayn erreichte. Die an beiden Seiten von Fachwerkhäusern gesäumte Gasse dehnte sich hier zu ihrer breitesten Stelle aus. Der Stadtführer – ein Mann um die Fünfzig, der das mittelalterliche Gewand eines Nachtwächters trug – versammelte die Teilnehmer der Gruppe um die Mitte des Platzes. Dort stand ein überdachtes, am Fuße eingezäuntes Kreuz, an dem der gepeinigte Körper Jesu Christi in Gestalt einer kunstvollen Holzfigur prangte.

»Hier beleuchten wir eines der dunkelsten Kapitel unserer historischen Stadt«, verkündete er mit kräftiger Stimme. Dabei hob er die Laterne an, deren flackerndes Kerzenlicht unheimliche Schattenspiele auf dem Kreuz verursachte. Augenblicklich kehrte Ruhe in die Gruppe ein.

»Als gegen Anfang des siebzehnten Jahrhunderts erstmals im nahegelegenen Koblenz die Pest ausbrach, wütete sie so verheerend, dass die Friedhöfe bald zu klein wurden. Durch Handelsrouten verbreitete sich die Seuche rasend schnell, sodass schon bald darauf auch hier die ersten Opfer zu beklagen waren. Aus Angst vor Ansteckung wurden die Leichen auf unchristliche Weise ohne Särge in Massengräbern bestattet. Eines dieser Gräber befand sich hier, an dieser Stelle.« Er deutete mit der Laterne in Richtung des Kreuzes. »Erst im Jahr 1783 errichteten die Bewohner der Stadt dieses Bußkreuz, in Angedenken der Pesttoten, die etwa 120 Jahre zuvor auf diesem Platz begraben wurden.«

Blitzlichter durchbrachen die beginnende Dunkelheit und bekundeten das rege Interesse der Besucher. Lediglich ein sechzehnjähriger Junge spielte gelangweilt mit seinem Handy herum. Sein demonstratives Desinteresse zeugte davon, dass seine Eltern ihn zur Teilnahme an dieser Stadtführung gezwungen hatten, wodurch er an diesem Sonntagabend seine Lieblingsserie im Fernsehen versäumte.

»Etwa gegen Mitte des siebzehnten Jahrhunderts erreichte die Pest ihren Höhepunkt«, fuhr der Stadtführer fort. »Ein ortsansässiger Pater betreute als einziger Geistlicher die Erkrankten bis zu deren Tod und hielt auf diesem Platz täglich unter freiem Himmel die heilige Messe. Zu dieser Zeit grassierte die Seuche fast in jedem Haus, sodass der Pater in seiner Not die verbliebenen Bürger dazu aufrief, dem Pestheiligen Sebastian zu Ehren eine Kapelle zu errichten. Nachdem der Pater als eines der letzten Opfer gestorben war, folgten die Überlebenden seinem Aufruf und bauten diese Pestkapelle.«

Der Stadtführer schwenkte die Laterne herum und deutete mit der altertümlichen Stabwaffe, die er in der anderen Hand hielt, in Richtung einer steinernen Kapelle. Ihr steiles Dach erhob sich auf der hinteren Seite des Platzes und erreichte nur etwa zwei Drittel der Höhe der Wohnhäuser, vor der sie errichtet war. In der Mitte, kurz unterhalb des Dachfirstes, war eine Aussparung in Form eines gleichschenkligen Kreuzes in die weiße Fassade eingelassen.

»Seit dem Jahr 1666 wird von den Einwohnern hier der 20. Januar, der Tag des heiligen Sebastian, festlich begangen, indem sich in der Kapelle die Einheimischen und Besucher versammeln, um das Ende der schrecklichen Seuche …«

Der Stadtführer stockte, als er auf die nach oben hin abgerundete Holztür der Kapelle blickte. Die Straßenleuchten erfassten diesen Teil nur spärlich, dennoch konnte er deutlich erkennen, dass dort an der Tür etwas angebracht war.

»… zu feiern und der Opfer zu gedenken«, vollendete er den Satz, um seine Unsicherheit zu überspielen, als er erkannte, was dort an der Tür hing. Auch einige Teilnehmer der Gruppe waren darauf aufmerksam geworden.

»Ist das ein Vogel?«, fragte eine ältere Frau mit dunkelblonden Haaren, die sie streng zu einem Pferdeschwanz gebunden hatte.

Zögerlich trat der Stadtführer auf die Tür zu und betrachtete den toten Raben, der dort angebracht war. Erneut blitzten hinter ihm die Lichter der Kameras auf.

»Es handelt sich doch hoffentlich um ein ausgestopftes Exemplar«, bemerkte die Frau empört.

»Beruhige dich, Mutter«, murmelte der Jugendliche mit dem Handy. »Das ist doch nur ein Teil dieser öden Führung.«

Augenblicklich bekam er von dem Mann neben ihm einen Klaps auf den Hinterkopf. »Du könntest ruhig ein wenig mehr Interesse an der Sache zeigen«, mahnte er seinen Sohn. »Schließlich ist das auch ein Teil deiner Geschichte.« Erbost deutete er auf das Mobiltelefon in der Hand des Jungen. »Und wenn du dieses verdammte Ding nicht endlich wegsteckst, dann schmeiß ich es in den Stadtbrunnen!« Das zornige Gesicht des Mannes ließ erkennen, dass er diesen Ort für angemessen hielt, um der gesamten Handyindustrie die Pest an den Hals zu wünschen.

Während die Gruppe hinter ihm einen Moment durch diese Auseinandersetzung abgelenkt war, begutachtete der Stadtführer im Schein seiner Laterne den Vogel genauer. Es war kein ausgestopftes Exemplar, was das Blut bewies, welches Teile des schwarzen Gefieders bedeckte. Es entsprang einer Stelle am Halsbereich, an der ein eiserner Stift herausragte, mit dem das Tier gegen die Tür genagelt worden war.

Wer tut so etwas?, dachte er bei dem Anblick, der in ihm sogleich den Verdacht widerlegte, dass es sich hierbei nur um einen makaberen Streich seiner Vereinskameraden von der Gesellschaft für Geschichte und Heimatkunde handelte. Sein Blick glitt nach unten, wo eine schmale Schriftrolle an den Krallen des Tieres befestigt war. Er lehnte die Stabwaffe gegen die Fassade der Kapelle und rollte mit der freien Hand das Schriftstück auseinander. Im Schein seiner Laterne offenbarten sich in blutroter Schrift folgende Zeilen:

Nur vier Wände
ewig Nacht.
Welch ein Fluch
mich hergebracht.

Der Stadtführer starrte einige Sekunden auf die Zeilen, ohne sich einen Reim darauf machen zu können, als er plötzlich zusammenfuhr.

Im Inneren der Kapelle ertönte ein Schrei.

Augenblicklich wich er zurück. Das steife Papier rollte sich zusammen, als wollte es seine merkwürdige Botschaft beschützen.

Ein Poltern erklang. Dann ein weiterer Schrei.

»Hilfe!«, drang es gedämpft durch die Mauern nach draußen. »Hört mich jemand?«

»Tun Sie doch was«, rief eine besorgte Teilnehmerin dem Stadtführer entgegen.

»Ich … ich kann mir das ehrlich gesagt nicht erklären«, erwiderte der, völlig perplex. »Die Tür der Kapelle ist normalerweise verschlossen. Niemand hat dort Zutritt.«

»Kommt schon«, stöhnte der Junge mit dem Handy genervt. »Das ist doch alles nur Show.«

Der Stadtführer wandte sich der Gruppe zu. »Ich versichere ihnen, dies ist nicht Teil der …«

Die Tür der Kapelle wurde aufgestoßen, und eine Gestalt taumelte daraus hervor. Sie trug ein altertümliches Gewand, dessen breite Kapuze das Gesicht in Schatten hüllte.

»Wo … wo bin ich?«, fragte eine männliche Stimme.

»Im einundzwanzigsten Jahrhundert«, spottete der Junge mit dem Handy, worauf er einen weiteren Klaps von seinem Vater bekam.

»Wie kommen Sie in diese Kapelle?«, fragte der Stadtführer.

»Helfen Sie mir«, flehte der Mann ungeachtet der Frage und taumelte in die Richtung, aus der er die Stimme vermutete. Als er den Stadtführer erreicht hatte, krallte er sich mit letzter Kraft an ihm fest, um nicht das Gleichgewicht zu verlieren. »Ich habe ihn gesehen!«

»Beruhigen Sie sich«, redete der Stadtführer auf den Mann ein. Er fing ihn auf, als er zu stürzen drohte, wodurch ihm die Kapuze vom Kopf rutschte und das bleiche Antlitz eines Mannes im mittleren Alter offenbarte. Seine dunklen Haare standen filzig von seinem Kopf ab, und die Augen waren von einer fransigen Stoffbinde bedeckt, die straff um seinen Kopf gebunden war. Dicke Schweißperlen standen ihm auf der Stirn, und er schien starke Schmerzen zu haben. Durch den dünnen Stoff des Umhangs hindurch war zu spüren, dass der Mann total überhitzt war. »Mein Gott, Sie glühen ja. Was ist mit Ihnen passiert?«

»Ich habe ihn gesehen«, wiederholte der Mann zitternd. Er schien sich in einer Art Fieberwahn zu befinden.

»So hilf mir doch jemand«, wandte sich der Stadtführer verzweifelt an die Teilnehmer, die das Ganze noch immer für eine Inszenierung hielten. Einige schossen weiterhin Fotos oder filmten das Geschehen mit ihren Kameras. »Ruf doch jemand einen Arzt!«

Der Mann sank auf die Knie und der Umhang verrutschte. Dadurch wurde der Blick frei auf einige blutunterlaufene Geschwüre am Hals des Mannes, die in etwa die Größe von Eiern hatten.

Der Stadtführer wich augenblicklich zurück. »Großer Gott«, stammelte er. »Das kann nicht sein!«

»Das war er«, sagte der Mann mit leichtem Akzent. »Ich habe ihn gesehen!«

»Wen?«, fragte der Stadtführer. »Wen haben Sie gesehen?«

Der Mann zog sich mit letzter Kraft die Augenbinde vom Kopf. Die Blitzlichter der Kameras erloschen auf der Stelle, und dem Jungen glitt vor Schock das Handy aus der Hand.

Die Laterne des Stadtführers fiel zu Boden und zerschellte, als er in die leeren, verkohlten Augenhöhlen des

Mannes blickte, der wimmernd vor ihm kniete.

»Ich habe den Tod gesehen!«, keuchte er. Dann sackte der Mann leblos zu Boden, während die entsetzten Schreie der Gruppe durch die Gasse hallten.

1

»Tut mir leid«, entschuldigte sich Kommissar Chris Bertram, der zu der kleinen Gruppe von Männern stieß, die vor der weitläufigen Absperrung neben dem prächtigen Schloss Sayn standen, an dem die Stadtgasse ihren Anfang nahm. Auf dem Hügel über ihren Köpfen erstrahlte eine mittelalterliche Burgruine, die in der Dunkelheit effektvoll beleuchtet war. »Ich war mit Rebecca im Kino und hatte das Handy stummgeschaltet.«

»Rebecca Klein, von der PI 2?«, fragte Rokko, der mit bürgerlichem Namen Roland Koch hieß und sich mit Chris ein Büro teilte.

»Ja«, erwiderte Chris zaghaft. »Wie du weißt, treffen wir uns seit einiger Zeit und … na ja … die Sache scheint sich zu entwickeln.«

»Respekt«, meinte Peter Gerlach und schlug ihm anerkennend gegen die Schulter. »Ziemlich heißer Feger.«

Chris betrachtete seinen jüngeren Kollegen verärgert. »Sie ist ein sehr sympathischer Mensch, falls du das meinst.«

»Und eine Kollegin von der Streife«, ergänzte Rokko, der wie immer auf einem Kaugummi herumkaute.

»Ja, und?«

»Ich meine ja nur, ihr werdet euch bei euren Dienstzeiten nicht oft zu Gesicht bekommen.«

»Das lass mal unsere Sorge sein«, knurrte Chris, dessen berufliches Leben ihn mit 39 Jahren bereits eine Ehe und zwei anschließende Beziehung gekostet hatte. Da betrachtete er die Bindung an eine Kollegin als eine eher logische Konsequenz, da sie sicher mehr Verständnis für seine Dienstzeiten aufbrachte. Verwundert ließ er seinen Blick über den hell erleuchteten Parkplatz gleiten, wo Uwe Meißner und sein Spurensicherungsteam gelangweilt bei ihren Dienstfahrzeugen standen. Neben Notarzt- und Rettungswagen entdeckte Chris hinter der Absperrung auch ein Sanitätsfahrzeug der Bundeswehr. »Na schön«, meinte er, »was genau ist hier los? In der Zentrale sagten sie was von einem Toten.«

»Tja«, entgegnete Rokko, »damit weißt du in etwa das, was wir wissen.«

»Und warum tun wir dann nicht unsere Arbeit?«

»Weil man uns nicht lässt.« Rokko strich sich über seinen dunklen Kinnbart, der seinem Spitznamen alle Ehre machte. »Wir stehen uns jetzt seit gut einer Stunde die Beine in den Bauch und haben strikte Anweisung nicht hinter die Absperrung zu treten, bis die mit ihren Untersuchungen fertig sind.«

»Wer sind die?«, fragte Chris.

»Das Gesundheitsamt.«

»Und was haben die hier verloren?«

Rokko zuckte mit den Schultern. »Mehr weiß ich auch nicht. Vor etwa zehn Minuten haben zwei Krankenfahrzeuge der Bundeswehr die Absperrung passiert. Sah aus, als hätten die eine Gruppe von Leuten abtransportiert. Allerdings wollte man uns dazu noch keinerlei Informationen geben.«

»Wer ist hier der Verantwortliche?«, fragte Chris.

»Das bin ich!«

Chris und die anderen drehten sich um und sahen einen Mann im mittleren Alter auf sich zukommen. Er trug ein dunkles Jackett über einer Jeanshose. Als er sie erreicht hatte, streckte er Chris die Hand entgegen.

»Doktor Armin Kolb, Gesundheitsamt.«

»Kommissar Chris Bertram, Kripo Koblenz. Meine Kollegen kennen Sie bereits?«

Kolb nickte ihnen zu.

»Soweit wir wissen, hat es einen Toten gegeben.«

»Das ist richtig«, bestätigte Kolb.

»Würden Sie uns dann bitte den Grund dafür nennen, weshalb wir nicht mit unseren Ermittlungen beginnen dürfen.«

»Es tut mir wirklich leid, dass Sie so lange warten mussten«, meinte Kolb, »aber bestimmte Umstände haben uns dazu gezwungen, den Tatort weiträumig absperren zu lassen.«

»Und welche Umstände sind das?«, fragte Chris.

»Das Seuchenschutzgesetz.«

Rokko und Gerlach verharrten in ihren Bewegungen. Auch Chris starrte den Mann ungläubig an. »Na schön, was ist hier los?«

Kolb fuhr sich über seine dunklen Haare. »Vor etwas mehr als zwei Stunden nahm eine Gruppe aus fünfzehn Personen an einer Führung durch den historischen Stadtkern von Sayn teil«, erläuterte er. »Eines ihrer Ziele war die alte Kapelle in der Abteistraße. Aus deren Inneren vernahm die Gruppe Geräusche und Hilferufe. Kurz darauf stürzte ein altertümlich gekleideter Mann daraus hervor. Er brabbelte sinnloses Zeug und brach leblos zusammen. Der verständigte Notarzt konnte nur noch den Tod feststellen.«

Erneut sah Chris sich um. »Wenn ich mir den ganzen Zirkus hier betrachte, schließe ich daraus, dass es nicht das Einzige ist, was der Arzt festgestellt hat.«

»So könnte man es ausdrücken«, pflichtete Kolb ihm bei.

»Und werden Sie uns auch mitteilen, was Ihnen offensichtlich solche Sorgen bereitet?«

»Wissen Sie«, begann Kolb verhalten, »ehrlich gesagt tue ich mich schwer damit, da ich es selbst kaum glauben kann. Denn das Opfer ist an einer Krankheit gestorben, die in dieser Gegend zuletzt vor mehr als dreihundert Jahren aufgetreten ist.«

Chris' Augenbrauen senkten sich, während er Kolb fordernd betrachtete und ihm dadurch zu verstehen gab, dass er konkreter werden sollte.

Kolb stieß einen tiefen Seufzer aus, in der Erwartung, dass ihn alle für verrückt erklären würden. »Es ist einwandfrei erwiesen, dass der Tote an der Pest gestorben ist.«

Die Augen der drei waren skeptisch auf Kolb gerichtet.

»An der Pest?«, wiederholte Chris.

Kolb nickte. »Genauer gesagt an der Beulenpest.«

»Und das ist sicher?«

»Der Schnelltest hat eindeutig den Erreger *Yersinia Pestis* nachgewiesen.«

»Und wie ist das möglich? Ich meine ...«

»Wir haben zwar noch keine Erklärung dafür«, sagte Kolb, »aber es ist keineswegs so, dass diese Krankheit ausgerottet ist. Das Bakterium kommt auch heute noch in wildlebenden Nagetierpopulationen in Asien, Afrika, dem Kaukasus und im Südwesten der USA vor. Jedoch sind keine solchen Populationen in Europa bekannt.«

»Wie wird die Krankheit normalerweise auf den Menschen übertragen?«

»Durch eine sogenannte Zoonose.«

Chris seufzte. »Bitte etwas allgemeiner.«

»Durch Wirtstiere, zum Beispiel dem Rattenfloh«, erläuterte Kolb. »Jedoch schließen wir in diesem Fall eine natürliche Übertragung aus.«

»Und weshalb?«

»Obwohl der Körper einen ziemlich verwahrlosten Eindruck macht, ergab eine erste oberflächliche Untersuchung des Leichnams keinerlei derartigen Parasitenbefall. Wir haben jedoch massive Anwendungen von Gewalt festgestellt.«

»Inwiefern?«, fragte Chris.

»Dem Mann wurden die Augen ausgebrannt.«

Es dauerte einige Sekunden, bis diese Information ein wenig von ihrem Schrecken verlor und Chris wieder zu Wort kommen ließ. »Was wissen Sie über den Toten?«

»Bis jetzt so gut wie nichts. Er war mit einer Art Mönchskutte bekleidet. Keinerlei Ausweispapiere. Schätzungsweise zwischen dreißig und vierzig Jahre alt. Es ist nicht einmal ersichtlich, wie er in die Kapelle gekommen ist. Wie uns der Stadtführer sagte, ist sie normalerweise nicht zugänglich.«

»Wer verwaltet die Kapelle?«

»Die Kirchengemeinde der Stadt«, erwiderte Kolb. »Es werden nur zu bestimmten Anlässen Gottesdienste und Andachten darin abgehalten. Auffällig ist in diesem Fall jedoch ihre Entstehungsgeschichte. Das Gebäude wurde vor etwa dreihundertfünfzig Jahren errichtet, zur Zeit des Schwarzen Todes, und wird von den Anwohnern als Pestkapelle bezeichnet. In Anbetracht der Umstände hat es fast den Anschein, als wäre der Mann direkt dem Mittelalter entsprungen.«

Na großartig, ging es Chris durch den Kopf. Die Zeitungen würden sich darauf stürzen. »Ich denke, diese Möglichkeit können wir sicher ausschließen«, erwiderte er mit Nachdruck.

»Ich wollte damit nur deutlich machen, wie merkwürdig diese Geschichte ist«, konterte Kolb.

»Umso wichtiger ist es, dass unser Spurensicherungsteam sich vor Ort umsehen kann.«

Kolb nickte missbilligend. »Ja, das sehe ich ein. Allerdings nur unter gewissen Voraussetzungen.« Er führte die Kuppen beider Zeigefinger zusammen. »Erstens, Ihre Männer tragen spezielle Schutzanzüge. Zweitens«, er wechselte zum Mittelfinger über, »Sie können unter Beobachtung Fotos machen und spurentechnische Untersuchungen durchführen, aber es werden keine Gegenstände vom Tatort konfisziert, bevor sie nicht durch unsere Behörde freigegeben wurden. Und drittens«, nun war der Ringfinger dran, »müssen Ihre Leute sich medizinisch präventiver Maßnahmen unterziehen. In diesem Fall wäre das eine vorsorgliche Behandlung mit bestimmten Antibiotika, über einen Zeitraum von sieben Tagen.«

Chris nickte zustimmend.

»Also schön, wie viele Ihrer Leute benötigen Sie?«

Erneut ließ Chris seinen Blick über das abgesperrte Areal gleiten. »Unter diesen Umständen sollten zwei Leute ausreichen.«

»Gut, ich werde sofort alles Nötige veranlassen.«

»Wohin haben Sie den Leichnam gebracht?«

»Ins Bundeswehrzentralkrankenhaus. Die sind dort als Einzige mit einem isolierten Bereich ausgestattet und arbeiten in solchen Fällen eng mit uns zusammen. Dort wird auch die Untersuchung der Leiche stattfinden, ich habe bereits mit der Staatsanwaltschaft und dem rechtsmedizinischen Institut in Mainz telefoniert. Auch die Touristengruppe und der Stadtführer befinden sich vorsorglich für die nächsten Tage im Bundeswehrkrankenhaus unter Beobachtung. Wir gehen zwar momentan nicht von einer Verbreitung der Seuche aus, aber sicher ist sicher. Sollten Sie die Zeugenaussagen der Leute benötigen, wenden Sie sich bitte an den dortigen Chefarzt. Auch haben wir die Aufnahmegeräte der Touristen beschlagnahmt. Sämtliche Bilder und Aufzeichnungen werden wir Ihnen zusammen mit den Obduktionsergebnissen schnellstmöglich zukommen lassen.«

»Vielen Dank für Ihre Unterstützung«, sagte Chris.

»Keine Ursache. Ich hoffe, Sie finden heraus, was hier passiert ist. Ich weiß ja nicht, wie es Ihnen geht, aber mir verursacht das Ganze eine Gänsehaut.«

Chris konnte den Mann verstehen. Er hatte in seiner Laufbahn viele Merkwürdigkeiten erlebt und grausame Dinge gesehen. Aber irgendwie beschlich ihn das ungute Gefühl, mit dieser Sache auf einen persönlichen Höhepunkt zuzusteuern.

Es dauerte etwas mehr als eine Stunde, bis Uwe Meißner und sein Mitarbeiter den Tatort untersucht und die Sperrzone wieder verlassen hatten. Die ungewöhnlich milden Temperaturen des Frühlingsabends hatten sich deutlich in Meißners Gesicht niedergeschlagen.

»Und, wie sieht's da drin aus?«, fragte Chris, nachdem sein Kollege die Sicherheitskontrolle passiert hatte.

Meißner verstaute sein Handy, mit dem er gerade noch telefoniert hatte. »Immerhin weiß ich jetzt, wie sich ein Raumfahrer fühlen muss«, entgegnete er müde. »Gegen diese Schutzanzüge sind unsere weißen Overalls geradezu atmungsaktiv.« Er wischte sich erschöpft den Schweiß von der Stirn, bevor er detaillierter auf Chris‘ Frage einging. »An Spuren gab es dort nicht viel zu sichern. Die Kapelle ist zwar sehr klein, aber da dort öffentliche Messen abgehalten werden, dürfte die Suche nach Fingerabdrücken ziemlich aussichtslos sein, da sie so ziemlich zu jedem hier im Ort gehören könnten. Das Türschloss wurde aufgebrochen, was aber keinerlei spezielle Fähigkeiten erfordert, da es mindestens so alt ist wie das Gebäude selbst. Einer der Anwohner hat gegen halb neun eine Person aus der Kapelle kommen gesehen. Aufgrund der dunklen Kleidung hielt er sie jedoch für einen Kirchenmitarbeiter und hat sich nichts dabei gedacht, zumal dies nichts Ungewöhnliches ist. Ich habe mit dem zuständigen Vertreter der Kirchengemeinde telefoniert, der mir versichert hat, dass dort zurzeit keinerlei kirchliche Aktivitäten stattfinden. Demnach können wir davon ausgehen, dass der Täter das Opfer betäubt und nach Einbruch der Dunkelheit in die Kapelle geschafft hat.«

»Ziemlich riskant, wenn man bedenkt, dass die Kapelle sich mitten im Stadtkern befindet«, meinte Chris.

»Sayn ist nur ein kleiner historischer Stadtteil«, erwiderte Meißner. »Selbst tagsüber verirren sich außer den Anwohnern nur ein paar Touristen in die Gasse. Und nach Einbruch der Dunkelheit klappen die hier sprichwörtlich die Gehsteige hoch.«

»Ist diesem Zeugen sonst noch etwas aufgefallen?«, fragte Chris.

»Er hat was von einem dunklen Gewand erzählt, das die Person getragen hat. Und …« Er zögerte.

»Und was?«

Meißner kratzte sich am Hinterkopf und blickte verlegen zu Boden. »Der Zeuge glaubt gesehen zu haben, dass der Person etwas aus dem Gesicht geragt hat.«

Chris' Stirn legte sich in Falten. »Er glaubt was?«

»Es … es soll ausgesehen haben wie ein Art Schnabel«, konkretisierte Meißner.

Chris musterte ihn befremdlich. »Und dieser angebliche Zeuge hält das für ein typisches Erscheinungsbild eines Kirchenmitarbeiters?«

»Er hat anfangs nichts davon erwähnt, weil er es für eine Täuschung hielt. Es war bereits dunkel und er trug seine Brille nicht.«

Chris seufzte. »Vielleicht sollte ich dieses Detail besser in meinem Bericht auslassen.«

»Normalerweise würde ich dir recht geben, aber da wäre noch etwas«, sagte Meißner, dessen braune Haare verschwitzt an seinem Kopf klebten, womit er bei Chris unweigerlich den Eindruck eines nassen Hundes erweckte. »An der Tür zur Kapelle war ein toter Vogel angebracht. Wenn du mich fragst, versucht da jemand Theater mit uns zu spielen.«

»Sonst noch was?«

»Am Körper des Vogels war eine Schriftrolle angebracht. Ich habe mit Doktor Kolb vom Gesundheitsamt gesprochen. Er hat mir versichert, dass er beides zur Untersuchung an das LKA schickt, sobald gesichert ist, dass der Körper des Tieres nicht infiziert ist. Ich habe jede Menge Fotos vom Fundort und der Schriftrolle gemacht. Ich werde sie dir zusammen mit meinem Bericht bis morgen Mittag zukommen lassen, damit ihr euch ein erstes Bild machen könnt. Und jetzt würde ich gerne nach Hause fahren, weil ich glaube, dass mir diese verdammten Antibiotika schon jetzt auf den Magen schlagen.«

»Was haltet ihr von der Sache?«, fragte Chris seine Kollegen, nachdem er sie von Meißners Eindrücken unterrichtet hatte.

»Na ja«, meinte Rokko, »es ist zumindest mal was anderes.«

»Wir haben es mit einem ziemlich ausgefuchsten und kreativen Täter zu tun«, meinte Gerlach.

Chris nickte. »Im Moment können wir nicht viel tun. Doktor Kolb hat mir noch einmal zugesichert, dass wir schon morgen Mittag mit ersten Ergebnissen rechnen können. Schlafen wir also erst einmal darüber.«

2

Die Obduktion der Leiche fand an nächsten Morgen im Bundeswehrzentralkrankenhaus statt. Wie besprochen leitete Dr. Kolb die vorläufigen Ergebnisse sogleich per Kurierdienst an das Polizeipräsidium, wo sie beinahe zeitgleich mit dem Bericht der Spurensicherung auf Chris' Schreibtisch landeten. Alle arbeiteten auf Hochtouren an dem Fall. Gegen halb zwei an diesem Nachmittag versammelten sich Chris und seine Leute im Büro, um erste Ergebnisse zu analysieren und Bildmaterial zu sichten. Die Videoaufzeichnung, die einer der Teilnehmer der Stadtführung erstellt hatte, diente als Ausgangspunkt.

»Hm«, meinte Rokko, nachdem das Videobild auf dem Monitor erloschen war. Er stellte die halbvolle Kaffeetasse ab, an deren Vorderseite wie immer sein Kaugummi klebte. »Das wirkt beinahe wie inszeniert. Als wäre es ein Teil der Führung.«

»Genau das muss der Täter beabsichtigt haben«, erwiderte Chris. Er erhob sich von seinem Stuhl und trat vor die Magnetwand, an der in verschiedene Bereiche unterteilt Fotos der Touristen, der Spurensicherung und Aufnahmen der Obduktion angebracht waren. »Er muss gewusst haben, dass an diesem Abend eine Führung stattfindet und hat es darauf angelegt, dass die Leute das Opfer finden.«

»Das erfordert eine exakte Planung«, warf Gerlach ein. »Der Zeitpunkt, an dem die Gruppe die Kapelle erreicht, muss ihm bekannt gewesen sein. Auch wie lange die Betäubung seines Opfers anhält, was eventuell auf medizinische Kenntnisse hindeutet.«

»Laut vorläufigem Obduktionsbericht wurden im Blut des Opfers Rückstände des Benzodiazepins *Temazepam* gefunden, das auch in K.-o.-Tropfen vorkommt«, las Chris von seinen Notizen ab. »Die endgültigen Ergebnisse des toxischen Screenings müssen zwar vom Labor noch bestätigt werden, aber das dürfte reine Formsache sein. Der Täter hätte das Mittel auch schon vorab an seinem Opfer testen können, um die Wirkungsdauer zu bestimmen, zumal der Mann sich mindestens 36 Stunden in seiner Gewalt befunden haben muss.«

»Wie kommst du darauf?«, fragte Rokko.

»Das ist die schnellste Form der Pestsepsis, also die Zeitspanne vom Eintreten der Bakterien in die Blutbahn bis zum Tod.«

»Moment mal«, meldete sich Gerlach zu Wort. »Soll das etwa heißen, das Opfer wurde vorsätzlich mit der Pest infiziert?«

»Zumindest deutet alles darauf hin.« Chris trat vor den Bereich der Wand, an dem die Obduktionsfotos befestigt waren. Eines davon zeigte das augenlose Gesicht der Leiche. »Wie die Untersuchung ergeben hat, wurden dem Opfer vor seinem Tod beide Augen mit einem glühenden Gegenstand entfernt. Doch diese Verletzungen waren nicht tödlich. Gestorben ist der Mann an einem toxischen Schock, hervorgerufen durch die Folgen der Pesterkrankung. Eine Übertragung der Krankheit vom Wirtstier auf den Menschen findet in der Regel über Flöhe statt. Man hat aber nur eine Einstichstelle in der linken Armbeuge gefunden.« Er deutete auf eine Großaufnahme, die deutlich einen rot umränderten Punkt in der blassen Haut zeigte. »Es ist davon auszugehen, dass dem Opfer der Erreger injiziert worden ist.«

»Wer kommt auf die Idee, einen Menschen auf diese Weise zu töten?«

»Wir sollten uns lieber fragen, wie der Täter an den Erreger gekommen ist?«, bemerkte Chris nüchtern. »Nach unserem Kenntnisstand ist das hierzulande nur über Hochsicherheitslabore möglich. Nur solche Einrichtungen haben die Genehmigung, mit Erregern dieser Sicherheitsstufe zu hantieren.«

Rokko machte eine abfällige Handbewegung. »Ja, auf offiziellem Weg vielleicht«, höhnte er. »Aber ich glaube kaum, dass der Täter so blöd ist, selbst wenn er diese Möglichkeit hätte. Zumal wir wissen, dass die Krankheit in einigen Ländern noch immer existiert. Und nicht jedes dieser Länder hat solch strenge Sicherheitsbestimmungen. Mit den richtigen Verbindungen kann man sich solche Erreger vermutlich heutzutage übers Internet bestellen.«

»Dennoch müssen wir die betreffenden Labore überprüfen«, beharrte Chris. »So viele kann es davon nicht geben. Das Gesundheitsamt wird uns dahingehend unterstützen, da Fälle solcher Erkrankungen ohnehin meldepflichtig sind.«

»Wir sollten aber auch einen terroristischen Hintergrund nicht ausschließen«, meinte Gerlach und deutete auf die Großaufnahme der handschriftlich verfassten Botschaft.

Nur vier Wände
ewig Nacht.
Welch ein Fluch
mich hergebracht.

»Das halte ich im Moment für unwahrscheinlich«, widersprach Chris. »Offensichtlich ging es dem Täter nicht darum, die Krankheit zu verbreiten, sonst hätte er sein Opfer nicht für längere Zeit isoliert. Ich denke, die Tat ist eher Teil seiner Botschaft und hat symbolischen Charakter.«

Rokko runzelte die Stirn. »Du meinst, das Opfer wurde auf diese Weise für etwas bestraft?«

»Das ist durchaus möglich«, meinte Chris. »Vielleicht will der Kerl uns damit auch sagen, dass Denken und Handeln unserer Gesellschaft verseucht sind, oder was Abgedroschenes in der Art.«

»Auf jeden Fall scheut er keinen Aufwand, um sich mitzuteilen«, bemerkte Rokko sarkastisch. »Weiß man denn schon, um wen es sich bei dem Opfer handelt?«

Chris schüttelte den Kopf. »Die Kollegen checken bereits die Vermisstenmeldungen. Außerdem ist eine Meldung an sämtliche Zahnärzte raus. Der Abgleich der medizinischen Unterlagen kann jedoch noch Tage dauern.«

»Was ist mit dem Vogel?«, fragte Rokko. »Soviel ich weiß, kann man einen Raben nicht einfach in einer Tierhandlung kaufen.«

»Das ist richtig«, sagte Chris. »Er gehört zu den Wildtieren und steht unter Artenschutz. Man darf diese Vögel nur mit einer Genehmigung und unter strengen Auflagen halten. Da kann es nicht so viele Möglichkeiten geben.«

Gerlach schüttelte den Kopf. »Das ist mir alles eine Nummer zu hoch«, meinte er. »Wenn ich jemanden umbringen will, dann vergifte ich ihn oder schlag ihm den Schädel ein. Meinetwegen ramm ich ihm ein Messer zwischen die Rippen, aber ihn mit der Pest zu infizieren, stünde sicher ganz unten auf meiner Liste. Zu viele Spuren, die man zurückverfolgen kann, zu viele Ermittlungsansätze. Mal abgesehen von dem Risiko, das Opfer in einer Kapelle abzulegen, die sich mitten in einem Wohngebiet befindet. Entweder ist der Täter ziemlich dumm, oder er hält sich für außerordentlich clever.«

»Ersteres können wir in dem Fall ausschließen«, argwöhnte Chris, »da es sich keinesfalls um eine willkürliche Tat handelt und der Täter planmäßig vorgegangen ist. Außerdem scheint er über technische und medizinische Grundkenntnisse zu verfügen. Und wenn wir der Aussage Glauben schenken, die einer der Anwohner gemacht hat, dürfte der Täter verkleidet sein. Der Zeuge sprach von einer Art Maske, die einem Vogelkopf ähnlich ist. Außerdem soll er ein langes schwarzes Gewand getragen haben, das seine Konturen völlig verdeckt hat. Daher konnte der Zeuge auch keine genauen Angaben über Alter, Größe und Geschlecht machen. Wir können aber davon ausgehen, dass es sich aufgrund des Tathergangs um eine männliche Person, maximal mittleren Alters handelt. Das Opfer wog immerhin fast achtzig Kilo.«

»Eine solche Verkleidung dürfte ihn auch eingeschränkt haben«, mutmaßte Gerlach.

»Sie scheint ihm aber eine gewisse Sicherheit zu vermitteln, die seine Risikobereitschaft erhöht.«

»Wie oft finden eigentlich solche Führungen statt?«, fragte Rokko.

»Nicht sehr oft«, erwiderte Chris. »Nur zwei- bis dreimal im Jahr, meist zu den Frühlingsfesten.«

»Dann sollten wir auch alle Teilnehmer des Vorjahres überprüfen. Immerhin scheint der Täter über Ablauf und Inhalt genauestens informiert gewesen zu sein. Eventuell hat er selbst an einer solchen Führung teilgenommen.«

»Ich kann mir nicht vorstellen, dass die darüber Listen führen.«

Rokko seufzte betrübt und nippte an seinem Kaffee. »Was ist mit dem Veranstalter, diesem Heimatverein?«

Chris ließ seinen Blick über die Runde gleiten. »Ich denke zwar nicht, dass die Lösung so einfach ist, aber gut, fangen wir damit an.«

Nachdem die Besprechung beendet war und Gerlach das Büro verlassen hatte, trat Rokko neben Chris, der damit beschäftigt war, die Berichte zu sortieren. Rokko leerte seine Tasse, löste anschließend den Kaugummi an der Vorderseite und steckte ihn sich wieder in den Mund.

»Das ist eine ziemlich eklige Angewohnheit«, meinte Chris.

Rokko zuckte mit den Schultern. »Ist seit der Polizeischule an mir hängengeblieben«, meinte er. »Der Kaffee in der Kantine dort hat nach Seifenlauge geschmeckt. Da brauchte man hinterher etwas Minziges.« Er sah auf das Foto an der Magnetwand, auf dem die Schriftrolle mit dem Text zu sehen war. »Dir ist doch hoffentlich klar, was diese Botschaft bedeutet.«

Chris legte die Berichtsmappen beiseite und betrachtete ebenfalls das Foto. Ja, ihm war die Bedeutung dieser Worte durchaus bewusst.

Dies war nur der Anfang. Es würde weitere Morde geben.

3

Gegen 18 Uhr verließ Chris das Präsidium. Während er durch die Innenstadt mit ihren zahlreichen Ampelanlagen fuhr, ließ er den Nachmittag noch einmal Revue passieren. Ihre Nachforschungen waren alle im Sand verlaufen. Wie sich herausstellte, gab es hierzulande fünf Sicherheitslabore, von denen derzeit nur einer mit dem Pesterreger experimentierte, nämlich das Institut für Mikrobiologie der Bundeswehr in München. Dort versicherte man ihm, dass lediglich fünf ihrer Wissenschaftler die Genehmigung hätten, an dieser Art von Erregern zu forschen und dass es durch die strengen Sicherheitsvorkehrungen schlicht unmöglich sei, diese zu entwenden. Dennoch ließ Chris sich die Namen der betreffenden Personen geben. Was die Mitglieder des Heimatvereins betraf, so würde deren Überprüfung einige Tage beanspruchen. Auch was den toten Raben anging, schienen sie sich auf eine Sackgasse zuzubewegen. Eine private Genehmigung zur Aufzucht dieser Rasse wurde bisher in Rheinland-Pfalz nicht vergeben. Die Anfrage bei der Landschaftsbehörde offenbarte jedoch, dass gut ein Dutzend Auffangstationen für Vögel und Wildtiere in der näheren Umgebung existierten. Die Ermittlungen in dieser Richtung würden ebenfalls viel Zeit in Anspruch nehmen und vermutlich nichts Konkretes erbringen. Daher beschloss Chris an diesem Abend keinen Gedanken mehr daran zu verschwenden und sich auf das Treffen mit seiner Freundin zu konzentrieren.

Rebecca wohnte in Horchheim, einem Stadtteil von Koblenz. Ihre Wohnung befand sich im dritten Stock einer Reihenhaussiedlung, was es Chris zu dieser Zeit nahezu unmöglich machte, einen Parkplatz in der Nähe zu ergattern. Erst nach mehreren Runden stieß er in einer Nebenstraße auf einen freien Stellplatz. Und während er die Entfernung bis zu Rebeccas Wohnung zurücklegte, wurde ihm einmal mehr bewusst, welche Vorteile es hatte, außerhalb der Stadt zu wohnen.

Als die Tür sich öffnete, empfing sie ihn mit ihrem strahlenden Lächeln, das ihn sofort vergessen ließ, mit was er sich tagtäglich beschäftigen musste. Rebecca schien gerade geduscht zu haben. Ihre Haare hingen in feuchten Strähnen über ihren Rücken, was die braune Farbe noch um zwei Töne dunkler machte.

»Hast einen miesen Tag gehabt, was?«, fragte sie, als beide kurz darauf vor zwei gefüllten Rotweingläsern auf der Couch saßen.

»Mies ist gar kein Ausdruck.« Er rieb sich erschöpft die Augen. Anschließend erklärte er ihr den Grund, der ihren gestrigen gemeinsamen Abend so abrupt hatte enden lassen und von den Erkenntnissen, die sie bis jetzt zu dem Fall zusammengetragen hatten.

»Die Pest? Wie ist das möglich?«

»Das wissen wir noch nicht.«

Sie betrachtete ihn mit ihren großen braunen Augen. »Diese Botschaft, von der du erzählt hast … Ihr rechnet mit weiteren Taten, nicht wahr?«

Chris nickte verhalten. »Aber sie sagt nichts Konkretes über das Motiv des Täters aus.«

»Ihr werdet schon dahinterkommen.« Noch immer ruhte ihr Blick auf ihm und nahm die Anspannung wahr, die sich in Chris' Gesicht widerspiegelte. »In unserem Job kann einem die Welt manchmal wie ein ziemlich kranker Ort vorkommen.« Sie streichelte ihm sanft über die Wange. »Wir sollten diese Dinge aber nicht zu sehr an uns heranlassen.«

Chris sah ihr in die Augen, die trotz der Ungerechtigkeiten, die sie jeden Tag zu sehen bekamen, anscheinend nie den Blick für das Wesentliche verloren. Die Reife, die er darin erkannte, ließ ihn den Altersunterschied von acht Jahren vergessen. »Du hast recht«, sagte er. »Lass uns an deinem freien Tag nicht über die Arbeit sprechen. Ich brauche jetzt etwas Ablenkung.«

Der Ausdruck in ihren Augen wechselte sofort, während sie ihn verführerisch über den Rand des Glases hinweg betrachtete. »Und was genau schwebt dir da vor?«

»Tja«, meinte er verschmitzt. »Ich wüsste da schon was, das mich auf andere Gedanken bringen könnte.«

Lächelnd stellte sie ihr Glas auf dem Tisch ab. »Dann sorgen wir doch mal für ein wenig Entspannung«, sagte sie und zog ihn zu sich auf die Couch.

Für den Rest des Abends waren all die dunklen Ereignisse aus Chris' Kopf verschwunden.

4

Es war kurz vor Mitternacht, als Daniel Nowak seine Arbeitsstätte verließ. Das Restaurant Meviana lag oberhalb des Rheinufers und bot einen spektakulären Blick über das abendliche Koblenz, weshalb es bei den Gästen der umliegenden Hotels sehr beliebt war. Auch an diesem Abend hatten sie viel zu tun gehabt, was Nowak ein beachtliches Trinkgeld beschert hatte. Dementsprechend erschöpft fühlte er sich, als er über die Straße auf den Parkplatz des Restaurants zuging. Der intensive Geruch von gebratenem Fett hatte sich wie jeden Abend in seiner Dienstkleidung festgesetzt. Er hatte sich an diesen Geruch gewöhnt, ihn mittlerweile akzeptiert, denn er vermittelte ihm das Gefühl von Freiheit. Ein Gefühl, das ihm in den Jahren zuvor fremd geworden war. Die Stelle als Kellner hatte ihm sein Bewährungshelfer vor etwas mehr als drei Monaten besorgt. Der Besitzer des Meviana wusste daher, dass Nowak im Gefängnis gewesen war, doch er hatte ihn bis heute nicht nach dem Grund dafür gefragt. Und er behandelte ihn immer mit Respekt. Für beides war Nowak ihm dankbar, denn mit seiner Vergangenheit hatte er endgültig abgeschlossen. Keinen Tropfen hatte er seit damals angerührt, und auch keine Drogen. Und daran würde sich nichts ändern. Er hatte im Rausch schreckliche Dinge getan, für die er sich selbst verabscheute. Dinge, die ihn manchmal um den Schlaf brachten. Daher war er fest entschlossen, diese zweite Chance, die sich ihm nun bot, nicht noch einmal zu versauen. Zwar verdiente er nicht viel, doch es reichte für eine kleine Wohnung und sein altes Auto. Mehr brauchte er letztendlich nicht, um sich frei zu fühlen. Und als er mit wunden Füßen und schmerzendem Rücken in der Dunkelheit über den Parkplatz ging, hatte er ein gutes Gefühl, was sein weiteres Leben betraf.

Er schaltete sein Handy ein, und sofort meldete es den

Eingang einer Nachricht. Sie war von Silvia, was automatisch ein Kribbeln in seinem Bauch erzeugte. *Gute Nacht und schlaf gut*, lautete die Mitteilung, die ein verträumtes Lächeln auf seine schmalen Lippen legte. Ja, er war auf dem richtigen Weg.

An seinem Wagen angekommen, zog er die Autoschlüssel aus seiner Hosentasche, als er plötzlich erschrocken zurückwich.

Am Außenspiegel seines Autos hatte jemand etwas angebracht.

Ein Vogel, dachte er völlig perplex. *Da hängt ein toter Vogel!*

Unsicher sah er sich um. Die Straßenbeleuchtung erfasste nur den vorderen Teil des Parkplatzes. Die letzten Gäste hatten das Restaurant vor einer halben Stunde verlassen, ebenso das Küchenpersonal. Außer dem Wagen seines Chefs konnte er nicht viel erkennen. Dennoch beschlich ihn das unheimliche Gefühl, nicht allein zu sein. Neugierig trat er an sein Auto heran und betrachtete den toten Vogel genauer. Sein schwarzes Gefieder schimmerte seidig im Licht der Straße, und Novak konnte ein Stück zusammengerolltes Papier an den Krallen des Tieres erkennen. Nach kurzem Zögern schaltete er das Display seines Handys ein, zog das Papier auseinander und leuchtete auf die Botschaft darauf. Es waren nur vier Zeilen, die aber ausreichten, ein kaltes Kribbeln zu erzeugen, das sich von seinem Nacken bis hinunter zu seinem Steiß ausbreitete. Im selben Moment hörte er ein elektrisches Knistern, unmittelbar hinter seinem Rücken. Erschrocken wirbelte er herum – und sein Herz setzte für einige Sekunden aus. Eine glühende Woge fuhr durch ihn hindurch, die jeden Muskel seines Körpers lähmte. Noch während er bewegungsunfähig zu Boden glitt, starrten seine angsterfüllten Augen auf die Gestalt über ihm … und was sie sahen, raubte ihm fast den Verstand.

Als er zu sich kam, fühlte er einen harten Gegenstand in seinem Mund, der gegen seinen Rachen drückte und einen widerlich kupferartigen Geschmack verursachte. Auch spürte er heftige Schmerzen auf der Rückseite seines Körpers, auf der er lag. Es fühlte sich an, als würden hunderte heißer Nadeln in seine nackte Haut stechen. Ein erdiger Geruch drang in seine Nase und ließ ihn schließlich endgültig zu Bewusstsein kommen.

Langsam öffnete Nowak die Augen und sah den nächtlichen Sternenhimmel über sich, eingegrenzt von einem erdigen Rahmen, an dessen Rändern er dunkle Grashalme erkennen konnte. Nur schwach drang etwa einen Meter über ihm ein wenig Licht in die Dunkelheit, als befände er sich in einer Vertiefung.

In einem Grab.

Sofort ergriff die Panik Besitz von ihm. Doch sein Versuch zu schreien endete in einem hohlen Laut, der in dem schmalen Rohr verhallte, das aus seinem Mund in die Höhe ragte. Er wollte danach greifen, es loswerden, doch seine Glieder waren noch immer wie betäubt und so schwerfällig, als schwimme sein Körper in einer zähen, stacheligen Masse, in der jegliche Bewegung mit Scherzen gestraft wurde. Sein Verstand wurde klarer, und er erinnerte sich, wie er über den Parkplatz gegangen war; an den toten Vogel und an den Zettel. Er rief sich dessen unheilvolle Botschaft ins Gedächtnis. Sein Herzschlag setzte erneut aus, als er sich daran erinnerte, was er danach gesehen hatte. Dieses Bild in seinem Kopf konnte nicht echt sein. Nicht einmal seine wildesten Drogenfantasien hatten dergleichen hervorgebracht. Dieses Trugbild war durch den Schock entstanden, der seinen Verstand zu dieser Halluzination verleitet hatte. Doch diese Erkenntnis änderte nichts an seiner Situation, die er als äußerst real einstufte. Was in aller Welt geschah mit ihm?

Du wirst lebendig begraben!

Dieser Gedanke ließ seine Panik eskalieren und wurde durch das Rohr bekräftigt, das offensichtlich dazu diente, ihn mit Luft zu versorgen. Verzweifelt versuchte er die Lähmung abzuschütteln, die noch immer nachhallte wie nach einem tiefen Traum, bis der Schmerz an der Rückseite seines Körpers ihn zur Kapitulation zwang.

Dann tauchte eine Gestalt am Rand der Grube auf und sah mit Augen auf ihn herab, die nicht menschlich waren. Sie schienen in dem schwachen Licht rötlich zu glühen. Darunter ragte etwas aus dem Gesicht des Schattens, das wie ein gekrümmter Schnabel aussah. In diesem kurzen, surrealen Moment war er fest davon überzeugt, den leibhaftigen Tod über sich zu sehen.

Er hat dir etwas eingeflößt. Er hat dir Drogen gegeben, anders ist das nicht zu erklären. Das alles hier ist pure Einbildung. Es ist nicht real!

Doch dann spürte er auf erschreckend reale Weise, wie feuchte Erde auf seinen Körper geschaufelt wurde. Ein erneuter Schrei endete abrupt, als eine Ladung Dreck auf seinem Gesicht landete und seine Nasenlöcher verstopfte. Weitere Erde prasselte auf ihn herab, sodass er verzweifelt durch das Rohr nach Luft schnappte wie durch einen Schnorchel. Der Druck auf seinen Körper wuchs mit jeder Ladung, und schon nach wenigen Minuten fiel ihm das Atmen schwerer. Das dornige Gestrüpp, auf dem er lag, bohrte sich durch den Druck immer tiefer in sein Fleisch, doch seine Panik verdrängte den Schmerz. Die Geräusche um ihn herum entfernten sich mit jeder Lage, die über ihm aufgeschichtet wurde, bis er schließlich nur noch sein Herz wahrnahm, das wild vor Angst gegen das Erdreich auf seiner Brust hämmerte, als wollte es sich verzweifelt aus dieser Grube freikämpfen. Einige Minuten blieb es beängstigend still um ihn, während er gierig durch das Rohr atmete, das sein einziger verbliebener Kontakt zur Außenwelt war. Der Gedanke daran, dass er womöglich tagelang hilflos unter der Erde in dieser Dunkelheit und Stille liegen musste, bevor der Tod ihn erlöste, trieb ihn fast in den Wahnsinn.

Warum?, schrie ein verzweifelter Gedanke in seinem

Kopf. *Warum ich? Warum jetzt? Ich habe für meine Sünden gebüßt!* Er dachte an Silvia, an die gemeinsame Zeit, die sie noch vor sich hatten, an die vielen Dinge, die er noch tun wollte.

Seine Panik eskalierte, wurde nur durch seine völlige Bewegungsunfähigkeit ausgebremst, die ihm das Gefühl vermittelte, jeden Moment durchzudrehen. Dann vernahm er ein klopfendes Geräusch. Zunächst klang es dumpf und entfernt, doch schon nach kurzer Zeit wurde es lauter. Er glaubte zu spüren, wie die Erde über ihm verdrängt wurde und sich ihm mit jedem Klopfen etwas näherte.

Plötzlich stöhnte er auf, als er etwas an seinem Bauch spürte. Und mit beinahe erlösender Gewissheit wurde ihm klar, dass er nicht langsam und qualvoll sterben würde.

Mit dem nächsten Klopfen durchstieß eine Woge brennenden Schmerzes seine Körpermitte. Nowaks Schrei drang durch das Rohr nach oben, wo das Klopfen seinen erbarmungslosen Takt einhielt. Noch drei Mal erklang das Geräusch, bis der Schrei zu einem Röcheln erstarb und schließlich endgültig verstummte.

5

Als Chris am frühen Morgen die Wohnung von Rebecca verließ, war seinen Augen anzusehen, dass er die Nacht nicht ausschließlich zum Schlafen genutzt hatte. Gleichwohl fühlte er sich so beschwingt und glücklich wie schon lange nicht mehr. Er hatte nach dem Aufstehen geduscht und ausgiebig gefrühstückt und ertappte sich auf dem Weg zu seinem Auto dabei, wie er fröhlich pfeifend die Straße entlangging. Er konnte sich nicht daran erinnern, wann er das letzte Mal so unbeschwert gewesen war. Diese Beziehung tat ihm gut, blendete die negativen Aspekte seines Berufes aus, in dem Gefühle und Schwächen eher hinderlich waren. Rebecca hatte recht, man musste diese Emotionen ausblenden, um die Fälle nicht zu sehr an sich heranzulassen, sonst nahm man sie mit nach Hause. Und dort nisteten sie sich ein wie lästige Parasiten, die jeden Winkel des Lebens befielen, bis sie schließlich die Macht übernahmen und man kein Zuhause mehr hatte. All das hatte er am eigenen Leib erfahren, und ihm stand nicht der Sinn nach einer Wiederholung. Aber diese Erkenntnis untergrub seine Unbeschwertheit, denn sie war ein sicheres Zeichen dafür, dass er auf dem besten Weg war, sich in Rebecca zu verlieben. Einerseits freute und überraschte ihn diese Entwicklung, da er schon fast nicht mehr damit gerechnet hatte, noch zu solchen Gefühlen in der Lage zu sein. Andererseits machte es ihn verletzlich, und das wiederum bereitete ihm Unbehagen. Denn Verlust war ein Gefühl, auf das er keinen Wert mehr legte.

Der Verkehr war um diese Zeit wie immer mörderisch, sodass er über zwanzig Minuten bis zum Präsidium benötigte, wo gegen zehn Uhr die nächste Besprechung angesetzt war. Die Papierrolle, auf der der Täter seine Botschaft verfasst hatte, war vom Gesundheitsamt freigegeben worden. Weder an ihr noch an dem toten Vogel konnten

Pestbakterien gefunden werden, was einen Terroranschlag weiter entkräftete. Dem Täter schien es nur darum gegangen zu sein, seine Botschaft durch die Tat zu untermauern. Daraufhin gab das Gesundheitsamt erst einmal Entwarnung. Dennoch blieben alle Beteiligten weiter unter Beobachtung. Besonders der Stadtführer und der verständigte Notarzt, die beide direkten körperlichen Kontakt zu dem Opfer hatten, würden nach wie vor unter verschärfter Quarantäne stehen, teilte Dr. Kolb ihnen mit.

Die vorläufige kriminaltechnische Untersuchung der Botschaft brachte zwar einige Teilabdrücke zu Tage, wobei sie davon ausgehen mussten, dass diese von dem Stadtführer stammten, der das Papier mit bloßen Händen berührt hatte, wie deutlich auf dem Video zu sehen war. Die Botschaft war handschriftlich, in altdeutschen Buchstaben und mit roter Tinte verfasst worden. Eine genauere Untersuchung würde jedoch einige Zeit in Anspruch nehmen.

»Was ist mit den Leuten von diesem Heimatverein?«, fragte Chris in die Runde.

»Der Vorsitzende ist ein gewisser Rolf Klose«, las Rokko von seinen Notizen ab. »63 Jahre, pensionierter Geschichtsprofessor. Nach den Aussagen einiger Vorstandsmitglieder soll er eine Art Experte für die Historie dieser Gegend sein. Seine Frau teilte mir am Telefon mit, dass er sich momentan auf einem Seminar in Süddeutschland aufhalte. Sie gab mir seine Handynummer. Klose war kurz angebunden, hat mir aber für morgen einen Termin auf der Dienststelle zugesichert.«

»Wir sollten auch die Möglichkeit miteinbeziehen, dass unser Mann sich unter den Touristen aufgehalten hat«, warf Gerlach ein. »Der Täter will mit seiner Tat prahlen. Da liegt es im Bereich des Möglichen, dass er vor Ort sein wollte, um alles mitzubekommen.«

»Nur ist an diese Leute im Moment kein Rankommen, wie du weißt.« Chris stand auf und goss Kaffee aus einer der Thermoskannen nach. »Außerdem kann ich mir nicht vorstellen, dass er es darauf angelegt hat, eine Woche lang unter Beobachtung zu stehen. Ich denke nicht, dass er den Rummel verpassen will.« Er nippte an seiner Tasse und verzog das Gesicht. »Was ist mit dem Vogel? Hat sich da was ergeben?«

»Es gibt 32 Tierheime in Rheinland-Pfalz«, sagte Gerlach. »Die meisten davon nehmen keine Wildtiere auf. Es gibt aber einige Auffangstationen, die schwache oder verletzte Wildvögel versorgen. Mit zweien davon habe ich vorhin telefoniert. Die hatten jedoch seit Monaten keinen Raben mehr und vermissen daher auch keinen.«

»Gut«, seufzte Chris. »Bleib trotzdem weiter dran, obwohl ich nicht glaube, dass uns das weiterbringt. Laut Bericht handelt es sich bei dem Vogel um ein Jungtier, das – bis auf die tödliche Wunde durch den Nagel – keinerlei weitere Verletzungen aufweist. Dennoch sollten wir sichergehen.« Er setzte sich, stellte die Tasse ab und rieb sich den Nasensattel, während er seufzte. »Irgendwie hab ich das Gefühl, wir laufen permanent gegen eine Wand.«

»Wir sollten an diesem Bakterium dranbleiben«, meinte Rokko. »Das ist meiner Meinung nach der vielversprechendste Ansatz. Es kann nicht viele Wege geben, da ranzukommen.«

Chris schüttelte den Kopf. »Das Gesundheitsamt ermittelt bereits in diese Richtung. Die sind auf diesem Gebiet kompetenter als wir. Außerdem glaube ich nicht, dass es so einfach ist. Der Täter spielt mit uns. Und er macht das so gut, dass er sich dabei ziemlich sicher fühlt. Möglicherweise ist der Kerl ein verkappter Biologe oder Chemiker und züchtet das Zeug selbst, wer weiß.«

»Ich denke nicht, dass das so einfach ist.«

»Warten wir ab, was Kolb und seine Leute herausfinden«, beharrte Chris. »Für uns wäre es viel wichtiger zu wissen, wer das Opfer war.«

»Die Identifizierung kann noch Tage, vielleicht sogar Wochen dauern. Wenn der Tote ein Obdachloser war, den niemand vermisst, werden wir es vielleicht nie herausfinden.«

»Ich weiß«, stimmte Chris ihm zu. »Wir sollten uns auf jeden Fall an die Medien wenden und ein Foto des Toten veröffentlichen. Die rennen unserer Pressestelle ohnehin seit gestern die Bude ein. Vielleicht kommen wir so auf seine Identität und dementsprechend über sein Umfeld an den Täter und sein Motiv heran. Ich denke nicht, dass er sich bei einer solchen Vorgehensweise sein Opfer willkürlich aussucht. Er will uns etwas mitteilen.«

»Du meinst also, wir sollen einfach dasitzen und Däumchen drehen?«, sagte Gerlach. »Ich dachte wir sind uns darüber einig, dass der Kerl weitermorden wird.«

Eine kurze Melodie erklang von Chris' Schreibtisch aus, die den Eingang einer Kurznachricht auf seinem Handy verkündete. Das Display zeigte eine fremde Nummer an. Und was die anhängende Nachricht offenbarte, ließ Chris' Magen schlagartig verkrampfen.

»Ich fürchte, er hat es bereits getan«, sagte er, während er auf sein Mobiltelefon starrte.

»Was meinst du?«, fragte Gerlach.

Chris hielt ihnen das Handy entgegen. Gebannt sahen die beiden auf die Botschaft, die auf dem Display prangte:

Selig Tag
kein Mondenschein.
Muss auf ewig
begraben sein.

Darunter war ein Foto angehängt. Es zeigte einen von Gras umgebenen Erdhügel, der einem Grab erschreckend ähnlich sah. Aus dem oberen Teil des Hügels ragte das Ende eines Kupferrohres. Etwa in der Mitte war ein runder Holzpfahl in die Erde getrieben worden. Die Ränder waren ausgefranst, was auf eine ziemliche Wucht der Schläge schließen ließ. Am oberen Ende des Pfahls war ein Nagel eingeschlagen. Daran hing ein toter Rabe.

»Verdammt«, flüsterte Rokko. »Glaubst du, wer immer da drin liegt, lebt womöglich noch?«

»Das kann ich mir nicht vorstellen«, erwiderte Chris.

»Aber wozu dann das Rohr?«

»Ihr solltet euch lieber fragen, ob ihr irgendetwas auf diesem Foto erkennen könnt, das uns sagt, wo sich dieses Grab befindet.«

Beide betrachteten die Aufnahme ausgiebig.

»Nein, unmöglich.« Gerlach schüttelte den Kopf. »Viel zu wenig Anhaltspunkte. Das könnte in meinem Garten sein.«

»Es muss einen Hinweis geben«, fauchte Chris. »Er will uns etwas mitteilen. Also will er auch, dass wir dieses Grab finden!«

»Moment«, meinte Rokko und deutete auf das Display. »Die Handynummer des Absenders ist nicht unterdrückt.« Er sah zu Chris auf.

Der nickte ihm zu. »Trommel sofort Meißners Leute zusammen. Ich veranlasse augenblicklich eine Handyortung.«

Die Koordinaten führten sie zu einem Wiesengrundstück, nahe der Bundesstraße 327, im oberen Teil des Koblenzer Stadtwaldes. Das Handy, mit dem die Nachricht gesendet worden war, lag lose auf dem Pfahl, an dem auch der Vogel angebracht war. Mittlerweile hatte die Spurensicherung das Gelände weitläufig abgesperrt. Dienstfahrzeuge säumten die holprige Zufahrt zu beiden Seiten, und Meißners Leute suchten in ihren weißen Schutzanzügen den Boden um die ausgehobene Fundstelle ab. Als sie damit fertig waren, traten Chris und Rokko an den Rand des Grabes. Der Leichnam darin wurde ausgiebig fotografiert. Das Kupferrohr und der Pfahl waren mittlerweile entfernt worden, und die mit Erde verdreckten Augen des Toten starrten den wolkenlosen Himmel an, als wäre dort der Schrecken abgemalt, den er in seinen letzten Minuten durchlebt haben musste. In seiner Körpermitte klaffte ein durchgehendes, faustgroßes Loch. Darunter wurde das Dornenbett sichtbar, auf dem der Körper ruhte.

»Mein Gott, wer ist zu so etwas fähig?«, sagte Rokko.

»Ein ziemlich kranker Mann, würde ich sagen.« Uwe Meißner erhob sich, streifte sich die Latexhandschuhe von seinen zierlichen Händen und begrüßte die beiden Ermittler. »Und noch dabei ein verdammt kräftiger«, fügte er hinzu. »Selbst bei dem lockeren Boden dürfte es ihn einiges an Kraft gekostet haben, einen solchen Pfahl über einen Meter tief in die Erde und durch einen menschlichen Körper zu treiben. Allein das Ausheben der Grube muss ihn einige Zeit beschäftigt haben. Wir haben über eine halbe Stunde gebraucht, um den Leichnam freizulegen. Das alles spricht meiner Meinung nach für eine ziemliche Besessenheit des Täters.«

»Was hat Thielmann gesagt?«

Doktor Johann Thielmann war der örtliche Mediziner, der für ihre Behörde bei Tötungsdelikten zuständig war.

»Männliche Leiche, etwa einsachtzig, schätzungsweise Ende zwanzig. Thielmann hat in Anbetracht der Leichenflecke, der Körpertemperatur und unter der Berücksichtigung, dass der Körper unter der Erde gelegen hat, den Eintritt des Todes zwischen Mitternacht und zwei Uhr morgens festgelegt. Die Todesursache dürfte eindeutig sein.« Er deutete auf das Loch in dem Körper. »Der Pfahl ist im Bereich des Zwerchfells eingedrungen und hat einen Teil des Magens und das Rückgrat durchdrungen. Es dürfte ziemlich schnell gegangen sein, in Anbetracht der Todesangst, die das Opfer im Vorfeld verspürt haben muss. Es mutet beinahe wie ein Gnadenakt an.«

»Demnach war der Mann noch am Leben, als er begraben wurde«, schlussfolgerte Rokko.

»Davon können wir ausgehen«, meinte Meißner. »Der Arzt konnte keinerlei Anzeichen von Erstickung oder anderer Gewalteinwirkung feststellen. Bis auf das hier.« Er deutete auf einen rötlichen Fleck am Hals des Toten.

»Was ist das?«, fragte Chris, während er sich zu der Leiche herabbeugte.

»Das sind leichte Verbrennungen, wie sie entstehen können, wenn Strom in den Körper eindringt.«

»Ein Elektroschocker?«

»Wäre möglich.«

Chris hielt einen Moment nachdenklich inne, während er die Grube musterte. »Das dürfte ihn nicht lange genug außer Gefecht gesetzt haben, um ihn hierher zu bringen und all das zu inszenieren«, schlussfolgerte er.

Meißner nickte. »Da Hände und Füße nicht gefesselt sind, ist er vermutlich anderweitig ruhiggestellt worden.«

»Mit K.-o.-Tropfen?«

»Genaueres kann ich erst nach der Laboruntersuchung sagen. Auf jeden Fall war er bei Bewusstsein, als man ihn begraben hat. Die reichhaltigen Wunden, die die Dornen an seinem Rücken verursacht haben, deuten darauf hin, dass er zumindest versucht hat, sich aus dieser Lage zu befreien.«

Chris erhob sich und betrachtete Meißner. »Ist dir schon jemals etwas Vergleichbares untergekommen?«, fragte er.

Meißner spitzte nachdenklich die Lippen. Dann schüttelte er den Kopf »Nein. Und wenn ihr mich fragt, ist es völlig abwegig, einen Menschen auf solch eine Weise zu töten. Wisst ihr denn schon etwas über die Identität des Opfers?«

»Die Handynummer ist auf einen Daniel Nowak registriert, 27 Jahre, wohnhaft in Koblenz. Gerlach prüft den Namen in unserer Datenbank und durchsucht alle gängigen sozialen Netzwerke. Ich bin mir aber sicher, dass die besagte Person hier vor uns liegt.« Chris ging ein paar Schritte und sah sich um. »Du hast gesagt, der Tod sei zwischen Mitternacht und zwei Uhr morgens eingetreten«, wandte er sich an Meißner.

Der nickte.

»Das Foto, das der Täter mir vom Tatort geschickt hat, wurde aber bei Tageslicht aufgenommen.«

»Du meinst, der Kerl ist nochmal hierher zurückgekommen?«, fragte Rokko.

»Entweder das, oder er hat sich die ganze Nacht über hier aufgehalten.«

Meißner zuckte mit den Schultern. »Dazu kann ich euch noch nichts sagen. Aber wir untersuchen das Gebiet weiträumig. Sollten wir irgendwelche Spuren diesbezüglich finden, lasse ich es euch wissen.«

»Aber das ist doch verrückt«, sagte Rokko und zog einen Streifen Kaugummi aus der Jacke. »Weshalb sollte er das tun? Niemand hält sich unnötig lange an einem Tatort auf, schon gar nicht, wenn er so offen einsehbar ist.«

»Erstens«, entgegnete Chris, »haben wir es hier nicht mit einem gewöhnlichen Tätertyp zu tun. Und zweitens, wer hält schon Ausschau nach einem Erdhügel auf einer Wiese? Nachts verirrt sich niemand in diese Gegend, und der angrenzende Wald bietet genügend Deckung. Er hätte im Schutz der Dunkelheit durchaus die ganze Nacht hier verbringen können, ohne jemandem aufzufallen.«

Rokko schob sich den Kaugummi in den Mund und schüttelte den Kopf. »Das ergibt für mich keinen Sinn«, nuschelte er.

»Und genau deshalb passt es in das Schema des Täters«, sagte Chris. »Der Kerl spielt sein abartiges Spiel mit uns, und er kann sich durch unsere Ratlosigkeit dabei absolut sicher fühlen.« Chris ließ seinen Blick über das weitläufige Gelände gleiten. »Warum hier?«, ging er laut seinen Gedanken nach. »Ihm muss klar gewesen sein, dass es Tage hätte dauern können, bis jemand sich hierher verirrt. Genau das war der Grund, weshalb er uns mit der Nase darauf gestoßen hat. Er wollte, dass wir den Leichnam schnellstmöglich finden. Aber wieso dann hier?«

»Er brauchte Abgeschiedenheit, um das hier zu bewältigen.«

»Ja, aber das ist nicht der einzige Grund. So wie bei dieser Pestkapelle muss es auch zu diesem Tatort einen Bezug geben.«

»An deiner Stelle würde ich mich lieber fragen, weshalb er dir diese Botschaft geschickt hat?«

Chris verharrte einen Moment. In der Aufregung hatte er noch nicht darüber nachgedacht. »Mein Name ist während der Entführungssache vor zwei Jahren mehrfach in der Presse aufgetaucht, wie du weißt. Da dürfte es nicht schwer gewesen sein, eine Verbindung zu ziehen.«

»Und woher hat der Kerl deine Nummer?«

Chris schwieg einige Sekunden, in denen sich ein unbehaglicher Druck in seinem Magen aufbaute. »Die Nummer steht auf jeder meiner dienstlichen Visitenkarten«, sagte er.

»Dann solltest du gut überlegen, wem du die in letzter Zeit gegeben hast.«

Uwe Meißner trat einen Schritt auf die beiden Ermittler zu. Eine aufkommende Windböe ließ den weißen Overall wie ein loses Segel um seinen schlaksigen Körper flattern. »Das hier macht mir Angst«, sagte er und senkte dabei seine Stimme, als dürfe es niemand anderes hören. »Zwei Tote in zwei Tagen. Wenn das eine Art Schema ist, dürften wir es bald schwer haben, mit unserer Arbeit hinterherzukommen.«

Chris fuhr sich durch seine dunkelblonden Haare, die über der Stirn deutliche Geheimratsecken aufwiesen. »Glaub mir, wir ermitteln in alle Richtungen, aber ich kann nun mal keine Ergebnisse erzwingen. Wir brauchen mehr Zeit.«

»Die wird dieser Irre euch nicht geben«, beharrte Meißner. »Ich will euch nicht in eure Arbeit pfuschen, aber ich finde, ihr solltet euch allmählich über die Gründung einer Sonderkommission Gedanken machen. Das hier wird nicht aufhören.«

Chris nickte. »Ich werde nachher mit dem Alten darüber reden, obwohl Deckert sicher nicht begeistert sein wird. Ihm fehlt jetzt schon an jeder Ecke Personal.«

»Ihm wird keine andere Wahl bleiben«, sagte Meißner. »Der öffentliche Druck ist jetzt schon ziemlich groß, und die Medien werden ihr Übriges dazu beitragen.«

Mit beiden Punkten kannte Chris sich bestens aus. Und er konnte nicht von sich behaupten, dass sie ihm sonderlich behagten.

»Wir lassen den Leichnam jetzt abtransportieren«, sagte

Meißner. »Meinen Bericht bekommt ihr morgen.«

Chris nickte. »Danke, Uwe.«

Nachdem Meißner sich entfernt hatte, gingen auch Chris und Rokko in Richtung ihres Dienstfahrzeugs.

»Er hat recht, und das weißt du«, sagte Rokko.

Chris kommentierte diese Aussage mit Schweigen.

»Wir sollten uns schnellstens an die Presse wenden und um Hinweise aus der Bevölkerung bitten. Vielleicht hat doch jemand irgendetwas gesehen.«

»Ja«, erwiderte Chris nachdenklich. »Ich weiß auch schon, wer dafür infrage kommt.«

6

Marc Bondek saß in der Redaktion des Rhein-Anzeigers, als ihn die Anforderung erreichte. Bereits am Vortag hatte er versucht, sich an die Story mit dem Pesttoten zu hängen. Doch die Polizei hatte eine Nachrichtensperre verhängt, sodass Bondek nur die offiziellen Presseinformationen zur Verfügung standen, die nur vage auf die Ereignisse eingingen. Umso mehr erfreute ihn das Gespräch mit seinem Chefredakteur Rainer Klemens, in dessen Verlauf er ihm mitteilte, dass die zuständige Kripo ihn angefordert hatte. Offensichtlich brauchten sie Hinweise, und er sollte sie ihnen beschaffen, indem er über den Fall berichtete, was ihm vermutlich eine Schlagzeile auf der Titelseite garantierte. Keine halbe Stunde nach dem Anruf klopfte Bondek an Chris' Bürotür im Präsidium.

»Kommissar Bertram? Marc Bondek vom Rhein-Anzeiger.«

Chris erhob sich von seinem Schreibtisch und schüttelte Bondek die Hand. »Es freut mich, dass Sie meiner Bitte so schnell nachkommen konnten.«

»Es liegt in der Natur meines Berufes, neugierig zu sein. Und in diesem Fall ist meine Neugier ziemlich groß.«

Chris musterte den Mann. Er hatte auffallend dunkle Haare und ein breites, markantes Gesicht. Chris schätzte ihn auf Mitte dreißig. In Bondeks wöchentlicher Kolumne hatte er einmal gelesen, dass sein Vater polnischer Abstammung war. Seine Mutter hatte amerikanische Wurzeln. Eine ungewöhnliche Mischung.

»Nehmen Sie Platz«, sagte Chris. »Meine Kollegen ermitteln momentan auswärts in dem Fall. Wir sind also ungestört.«

Bondek ließ seinen Blick über Chris‘ Schreibtisch gleiten, der unter einer Schicht aus Berichtsmappen und Fotos begraben war, bevor er sich auf einen der Stühle setzte.

»Bitte entschuldigen Sie das Durcheinander«, sagte Chris, »aber wie Sie sich vorstellen können, bricht im Moment einiges auf uns ein, und unsere Abteilung ist ziemlich unterbesetzt. Anscheinend hält die Obrigkeit es nicht für nötig, unser Personal aufzustocken.«

»Vermutlich müssen sie Steuergelder einsparen, um den Flughafen in Berlin fertigzustellen«, meinte Bondek trocken.

Chris musste schmunzeln. Anscheinend hatte er sich in Bondek nicht getäuscht.

»Darf ich fragen, warum Sie ausgerechnet mich angefordert haben?«

Chris lehnte sich in seinen Stuhl zurück. »Mir hat Ihre Berichterstattung über diesen Entführungsfall sehr gut gefallen.«

Bondek überlegte einen Moment. »Die Tochter dieses reichen Unternehmers? Das muss schon über ein Jahr zurückliegen.«

»Fast zwei, um genau zu sein«, sagte Chris.

»Tragische Geschichte.«

»Ja. Sie haben damals kritisch, aber sachlich darüber berichtet. Im Gegensatz zu einigen Ihrer Kollegen, die uns Versagen vorgeworfen haben, weil die Täter nicht gefasst werden konnten.«

»Die Chancen dafür standen ja auch denkbar schlecht, da der Vater des Entführungsopfers sich erst nach der Geldübergabe an Sie gewandt hat.«

»Dennoch erwartet die Öffentlichkeit von uns, dass wir derartige Verbrechen aufklären.«

Bondeks gerade Lippen verkrümmten sich zu einem Grinsen. »Sie wissen so gut wie ich, dass die Öffentlichkeit sich im Grunde einen Dreck dafür interessiert. Dafür ist sie viel zu sehr mit sich selbst beschäftigt. Die Leute haben es doch längst verlernt, sich für ihre eigenen Überzeugungen starkzumachen. Dafür haben die meisten es sich viel zu bequem in ihren Designersesseln und Mittelklassewagen gemacht.«

»Das klingt nicht sehr optimistisch.«

»Ich habe durch meine Arbeit den Anspruch Realist zu sein. Ansonsten würde ich Romane schreiben.«

Chris nickte. Er hätte keine bessere Wahl treffen können. »Wie viel wissen Sie über die Sache?«

»Nur das, was alle wissen«, erwiderte Bondek. »Es gab jemanden, der an der Pest gestorben ist. Und dass die Behörden Entwarnung für die Bevölkerung gegeben haben.«

»Das stimmt auch soweit. Nur ist der Sachverhalt leider ein wenig komplizierter.«

»Das ist mir klar, sonst wäre ich wohl kaum hier.« Bondek zog einen Stift und einen Notizblock aus der Tasche seiner Jeansjacke und legte beides vor sich auf den Tisch. »Was genau ist denn nun da unten in Sayn passiert?«

Nachdem Chris die Ereignisse in knappen Worten erläutert hatte, legte Bondek den Stift beiseite, der die ganze Zeit hektisch über seinen Notizblock gekreist war.

»Das ist die abgefahrenste Geschichte, die ich je gehört habe«, kommentierte er die Ausführungen. »Wenn ich es nicht besser wüsste, würde ich sagen, da will mich jemand verschaukeln.«

»Nein, die Sache ist leider sehr ernst. Wir müssen schnellstens die Identität des Opfers herausfinden, um an weitere Ermittlungsansätze zu gelangen.« Chris wühlte in der Schicht auf seinem Schreibtisch und zog eine Mappe daraus hervor, die er aufgeklappt vor Bondek ablegte. »Denn es gibt bereits einen zweiten Toten. Wir haben seine Leiche heute Morgen auf einem Feld am Rande des Stadtwaldes gefunden.«

Bondek blätterte die Mappe durch, in der sich Tatortfotos von dem Grab und der freigelegten Leiche befanden. Er schluckte, als er die Aufnahmen betrachtete.

»Ich habe vorhin mit meinem Chef gesprochen. Die Gründung einer Sonderkommission steht kurz bevor. Ohne Frage haben wir es mit einem sadistischen Killer zu tun, der nicht davor zurückschreckt, seine Opfer zu quälen.

Und er legt dabei ein Tempo vor, das uns zu denken gibt. Zwei Tote, in zwei Tagen. Wenn das so weitergeht, könnte das die Bevölkerung auch trotz ihrer Trägheit in Aufruhr versetzen.«

»Was wissen Sie über den Kerl?«

»Leider so gut wie nichts«, erwiderte Chris. »Wir haben zwar Ansatzpunkte für unsere Ermittlungen, aber die bringen uns im Moment nicht weiter. Wir sind auf Hilfe angewiesen.«

»Was kann ich tun?«, fragte Bondek, dessen Augen noch immer auf die Bilder gerichtet waren.

»In erster Linie nicht detailliert über das berichten, was Sie gerade sehen. Ich will nicht, dass zum jetzigen Zeitpunkt Einzelheiten über die beiden Fälle an die Öffentlichkeit dringen. Ebenso wenig möchte ich, dass eine Verbindung zu den beiden Morden hergestellt wird, jedenfalls noch nicht.«

»Wenn der Kerl tatsächlich weitermordet, wird sich das kaum verhindern lassen«, gab Bondek zu bedenken.

»Das ist mir klar«, sagte Chris, »aber im Moment würde der Begriff Serientäter die Leute nur verängstigen. Wir haben bis jetzt kein gesichertes Motiv für die Morde. Daher können wir nicht einmal vermuten, nach welchen Kriterien der Mörder sich seine Opfer aussucht.«

»Dennoch finde ich, man sollte die Menschen warnen.«

»Ist es Ihre Ansicht als Realist, die glaubt, damit etwas bewirken zu können?«

»Es ist mehr die Ansicht meines Gewissens«, beharrte Bondek.

»Na schön«, gab Chris sich geschlagen. »Meinetwegen schreiben Sie etwas darüber, dass wir die beiden Fälle auf Gemeinsamkeiten überprüfen, und rufen Sie die Leute zur Vorsicht auf, solange wir nichts Genaueres wissen.« Er tippte auf eines der Fotos. »Aber ich will nichts über geheimnisvolle Botschaften oder einen irren Vogelmann lesen, klar?«

Bondek nickte. »Das ist aber nicht alles, oder?«

»Nein.« Chris lehnte sich in seinen Stuhl zurück. »Was den zweiten Mord angeht, hoffen wir dringend auf Hinweise aus der Bevölkerung. Der Todeszeitpunkt liegt zwischen Mitternacht und zwei Uhr morgens. Aufgrund der Spurenlage muss der Mörder sich längere Zeit am Tatort aufgehalten haben. Dieser liegt zwar abseits der normalen Wege, ist aber auf eine gewisse Entfernung gut einsehbar. Daher erhoffen wir uns, dass dort jemand etwas gesehen hat, zumal der Täter zumindest kurzfristig mit Licht gearbeitet haben muss.«

Chris machte eine Pause, in der er beobachtete, wie Bondek eifrig Notizen machte.

»Da wäre noch etwas«, meinte er.

Bondek sah erwartungsvoll von seinen Notizen auf.

»Wir haben an beiden Tatorten einen toten Vogel gefunden.«

»Einen Vogel?« Die Haut an Bondeks Stirn wölbte sich. »Läuft der Kerl deshalb in einem Kostüm herum?«

»Darüber können wir noch nichts sagen. Bei den Tieren handelt es sich um Raben. Sie scheinen für den Täter von Bedeutung zu sein. Da Raben unter die Wildtiere fallen, und nicht ohne Genehmigung gehalten oder aufgezogen werden dürfen, wäre es für uns wichtig zu erfahren, wer auf irgendeine Art Kontakt mit diesen Tieren hat.«

Bondek schrieb erneut auf seinem Notizblock. »Das dürfte es schwierig machen, die beiden Fälle auseinanderzuhalten.«

»Deshalb möchte ich, dass Sie sich mit diesem Detail vorerst ausschließlich auf den zweiten Mord konzentrieren, von dem wir wissen, wer das Opfer ist.«

»Ich höre«, meinte Bondek, dessen Stift über einem neuen Blatt in Stellung ging.

»Der Mann heißt Daniel Nowak, 27 Jahre und vorbestraft. Hat fünf Jahre wegen schwerer Vergewaltigung abgesessen und während der Zeit einen Drogenentzug gemacht. Ist vor drei Monaten rausgekommen. Seitdem hat er in einem Restaurant als Kellner gearbeitet. Der Besitzer und ein weiterer Angestellter haben uns bestätigt, dass Nowak am gestrigen Abend das Restaurant um kurz vor Mitternacht verlassen hat. Sein Auto stand noch auf dem angrenzenden Parkplatz. Er muss also dort seinem Mörder begegnet sein.«

Nachdem Bondek die Daten notiert hatte, betrachtete er den topographischen Ausdruck, der den Bildern in der Mappe beilag und die landschaftlichen Begebenheiten um den Fundort des Leichnams abbildete. »Wenn er so schnell mordet, muss ihm daran liegen, dass man seine Taten möglichst zeitnah entdeckt.«

»Davon gehen wir auch aus. Zumal er uns am Morgen nach der Tat selbst zu der Stelle geführt hat.« Chris erzählte ihm von der Nachricht und der darauf erfolgten Handyortung, die sie schließlich zu dem Grab geführt hatte.

»Es scheint Sie nicht zu beunruhigen, dass Ihnen ein sadistischer Killer eine Nachricht auf Ihr Handy schickt.«

»Dieses Verhalten beweist mir, dass dieser Kerl auf eine Konfrontation mit uns aus ist. Er will uns auf diesem Weg herausfordern. Dabei fühlt er sich in jeder Hinsicht überlegen und will uns dies demonstrieren, indem er mit seinen Taten prahlt. Aus diesem Grund bitte ich Sie, nur über das Nötigste in diesem Fall zu berichten, da ich diesem Mistkerl nicht auch noch eine öffentliche Plattform für sein krankes Ego zur Verfügung stellen will.«

Bondek nickte verhalten. »Dann haben die Orte und Taten eine Bedeutung für ihn?«

»Das haben sie für einen Mörder meistens«, sagte Chris. »Im simpelsten Fall ist es nur der Hass auf das Opfer, den seine Tat widerspiegeln soll. Hier scheint es zumindest so, als will der Täter uns noch auf andere Aspekte seiner Motive hinweisen. Zumindest haben wir seit heute einen ersten Anhaltspunkt, was das betrifft.«

»Und der wäre?«

Chris tippte auf die Stelle des Ausdrucks, die den Fundort der zweiten Leiche markierte. »Genau an dieser Stelle hat Nowak vor fünf Jahren die achtzehnjährige Lara

Neuroth vergewaltigt. Meine beiden Kollegen befragen in diesem Moment die Eltern des damaligen Opfers.«

7

»Sie werden verstehen, dass ich nicht allzu viel Mitleid für diesen Abschaum empfinde«, erwiderte Werner Neuroth, nachdem Rokko ihn von Nowaks Tod unterrichtet hatte. »Dieser Mann hat das Leben meiner Tochter zerstört.«

»Das können wir nachempfinden«, meinte Rokko und warf einen kurzen Blick zu Gerlach, der neben ihm im Wohnzimmer der Neuroths stand. »Dennoch werden Sie verstehen, dass wir Ihnen aufgrund der Umstände seines Todes ein paar Fragen stellen müssen.«

»Nein, das verstehe ich nicht!«, schnaufte Werner Neuroth erbost. Er war Anfang fünfzig. Unter seinem lichten Haar zeichnete sich die Röte auf seiner Kopfhaut ab, die der Zorn über diese Befragung dort verursachte. Seine Frau Heike ergriff vorsorglich seine Hand und versuchte, ihn mit dieser Geste zu besänftigen, was ihr jedoch nicht gelang. »Ich will nicht, dass meine Tochter noch einmal mit dieser abscheulichen Sache konfrontiert wird. Haben Sie eine Ahnung, was sie durchgemacht hat?«

»Wir haben zuvor die Akte zu dem Fall studiert«, antwortete Rokko zurückhaltend.

»Dann wissen Sie ja, was dieser Bastard meinem Mädchen angetan hat. Das Einzige, was sein Ableben in mir auslöst, ist die Möglichkeit, dass ich allmählich wieder an Gott glaube. Denn dieser Kerl hat den Tod verdient, und ich pisse auf sein Grab, hören Sie?«

»Werner, bitte beruhige dich«, ging seine Frau Heike dazwischen. Sie war etwas jünger und hatte schulterlange Haare. »Diese Leute tun nur ihre Arbeit.«

»Ja, und sie reißen damit Wunden wieder auf, die noch immer nicht verheilt sind«, schnaufte Werner Neuroth wütend.

»Wir haben durchaus Verständnis für Ihre Situation«, schaltete sich Gerlach in die Diskussion ein, »aber Sie müssen auch verstehen, dass da draußen ein Verrückter herumläuft, der Menschen bestialisch ermordet und damit noch mehr Familien wie Ihre ins Unglück stürzt. Und wir sind uns ziemlich sicher, dass er damit weitermachen wird, wenn wir ihn nicht daran hindern. Und das können wir nur tun, wenn wir jedem Hinweis nachgehen. Daher würde ich Sie bitten, sich zu beruhigen.«

Werner Neuroth tauschte einen hitzigen Blick mit den beiden Beamten aus. Dann drehte er sich zu seiner Frau, die ihm aufmunternd zunickte. Daraufhin ergriff er ihre Hand, und die Härte, die sich seit dem Eintreffen der beiden Ermittler in sein Gesicht gemeißelt hatte, nahm weichere Züge an. »Na schön«, meinte er. Aus seiner sonoren Stimme war jeglicher Übermut gewichen. »Stellen Sie Ihre Fragen, solange Sie Lara da raushalten.«

Rokko nickte. »Ich denke, das lässt sich einrichten. Wo waren Sie zwischen elf Uhr gestern Abend und zwei Uhr heute Morgen?«

»Glauben Sie mir, ich habe hundert Mal mit dem Gedanken gespielt, diesen Nowak umzubringen. Und egal wie er gestorben ist, meine Methode hätte garantiert länger gedauert. Aber ich habe in den letzten Jahren genug damit zu tun gehabt, diese Familie zusammenzuhalten. Wir haben alles dafür getan, um diesen Mistkerl aus unserem Leben zu verbannen, doch seine Tat verfolgt uns bis heute. Und wer immer ihn auf dem Gewissen hat, den werde ich sicher nicht dafür verdammen. Aber ich bin nicht derjenige, den Sie suchen. Ich wusste ja nicht einmal, dass Nowak wieder draußen war.«

»Dann dürfte es Ihnen ja nichts ausmachen, meine Frage zu beantworten«, beharrte Rokko.

»Ich arbeite jetzt seit dreißig Jahren als Hausmeister in der hiesigen Grundschule«, sagte Neuroth. »Und wie jeder normale Mensch, der einer ehrbaren Arbeit nachgeht, lag ich um diese Zeit im Bett. Wie Sie verstehen, kann das nur meine Frau bezeugen.«

Rokko betrachtete die Wände des Wohnzimmers. Die

Tapete wies ein altmodisches Blütenmuster auf, und an einer Stelle unter der Deckenleiste begann sie sich abzulösen. Anscheinend verhielt es sich mit Handwerkern ähnlich wie mit Gastronomen: Zu Hause wurde nur selten gekocht. »Kommen wir auf Ihre Tochter zurück.«

»Sie haben versprochen, sie da rauszuhalten«, fuhr Neuroth ihn an, sodass seine Frau ihm sogleich am Arm zog.

»Das werden wir«, sicherte Rokko erneut zu. »Allerdings bräuchten wir ein paar Angaben über ihren Freundeskreis. Gibt es da jemanden, der sich womöglich rächen wollte, für das, was man Ihrer Tochter angetan hat?«

Werner Neuroth seufzte entmutigt. »Freundeskreis?«, fragte er in einem Tonfall, der vermuten ließ, dass so etwas im Leben seiner Tochter keine Rolle mehr spielte. »Die einzige Person, die seit diesem Abend vor fünf Jahren einem Freund am nächsten käme, ist Laras Psychologe, Doktor Matthias Herrmann, bei dem sie nach wie vor in Behandlung ist. Sie lebt zurückgezogen, ist die meiste Zeit oben in ihrem Zimmer. Vor zwei Jahren hat sie eine Ausbildung zur Tierpflegerin begonnen. Ihre Liebe zu Tieren ist das Einzige, was ihr noch von Bedeutung ist. Ich glaube, sie hat jegliches Vertrauen in die Menschen verloren. Und ich kann es ihr nicht einmal verübeln.«

»Aber es hat doch sicher vor der Tat jemanden in ihrem Leben gegeben.« Rokko war klar, wie abgeklärt sich das anhören musste. Doch so sehr ihn das Schicksal von Lara Neuroth berührte, sie brauchten neue Ermittlungsansätze. Und sie brauchten sie schnell. »Ich meine jemand, dem sie nahe gestanden hat.«

»Das hat es«, erklang eine zarte Stimme im Hintergrund.

Alle Blicke wandten sich in Richtung des Türrahmens. Dort stand eine junge Frau. Sie trug graue Arbeitskleidung über ihrer üppigen Figur. Obwohl sie mindestens zwanzig Kilo mehr wog, als auf dem Foto in ihrer Akte, und sie ihre Erscheinung geändert hatte, erkannte Rokko sofort, dass es sich bei der Frau um Lara Neuroth handelte. Ihre ehemals blonden Haare waren mittlerweile getönt, und sie trug sie auffällig nach vorn gewellt, sodass sie einen Großteil ihres Gesichts verdeckten. Aufgrund der Verletzungen, die durch zahlreiche Aufnahmen in ihrer Akte dokumentiert waren, konnte Rokko sich ausmalen, weshalb sie ihr nach wie vor hübsches Gesicht unter dieser Frisur versteckte. In Laras Augen spiegelte sich etwas Trauriges wider, dennoch wirkten sie gefasst und vermittelten so etwas wie Selbstsicherheit. Und doch war auf den ersten Blick zu erkennen, dass dort ein junger Mensch stand, den das Schicksal viel zu früh ereilt hatte.

»Lara!«, rief ihre Mutter aufgebracht. »Wir haben dich nicht nach Hause kommen hören. Wie lange stehst du schon da?«

»Lange genug«, erwiderte die junge Frau.

»Herrgott«, zischte Werner Neuroth wütend. »Ich hoffe Sie haben, was Sie wollen.«

»Schon gut, Papa«, schlichtete die junge Frau. »Es ist in Ordnung.« Sie ging auf die beiden Ermittler zu. »Nowak ist also tot«, fasste sie nüchtern zusammen.

Rokko nickte verhalten. »Er wurde vergangene Nacht brutal ermordet.«

»Und Sie glauben, dass jemand, den ich einmal gekannt habe, dafür verantwortlich sein könnte?«

»Es besteht immerhin die Möglichkeit. Vielleicht ein Freund aus dieser Zeit.«

»Ich war damals erst achtzehn und ziemlich naiv, wollte nur meinen Spaß haben.«

Wer in dem Alter will das nicht, dachte Rokko.

»Dementsprechend gestaltete sich auch mein Freundeskreis«, fuhr Lara fort. »Für die meisten war ich nur wichtig, solange ich die lustige Lara war, die für jeden Spaß zu haben ist. Probleme und Ängste sind in diesem Alter nicht besonders angesagt. Die meisten meiner sogenannten Freunde haben mich noch nicht einmal angerufen, nachdem sie gehört hatten, was mir zugestoßen ist.«

»Und der Rest?«

»Es gab da eine Freundin, mit der ich noch regelmäßig Kontakt hatte, aber mit der Zeit hat auch das aufgehört. Und dann war da noch Andy.«

Rokko wurde hellhörig. »Wer?«

»Andreas Hastrich. Ist mit mir zusammen zur Schule gegangen. Ich glaube, er war verknallt in mich, auf seine eigene, ganz spezielle Art. Er hat mich ein paarmal im Krankenhaus und anschließend hier besucht. Eigentlich war er ganz in Ordnung, aber irgendwie komisch drauf.«

»Inwiefern?«

»Na ja, er war ziemlich verschlossen und politisch sehr engagiert. Hing öfter mit ein paar Typen rum. Sie waren alle ein paar Jahre älter und gehörten wohl einer Wählergruppe an. Keine Ahnung, was das für Leute waren. Er hat nicht viel darüber gesprochen.«

Gerlach machte sich Notizen.

»Haben Sie noch Kontakt zu ihm?«, fragte Rokko.

»Das reicht jetzt!«, schaltete sich Neuroth dazwischen.

»Papa, bitte!«, wehrte Lara diesen erneuten Versuch ihres Vaters ab, sie zu schützen. »Ich muss lernen, damit klarzukommen.«

Missmutig zog er sich zurück.

Lara atmete durch. »Nein, ich habe schon seit Jahren zu niemandem mehr Kontakt«, sagte sie, und ihre Stimme wurde brüchiger. »Ich habe mich immer mehr aus meinem früheren Alltag zurückgezogen, da mir Daniel Nowak mein altes Leben unwiederbringlich zerstört hat.«

Nach kurzem Zögern strich sie sich mit der linken Hand die Haare aus dem Gesicht. Zwei Narben zogen sich durch die Haut ihrer Wange bis an ihr linkes Ohr, das auf den ersten Blick sehr natürlich wirkte. Mit einem Geräusch, das an das Öffnen eines Druckknopfes erinnerte, löste sie die Silikonprothese aus der in der Haut implantierten Halterung. Weitere Narben wurden darunter sichtbar, die sich wie ein Strudel um die schmale Öffnung des Gehörgangs formierten.

»Ich hatte damals noch kürzere Haare und habe mich

nicht mehr in die Schule getraut, weil ich die entsetzten Blicke nicht hätte ertragen können. Erst zwei Jahre und einige Operationen später konnte ich mich dazu durchringen, meinen Abschluss nachzuholen. Ich werde für den Rest meines Lebens an das erinnert werden, was Daniel Nowak mir angetan hat. Und an meine naive Dummheit, die mich in dieser Nacht in sein Auto hat einsteigen lassen, nachdem ich ihn in einer Diskothek kennengelernt hatte. Wir waren beide angetrunken, und er ist mit mir zu diesem Waldstück gefahren. Wir haben geredet, Alkohol getrunken und einen Joint geraucht. Irgendwann bekam ich Kopfschmerzen und wollte nach Hause. Doch er grinste nur und sagte, das wäre nicht nötig, denn er habe Schmerztabletten dabei. Er reichte mir eine der Pillen, und ich nahm sie, ohne darüber nachzudenken oder mich darüber zu wundern, weshalb er selbst eine schluckte. Ich ekle mich vor mir selbst, wenn ich darüber nachdenke, wie dumm ich damals gewesen bin. Kurz darauf war ich völlig weggetreten. Ich kann mich kaum daran erinnern, wie er mich das erste Mal vergewaltigt hat. Ich kann nicht einmal sagen, wie lange es gedauert hat.« Eine Träne lief ihre Wange hinab und blieb kurz an einer der Narben hängen, bevor sie zu Boden tropfte. »Es sind nur Bruchstücke, die sich in meinem Kopf festgesetzt haben. Ich bemerkte plötzlich, dass ich nackt war. Und ich erinnere mich an seinen Atem, der nach Alkohol und Zigaretten gerochen hat, während er keuchend auf mir lag. Und an die Schmerzen in meinem Unterleib. Irgendwann ist es mir gelungen, mich von ihm loszureißen und aus dem Auto zu flüchten. Ich erinnere mich an das warme Blut, das mir die Beine hinunterlief, als ich nackt durch die Dunkelheit geirrt bin. Ich war mir sicher, dass er mir nicht gefolgt ist, dass er endlich genug von mir hatte. Doch meine Gegenwehr hat ihn nur noch mehr angestachelt.« Lara schluchzte, und eine weitere Träne floss ihre entstellte Wange herab. »Auf diesem Feld hat er mich schließlich eingeholt.« Ihre Stimme zitterte, und sie kämpfte jetzt um ihre Beherrschung. »Er hat mich zu Boden geworfen und ist wie ein Tier über mich hergefallen. Er hat mich geschlagen, mich gekratzt und mir im Drogenrausch das linke Ohr abgerissen, während er immer wieder in mich eingedrungen ist und mir meine Vagina zerfetzt hat, sodass ich heute keine Kinder mehr bekommen kann. Ich weiß nicht, was er in seinem Wahn alles in mich hineingesteckt hat, aber es war sicher nicht nur sein verdammter Schwanz!«

Ein Wimmern erklang im Hintergrund, und Rokko registrierte aus den Augenwinkeln heraus, dass dieser Laut von Heike Neuroth kam. Sie hatte ihr Gesicht auf die Brust ihres Mannes gedrückt, der ihren schluchzenden Körper umarmte. Auch ihm standen die Tränen in den Augen. Rokko wollte etwas sagen, doch er brachte kein Wort heraus. Er hatte den Tathergang bereits dem Polizeibericht entnommen, doch die Einzelheiten aus der persönlichen Sicht der Betroffenen geschildert zu bekommen, und das Leid des Opfers und der Angehörigen hautnah zu spüren, war eine Erfahrung, auf die einen kein Bericht dieser Welt vorbereiten konnte.

»Irgendwann habe ich das Bewusstsein verloren«, fuhr Lara nach eindringlichen Sekunden des Schweigens fort. »Vermutlich hat mir dieser Umstand das Leben gerettet, denn anscheinend ging Nowak davon aus, dass ich tot war. Ansonsten hätte er mich sicher nicht dort liegenlassen. Obwohl ich nicht glaube, dass er noch rational denken konnte, als er endlich mit mir fertig war. Höchstwahrscheinlich wäre ich verblutet, wenn mich in den Morgenstunden nicht ein verirrter Spaziergänger dort gefunden hätte. Ich habe Jahre gebraucht, um diesem Menschen dafür dankbar sein zu können, dass er den Notarzt verständigt und mir das Leben gerettet hat. Denn ich habe mir immer wieder gewünscht, ich wäre auf dieser Wiese gestorben.« Sie zog ein Taschentuch aus ihrer Arbeitshose, die nach Tiergehege roch, und schnäuzte ihre zierliche Nase. »Ich habe Daniel Nowak irgendwann vergeben, nicht zuletzt, weil es auch meine eigene Schuld und Dummheit war, die dazu geführt hat. Dass er tot ist, tut mir nicht leid, aber ich freue mich auch nicht darüber, denn es ändert nichts an meiner Situation. Ich will das alles nur vergessen, und das hier hilft mir ein wenig dabei.« Sie hielt das künstliche Ohr in die Höhe und atmete durch, als könne sie dadurch diese Erinnerungen abstreifen. Dann befestigte sie die Prothese mit einer gekonnten Bewegung, die verdeutlichte, dass dies eine vertraute Handlung für sie war, wieder in der Verankerung schräg unter ihrer Schläfe und strich sich die Haare nach vorn. »Diese Maskerade erlaubt es mir, mich im Spiegel betrachten zu können, ohne vor mir selbst zu erschrecken. Und sie ermöglicht es mir auch, ein wenig von der lebenslustigen Frau wiederzuentdecken, die ich einmal gewesen bin. Und obwohl ich genau weiß, dass es diese Frau nicht mehr gibt, tue ich mein Bestes, aus ihren Fehlern zu lernen und mich nicht mehr Situationen auszusetzen, die mein eigenes Leben oder das meiner Familie zerstören könnten. Es tut mir leid, dass wir Ihnen nicht helfen konnten, aber Sie müssen Ihren Täter woanders suchen.«

Mit diesen Worten ging sie zu ihren Eltern, die sie weinend in die Arme schlossen.

8

»Langsam fange ich an zu verstehen, weshalb jemand einen solchen Hass auf Nowak gehabt hat«, kommentierte Chris den Bericht seiner beiden Kollegen.

»Ja«, erwiderte Rokko, der mittlerweile wieder auf einem Kaugummi kaute, »aber ich denke, wir können den Vater oder ein anderes Mitglied der Familie als Täter ausschließen. Diese Leute wollen nur vergessen.«

»Was ist mit diesem Freund, wie heißt er doch gleich?«

»Andreas Hastrich«, las Gerlach von seinen Notizen ab. »In unserer Datenbank taucht der Name nicht auf. Zum Glück hatte Lara Neuroth aber noch ein Klassenfoto, auf dem auch Hastrich abgebildet ist. Ich habe daraufhin die gängigen sozialen Netzwerke durchsucht und ihn auf *Facebook* gefunden. Laut seinen dortigen Angaben studiert er zur Zeit Politikwissenschaft an der Uni in Regensburg.«

»Hast du das überprüft?«

»Natürlich«, sagte Gerlach. »Die Uni hat bestätigt, dass er dort eingeschrieben ist. Auf die offizielle Bestätigung des dortigen Einwohnermeldeamtes warte ich noch. Es scheint allerdings, als könnten wir ihn als direkten Täter ausschließen.«

»Überprüf diesen Hastrich trotzdem, nur um sicherzugehen.«

»Was hat deine Unterredung mit diesem Reporter ergeben?«, fragte Rokko.

»Bondek wird noch heute einen Artikel über die beiden Fälle verfassen, wobei ich ihn gebeten habe, die Morde vorerst unabhängig voneinander zu behandeln. Auch wird er ein Foto des ersten Opfers veröffentlichen und um Hinweise bitten. Der Artikel wird noch in der morgigen Ausgabe erscheinen.«

»Das ist doch schon mal was«, meinte Rokko. »Ich denke, das dürfte uns weiterbringen.«

»Wir werden sehen«, sagte Chris, der Rokkos Optimismus nur bedingt teilte. Erfahrungsgemäß ergaben solche öffentlichen Aufrufe zwar viele Hinweise, die in den meisten Fällen jedoch zu nichts führten und ihnen eine Menge unnötiger Arbeit verschafften, die sie zusätzlich aufhielt. Einzig die Tatsache, dass die Morde nicht schon Wochen oder Monate zurücklagen, stimmte ihn ein wenig hoffnungsvoller. »Vielleicht bringt uns ja die Aussage des Vorsitzenden von diesem Heimatverein weiter. Er wollte doch morgen hierherkommen, richtig?«

Rokko nickte.

»Na schön«, meinte Chris und sah auf die Uhr. »Es ist schon spät, machen wir für heute Feierabend.«

9

Es war kurz nach 21 Uhr, als Rebecca ihre Wohnungstür im dritten Stock erreichte. Sie stellte die Einkaufstüte ab und kramte den Wohnungsschlüssel aus der Uniformhose, als sie hinter sich auf der Treppe ein Stöhnen hörte. Erschrocken fuhr sie herum und legte ihre Hand instinktiv auf das Halfter der Dienstpistole, bis sie Chris erblickte. Er saß an die Wand gelehnt auf dem Treppenabsatz, der in die oberen Stockwerke führte, und blickte verschlafen in ihre Richtung.

»Himmel nochmal, hast du mich erschreckt«, entfuhr es ihr erleichtert. »Was machst du hier im Treppenhaus?«

Chris strich sich die Müdigkeit aus den Augen und dehnte seinen verspannten Nacken. »Hab auf dich gewartet«, erwiderte er benommen.

»Wie lange sitzt du schon hier?«

Chris schielte auf die Uhr. »Seit etwa einer Stunde«, gähnte er. »Muss eingeschlafen sein. Hatte keine Lust auf meine einsame Wohnung.«

»Ach, und da hast du dir gedacht, du setzt dich stattdessen in mein einsames Treppenhaus.« Sie schüttelte den Kopf. »Männer!«, meinte sie scherzhaft.

»Ich hatte einfach Sehnsucht nach dir.« Er schlang seine Arme um ihre Taille. »Dachte nicht, dass du so spät nach Hause kommst. Hattest du nicht Frühdienst?«

»Schon«, erwiderte sie und strich ihm sanft durch das Haar. »Aber zwei Kollegen sind krank, und wir hatten heute reichlich zu tun. Anschließend war ich noch einkaufen.«

»Was war denn los?«, fragte Chris.

»Nur das Übliche«, meinte sie. »Zwei Verkehrsunfälle, randalierende Jugendliche und diese Einbruchsserie ... Du kennst das ja.«

Ja, und er wusste auch, wie gefährlich es sein konnte. »Versprich mir, dass du da draußen vorsichtig bist.«

Sie löste sich behutsam aus seiner Umarmung und setzte sich neben ihn auf die Treppe. »Was ist los?«, fragte sie besorgt. »Ist es der Fall, an dem ihr arbeitet?«

Er nickte. »Ich will, dass du auf dich aufpasst, hörst du?«

In diesem Moment schaltete sich das Treppenlicht aus, und die einsetzende Dämmerung warf nur noch Schatten durch die Etagenfenster.

»Komm«, sagte sie und zog ihn hoch, »lass uns reingehen. Dort kannst du mir alles erzählen.«

»Es muss schrecklich sein, so zu sterben«, kommentierte Rebecca Chris' Ausführungen zu dem Toten, den sie am Morgen gefunden hatten. Sie standen in der Küche, während Rebecca zwei Weingläser aus einem der Hängeschränke holte und sie auf dem Esstisch abstellte. »Aber wenn ich bedenke, was er dieser Frau angetan hat, empfinde ich seinen Tod beinahe als gerechte Strafe.«

Chris, der dabei war, die Rotweinfalsche zu entkorken, hielt plötzlich inne. »Ist das dein Ernst?«

Sie sah ihn mit ihren braunen Augen bestürzt an. »Ich meine damit nicht, dass ich seine Ermordung rechtfertige«, fügte sie hinzu. »Aber du musst zugeben, dass es auch etwas Ausgleichendes hat.«

Chris betrachtete sie stumm.

Sie seufzte, während sie seinen Blick erwiderte. »Ich kenne den Fall Lara Neuroth«, räumte sie ein. »Damals war ich noch in meiner Anfangszeit. Zwei meiner Kollegen haben den Fall bearbeitet. Ich habe den Bericht gelesen und die Fotos der Verletzungen gesehen. Und zum ersten Mal in meinem Leben empfand ich Hass gegen einen Menschen. Ich war dabei, als Nowak kurz darauf verhaftet wurde, hielt meine Dienstpistole auf ihn gerichtet, während zwei meiner Kollegen ihn überwältigt und ihm Handschellen angelegt haben. Und für einen kurzen Moment habe ich mir tatsächlich gewünscht, er würde sich wehren und ich könnte abdrücken.« Sie atmete durch. »Das hat mir

Angst gemacht. Und seitdem habe ich beschlossen, solche Dinge nicht mehr an mich heranzulassen.« Unsicher sah sie zu ihm auf. »Bitte entschuldige, wenn ich dich ein wenig schockiere«, meinte sie. »Aber wenn es um Vergewaltigung geht, sehen wir Frauen das vermutlich ein wenig radikaler.«

Chris nickte verhalten. Dann senkte sich sein Blick wieder auf die Flasche in seiner Hand. »Im Grunde gebe ich dir recht«, meinte er und drückte den Hebel des Korkenziehers herunter. »Vermutlich will ich es mir nur nicht so offen eingestehen.«

»Dich bedrückt immer noch dieser Entführungsfall, richtig?«

Chris nickte erneut und füllte die Gläser. »Ich frage mich die ganze Zeit, wie ich mich verhalten hätte, wenn wir diese brutalen Schweine damals gefasst hätten. Vermutlich wäre ich in einer ähnlichen Situation wie du bei Nowak gewesen. Denn nachdem ich den Zustand der jungen Frau gesehen hatte, da verspürte ich einen unbändigen Hass auf die Täter. Ich weiß nicht, was ich getan hätte, wenn ich ...« Er stellte die Flasche zurück auf den Tisch, als seine Hand zu zittern begann. Rebecca ergriff sie.

»Hey«, sprach sie ihm aufmunternd zu. »Wir sind nicht weniger fehlbar als das Gesetz, das wir vertreten. Und gerade weil wir das tun, haben wir das Recht, es gelegentlich infrage zu stellen.«

Wieder nickte er. »Ich weiß, es ist nur ...« Er überlegte, ob er ihr von der Nachricht auf seinem Handy erzählen sollte.

»Was?«, fragte Rebecca.

Er zögerte. »Nichts. Versprich mir bitte einfach, dass du auf dich aufpasst. Es laufen eine Menge Verrückte da draußen rum, und ich will nicht, dass du bei einem deiner nächsten Einsätze zu viel riskierst. Nicht solange wir diesen Kerl nicht geschnappt haben. Ich möchte mir nicht einmal vorstellen, was wäre, wenn dir etwas passiert.«

Sie drückte ihren Zeigefinger auf seinen Mund. »Hey, ihr seid für die schweren Jungs zuständig, schon vergessen?« Sie reichte ihm das Glas und stieß mit ihm an. »Mach dir keine Sorgen, ich bin ein großes Mädchen.«

Ja, das hat Lara Neuroth auch von sich gedacht, ging es Chris durch den Kopf, als er aus seinem Glas trank.

»Der Wein ist lecker, nicht wahr?«

Chris verzog ein wenig das Gesicht. »Ziemlich trocken, wenn du mich fragst.«

Rebecca seufzte. »Ich dachte mir schon, dass ich dich nicht mehr bekehrt kriege.« Sie stellte das Glas auf der Anrichte ab und wühlte in der Einkaufstüte. Schließlich zog sie ein Sechserpack Bier daraus hervor und stellte es vor Chris auf den Tisch. »Besser?«

Chris strahlte. »Viel besser!« Er öffnete eine der Flaschen und trank einen ausgiebigen Schluck.

»Ich hoffe, es ist noch kalt.«

»Perfekt!« Er lehnte sich zufrieden gegen die Anrichte. Einige Sekunden lang beobachtete er Rebecca schweigend dabei, wie sie aus ihrem Glas trank.

»Was ist?«, fragte sie beinahe schüchtern.

»Ich ...«, begann er zögerlich. »Ich liebe dich!«

Einen Moment lang hingen ihm die Worte wie ein trockener Kloß im Hals, während er Rebecca anstarrte und auf eine Reaktion von ihr wartete. Sie erwiderte seinen Blick, ohne eine Emotion preiszugeben.

Zu früh. Das war verdammt nochmal zu früh, du Idiot! Womöglich hast du damit alles kaputtgemacht.

Rebecca stellte das Glas beiseite und öffnete eine der Schubladen. Kurz darauf hielt sie den Ersatzschlüssel für die Wohnung in der Hand. »Ich dich doch auch, du liebenswerter Blödmann«, hauchte sie ihm ins Ohr und steckte den Schlüssel in seine Hosentasche. »Damit du nächstes Mal nicht wieder im Treppenhaus warten musst.« Sie lächelte ihn an. Dann küsste sie ihn innig.

Chris umarmte sie und hatte Angst, sie jemals wieder loslassen zu müssen. »Hab ich dir eigentlich schon gesagt, dass Frauen in Uniformen mich tierisch antörnen?«

»Dann sollte ich sie also künftig auch im Bett tragen.«

»Nein«, flüsterte er. »Ohne wärst du mir bedeutend lieber.«

»Tja, dann solltest du jetzt wohl schleunigst dafür sorgen, dass du mich aus diesem Ding herauskriegst.« Sie packte ihn freudig lächelnd am Kragen seines Hemdes und zog ihn in Richtung Schlafzimmer.

Es war bereits nach ein Uhr nachts, als Chris auf den Wecker sah. Rebecca schlief neben ihm, während er noch wach lag. Seine Gedanken und die Geschehnisse ließen ihn nicht zur Ruhe kommen. Immer wieder sah er das Grab und die Leiche darin, ging die Fakten durch und suchte nach Ansätzen. Nur das leise Schnarchen von Rebecca durchbrach gelegentlich seine Gedanken. Irgendwie passte es zu ihrer forschen Art. Und während er diese wunderschöne Frau neben sich betrachtete, überkam ihn sogleich wieder die Angst, sie verlieren zu können. Zu seiner geschiedenen Frau hatte er kaum noch Kontakt. Sie war wenige Monate nach der Trennung weggezogen. Wie er gehört hatte, war sie wieder im Begriff zu heiraten. Die letzte Beziehung, die er seitdem mit einer Frau eingegangen war, hatte abrupt geendet, als er eines Abends erneut zu einem Einsatz musste. Sie hatte ihm eine SMS auf sein Handy geschickt, mit der sie ihn zum Teufel wünschte. Anscheinend gehörte es heutzutage zum guten Ton, eine Beziehung auf diese Weise zu beenden. Das altbewährte »Ich muss mit dir reden« hatte scheinbar ausgedient. Es war zu persönlich, zu kompliziert geworden. In der modernen Welt war es nicht nur normal, Beziehungen aus der Ferne zu führen, sie wurden auch auf diese Weise beendet. Eine Welt, mit der Chris nichts anzufangen wusste und in der er sich zunehmend fremd fühlte. Rebecca war da eine Ausnahme. Sie suchte den persönlichen Kontakt, sprühte vor Leben und Optimismus. Und ihr unerschütterlicher Glaube an die Gerechtigkeit hatte beinahe etwas Patriotisches. Es beängstigte ihn, wie sehr er sich zu ihr hingezogen fühlte. Und diese Angst machte ihn wütend. Warum konnte er sich nicht einfach daran erfreuen und es genießen?

Weil du nicht schnelllebig genug für diese Zeit bist.

Er sah aus dem Fenster auf seiner Seite des Bettes. Die Nacht war sternenklar, doch ihre Dunkelheit verursachte eine unterschwellige Bedrohung, die ihn wieder an die Toten denken ließ. Würde er am nächsten Morgen erneut an einen Tatort gerufen?

Es dauerte eine weitere Stunde, bis Chris über diesem Gedanken endlich eingeschlafen war.

10

In dieser Nacht war das dunkle Auto das einzige auf dem abgelegenen Parkplatz des Aussichtspunkts. Die steinerne Säule der Gedenkstätte reckte sich erhaben in den nächtlichen Himmel. Dahinter tat sich ein fantastischer Ausblick auf das nächtliche Rheinufer von Koblenz auf. Vom Fußballstadion bis zur historischen Festung Ehrenbreitstein schlängelten sich die Lichter der Straßen und Gebäude entlang des Flusses.

Ingo Kretschmer hatte in diesem Moment wenig Sinn für die Schönheit der ihn umgebenden Landschaft. Zu sehr war er damit beschäftigt, mit seiner Hand die Regionen unter der Bluse seiner Kommilitonin Saskia Meurer zu erkunden. Er hatte viel in den heutigen Abend investiert: Essen, Kino, Szenenlokal. Und schließlich eine Fahrt an diesen abgelegenen Ort, wo die romantische Aussicht ihn seinem angestrebten Ziel näher bringen sollte. Es war spät geworden, und vermutlich würden sie beide ihren morgigen Studiengang in Computervisualistik verschlafen, doch das störte Ingo nicht weiter. Alles lief perfekt. Auf dem Rücksitz stand eine Kühlbox mit halbgeleertem Sekt und Bier. Aus den Lautsprechern drang die Musik von Linkin Park, und seine Hand arbeitete sich bereits bis zum Gürtel von Saskias Jeans vor. Geschickt führten seine Finger die Schlaufe durch die Schnalle und begannen sogleich damit, die Knopfleiste ihrer Hose zu öffnen, bis Saskia erschrocken zusammenfuhr.

»Was ist?«, fragte Ingo. »Hab ich dir wehgetan?«

»Hast du das gehört?«, erwiderte sie. Sie richtete sich auf und strich ihr rötliches Haar hinters Ohr.

»Was soll ich gehört haben?«, fragte er mit einer gewissen Enttäuschung in seiner Stimme, als sie damit begann, ihre Bluse zuzuknöpfen.

»Es hat sich angehört wie ein Schrei.«

»Komm schon«, meinte er, »außer uns ist niemand hier.«

»Aber ich habe jemanden gehört«, beharrte sie.

»Was immer du gehört hast, es war nur irgendein Tier.« Er ließ seine Hand an ihrem Bein hinaufgleiten. »Entspann dich.«

Energisch stieß sie ihn weg. Ihre klaren Augen funkelten wütend. »Ich weiß, was ich gehört habe! Behandle mich bitte nicht wie ein dummes Schulmädchen.«

»Schon gut«, sagte er und hob beschwörend die Hände, während er sich wieder aufrecht setzte.

»Dreh die Musik leiser!«

Was immer du willst, dachte er genervt. *Hier läuft heute sowieso nichts mehr.* Er drehte den Knopf des Autoradios zurück, und Chester Benningtons Gesang verstummte.

Fast im selben Moment zerriss ein markerschütternder Schrei die Stille.

»Mein Gott«, entfuhr es ihm. »Du hast recht.«

Sie betrachtete ihn auf eine Art, die ihm zu verstehen gab, dass daran nichts Ungewöhnliches war, verkniff sich jedoch einen Kommentar. In diesem Fall hätte sie sich lieber geirrt. »Was sollen wir jetzt tun?«, fragte sie nervös.

Ingo raufte sich seine kurzen dunklen Haare und überlegte einen Moment, als der Schrei in einiger Entfernung ein weiteres Mal erklang. »Also gut«, meinte er, beugte sich auf Saskias Seite und kramte hektisch im Handschuhfach herum. Kurz darauf lehnte er sich zurück und hielt eine LED-Stablampe in der Hand. »Ich geh nachsehen, was da los ist.«

»Sollten wir nicht besser die Polizei verständigen?«

»Erst will ich sicher sein, dass uns hier niemand verarscht.« Er öffnete die Tür und stieg entschlossen aus dem Auto.

»Lass mich hier bloß nicht allein«, sagte sie und hielt sich hinter ihm.

Sie verließen das asphaltierte Rondell und folgten einem schmalen Feldweg, der sich von der Gedenkstätte aus in den angrenzenden Wald schlängelte. Die Luft war noch immer ungewöhnlich warm für diese Jahreszeit. Gut zwei Minuten schlichen sie geräuschlos den Weg entlang. Das Dickicht der Bäume nahm zu und verstärkte das drückende Gefühl der Dunkelheit, die sich links und rechts von ihnen formierte. Mückenschwärme tanzten durch den Lichtstrahl der Stablampe und summten um ihre Köpfe herum.

»Autsch«, zischte Saskia.

»Was ist?«

»Irgendwas hat mich gestochen«, fluchte sie. »Bitte lass uns zurückgehen.«

»Warte«, hielt Ingo sie hin. »Einen Moment ...«

Ein weiterer Schrei übertönte seine Worte. Und dieses Mal war er so nah und intensiv, dass er scheinbar die Wärme des Waldes verdrängte und ihnen einen kalten Schauer über den Rücken jagte.

Es war der Schrei eines Mannes. Und er schien Todesqualen auszustehen.

»Bitte«, wimmerte Saskia und zog an Ingos Arm. »Bitte lass uns von hier verschwinden, ich habe schreckliche Angst.« Sie zitterte und Ingo konnte im Schein der Lampe erkennen, dass sie weinte.

Für einen Moment war er gewillt, ihrem Drängen nachzugeben. Doch dann legte sich der Schock und er konnte in einiger Entfernung ein Flackern zwischen den Stämmen der Bäume ausmachen. »Siehst du das?«

»Bitte nicht«, flehte sie und zog erneut an seinem Arm.

»Ich will sehen, was da los ist«, beharrte Ingo, dessen Neugier über seine Angst triumphierte. »Wenn wir im Schutz der Bäume bleiben, kann uns niemand sehen.«

Sie gingen geduckt auf das flackernde Licht zu, das mit jedem Schritt mehr vom Dickicht freigegeben wurde, bis sie eine Lichtung erreichten, die sich unmittelbar an der steil abfallenden Kante zum darunterliegenden Rheinufer befand. Und was sie dort sahen, weigerte sich zunächst, bis in ihren Verstand vorzudringen.

Etwa zwanzig Meter entfernt, in der Mitte der Lichtung,

brannte ein Feuer. Dahinter ragte eine Art Holzleiter empor, die schräg auf zwei Pfähle gestemmt war. Darauf lag der nackte Körper eines Mannes. Er war von einer dicken Schweißschicht bedeckt, die im Schein des Feuers speckig glänzte. Seine Augen waren geschlossen, weshalb Ingo davon ausging, dass er mittlerweile das Bewusstsein verloren hatte oder gar tot war. Arme und Oberkörper waren mit dicken Seilen umschlungen, die ihn auf die Leiter fesselten, deren untere Enden inmitten der Flammen standen. Die Haut um die Füße des Mannes war weitestgehend verbrannt. Es waren nur noch verrußte Stümpfe, an denen bereits die Knochen zu sehen waren, um die herum die Flammen tanzten und nach weiterer Nahrung suchten.

Bei dem Anblick wandte sich Saskia augenblicklich ab und übergab sich in das Unterholz. Sie hätte nicht sagen können, ob ihr Magen aufgrund ihrer intensiven Angst rebellierte oder wegen des abscheulichen Anblicks, der sich ihnen dort offenbarte. Fest stand, dass es mit Abstand das Grausamste war, das sie je gesehen hatte.

Ingo versuchte sie zu beruhigen, während sie einen weiteren Teil ihres Mageninhaltes auf den dunklen Waldboden spukte. Doch ihm fiel nichts Besseres ein, als ihr zuzuflüstern, sie solle dabei leise sein. Der Schock über diese Entdeckung saß auch bei ihm tief und erschwerte es ihm, normal zu denken. Doch da war diese morbide Neugier, die schiere Faszination des Bösen, dem sie hier begegneten, die seinen Blick wieder auf die kleine Lichtung lenkte, wo er mit Beängstigung feststellte, dass sich dort etwas bewegte.

»Was ... was ist das?«

Saskias Magen hatte sich beruhigt. Sie wischte sich den Mund ab und folgte zögerlich Ingos Blick auf die Lichtung.

Hinter der Leiter trat eine Gestalt hervor. Soweit sie es im Schein des Feuers beurteilen konnten, war sie in ein schwarzes Gewand gehüllt. Ihr Kopf war von einer Kapuze verborgen, aus der etwas herausragte, von dem sie auf die Entfernung nicht erkennen konnten, was es war. Es reichte jedoch aus, um ihren Puls noch zu beschleunigen, denn es sah auf eine erschreckende Art nicht menschlich aus.

Ingo durchsuchte seine Taschen. »Mist«, fluchte er. »Ich hab mein Handy im Auto liegen lassen.«

»Ich auch«, keuchte Saskia.

»Verdammt, wir müssen das aufnehmen, sonst glaubt uns das kein Mensch.«

»Lass uns zurückgehen und die Polizei rufen«, flehte sie erneut. »Die werden es glauben, wenn sie das hier vorfinden.«

»Aber dieser Mann da braucht unsere Hilfe«, konterte Ingo. »Vielleicht ist er noch am Leben.«

Eine leichte Brise raschelte durch die Blätter der Bäume und trug den Geruch von verbranntem Fleisch zu ihnen herüber. Saskia Magen verkrampfte sich erneut. »Mach, was du willst«, keuchte sie angestrengt. »Ich verschwinde jetzt.«

»Warte noch«, hielt er sie zurück und deutete mit dem Kopf in Richtung des Feuers. »Sieh nur.«

Erst jetzt erkannten sie, dass die Gestalt eine Art Stab in der Hand hielt, der aussah wie ein verlängerter Taktstock. Die Gestalt ging auf den gefesselten Mann zu und berührte ihn damit am Arm. Augenblicklich zuckte der Körper kurz auf, bevor der Mann wieder zu Bewusstsein kam. Kaum hatte er die Augen aufgeschlagen und sein Martyrium wahrgenommen, hallte erneut sein entsetzlicher Schmerzensschrei durch den Wald.

»Mein Gott, was geschieht hier?« Saskias Frage war mehr ein Wimmern.

»Es ... es will ihn wach halten«, erwiderte Ingo mit brüchiger Stimme. Dabei wählte er eher unbewusst den sachlichen Singular, doch es schien ihm am ehesten auf das zuzutreffen, was er dort sah. »Es will, dass er alles mitkriegt.« Die schlichte Grausamkeit dieser Bemerkung ließ nun auch seinen Magen steinhart werden.

»Ingo!«

Er spürte, wie ihre Fingernägel sich in seinen Arm krallten, was ihn aus seiner Starre befreite. »Was?«, fragte er erschrocken.

»Das Licht!« Sie deutete auf die Stablampe, die er in der Hand hielt und die nach wie vor eingeschaltet war. »Mach das verdammte Licht aus. Dieses Ding kann uns sehen!«

Hektisch tastete Ingo nach dem Schalter, wobei der Lichtstrahl hektisch hin und her schwenkte, was in der Dunkelheit einem Signal gleichkam. Als das Licht endlich erloschen war, stellten die beiden mit Entsetzen fest, dass die Gestalt sich in ihre Richtung bewegte. Durch das breite Gewand, das bis zum Boden reichte, sah es aus, als ob sie schweben würde.

Nun war es Ingo, der Saskia am Arm packte und sie zurück in Richtung des Feldweges drückte. »Lauf!«, schrie er sie an. »Lauf zum Auto!«

Ingo hielt sich hinter ihr, während sie von panischer Angst getrieben den schmalen Weg entlangliefen. Immer wieder sah er sich ängstlich um, konnte aber nur den dunklen Wald sehen, dessen Blattwerk sich hinter ihnen wieder verdichtete. Er wagte es nicht, die Lampe einzuschalten, aus Angst, ihr Schein könnte sie erneut verraten. Saskia schrie auf, als sie über eine Wurzel stolperte und auf den Boden schlug, wo sie sich die Unterarme auf dem rauen Untergrund blutig aufschürfte. Ingo packte sie unter den Armen und stemmte sie hoch. »Weiter!«, schrie er und trieb sie vor sich her.

Es schien eine gefühlte Ewigkeit vergangen zu sein, als sie endlich wieder auf dem Parkplatz vor der Gedenkstätte ankamen. Saskia weinte noch immer und schrie hysterisch.

»Mach auf, schnell!«

Noch im Laufen betätigte Ingo die Fernbedienung der Zentralverriegelung. Saskia riss die Beifahrertür auf und stürzte ins Auto. Kurz darauf saß Ingo neben ihr. Nervös fummelte er den Schlüssel ins Zündschloss und ließ den Motor aufheulen. Augenblicklich bohrten sich die Scheinwerfer des Wagens durch die Schwärze der Nacht und strahlten die Stämme der Bäume an, die sich seitlich von ihnen auftaten.

Der Schock durchfuhr Ingo wie ein Stromschlag.

Die Gestalt stand wenige Meter vor ihnen, im Dickicht des Waldes, und starrte sie reglos an. Im Licht der Scheinwerfer konnte Ingo nun deutlich den gekrümmten Schnabel erkennen, der aus der dunklen Kapuze ragte. Die Augen dahinter leuchteten rötlich, während sie auf das Auto gerichtet waren. Kurz darauf verschwand die Gestalt blitzartig aus dem Lichtkegel und tauchte in die Dunkelheit ab.

»Hast ... hast du das gesehen?«, fragte Ingo wie in Trance. Er klang, als habe er den Verstand verloren. »Was zum Teufel war das?«

»Ich weiß es nicht!«, kreischte Saskia und krallte sich panisch in den Beifahrersitz. »Aber es steht jetzt direkt neben mir!«

»Was?« Ingo riss den Kopf herum. Tatsächlich erkannte er die dunklen Umrisse der Gestalt nun direkt hinter dem Beifahrerfenster. Aber wie war das möglich? Wie konnte sie überhaupt so schnell hier sein?

Mit Entsetzen registrierte er, wie die Gestalt mit dem Stab gegen das Glas des Fensters klopfte. Kleine Blitze zuckten aus der Spitze hervor und schlängelten sich an der Scheibe entlang.

»Worauf wartest du noch«, schrie Saskia wie von Sinnen. »Fahr endlich los!«

Ihre Stimme riss Ingo aus seiner Lähmung. Mit einem krachenden Geräusch legte er den Rückwärtsgang ein und trat mit zitterndem Fuß das Gaspedal durch. Die Kupplung griff auf der Stelle und ließ die Vorderräder kreischend durchdrehen. Als sie endlich Halt fanden, beschleunigte der Wagen ruckartig nach hinten. Scheppernd krachte das Heck nach einigen Metern gegen einen Mülleimer und knickte die Verankerung weg. Ingo rührte in der Schaltung, bis die Zahnräder des Getriebes ineinandergriffen und er den Gang gefunden hatte. Erneut kreischten die

Reifen auf, und sie rasten von dem Parkplatz die serpentinenartige Strecke ins Tal hinab, bis sie die Lichter der Bundesstraße erreichten, die in die Stadt zurückführte.

11

Chris' Augen hatten Mühe, sich im düsteren Licht des Morgengrauens auf dem schmalen Waldweg zu orientieren. Seine Müdigkeit war dabei wenig hilfreich. Der Anruf hatte ihn vor einer knappen halben Stunde aus dem Schlaf gerissen. Er hatte Rebecca beteuert, sie könne liegenbleiben und sich sofort auf den Weg hierhergemacht. Die Sonne stand noch tief am Himmel und tauchte die Lichtung in gelbliches Licht.

Meißners Leute waren bereits vor Ort. Scheinwerfer vertrieben die Reste der Dunkelheit und gaben den Blick auf das frei, was das Feuer von der Leiche übriggelassen hatte. Dieser Anblick genügte, um Chris' aufkeimendes Hungergefühl zu verscheuchen.

»Morgen«, brummte Rokko, in dessen Augen die Röte zu erkennen war. Er streckte Chris einen Plastikbecher entgegen, aus dem heraus es verführerisch nach Kaffee duftete.

»Morgen«, erwiderte Chris mit belegter Stimme und betrachtete verstört den Kaugummi, der am Rand des Bechers klebte.

»Entschuldige«, meinte Rokko und entfernte die klebrige Masse, bevor er Chris den Becher reichte.

»Wo hast du den her?«

»Ist von den Kollegen der Streife«, sagte Rokko und deutete auf die gegenüberliegende Seite, wo ein weiterer Weg in der Lichtung endete. Mehrere Uniformierte waren dort zu erkennen, die neben einem Löschzug der Feuerwehr aus ihren Einsatzfahrzeugen Thermoskannen reichten. »Die sind solche Arbeitszeiten eher gewöhnt.«

Chris musste an Rebecca denken. Zum Glück hatte sie an diesem Tag keinen Nachtdienst, was ihr den Anblick der verkohlten Leiche ersparte. Lediglich ein paar Bereiche um Augen und Stirn herum hatten die Flammen nahezu ausgelassen, was den Körper wie ein groteskes, unvollendetes Kunstwerk erscheinen ließ.

»Hallo Jo«, begrüßte Chris den Arzt, der neben dem Leichnam kniete. »Ist der Tatort gesichert?«

Doktor Johann Thielmann sah zu ihm auf. »Ja, kommt nur her. Die Spurensicherung ist hier so weit fertig.«

»Was kannst du uns bis jetzt sagen?«

»Nicht viel. Ich bin auch gerade erst eingetroffen.« Der Arzt nahm seine Brille ab und rieb sich die Augen.

Chris reichte ihm den Kaffee. »Hier«, meinte er, »wird dir guttun.«

Thielmann trank einen Schluck und nickte ihm dankend zu. »Hinsichtlich dem Teil des Körpers, den man noch als relativ unversehrt einstufen kann, würde ich sagen, wir haben hier ein männliches Opfer im Alter zwischen dreißig und vierzig Jahren, dem Aussehen nach vermutlich Ausländer. Ich würde auf Osteuropa tippen. Aufgrund der Temperatur der Überreste schätze ich, dass der Tod vor etwa zwei bis drei Stunden eingetreten ist. Bis zur Mitte des Rumpfes hinauf hat der Körper massive Verbrennungen vierten Grades, was einem Anteil von über vierzig Prozent entspricht und somit die Todesursache sein dürfte.«

»Demnach war das Opfer noch am Leben, als es verbrannt wurde?«

»Davon könnt ihr ausgehen«, sagte Thielmann und deutete auf die Beine der Leiche, von denen größtenteils nur noch verrußte Knochen übrig waren. »Hier im unteren Bereich sind die Verbrennungen deutlich fortgeschrittener. Das Feuer wäre aber durchaus groß genug gewesen, um den gesamten Körper gleichmäßig zu verbrennen. Das lässt darauf schließen, dass das Opfer nur einem Teil der Flammen ausgesetzt wurde. Vermutlich, um es zu foltern.«

»Das deckt sich mit der Aussage des Zeugen.«

Chris warf Rokko einen überraschten Blick zu. »Ein Zeuge?«

»Ja, ein junger Mann, Student an der hiesigen Hochschule. Hatte sich hier oben mit einer Kommilitonin im Auto vergnügt, als sie Schreie hörten. Sie haben das Ganze vom Waldrand aus beobachtet.«

»Wo sind die beiden jetzt?«

»Sie werden medizinisch betreut. Die Frau hat einen schweren Schock erlitten, daher haben wir bis jetzt nur die Aussage ihres Begleiters, sein Name ist Ingo Kretschmer. Er sagt, das Opfer wäre auf einer hölzernen Bahre oder Leiter gefesselt gewesen, die von diesen Pfählen hier über dem Feuer aufgerichtet wurde.« Er deutete auf die Reste zweier Rundhölzer, die schräg aus dem Boden ragten. Die oberen Enden waren nur noch rußige Stümpfe. »Das Feuer hat sich demnach langsam an ihm hochgearbeitet. Der Kerl muss Höllenqualen durchlitten haben.«

Chris entdeckte den toten Raben am mittleren Teil des vorderen Pfahls, an einer Stelle, die das Feuer nicht erreicht hatte. Er war mit einem Nagel daran angebracht worden, genau wie an der Tür der Kapelle. Chris griff sich ein Paar Latexhandschuhe aus Thielmanns Koffer und streifte sie über. Anschließend zog er das Pergamentpapier auseinander, das an den Krallen des Vogels angebracht war:

Doch in mir noch
ein Funke brennt.
Die Rache ist
wie ihr euch kennt:
Mein!

»Eindeutig unser Mann«, sagte Rokko.

Chris nickte. »Kann unser Zeuge auch etwas über den Täter sagen?«

Rokko kratzte sich am Hinterkopf. »Kretschmer sagt, der Täter habe sie entdeckt und bis zum Parkplatz an der Gedenkstätte verfolgt. Dort habe er ihn im Licht der Scheinwerfer sehr gut sehen können.«

Chris trat wieder zu ihm herüber. »Und sagst du mir auch, was er dort so genau gesehen hat?«

»Na ja«, rückte Rokko zögerlich heraus. »Er meinte, er habe eine Gestalt in einem dunklen Umhang gesehen. Vom Gesicht konnte er nicht viel erkennen, da der Kopf mit einer Kapuze verhüllt war. Aber er will etwas Helles, Knochenartiges darunter gesehen haben, aus dem eine Art Schnabel herausragte. Und rötlich glühende Augen. Außerdem ...«

»Was?«

Rokko atmete durch. »Die Gestalt hat angeblich einen Stab gehabt, aus dem ... aus dem Blitze gekommen sind. Und sie hätte sich übermenschlich schnell bewegt.« Er sah verlegen zu Thielmann herüber, als verlange er von ihm Unterstützung oder eine Art von Bestätigung.

Der zuckte nur mit den Schultern. »Ich bin für die Opfer zuständig. Die Täter sind eure Sache.«

»Immerhin stimmt die Beschreibung mit der des Täters an der Kapelle überein«, meinte Chris nachdenklich.

»Komm schon, ich bitte dich«, sagte Rokko. »Ein schwebender Knochenmann mit Umhang und Zauberstab ... Wenn du mich fragst, haben die beiden hier oben verdammt schlechten Shit geraucht. Ich habe jedenfalls bei beiden einen Alkohol- und Drogentest angeordnet.«

»Dann veranlasse auch gleich eine Phantomzeichnung.«

»Wie bitte?«

»Ich will genau wissen, mit wem oder was wir es hier zu tun haben.«

»Mit was?« Rokko schnappte aufgebracht nach Luft. »Das meinst du doch nicht ernsthaft.«

»Wir haben mehrere Zeugen, die dasselbe gesehen haben«, sagte Chris. »Das können wir nicht ignorieren, auch wenn es noch so abwegig erscheint.«

»Wie du meinst«, gab Rokko widerwillig nach. »Geben wir eine Fahndung nach dem Sensenmann raus.« Er griff kopfschüttelnd nach seinem Handy und rief die Dienststelle an.

Chris ging an den Rand der Lichtung. Er ließ seinen Blick über das Rheintal und einige Fabrikgebäude auf der gegenüberliegenden Uferseite gleiten, als jemand neben ihn trat.

»Morgen Uwe«, begrüßte er den Leiter der Spurensicherung.

»Schwer zu glauben, dass jemand einen solch schönen Ort für seine grausamen Zwecke auswählt«, sagte Meißner.

»Vielleicht hat er ihn genau deswegen ausgesucht«, erwiderte Chris. »Diese Lichtung mutet beinahe wie eine Naturbühne an.« Erneut ließ er seinen Blick über das Tal gleiten. »Eine Bühne mit reichlich Publikum. Du weißt nicht zufällig, ob sonst noch jemand die Schreie des Opfers gehört hat?«

»Nein«, antwortete Meißner. »Aber wie mir der Einsatzleiter erzählt hat, ist bei der Feuerwehr gegen vier Uhr heute Morgen eine Meldung eingegangen. Zwei Schichtarbeitern sind in ihrer Zigarettenpause Flammen zwischen den Bäumen aufgefallen. Als die Feuerwehr zwanzig Minuten später eingetroffen ist, war das Feuer bereits weitestgehend abgebrannt. Sie waren so geistesgegenwärtig, den Rest mit Branddecken zu löschen und den Tatort nicht mit Löschpulver zu konterminieren.« Er betrachtete Chris von der Seite. »Hast du schon mit Deckert gesprochen? Du weißt schon, wegen der SOKO?«

Chris nickte. »Wir warten nur noch auf die Genehmigung der Staatsanwaltschaft.«

»Verstehe. Die hohen Herren lassen sich mal wieder Zeit. Die müssen sich ja auch nicht die Nächte um die Ohren schlagen.«

»Es gibt zwei Zufahrten zu dieser Stelle hier oben, nicht wahr?«, fragte Chris.

»Ja, einmal von der Bundesstraße aus Richtung Koblenz kommend und von der B 327 aus Waldesch. Glaubst du, dass der Täter von hier stammt?«

Chris zuckte mit den Schultern. »Gibt es schon irgendwelche Anhaltspunkte, bezüglich der Identität des Opfers?«

»Nur dass die Leiche männlich ist. Aber wie mir Thielmann gesagt hat, ist von dem Körper noch genügend übrig für einen DNA-Abgleich.«

»Sag mir bitte Bescheid, wenn du mehr weißt.«

Meißner nickte und entfernte sich.

Rokko hatte derweil sein Telefonat beendet. »Das LKA schickt noch heute Morgen ihren Zeichner los«, sagte er, während er sein Handy verstaute. »Er dürfte in etwa zwei Stunden im Präsidium eintreffen. Das Gesundheitsamt hat die Sayner Innenstadt wieder freigegeben. Die Kollegen der Streife holen den ersten Zeugen dort ab. Um Kretschmer sollen wir uns kümmern.«

»Gut«, erwiderte Chris und sah auf die Uhr. »Dann haben wir ja noch Zeit für ein Frühstück.«

Sie gingen durch die Absperrung den Waldweg zurück zum Parkplatz, der größtenteils von Polizeifahrzeugen eingenommen wurde. Als sie am Wagen angekommen waren, hielt Chris plötzlich inne.

»Was schätzt du, wie weit es von hier bis zum Rand der Lichtung ist?«

Rokko blickte zurück. »Etwas weiter als ein Fußballfeld, würde ich sagen.«

»Und von dort noch mal gute zwanzig Meter bis zum Fundort der Leiche.«

Rokko nickte. »Kommt hin. Worauf willst du hinaus?«

»Wenn die Zeugen, wie du sagst, auf direktem Weg zu ihrem Auto hierher gelaufen sind, dann wäre es doch ziemlich unmöglich, dass der Täter noch vor ihnen hier eingetroffen ist.«

Rokko seufzte. »Du glaubst doch nicht ernsthaft an diesen übernatürlichen Schwachsinn.«

»Nein, aber ich fange an mich zu fragen, ob wir es möglicherweise mit mehreren Tätern zu tun haben. Vielleicht ist hier eine Gruppierung am Werk, die uns ihre kruden Fantasien aufzwingen will.«

»Ein Satanskult?«

»Vielleicht auch nur ein paar religiöse Fanatiker, die uns

ihren Glauben von Gottes Gerechtigkeit demonstrieren wollen oder sich womöglich selbst als göttliche Macht ansehen. Denn wie uns die letzte Botschaft bestätigt, geht es hier um Rache.«

»Dann muss es einen Zusammenhang zwischen den Opfern geben.«

»Vermutlich keinen direkten«, sagte Chris. »Ich denke nicht, dass sie sich gekannt haben. Aber die Tatorte standen bisher immer in einer symbolischen Beziehung zu den Taten. Ich bin mir sicher, dass das auf irgendeine Art auch auf die Opfer untereinander zutrifft.«

»Hm«, meinte Rokko. »Und welche Beziehung hat dieser Ort zu dem Brikett da hinten?«

»Darüber bin ich mir auch noch nicht im Klaren. Aber die geschichtliche Bedeutung dieses Ortes hat mit Sicherheit etwas damit zu tun.«

»Geschichtliche Bedeutung?«, fragte Rokko. »Was war das hier, ein Grillplatz der Ureinwohner?«

Chris betrachtete ihn verwundert. »Du scheinst dich nicht besonders für die Geschichte dieser Stadt zu interessieren.«

»Wie du weißt, stamme ich nicht von hier. Ich kann dir was über den Kölner Dom erzählen, wenn uns das weiterhilft.«

Chris lächelte. »Komm mit«, sagte er. »Ich werde deine Allgemeinbildung mal etwas auffrischen.«

Sie überquerten den Parkplatz und folgten einem gepflasterten Weg bis zu der Gedenkstätte. Deren Mittelpunkt bildete eine dreigebündelte steinerne Säule, die in der aufgehenden Sonne einen langen Schatten warf, was der rundlichen, in v-förmige Grünflächen unterteilten Plattform das Erscheinungsbild einer riesigen Sonnenuhr verlieh.

»Tolle Aussicht«, schwärmte Rokko.

Chris ging an der Säule vorbei zum Rand des Plateaus, das auf einem zum Rhein hin steil abfallenden Schieferabsturz gelegen war. »Dieser Ort hat den Namen Rittersturz«, erklärte er. »Es heißt, dass sich hier ein Ritter aus Liebeskummer die Felswand hinabgestürzt hat. Das ist natürlich nur Legende.« Er bewegte sich auf die Mitte der Plattform zu. »Einen weitaus bedeutenderen Platz in der Geschichte hat dieser Ort nach dem Zweiten Weltkrieg erhalten. Zu dieser Zeit stand hier noch ein Berghotel. Und in diesem Hotel fand 1948 eine der wichtigsten Konferenzen dieses Landes statt.« Chris stand vor der sechs Meter hohen Basaltsäule und deutete auf einen quadratischen Stein am Fuße des Denkmals.

Rokko, der neben ihn getreten war, las die Inschrift darauf. Anschließend stieß er einen leisen Pfiff durch die Zähne aus. »Und du glaubst, das steht in Zusammenhang mit dem jüngsten Opfer?«

Chris blickte über das Rheintal und das morgendliche Koblenz. »An diesem Ort hier wurde das Grundgesetz beschlossen und somit die Bundesrepublik Deutschland gegründet. Das kann einfach kein Zufall sein.«

Als die beiden den Parkplatz wieder erreichten, rief Chris plötzlich eine bekannte Stimme zu:

»Zeitung gefällig?«

Er entdeckte Bondek auf der rechten Seite der Parkbucht. Er stand lässig gegen seinen alten Audi gelehnt. Die Morgensonne verlieh seinem Gesicht einen rötlichen Teint, während er lächelte und ihm eine Tageszeitung entgegenhielt.

Chris übergab seinem Kollegen die Autoschlüssel. »Geh schon mal zum Wagen, ich komme gleich nach.«

Rokko nickte. »Beeil dich, ich hab Hunger.«

Chris überflog den Artikel im Rhein-Anzeiger. Bondek hatte sich exakt an die Absprachen gehalten und keinen Zusammenhang der Fälle erwähnt. Neben dem Artikel war das Foto des ersten Opfers abgebildet. Die leeren Augenhöhlen hatte man unkenntlich gemacht, um die Leser nicht zu schockieren.

»Gute Arbeit«, lobte Chris.

»Ihnen ist hoffentlich klar, dass ich diesen Artikel nach dem neuesten Mord nicht halten kann. Oder wollen Sie mir etwa weismachen, dass die verkohlten menschlichen Überreste da hinten nicht auf das Konto unseres Rabenmannes gehen?«

Chris seufzte und klappte die Zeitung zusammen.

»Dieser Kerl ist ziemlich fleißig«, sagte Bondek. »Und da Koblenz nicht gerade für seine Serienmörder bekannt ist, muss die Bevölkerung gewarnt werden. Die Menschen hier müssen wissen, in welcher Gefahr sie sich befinden.«

»So schnell, wie der Kerl vorgeht, dürften seine nächsten Opfer ohnehin bereits feststehen.«

»Das tut nichts zur Sache.«

Bondek hatte recht. Vermutlich würde man sogar der Polizei die Schuld an weiteren Opfern geben, wenn man die Öffentlichkeit nicht genügend über die Vorfälle aufklärte.

»Wahrscheinlich ist es aber genau das, was der Täter erreichen will«, sagte Chris, ohne seinen Verdacht zu erwähnen, dass es sich um mehrere Täter handeln könnte. »Er will, dass seine Taten publik gemacht werden. Es geht ihm darum, Angst zu verbreiten. Und es widerstrebt mir einfach, dem nachzukommen. Zumal uns seine Motive dafür noch immer nicht bekannt sind.«

Bondek sah den Waldweg entlang, der von dem Parkplatz wegführte. »Wie hoch stehen eigentlich die Chancen, dass ich einen Blick auf den Tatort werfen kann?«

»Das vergessen Sie mal ganz schnell«, sagte Chris. »Ist ohnehin kein schöner Anblick. Ich werde Ihnen nachher alle nötigen Fakten über die Pressestelle zukommen lassen. Das dürfte allemal ausreichen, um Panik zu verbreiten. Woher wussten Sie überhaupt so schnell von der Sache?«

»Auch die Feuerwehr betreibt eine Seite auf *Facebook*.«

»Verstehe, immer auf der Suche, was?«

Bondek zuckte mit den Schultern. »Die Welt steht nicht still, Herr Kommissar.«

»Vielleicht sollte sie das hin und wieder tun«, seufzte Chris und hob zum Abschied die Hand. »Ich melde mich bei Ihnen.«

»Warten Sie«, hielt Bondek ihn zurück. »Ich hätte da vielleicht einen Vorschlag für Sie, was diesen Fall angeht.«

Chris verharrte. »Und der wäre?«

Bondek ging einige Schritte auf ihn zu. »Ich habe mir Folgendes überlegt«, setzte er an. »Wenn wir diesem Irren schon eine öffentliche Bühne für sein krankes Geltungsbedürfnis zur Verfügung stellen, warum nutzen wir sie dann nicht dafür, um ihn aus der Reserve zu locken?«

Chris musterte ihn nachdenklich. »Und wie wollen Sie das anstellen?«

»Wie Sie wissen, habe ich bei der Zeitung eine wöchentliche Kolumne. Sie erscheint immer in der Donnerstagsausgabe, also morgen.«

Chris nickte.

»Der Mörder zieht hier eine ziemliche Show ab. Skurrile Verkleidungen, aufwändig inszenierte Tatorte. Offensichtlich ist ihm keine Mühe zu groß und kein Risiko zu hoch, um über seine Taten auf sich aufmerksam zu machen. Wie wäre es, wenn ich ihn genau da angreife, wo er am empfindlichsten ist?«

»Und wo soll das sein?«

»Bei seiner Überheblichkeit.«

Chris überlegte einen Moment. »Sie meinen, Sie wollen ihn bloßstellen?«

»Nur ein bisschen ärgern. Vielleicht macht er dann einen Fehler.«

Chris' Gesichtszüge verhärteten sich. »Ist das Ihr Ernst? Sie wollen einen sadistischen Serienmörder aufwiegeln? Einen Mann, der ohnehin schon labil genug sein dürfte?«

»Es wäre eine Chance.«

»Worauf? Auf noch mehr Tote?«

»Sie haben selbst gesagt, dass die nächsten Opfer bereits feststehen dürften. So könnten wir ihn vielleicht ablenken und aus der Reserve locken.«

»Mit Ihnen als Köder? Denken Sie nicht mal dran! Ich kann mich nicht auch noch um Ihre Sicherheit kümmern.«

»Mir passiert schon nichts.«

»Jetzt hören Sie mir gut zu«, sagte Chris und schlug einen strengeren Ton an. »Wir reden hier von einem verdammten Wahnsinnigen, der seine Opfer auf brutalste Weise quält und ermordet. Weiß der Himmel, was sich der Kerl als Nächstes ausdenkt. Und ich habe keine Lust darauf, übermorgen Ihre verkohlte Leiche obduzieren lassen zu müssen. Also halten Sie sich an die Abmachung!«

»Sie können mir nicht meine Meinung verbieten«, fiel ihm Bondek ins Wort.

»Nein, aber ich kann Ihnen verdammt nochmal den Arsch bis zu den Ohren aufreißen, wenn Sie nicht auf mich hören, verstanden?«

Bondek starrte einen Moment auf Chris' Zeigefinger, der drohend vor seiner Nase auftauchte.

»Sagen Sie mir nicht, dass ich mich in Ihnen getäuscht habe«, fauchte Chris. »Ich möchte es nicht bereuen müssen, Sie in die Sache eingeweiht zu haben.«

Bondek hob abwehrend die Hände. »Schon gut«, meinte er, »war nur ein Vorschlag.« Er schob Chris' Hand beiseite und ging zu seinem Auto. »Sie haben ja meine Nummer, falls Sie es sich anders überlegen. Und vergessen Sie nicht, mir den Pressebericht zu schicken.«

12

»Das ist also unser Täter«, sagte Rokko skeptisch, als Chris einige Stunden später den Ausdruck des Phantombildes mit einem Magnetknopf an die Pinnwand in ihrem Büro befestigte. Mit Hilfe eines tragbaren Computers und eines Grafiktabletts war es dem Zeichner des LKA beeindruckend schnell gelungen, die Beschreibungen der beiden Zeugen zu verbildlichen. Die Gestalt auf dem Ausdruck wirkte wie eine Figur aus einem düsteren Fantasy-Comic. »Immerhin dürfte er auffallen, wenn ihm jemand auf der Straße begegnet.«

»Du solltest damit aufhören, die Sache ins Lächerliche zu ziehen.«

»Aber genau das ist es«, sagte Rokko. »Wir machen uns zu Witzfiguren, wenn wir das veröffentlichen.«

Chris betrachtete ihn energisch. »Ich will es ja gar nicht veröffentlichen, jedenfalls vorerst nicht. Ich habe lediglich gesagt, dass ich mir ein Bild von dem machen will, was uns in den letzten Nächten den Schlaf geraubt hat.«

»Ein Geist?«

»Es dürfte ziemlich offensichtlich sein, dass dies nur eine Verkleidung ist. Aber sie erscheint mir viel zu aufwendig und unpraktisch, um nur dem Zweck der Unkenntlichkeit zu dienen. Sie muss also eine Bedeutung haben. Wenn wir die herausfinden, bringt uns das vielleicht ein Stück weiter.« Er sah auf die Uhr. »Wo steckt eigentlich Gerlach?«

»Sein Telefon steht nicht mehr still, seit der Artikel von diesem Reporter erschienen ist. In der Hauptsache sind es Anfragen von besorgten Bürgern bezüglich der Pesterkrankung. Aber es sind auch einige brauchbare Hinweise eingegangen. Die Überprüfung und Auswertung dürfte uns allerdings Tage kosten.«

»Wir brauchen dringend Unterstützung«, sagte Chris,

»sonst wächst uns die Sache über den Kopf.« Er ließ seinen Blick über die graue Tafel gleiten, an der die Fotos der Opfer hingen. »Wenn diese Kerle so weitermachen, gehen uns bald die Leichensäcke aus.«

»Du denkst also immer noch, dass es mehrere Täter sind?«

»Die Geschwindigkeit, mit der die Morde stattfinden, und die Art und Weise, wie sie ausgeführt wurden, lässt für mich keinen anderen Schluss zu«, sagte Chris. »Ich bin zwar kein Spezialist, was Serienmörder betrifft, aber das hier ist sicher keine typische Handschrift eines solchen. Normalerweise liegt ein gewisser Zeitraum zwischen zwei Morden, in dem der Täter sich sein nächstes Opfer sucht. Oftmals ist das für ihn die aufregendste Phase. Die Befriedigung der letzten Tat lässt langsam nach, und der Trieb zu töten gewinnt die Oberhand. Wer wird der Nächste sein, dessen Schicksal er besiegelt? Das Selektieren, die Annäherung an das Opfer, dessen Ahnungslosigkeit, das alles versetzt ihn in einen Rausch. Und wenn es dann getan ist ... Ground Zero! Und alles beginnt von vorn.« Er deutete auf die Fotos. »Hier hat es eher den Anschein, als würde eine Liste abgearbeitet, die bereits im Vorfeld akribisch festgelegt wurde. Die Morde wurden alle aufwendig inszeniert, was eine langwierige Planung und eine gewisse Logistik erfordert. Tatorte müssen ausgespäht und vorbereitet, Gerätschaften beschafft und transportiert werden. Mal abgesehen von einem Bakterium, das unter der Risikogruppe drei eingestuft wird. Ohne entsprechende, gut organisierte Untergrundverbindungen, ist da sicher nicht ranzukommen. Der Täter agiert nur nach Einbruch der Dunkelheit. Dementsprechend muss er seine Opfer längere Zeit beobachtet haben, um zu wissen, wann es für ihn am sichersten ist zuzuschlagen. Er muss gewusst haben, dass Daniel Nowak vor fünf Jahren ein Mädchen vergewaltigt hat und an welchem Ort er es getan hat. Auch muss er gewusst haben, dass er aus dem Gefängnis entlassen worden war und bis spät abends in einem Restaurant arbeitete. Und er muss die zeitlichen Abläufe aufeinander abstimmen, wobei er ja irgendwann auch mal schlafen muss. Das alles überfordert meiner Meinung nach das Profil eines Einzeltäters bei Weitem.«

Rokko gab sich beeindruckt. »Du scheinst in den letzten Tagen nicht viel Schlaf abbekommen zu haben, wenn du dir über all das Gedanken machen konntest. Immerhin lassen diese Kerle uns nicht viel Zeit zum Durchatmen.«

»Und genau das scheint ihre Absicht zu sein. Je schneller sie morden, desto mehr kommen wir unter Druck. Wir haben einfach nicht genügend Zeit, uns mit Details zu beschäftigen.«

»Dann geht es hier um einen organisierten Rachefeldzug?«

»Zumindest sollen wir das Glauben. Da soll eindeutig eine Botschaft vermittelt werden. Aber wir sehen das Gesamtbild nicht.«

»Ich frage mich, wieso die Täter Nowaks Identität so freizügig preisgegeben haben, während sie es uns bei den anderen beiden Opfern so schwer machen?«

»Das hab ich mich auch schon gefragt«, sagte Chris und lehnte sich gegen seinen Schreibtisch, der wie immer den Eindruck erweckte, als wäre er einer Hausdurchsuchung zum Opfer gefallen. »Ich denke, das hatte rein taktische Gründe. Der Tatort war der Einzige, der abseits lag. Es hätte Tage oder gar Wochen dauern können, bis seine Leiche dort gefunden worden wäre. Das hätte den Zeitplan der Täter gehörig durcheinandergebracht. Daher mussten sie gezwungenermaßen nachhelfen. Bei den anderen beiden haben sie sich öffentliche Plätze ausgesucht, um schnellstmöglich auf ihre Taten aufmerksam zu machen.« Chris deutete auf die Fotos. »Eine Pestkapelle, die Bestandteil einer Stadtführung ist. Eine Gedenkstätte, die aufgrund ihrer Lage gerne von jungen Leuten für ein Schäferstündchen genutzt wird. Ein Feuer auf einer erhabenen Lichtung, mitten in der Nacht. Sie suchen geradezu nach Publikum. Möglicherweise sind sie sogar flexibel, was die

Tatorte angeht und wechseln kurzfristig den Schauplatz, wenn sie sich nicht sicher sind, genügend Aufmerksamkeit zu bekommen. Nur bei Nowak mussten sie umdenken, da sonst der direkte Bezug zur Tat verlorenging, nämlich die Vergewaltigung von Lara Neuroth.«

»Aber wie passen dann die anderen Tatorte in das Bild?«

»Das werden wir wohl erst erfahren, wenn wir die Opfer identifiziert haben. Wir sollten aber auf jeden Fall überprüfen, ob dort in der Vergangenheit schon andere Straftaten verübt wurden.«

»Und wann sollen wir das machen? Wir haben jetzt schon zu wenig Leute, um all den Hinweisen nachzugehen.«

Chris seufzte. »Ja, ich weiß.«

Laute Stimmen drangen vom Flur durch die geschlossene Tür zu ihnen. Offensichtlich war dort jemand sehr aufgebracht.

»Was ist da los?«, fragte Chris und öffnete die Tür. Er entdeckte zwei Männer am Ende des Flurs, die erregt miteinander diskutierten. In einem davon erkannte er seinen Chef, Kriminaldirektor Deckert. Den anderen hatte Chris noch nie gesehen. Der Mann hatte eine schlanke Statur, dunkles, gepflegtes Haar, das an den Schläfen bereits grau meliert war, und gerade Augenbrauen, die über dem Nasenansatz fast zusammenwuchsen. Chris schätzte ihn auf Anfang vierzig.

»Ich finde dieses plumpe Vorgehen jedenfalls unverantwortlich«, tat der Mann seine Empörung lautstark kund. »Es zeugt nicht gerade von der Sensibilität Ihrer Leute!«

»Meine Leute haben eine Mordserie aufzuklären«, entgegnete Deckert vehement. »Diese Befragung war absolut legitim und hat sich in einem normalen Rahmen abgespielt. Also beruhigen Sie sich bitte!«

»Nein, ich werde mich nicht beruhigen«, hielt der Mann aufgebracht dagegen. »Ich werde noch heute eine Beschwerde bei der Staatsanwaltschaft gegen Sie und Ihre Abteilung einreichen.«

»Tun Sie das, wenn Sie es für nötig halten. Man wird Ihnen dort nichts anderes mitteilen.«

Der Mann machte noch Anstalten, etwas zu erwidern, wandte sich dann jedoch ab und eilte schnaufend die Treppe zum Untergeschoss hinunter.

»Wer war das denn?«, fragte Chris.

Deckert rieb sich genervt die Stirnglatze, als er zu Chris und Rokko vor die Tür ihres Büros trat. »Das war Doktor Matthias Herrmann.«

»Lara Neuroths Psychologe?«

Deckert nickte. »Er meinte, es wäre aufgrund der laufenden Therapie unverantwortlich gewesen, seine Patientin und ihre Familie einer solchen Befragung auszusetzen.«

Rokko schnaufte abfällig. »Der tut ja gerade so, als hätten wir sie in Handschellen abgeführt. Dabei hat sie uns aus freien Stücken ihre Geschichte erzählt.«

»Psychologen«, meinte Chris abfällig. »Die sind meist verkorkster als ihre Patienten.«

»Hoffentlich sieht das auch der Staatsanwalt so«, äußerste Rokko seine Bedenken. »Ich will mich nicht dafür rechtfertigen müssen, dass ich meinen Job mache.«

»Macht euch deswegen keine Sorgen«, meinte Deckert. »Herrmann schießt nur mit heißer Luft. Ich denke nicht, dass er seine Drohung überhaupt wahr macht. Ich habe vorhin mit dem Staatsanwalt telefoniert, es gibt auch gute Neuigkeiten von dort. Die SOKO ist genehmigt. Wir bekommen Unterstützung von den Kollegen der umliegenden Dienststellen. Die IT richtet in diesem Moment einen Konferenzraum ein.«

Chris atmete auf. »Dann sollten wir die Kollegen schleunigst mit Informationen versorgen, sobald sie hier eintreffen.« Er blickte zu Rokko. »Packen wir alles zusammen und schaffen es nach oben.«

Die beiden hatten fast alle Unterlagen und Berichte zu den Fällen in Kartons verpackt, als es an der Tür klopfte.

»Was ist denn jetzt schon wieder?«, fragte Chris gereizt.

Als er sich umdrehte, erblickte er einen älteren Mann mit Bauchansatz und vollem grauen Haar in der offenen Tür. Er trug eine braune Jeanshose und ein kariertes Hemd mit kurzen Ärmeln. In der Hand hielt er eine Aktentasche.

»Guten Tag«, sagte der Mann mit direkter Stimme, die ein wenig unfreundlich klang und mit seinem stoischen Gesichtsausdruck harmonierte. »Ist hier das Büro von Kommissar Bertram? Man hat mich unten an ihn verwiesen.«

»Guten Tag«, erwiderte Chris. »Ja, da sind Sie richtig. Darf ich fragen, um was es geht?«

Der Mann schloss die Tür hinter sich. »Wenn Sie mich schon hierherbestellen, sollten Sie eigentlich wissen, mit wem Sie einen Termin haben und weshalb«, sagte er, ohne eine Regung zu zeigen. »Mein Name ist Professor Rolf Klose. Ich bin der Vorsitzende des Sayner Heimatvereins. Sie haben mich über einen Ihrer Mitarbeiter informiert, dass Sie mich sprechen wollen. Sofern Sie sich noch daran erinnern.«

Chris stellte den Karton ab, den er in Händen hielt, und musterte Klose eingehender. Erster Eindruck: aufgeblasenes Arschloch!

»Natürlich«, sagte Chris. »Kommen Sie herein. Bitte entschuldigen Sie, aber es geht hier im Moment ein wenig turbulent zu.«

»Das sehe ich«, erwiderte Klose und überflog die Kartons.

Chris deutete auf einen Stuhl vor seinem Schreibtisch. »Setzen Sie sich.«

»Danke, aber ich stehe lieber.« Klose legte seine Aktentasche auf dem Stuhl ab. »Ich habe eine lange Fahrt hinter mir und habe wegen Ihnen vermutlich einige interessante Vorträge verpasst. Ich hoffe, es ist wenigstens wichtig.«

»Nun ja, ich weiß nicht«, sagte Chris mit gespielter Ironie. »Halten Sie Mord für wichtig genug?«

Zum ersten Mal trat eine Regung in Kloses Gesicht. Doch selbst das angedeutete Lächeln wirkte an ihm steif und arrogant. »Ich bin natürlich im Bilde darüber, was sich am Sonntagabend während unserer Stadtführung ereignet hat«, sagte er. »Außerdem habe ich im Internet von den Vorfällen gelesen.«

»Dann verstehe ich ehrlich gesagt ihr Auftreten nicht«, entgegnete Chris.

Kloses Lächeln schien sich festgesetzt zu haben. »Ich schätze es nur nicht, wenn jemand unorganisiert ist.«

Chris' zweiter Eindruck schien den ersten noch zu übertrumpfen. »Jetzt hören sie mal zu ...«, begann er schroff, wurde jedoch sofort von Rokko ausgebremst.

»Professor Klose, mein Name ist Roland Koch, wir hatten telefoniert.« Er reichte ihm die Hand. »Bitte entschuldigen Sie dieses Chaos, aber wie Sie sich vorstellen können, herrscht hier im Moment eine Menge Betriebsamkeit.«

Klose blickte einen zögerlichen Moment auf Rokkos Hand. Dann erwiderte er die Geste. »Schon gut«, meinte er versöhnlich. »Mir ist zwar nicht klar, weshalb ich wegen dieser Sache meine Reise unterbrechen musste, aber jetzt bin ich nun mal hier. Also, um was geht es denn so dringend.«

»Immer noch um Mord«, schnaufte Chris, der nun Mühe hatte, sich im Zaum zu halten.

»Wir hätten da ein paar Fragen bezüglich der Mitglieder Ihres Vereins«, drängte sich Rokko erneut dazwischen.

»Hätten Sie die nicht auch meinem Stellvertreter stellen können?«

»Natürlich«, meinte Rokko. »Aber wir wollten mit Ihnen sprechen. Wie ich herausgefunden habe, sind Sie eine Art Experte, was die Geschichte dieser Region betrifft.«

Klose gab sich geschmeichelt. »Nun ja«, meinte er, »ich beschäftige mich seit über zwanzig Jahren mit dem Thema und habe schon einige Abhandlungen darüber im Internet und in lokalen Zeitschriften veröffentlicht. Auch existiert ein Buch, in dem einige meiner Ausführungen verwendet wurden. Aber was hat das mit diesen Ereignissen zu tun?«

»Darüber sind wir uns auch noch nicht im Klaren«, sagte Rokko. »Aber wir vermuten eine geschichtliche Symbolik hinter den Taten.«

»Und deshalb vermuten Sie den Täter in den Reihen unseres Vereins? Ich denke nicht, dass wir die Einzigen sind, die sich mit der Historie dieser Region auskennen.«

»Aber sie sind der einzige Heimatverein, der hier historische Stadtführungen veranstaltet. Der Täter muss gewusst haben, wann die Gruppe die Kapelle erreicht, sonst hätte er die Tat nicht auf diese Weise inszenieren können.«

»Diese Führungen finden jedes Jahr mehrmals statt und werden öffentlich ausgeschrieben. Man muss nicht Mitglied unseres Vereins sein, um das zu wissen.«

»Aber der Verdacht liegt nahe, wie Sie zugeben müssen.«

Klose nahm einen tiefen Atemzug. »Und was genau erwarten Sie nun von mir.«

Chris, der sich beruhigt hatte, trat neben Rokko. »Wir müssen wissen, ob bei Ihnen im Vorfeld Anfragen eingegangen sind, bezüglich Zeiten und Ablauf der Führung«, sagte er. »Außerdem bräuchten wir eine Aufstellung aller Mitglieder Ihres Vereins, um uns einen Überblick zu verschaffen.«

Klose musterte Chris einige Sekunden. Schließlich nickte er. »Das dürfte kein Problem sein.«

Rokko atmete innerlich auf. »Außerdem hätten wir einige Fragen bezüglich der Morde und deren Ausführung.«

Kloses Stirn legte sich in Falten. »Wir darf ich das verstehen?«

»Da Sie angeblich über die Vorfälle im Bilde sind«, sagte Chris überspitzt, »wissen Sie ja, dass wir es nicht mit einer üblichen Mordserie zu tun haben.«

»Serie?«, fragte Klose. »In den Medien stand nichts von einer Verbindung der beiden Fälle.«

»Wir haben aus ermittlungstaktischen Gründen nichts davon erwähnt. Auch über die Ausführung der Taten haben wir bisher keine Details herausgegeben, da sie ziemlich ... nun ja, speziell sind. Es wurden an allen drei Tatorten Botschaften hinterlassen.«

»Es gibt bereits eine dritte Leiche?«

»Ja«, bestätigte Chris. »Sie wurde am Morgen in der Nähe der Rittersturz-Gedenkstätte gefunden. Daher können Sie sich vorstellen, dass wir momentan ziemlich unter Druck stehen.«

Klose schien plötzlich völlig entrückt zu sein. »Rittersturz«, murmelte er vor sich hin, während sein Blick über die Magnetwand glitt. Chris hatte bereits einige der Unterlagen und Ausdrucke in Kartons verpackt, doch ein Großteil der Tatortfotos haftete noch daran. »Hm«, brummte Klose. »Das ist äußerst interessant.«

»Lassen Sie uns an Ihrer Eingebung teilhaben?«, fragte Chris, dem Kloses blasiertes Auftreten gehörig auf die Nerven ging.

»Ich habe dergleichen bisher nur auf alten Zeichnungen gesehen«, sagte Klose. »Aber es jetzt auf diesen Fotos zu bewundern ist beeindruckend. Es ist sehr authentisch.«

»Ich bin sicher, die Opfer teilen Ihren Enthusiasmus«, sagte Chris bissig.

»Ich fühle durchaus mit den Opfern«, meinte Klose, ohne seine Augen von der Magnetwand abzuwenden. »Aber wenn ich das hier betrachte, bin ich mir ziemlich sicher, dass sie an ihrem Tod nicht ganz unschuldig waren. Ich gehe davon aus, dass alle Opfer vorbestraft sind?«

Die beiden Kommissare warfen sich kurze Blicke zu.

»Gesichert wissen wir das nur vom zweiten Opfer«, sagte Rokko und zeigte auf das Bild mit dem Grab.

»Welche Straftat?«

»Vergewaltigung.«

»Hm«, meinte Klose nachdenklich und nickte. »Das passt.«

»Könnten Sie uns bitte aufklären«, drängte nun auch Rokko.

»Was Sie hier auf diesen Fotos sehen, meine Herren, sind Hinrichtungsrituale aus dem Mittelalter.« Klose hatte sich den Beamten zugewandt und machte nun den Eindruck eines Dozenten, der vor einer Tafel stand. »In dieser

Zeit wurden jegliche Verbrechen, selbst noch so kleine Delikte, rigoros bestraft. Das Blenden oder Augenausbrennen, wie im ersten Fall, war eine eher milde Strafe. Da das Mittelalter stark vom christlichen Glauben geprägt war, waren Todesstrafen weitverbreitet. Sie wurden meist bei Verbrechen angewandt, die gegen die obersten Grundsätze des Christentums verstießen, wie Mord, Raub, Ketzerei und Unzucht, die sogenannten Kardinalsverbrechen. Das Begraben oder Einmauern bei lebendigem Leib waren gängige Strafen dieser Art. Bei besonders schweren Fällen wurde auch das Pfählen eingesetzt, wobei dem Verurteilten ein eingefetteter stumpfer Pfahl in den After eingeführt und anschließend aufgerichtet wurde, sodass die Spitze sich langsam durch den Körper trieb.« Klose deutete auf das Bild mit dem Grab. »Dies hier ist eine Kombination der beiden Methoden. Sie wurde im westeuropäischen Mittelalter angewandt, hauptsächlich bei Vergewaltigern und Ehebrechern. Einige Historiker gehen davon aus, dass in diesem Fall das Pfählen weniger der Hinrichtung diente, sondern es sollte den Hingerichteten dauerhaft unter der Erde halten, damit er nicht zurückkehren und sich an den Lebenden rächen konnte. Ähnlich wie das Pfählen bei einem vermeintlichen Vampir.«

»Muss auf ewig begraben sein.«

»Wie bitte?«

»Das hat auf der zugehörigen Botschaft gestanden.« Chris wühlte in einem der Kartons und reichte Klose einen Ausdruck, auf dem sich sämtliche Texte der Mitteilungen befanden. »Sagt Ihnen das irgendetwas?«

Klose schüttelte den Kopf. »Nein. Das stammt aus keinem mir bekannten Text.«

»Wie ist das Rohr zu erklären«, fragte Rokko und deutete wieder auf das Foto mit dem Grab.

»Es diente nicht dazu, dem Verurteilten das Atmen zu erleichtern, sondern wurde als Seelenloch bezeichnet«, erläuterte Klose. »Es sollte der Seele des Toten ermöglichen, nach oben zu fahren.«

»Wie gütig«, zischte Chris. Allmählich dämmerte ihm, weshalb Klose so ein Kotzbrocken war. »Ist ja wahrlich eine reizende Epoche, mit der Sie sich da beschäftigen.«

Kloses Mundwinkel krümmten sich nach unten. »Für unser modernes westliches Empfinden mag diese Ansicht zutreffen«, meinte er. »Sie sollten jedoch bedenken, dass in einigen arabischen Ländern das Abhacken der Hand oder das Steinigen als Bestrafung noch immer zulässig ist.«

»Wie verhält es sich mit dem dritten Mord?«, fragte Rokko.

Klose wandte sich den Tatortfotos vom Rittersturz zu. »Das Verbrennen als Todesstrafe dürfte den meisten Menschen durch die Hexenverfolgung bekannt sein. Es wurde aber durchaus auch als Bestrafung für besonders schwere Vergehen genutzt und diente dazu, den Verbrecher und seine Tat völlig vom Erdboden zu tilgen. Auf diese Weise wurde ihm eine christliche Bestattung verweigert. In Ihrem Fall haben wir es mit einer Abwandlung dieser Bestrafung zu tun, dem sogenannten Köhlern.« Er zeigte auf die schräg gerichteten, halbverkohlten Pfähle. »Hier wurde der Verurteilte dem Feuer in Schräglage ausgesetzt, sodass die Flammen sich langsam an ihm hocharbeiteten, was unvorstellbare Qualen zur Folge hatte.«

»Aber warum ausgerechnet am Rittersturz?«, fragte Rokko.

»Ihnen ist die geschichtliche Bedeutung des Ortes bekannt?«

»Dort wurde 1948 das Grundgesetz unseres Landes beschlossen«, gab Rokko seine am Morgen aufgefrischten Kenntnisse zum Besten.

»Richtig. Das ist aber nur die neuzeitliche Geschichte. Etwa vierhundert Jahre zuvor diente der Ort als Richtplatz. Dort wurden Todesurteile vollstreckt und es fanden Hexenverbrennungen statt.«

»Natürlich«, sagte Chris in Gedanken versunken. »Das mit dem Richtplatz steht auch auf einer der Informationstafeln an der Gedenkstätte. Aber weshalb dann diese Lichtung, knapp einhundert Meter entfernt? Warum wurde das Opfer nicht direkt an der Säule verbrannt?«

»Vielleicht wollte der Täter das Denkmal nicht entweihen«, meinte Rokko.

»Ja«, sagte Chris, »denn es war ihm zu wichtig, zu bedeutend.«

»Und was sagt uns das?«

»Das weiß ich noch nicht, aber es ist ein Ansatzpunkt.«

»Nun, meine Herren«, versuchte Klose die Aufmerksamkeit der beiden wieder auf sich zu lenken, »offensichtlich konnte ich Ihnen mit meinem Wissen weiterhelfen.«

»Das konnten Sie«, sagte Chris, noch immer in Gedanken.

»Dann war mein Besuch scheinbar doch nicht umsonst.« Klose griff sich seine Tasche und deutete zur Tür. »Wenn es Ihnen nichts ausmacht«, meinte er, »ich habe noch nicht zu Mittag gegessen.«

»Moment«, hielt Chris ihn zurück. »Eine Frage habe ich noch.« Er kramte hektisch in dem Karton auf seinem Schreibtisch, bis er das Phantombild gefunden hatte. Aufgebracht hielt er es Klose entgegen. »Was können Sie mir dazu sagen?«

Klose nahm das Bild und betrachtete es ausgiebig. »Interessant«, meinte er. »Ein wenig martialisch, aber ansonsten recht stimmig. Woher haben Sie das?«

»Es basiert auf den Aussagen zweier Zeugen, die den Täter an zwei der Tatorte gesehen haben.«

Klose schaute auf. »Das ist nicht Ihr Ernst.«

»Wer oder was ist das auf der Zeichnung?«, fragte Chris fordernd.

»Es handelt sich hierbei nicht um eine bestimmte Person oder gar ein Fabelwesen«, erläuterte Klose. »Dennoch passt es sehr gut in die Epoche, in der auch die Todesvarianten der Opfer anzusiedeln sind.« Er stellte die Tasche zurück und ging einige Schritte um die Schreibtische herum. »Was wissen Sie über die Pestepidemien des Mittelalters?«

»Was haben die mit diesem Vogelmann zu tun?«, fragte Chris gereizt.

»Nun«, meinte Klose blasiert, »Ihre Unkenntnis ist nicht zu überhören, denn was Sie auf diesem Bild sehen, hat nicht das Geringste mit einem Vogel zu tun.«

»Ach nein?«, fragte Rokko.

»Nein. Dieser schnabelförmige Auswuchs ist, wenn Sie so wollen, die mittelalterliche Variante einer Atemschutzmaske.« Klose heftete das Bild an die Magnetwand. »Zur damaligen Zeit gab es noch keine Kenntnisse über Mikrobiologie und Bakterien, und die Pest wurde als Gottesstrafe angesehen. Man ging auch von ungünstigen Planetenkonstellationen aus und davon, dass die Krankheit von giftigen Sporen oder winzigen Würmern übertragen wurde, die durch die meist schlecht riechende Luft schwebten. Oftmals wurden an Straßenecken Feuer entzündet, um die Luft zu reinigen. Die Ärzte waren ratlos und besprühten die Kranken mit Essig. Um sich vor einer Ansteckung zu bewahren, entwickelten sie eine Art Schutzanzug. Dieser bestand in der Regel aus einem gewachsten schwarzen Ledergewand, Handschuhen und einer schnabelartigen Maske, die mit wohlriechenden Kräutermischungen gefüllt war. Auch trugen sie einen länglichen Stab bei sich, über dessen genaue Bedeutung man sich nicht ganz einig ist. Manche gehen davon aus, dass er dazu diente, die Pestkranken auf Abstand zu halten. Andere sehen darin das Instrument, mit dem die Ärzte die Pestbeulen aufgestochen haben, um den Eiter abfließen zu lassen. Ebenso wie der Aderlass, war dies das einzige Mittel, von dem man sich eine Linderung versprach. Allerdings bewirkte es eher das Gegenteil, denn dadurch wurde die Vergiftung des Blutes nur beschleunigt.« Er deutete auf das Phantombild. »Was Ihre beiden Zeugen gesehen haben wollen, ist das Abbild eines spätmittelalterlichen Pestarztes. Eine Verkleidung, die auch heute noch im venezianischen Karneval sehr beliebt ist.«

Chris atmete durch. »Wurden im Mittelalter auch Raben für gewisse Zwecke geopfert?«, fragte er.

»Darüber ist mir nichts bekannt«, entgegnete Klose. »Aber der Rabe galt im Mittelalter als Vorbote für Seuchen und Tod, falls Ihnen das weiterhilft.« Klose griff sich erneut seine Aktentasche. »Und jetzt entschuldigen Sie mich.« Auf halbem Weg zur Tür drehte er sich noch einmal zu den Beamten um. »Sollten Sie noch weitere Hilfestellung benötigen, haben Sie ja meine Nummer. Ich gehe davon aus, dass Sie sie noch brauchen werden. Denn wie es aussieht, versucht hier jemand seinen persönlichen Kreuzzug zu führen, indem er das Mittelalter wiederauferstehen lässt.«

»Was hältst du von dem Kerl?«, fragte Rokko, nachdem Klose das Büro verlassen hatte.

»Er erinnert mich an meinen Mathelehrer«, sagte Chris. »Den hab ich auch gehasst.«

»Ja, aber er scheint sich bestens mit der Materie auszukennen. Und er hat uns einige neue Ansätze beschert.«

»Das muss ich zugeben«, meinte Chris. Er griff nach dem Telefon auf seinem Schreibtisch und wählte Meißners Nummer. »Hallo Uwe. Wie weit seid ihr mit der DNA-Analyse des letzten Opfers?«

»Der Leichnam ist auf dem Weg nach Mainz, wenn du das meinst«, drang Meißners genervte Stimme aus dem Hörer. »Wenn das so weitergeht, kann ich bald einen Shuttlebus einrichten.«

»Wir brauchen diese Analyse so schnell es geht. Das Opfer ist vermutlich vorbestraft, somit hätten wir gute Chancen auf einen Treffer.«

Ein verächtliches Zischen ertönte. »Du weißt doch, wie aufwändig sowas ist. Es müssen Zellen vermehrt werden ...«

»Wie lange?«, drängte Chris.

Eine kurze Pause setzte ein.

»Zwei bis drei Tage, im günstigsten Fall. Kann ich jetzt meinen Bericht weiterschreiben?«

Chris seufzte. »Klemm dich dahinter, und sag den Jungs

vom LKA, dass es verdammt dringend ist.« Er legte auf. »Was ist mit den Fingerabdrücken des ersten Opfers?«, fragte er Rokko. »Hat die Auswertung irgendetwas ergeben?«

»Nein, bis jetzt nicht.«

»Verdammt!«, fluchte Chris. Dann atmete er durch und nahm einen Filzschreiber in die Hand. »Na immerhin hat unsere Mordkommission jetzt einen Namen«, sagte er und schrieb das Wort *Mittelalter* auf den Deckel des Kartons.

13

Bondek hatte den Nachmittag damit verbracht, die Neuigkeiten zu verwerten, die Chris ihm zukommenließ. Er hatte die neusten Entwicklungen zusammen mit seinen Notizen zu einem mehrspaltigen Artikel verarbeitet. **Brutaler Mord am Rittersturz**, lautete die Schlagzeile. Darunter: *Mittelalter-Mörder schlägt erneut zu. Polizei schließt einen Zusammenhang der Morde nicht mehr aus*. Der Artikel endete mit einer Bitte um Hinweise und einer polizeilichen Telefonnummer.

Den Rest des Tages widmete Bondek seiner Kolumne. Nach mehreren Fassungen hatte er den Text ausgedruckt und eingereicht. Nun saß er vor dem Schreibtisch seines Chefredakteurs Rainer Klemens, der das Ergebnis kritisch betrachtete und durch ein gelegentliches Brummen kommentierte. Schließlich warf er Bondek einen skeptischen Blick über den Rand des Ausdrucks zu.

»Sind Sie sicher, dass Sie das so veröffentlichen wollen?«, fragte er.

Bondek nickte.

»Und Sie sind sich über die möglichen Konsequenzen dieser Provokation bewusst?« Er nahm den zweiten Ausdruck zur Hand, der Bondeks Artikel wiedergab. »Nachdem, was Sie hier schreiben, geht dieser Irre nicht gerade zimperlich mit seinen Opfern um. Und er ist scheinbar auf öffentliches Interesse aus. Ich denke nicht, dass er über Ihre Ausführungen begeistert sein wird.«

»Das ist mir klar«, meinte Bondek. »Aber genau das will ich damit erreichen. Dieser Kerl will Angst verbreiten. Wenn ich ihn bloßstelle und provoziere, gelingt es mir vielleicht, ihn aus der Reserve zu locken und zu Fehlern zu verleiten.«

»Ihnen ist aber hoffentlich klar, dass Sie damit Ihren eigenen Arsch riskieren. Und ich bin ehrlich gesagt nicht besonders angetan von der Option, einen meiner besten Reporter einer solchen Gefahr auszusetzen, zumal ich Ihnen gegenüber eine gewisse Verantwortung trage. Wie stünde ich da, wenn dieser Psychopath aufgrund dieses Artikels tatsächlich auf Sie losgeht oder Schlimmeres geschieht? Womöglich dreht dieser Spinner dann vollkommen durch und wird zum Massenmörder. Das wäre keine gute Werbung für die Pressefreiheit, und schon gar nicht für unsere Zeitung.«

»Ich glaube nicht, dass es dazu kommen wird.«

»Ach, und worauf gründet sich diese Vermutung?«

»Der Täter geht methodisch vor«, sagte Bondek. »Nach den Einschätzungen der Polizei entspricht es nicht seiner Vorgehensweise, wahllos zu töten. Dazu sind die Morde zu ausgeklügelt. Die gehen davon aus, dass der Täter einen Plan abarbeitet und ein klares Ziel verfolgt.«

»Und das wäre?«

»Rache.«

»Prima, dann passen Sie nach diesem Artikel ja bestens in sein Beuteschema.« Klemens rieb sich den Nasensattel und seufzte. »Ist diese Aktion mit der Polizei abgesprochen?«

Bondek zögerte kurz. »Ich habe mit dem zuständigen Kommissar darüber geredet.«

»Und wie ist seine Meinung dazu?«

»Sie unterscheidet sich nicht wesentlich von Ihrer.«

»Weshalb sollte ich Ihrer Kolumne dann zustimmen?«

»Weil es eine einmalige Chance ist.« Bondek beugte sich auf seinem Stuhl nach vorn. »Der Mörder scheut sich nicht vor der Öffentlichkeit. Er will, dass seine Taten anerkannt werden. Aus diesem Grund hat er sogar Kontakt zur Polizei gesucht und sie auf einen der Tatorte hingewiesen. Die Ermittler sind sich der Motive dafür noch nicht sicher, aber ich vermute, der Täter will auf seine Art für Gerechtigkeit sorgen. Und er will, dass es alle erfahren. Wenn es mir gelingt, ihn an der richtigen Stelle zu treffen, dann nimmt er vielleicht auch Kontakt mit mir auf. Denn er wird das nicht so im Raum stehen lassen wollen. Er wird verlangen, dass ich es berichtige.«

»Oder er wird Ihnen den Kopf dafür abreißen.«

»Das glaube ich nicht.«

»Sind Sie neuerdings unter die Kriminalpsychologen gegangen? Was macht Sie so sicher?«

»Meine Erfahrung als Journalist.«

Klemens stieß einen verächtlichen Laut aus. »Für Ihre Erfahrung kriegen Sie da draußen nicht mal eine Suppe umsonst, das ist Ihnen hoffentlich klar. Im Internet fühlt sich doch mittlerweile jeder Quacksalber dazu berufen, die Welt in irgendwelchen Blogs zu kommentieren oder sich zum Kritiker aufzuspielen. Man kann nicht mal mehr einen Furz lassen, ohne dass jemand seinen Senf dazu abgibt. Kaum stellen wir einen Artikel online, hagelt es unqualifizierte Kommentare, oftmals von Leuten, die nicht einmal imstande sind, einen einzigen Satz grammatikalisch korrekt zu formulieren. Ich bin wahrlich der Letzte, der etwas gegen Meinungsfreiheit hat, aber ich finde, diese Welt wäre bedeutend besser dran, wenn gewisse Leute öfter ihre vorlaute Klappe halten würden! Vermutlich kursieren im Netz schon jetzt die wildesten Gerüchte über die Morde, was unsere Arbeit immer schwieriger macht.«

»Sehen Sie, genau das meine ich«, sagte Bondek. »Wenn der Mörder genauso kritikfähig ist wie Sie, habe ich ihn jetzt schon an der Angel.«

Klemens betrachtete ihn verdutzt.

»In der Form, wie der Kerl seine Morde inszeniert, hält er sich offenbar für eine Art Künstler«, fuhr Bondek fort. »Und die sind in der Regel sehr sensibel, was Kritik an ihrer Arbeit betrifft. Er wird das nicht unkommentiert lassen.«

»Die Frage ist nur, wie dieser Kommentar ausfallen wird.« Klemens betrachtete erneut den Text der Kolumne. »Also gut«, meinte er. »Einige Auszüge aus Ihrem Artikel werden wir heute noch online stellen. Der Rest erscheint in der morgigen Ausgabe. Und was die Kolumne betrifft ...«

Er schnaufte resigniert. »Spielen Sie meinetwegen mit dem Feuer. Aber Sie werden den Text noch einmal überarbeiten und ein wenig entschärfen. Danach gebe ich mein Okay.«

Bondek nickte zufrieden und verließ Klemens' Büro mit einem Grinsen.

14

Die Zufahrt war wie üblich nicht beleuchtet, als Victor sie betrat. Seine beiden Aufpasser gingen vor ihm. Dennoch beschlich ihn ein mulmiges Gefühl, als er sich der Halle näherte. Die Vertiefungen und Risse in der bröckelnden Fassade wirkten im silbrigen Licht des Mondes wie Einschusslöcher. Eindrücke, die Victor Kiriac noch gut aus seiner Kindheit in Erinnerung hatte und die ihm jedes Mal einen kalten Schauer über den Rücken jagten, wenn er sich der Halle näherte. Die Aufstände am Ende der 1980er Jahre hatten seinem Land eine äußerst zweifelhafte Freiheit beschert und ihn zum Halbwaisen werden lassen. Sein Vater, Offizier in der rumänischen Armee, war in Bukarest bei Straßenkämpfen mit der gefürchteten Geheimpolizei des Präsidenten ums Leben gekommen. Victor war zu dieser Zeit neun Jahre und kaum dazu in der Lage gewesen, die Gründe zu verstehen, die seinem Vater den Tod gebracht hatten. Seitdem war der Jahrestag der Revolution für ihn mit zwiespältigen Gefühlen verknüpft. Die schwere Zeit danach hatte ihn seiner Kindheit beraubt und ihn schon früh gelehrt, auf eigenen Füßen zu stehen und sich durchzuschlagen. Notfalls mit Gewalt. Eine Zeit, die ihn geprägt und abgehärtet hatte. Mit Anfang zwanzig war er nach Deutschland gekommen. Und sofort hatte er erkannt, dass es ein Land des Überflusses war. Er konnte sich noch gut daran erinnern, wie er mit seinem alten Kastenwagen zum ersten Mal die Sperrmüllhalden abgeklappert und mit Erstaunen festgestellt hatte, was die Leute hier als wertlos erachteten. Dinge, die es in seiner Heimat oftmals nicht gab oder die sich nur wenige leisten konnten. Schnell erkannte er das geschäftliche Potenzial dieser Konsumssucht, und bald darauf entstanden die ersten Vertriebskanäle. Er baute Beziehungen auf, heuerte Leute an und verschaffte sich vor ihnen Respekt, indem er Loyalität belohnte und jegliche Art von Vertrauensbruch hart bestrafte. So gelang es ihm innerhalb weniger Jahre, sich ein beachtliches Imperium aufzubauen. Mittlerweile wartete er nicht mehr, bis Gegenstände weggeworfen wurden, sondern er nahm sich, was er brauchte. Obwohl die Leute ständig jammerten, gab es mehr denn je alles im Überfluss. Er verteilte es lediglich ein wenig gerechter. Und das für einen satten Profit. Über die Organisation, der er sich angeschlossen hatte, erweiterte er sein Angebot: Drogen, Menschenhandel, Geldwäsche ... Seine Beziehungen waren mittlerweile breit gefächert. Doch seit dem EU-Beitritt seiner Heimat nahm die Konkurrenz stetig zu, und es wurde für ihn immer schwieriger, sein Revier zu behaupten. Ein Umstand, der ihm zunehmend Sorgen bereitete und ihn dazu bewogen hatte, seinen persönlichen Schutz zu erweitern.

Etwa zwanzig Meter vor der Halle gab Victor seinen Leibwächtern zu verstehen, dass sie auf ihn warten sollten. Er wollte vor seinen Leuten nicht wie ein Mann erscheinen, der Schutz benötigte. Schwäche war etwas, das er sich nicht leisten konnte. Das Treffen war für 23:00 Uhr angesetzt worden. Die Leuchtziffern seiner Breitling zeigten ihm an, dass er bereits fünf Minuten zu spät war. Es war kein Auto auf dem abgelegenen Gelände zu sehen. Nur das Licht hinter den vergitterten Fenstern deutete auf Anwesende in der Lagerhalle. Es war eine von vielen solcher Hallen, die Victor im ganzen Land verteilt angemietet hatte. Als er vor der Tür stand, die in das graue Rolltor eingelassen war, klopfte er an. Kurz darauf wurde von innen das Schloss entriegelt und Victor trat ein.

Die knapp einhundert Quadratmeter große Halle war zu gut zwei Dritteln mit Waren gefüllt. Neben Flachbildfernsehern, Computern und anderen hochwertigen Elektrogeräten, befanden sich im hinteren Bereich auch wertvolle Kunstwerke und antike Möbel. Das meiste davon war mit Kartonplatten und Laken ummantelt worden, um sie vor Schmutz und Beschädigung während des Weitertransports zu schützen. An den seitlichen Wänden stapelten sich unter grauen Decken Photovoltaikmodule. Einige Verbindungskabel hingen unter den Decken hervor und zeugten davon, dass diese Solarmodule bereits montiert und in Betrieb gewesen waren, bevor man sie entwendet hatte. Ein neuartiger Bereich in Victors Branche, der sich als äußerst rentabel erwies. Inmitten dieser Ansammlung von Diebesgut standen drei Männer in Arbeitskluft: Silvio Babanic, Leon Gabrea und Dimitrij Mironow. Letzterer war Russe und gleichzeitig der Grund, weshalb sie sich der besseren Verständigung wegen auf Deutsch und nicht auf Rumänisch unterhielten; obwohl Victor sich nicht sicher war, ob das für Dimitrij einen Unterschied machte.

»Wieso ist der Kram noch nicht abgeholt worden?«, fragte Victor.

»Der LKW hat Probleme«, antwortete Leon. Er war der Jüngste und Schmächtigste in ihrer Truppe. Er hatte dunkle, buschige Augenbrauen und eine kleine Narbe am Kinn. »Ist auf halber Strecke liegengeblieben.«

»Blestemat!«, zischte Victor. Wenn es ums Fluchen ging, bevorzugte er die Muttersprache. »Wie lange?«

»Zwei Tage.«

Diese armseligen Idioten, dachte er. Kein Wunder, dass sein Land vor die Hunde ging, wenn sie es dort nicht einmal fertigbrachten, funktionierende Transporter zu beschaffen. Victor betrachtete seine Arbeiter eingehender. »Das ist hoffentlich nicht der einzige Grund, weshalb ihr mich um diese Zeit hierherbestellt.«

Die drei traten auf der Stelle und betrachteten ihre Füße.

»Wo ist Vadim?«, fragte Victor und sah die drei an. »Jetzt sagt mir nicht, die Bullen haben ihn geschnappt. Sonst müsste ich mich fragen, weshalb die Ware dann noch immer in einer meiner Lagerhallen rumsteht und nicht längst woanders untergebracht wurde.«

»Ist nicht geschnappt«, sagte Dimitrij. Er sprach nur gebrochen Deutsch.

»Sondern?« Victors Blick wurde fordernder. »Raus mit

der Sprache, was hat dieser armselige Säufer angestellt?«

»Er ist verschwunden«, meinte Silvio nervös.

»Was soll das heißen, er ist verschwunden?«

»Ist nicht da«, sagte Dimitrij.

Victor ging auf ihn zu und gab ihm einen leichten Klaps auf den Hinterkopf. Der Staub, der sich in seinen kurzen blonden Haaren verfangen hatte, bildete im Licht der Strahler einen sanften Nebel. »Das ist mir durchaus klar, du einfältiger Russe. Ich will verdammt nochmal den Grund dafür wissen!«

»Hast du heute Zeitung gelesen, Chef?«

»Dafür habe ich keine Zeit«, fuhr er Silvio an. »Und ihr auch nicht.«

Silvio griff hinter sich und zog eine Tageszeitung aus seinem Hosenbund. Er klappte sie auf und hielt sie Victor hin. »Hier, Chef.«

Victor überflog die Seite und blieb an einem Artikel hängen: **Zwei Morde geben der Polizei Rätsel auf**. Darin war die Rede von einem unbekannten Pesttoten und der Bitte um Hinweise zur Identität des Mannes. Als Victor das Foto sah, weiteten sich seine Augen.

»Du weißt wer das ist, Chef?«

Und ob er das wusste. Diese Erkenntnis steigerte seine Unruhe. Dennoch ließ er sich gegenüber seinen Männern nichts anmerken. »Was hat das mit Vadim zu tun?«

»Es gab letzte Nacht einen weiteren Toten«, sagte Silvio, und die anderen beiden nickten wie zur Bestätigung. »Ich habe im Internet darüber gelesen. Dort heißt es, ein Mann wäre gefoltert und verbrannt worden.«

»Und ihr glaubt, dieser Mann ist Vadim?«

Dieses Mal nickten alle drei.

»Wann habt ihr ihn zuletzt gesehen?«, fragte Victor.

»Gestern Nacht, gegen halb eins«, erwiderte Silvio. »Wir waren hier und haben angefangen, die Ware für den Transport vorzubereiten. Anschließend haben wir uns getrennt.«

»Hat er gesagt, wo er hinwollte?«

Silvio schüttelte den Kopf. »Sein Handy ist ausgeschaltet.«

»Er schläft nur in irgendeinem Puff seinen Rausch aus.«

»Das glaube ich nicht, Chef. Er hätte sich gemeldet.«

Victor strich sich nachdenklich über seinen akkurat gestutzten Vollbart, der so schwarz war, dass er künstlich wirkte. Dabei funkelten die Ringe an seinen Fingern im Licht der Neonröhren. »Hat er mal erwähnt, dass er sich verfolgt fühlt oder die Polizei auf ihn aufmerksam geworden ist?«

»Nein«, sagte Silvio. »Du weißt, Vadim macht nicht viele Worte.«

Das machte ihn aus Victors Sicht schwer einschätzbar.

»Aber ...«, fuhr Silvio zögerlich fort.

Victor legte den Kopf leicht schief und sah Silvio direkt in die Augen. »Aber was?«

»Es gehen Gerüchte um, Chef.«

»Sag schon, was für Gerüchte?«

Silvio sah wieder auf seine Füße hinab. »Es ... es heißt Diavolul habe die Opfer persönlich zu sich geholt.«

Victor lachte auf. »Der Teufel?« Er trat direkt vor Silvio, sodass sich ihre Köpfe fast berührten. »Und du glaubst diesen Blödsinn?«

»Nein, natürlich nicht, niciodată«, sagte Silvio.

»Niemals, hm?« Victor packte Silvios linken Arm und schob den Ärmel seiner Arbeitsjacke nach oben. Darunter kam ein rotes Armbändchen zum Vorschein, das um sein Handgelenk gebunden war. Nach rumänischer Tradition ein Glücksbringer, der vor bösen Augen schützen soll. »Cretin«, höhnte Victor. »Ihr abergläubischen Trottel. Ich sollte euch alle in die Heimat verfrachten und zurück auf die Straße schicken!«

»Nein, Victor, glaub mir«, sagte Silvio. »Die Späher sind verunsichert. Sie denken, die Konkurrenz könnte dafür verantwortlich sein.«

Daran hatte auch Victor sofort gedacht, als er das Foto in der Zeitung gesehen und den Mann erkannt hatte. Es dürfte nicht lange dauern, bis die Bullen ebenfalls dahinterkamen und sich ihren eigenen Reim darauf machten. Und das wiederum dürfte dem Boss seiner Organisation gar nicht gefallen. So oder so behagte Victor das alles überhaupt nicht. Er sah Silvio einige Zeit an. Victor wusste, dass er derjenige war, der den meisten Verstand der drei hatte. Und er vertraute ihm, im Gegensatz zu Dimitrij, diesem schwachsinnigen Russen.

Victor legte seine Hand auf Silvios Schulter. »Ich kümmere mich um meine Leute, das weißt du.«

Silvio nickte.

»Gut. Ich werde dafür sorgen, dass der Lkw bis morgen Abend hier ist. Seht zu, dass das Zeug bis dahin verladefertig ist. Ich will, dass es so schnell wie möglich von hier verschwindet. Und sag den Spähern, sie sollen sich eine Weile zurückhalten. Dasselbe gilt für euch. Zuerst kläre ich die Sache.« Victors Blick verfinsterte sich. »Aber sollte ich herausfinden, das Vadim abgehauen oder etwas mit dieser Sache in der Zeitung zu tun hat, dann ist der Teufel der Letzte, vor dem er Angst haben muss!«

Daraufhin wandte Victor sich ab und verließ die Lagerhalle.

Noch bevor Victor seine beiden Leibwächter erreicht hatte, griff er nach seinem Telefon. Es war ein altes Prepaid-Handy, ohne GPS und Internet. Er traute der modernen Technik nicht über den Weg. Sie war zu angreifbar geworden. Es dauerte einige Sekunden, bis die Verbindung hergestellt war.

»Bună Victor«, meldete sich eine verschlafene, männliche Stimme.

»Bună Petre. Tut mir leid, dass ich um diese Zeit anrufe«, sagte Victor auf Rumänisch. »Ich weiß, bei euch ist es eine Stunde später, aber wir haben hier ein Problem.«

»Wenn es um den Lkw geht ...«

»Der ist im Moment zweitrangig«, erwiderte Victor. »Rafael ist nicht verschwunden, er ist tot. Und er ist nicht an einem Herzanfall gestorben, wenn du weißt, was ich meine. Ich war geschäftlich unterwegs und habe gerade erst davon erfahren. Was denkst du darüber?«

»Vermutlich dasselbe wie du«, sagte die Stimme. »Ich werde mich mal ein wenig umhören.«

»Danke«, sagte Victor. »Ich stehe in deiner Schuld. Die Sache hat für mich oberste Priorität. Einer meiner Leute wird vermisst. Womöglich hat er bereits geplaudert und ist tot. Ich will wissen, wer versucht, uns ins Handwerk zu pfuschen. Ich will wissen, wer der Schweinehund ist, der Rafael auf dem Gewissen hat. Und ich will verdammt nochmal wissen, wer es wagt, sich mit mir anzulegen!«

»Die Sache betrifft letztendlich auch mich«, sagte die Stimme. »Daher werde ich tun, was in meiner Macht steht. Ich setze voraus, dass auch du alles daran setzt, den möglichen Konsequenzen von Rafaels Tod entgegenzuwirken.«

»Natürlich, Petre«, erwiderte Victor ein wenig verunsichert.

»Gut. Ich melde mich bei dir, sobald ich mehr weiß.«

»Nochmals danke, Petre.« Victor beendete das Gespräch. Dann ging er ins Licht der Straße, wo seine Leibwächter auf ihn warteten.

Etwa zwei Stunden später verließen auch Victors Mitarbeiter die Halle. Sie hatten die übrige Ware verpackt und ausgiebig über das Treffen mit Victor und die Umstände diskutiert, die dazu geführt hatten. Vadim war das dritte Opfer dieser Mordserie, daran gab es für sie keinen Zweifel. Und diese Schlussfolgerung beunruhigte sie. Eigentlich war es mehr eine unterschwellige Angst. Denn sollte tatsächlich ein Konkurrent von Victor hinter den Morden stecken, dann konnte jeder von ihnen der Nächste sein. Sie waren Teil der Exekutive dieses Unternehmens, und ihr Verlust würde Victor schwächen. Vermutlich standen ihre Namen längst auf einer Liste, wenn Vadim geplaudert hatte. Daher hielten sie in dieser Nacht besonders aufmerksam Ausschau nach Schatten zwischen den Hallen.

Silvio verließ als Letzter das Lager. Er hatte den Schlüssel und verriegelte die Tür. Auf halber Strecke zur Straße hin hielt er plötzlich inne und tastete in der Dunkelheit verzweifelt sein Handgelenk ab.

Das rote Armband. Es war nicht mehr da! Er musste es bei der Arbeit in der Halle verloren haben. »Ich muss nochmal zurück«, sagte er aufgebracht.

Die beiden anderen blieben stehen. Sie waren nur dunkle Konturen im Licht des Mondes.

»Hab was vergessen«, erläuterte Silvio, dem der wahre Grund zu peinlich war.

Dimitrij stöhnte. »Bin müde«, raunte er mit russischem Dialekt. »Nix warten.«

»Er hat recht«, pflichtete Leon ihm bei. »Es ist spät, hat das nicht Zeit bis morgen?«

Silvio sah unsicher zurück. Trotz der Dunkelheit war das weitläufige Industriegelände gut zu überblicken. Es blieb ihm nichts anderes übrig, er musste zurück, musste das Armband wiederfinden. Zuerst der Tote in der Zeitung, dann Vadim, der verschwunden war, der liegengebliebene Lkw ... und nun auch noch sein verlorener Glücksbringer. Das waren alles andere als günstige Vorzeichen. Victor hatte recht. Er war ein abergläubischer Trottel. Doch er war nun mal so aufgewachsen. Sollte er die Bräuche seines Landes ignorieren, nur weil er zum Dieb geworden war? Gerade dann galt es, den Teufel auszutricksen und auf sein Glück zu vertrauen.

»Geht schon mal vor und wartet im Wagen auf mich«, sagte er und versuchte dabei, seine Anspannung zu überspielen. »Es dauert nur fünf Minuten.«

»Na schön«, meinte Leon genervt. »Aber beeil dich.«

Unruhig sah Silvio sich um, als er kurz darauf die Zufahrt zur Halle betrat. Niemand war zu sehen, kein Geräusch zu hören. Dennoch beschlich ihn ein ungutes Gefühl. Seine Intuition sagte ihm, dass es keine gute Idee war, sich hier länger aufzuhalten.

Hektisch kramte er in den Taschen nach dem Schlüsselbund, bis er klirrend zu Boden fiel. Silvio atmete tief durch.

Beruhige dich. Hier ist niemand außer dir.

Weshalb spürte er dann dieses Kribbeln in seinem Nacken?

Mit einem Mal kam er sich so lächerlich vor wie ein Vorschulkind, das Angst vorm Zahnarzt hatte und sich im Keller versteckte. Er war 38 Jahre, brach in fremde Gebäude und Wohnungen ein und schreckte auch nicht davor zurück, ältere Menschen zu bedrohen und brutal einzuschüchtern. Und nun stand er hier auf diesem verlassenen Gelände, vor einer menschenleeren Halle und pisste sich vor Angst fast in die Hose. Vielleicht wurde er allmählich zu alt für diese Art von Arbeit. Letztendlich war er nur ein Handlanger, ein Laufbursche, der die Drecksarbeit erledigte und den seine Sünden allmählich einholten. All die Gesichter, die im Schlaf hochgeschreckt waren; die vielen Menschen, die er geschlagen und verängstigt hatte, um an ihr Hab und Gut zu gelangen, und die er anschließend sich selbst überlassen hatte. Er konnte nicht einmal mit Gewissheit sagen, ob sie es alle überlebt hatten. Immer öfter sah er ihre Gesichter in seinen Träumen, wie sie zu ihm aufsahen und ihn anflehten, während er eine Waffe auf sie richtete. Und genauso oft schreckte er im Schlaf hoch, weil es ihm immer schwerer fiel, dies zu tun.

Wenn Victor davon wüsste, wäre er nicht besonders erfreut darüber. Davor solltest du Angst haben!

Noch immer starrte er den Schlüsselbund an, der vor ihm auf dem dunklen Asphalt lag. Zum Teufel mit diesem Armband. Es beschützte ihn nicht vor seinem schlechten Gewissen.

Als er sich nach den Schlüsseln bückte, bemerkte er, wie sich das Mondlicht um ihn herum plötzlich verdunkelte und einen breiten Schatten auf das Tor der Halle warf. Zunächst ging er davon aus, dass es sich um Leon und Dimitrij handelte, die zurückgekehrt waren, um ihn zur

Eile zu drängen. Dann sah er die Konturen des Schattens, die nicht denen eines Menschen entsprachen.

Silvios Luftröhre schien sich zu verengen. Ein leises Rasseln erklang, als seine Hand zu zittern begann und die Schlüssel an dem Bund vibrieren ließ wie ein billiges Windspiel. Langsam drehte er sich um … und erstarrte. Während er andächtig auf die Knie sank, spiegelte sich in seinem Gesicht das gleiche Entsetzen wider, das ihn in seinen Träumen verfolgte.

»Diavolul«, brachten seine Stimmbänder keuchend hervor. Dann blitzte es vor ihm auf, und ihm wurde bewusst, dass dies seine letzte Nacht auf Erden sein würde.

15

Nach einer sternenklaren Nacht trübte an diesem Morgen kein Wölkchen den Himmel. Die aufgehende Sonne tauchte den Horizont oberhalb des Rheintals in glutrote Farbe und verlieh den Bäumen und Gebäuden am Rande des Ufers diffuse Konturen, die sich langsam aus der Dunkelheit lösten, als würde der anbrechende Tag sie neu erschaffen. Ein Anblick, der sich Kapitän Lars Hansen in seinen 33 Dienstjahren schon oft geboten hatte, der ihn aber immer wieder aufs Neue faszinierte.

Vor drei Tagen war er mit dem Containerschiff *Nova* von Antwerpen aus aufgebrochen. Am Vorabend hatten er und seine Mannschaft im Koblenzer Rheinhafen übernachtet, nachdem dort ein Teil der Ladung gelöscht und neue aufgeladen worden war. Nun fuhren sie mit knapp zwanzig Knoten ihrem Ziel Aschaffenburg entgegen.

Lars Hansen stand im Steuerhaus, am Heck des Schiffes, und nippte an seinem Kaffee. Vor ihm erstreckten sich etwa sechzig Meter Ladefläche, zu gut zwei Dritteln mit Containern bestückt, die sich in vier Reihen stapelten. Der Verkehr auf dem Fluss hielt sich zu dieser frühen Stunde in Grenzen. Lediglich in einiger Entfernung entdeckte er im Morgengrauen die Signallichter eines entgegenkommenden Frachters.

Die *Nova* bewegte sich währenddessen auf das Deutsche Eck zu, an dem die Mosel in den Rhein mündete. An den Masten, die die Landzunge säumten, wehten die Fahnen aller Bundesländer, angeführt von der gesamtdeutschen Flagge an der Spitze. Majestätisch zeichnete sich dahinter das beleuchtete Reiterstandbild Kaiser Wilhelms I. vor dem aufklarenden Horizont ab. Ein Schauspiel, das in dem groß gewachsenen Mann im Ruderhaus eine andächtige Ruhe erzeugte. Lars Hansen liebte diese Tageszeit. Sie vermittelte ihm einen kurzen aber intensiven Moment des Friedens, bevor die Welt erwachte und in ihre übliche Betriebsamkeit verfiel. Dieser energetische Zeitraum, in dem sich die Dunkelheit zurückzog und dem Tageslicht wich, als wäre die Nacht nur ein Lidschlag der Natur.

»Störe ich?«

Hansen löste sich nur widerwillig von diesen Eindrücken und sah nach rechts zur offenen Tür des Steuerhauses. Dort stand Robert Lindner, sein erster Offizier und Steuermann.

»Nein, natürlich nicht«, sagte Hansen und lächelte, wobei sein glattrasiertes 58-jähriges Gesicht erstaunlich wenig Falten warf.

Robert Lindner trat ein und schloss die Tür hinter sich. »Ich wollte fragen, ob ich dich ablösen soll, damit du frühstücken kannst.«

»Lohnt es sich denn?«

»Nicht mehr als sonst.« Nun lächelte auch Lindner. Er war Anfang vierzig und hatte fast keine Haare mehr. »Aber es macht immerhin satt.«

Hansen blickte zum Horizont, wo das Licht allmählich einen Orangeton annahm. »Wenn das Essen so schmeckt wie der Kaffee, sollte ich mir gut überlegen, ob ich diesen Ausblick dafür sausen lasse«, sagte er. Sein anschließendes Lachen brach abrupt ab.

»Was ist los?«, fragte Lindner, der den steifen Gesichtsausdruck seines Kapitäns mit Beunruhigung registrierte. Prüfend sah er über die weitläufige Ladefläche des Schiffes. »Stimmt was mit den Containern nicht?«

»Was ist das?« Hansen deutete schräg auf die rechte Uferseite, wo vor ihnen das Wahrzeichen der Stadt lag. »Da vorn, an der Spitze.«

Der Steuermann sah zu dem Punkt, an dem die Ausläufer der Plattform zusammenliefen wie der Bug eines Schiffes. An der Spitze des Sicherheitsgeländers, das die Landzunge wie eine Reling umgab, war vor dem Mast der bundesdeutschen Flagge etwas Rundes, Durchschimmerndes angebracht.

»Das sieht fast aus wie ...« Dem Steuermann stockte der Atem, als ihm bewusst wurde, was er glaubte, dort zu sehen. Es war noch zu dunkel, um Details erkennen zu können, doch betete dafür, dass ihm die schlechten Lichtverhältnisse einen Streich spielten.

Lindner löste sich von dem Anblick und lief durch die Tür nach draußen neben das Steuerhaus. Dort waren auf beiden Seiten bewegliche Handstrahler angebracht, von denen er einen auf die Spitze des Deutschen Ecks richtete, die von den Scheinwerfern des kaiserlichen Denkmals nicht erfasst wurde.

Kurz darauf erbrach Robert Lindner sein Frühstück auf das Deck vor seinen Füßen, während der Kapitän augenblicklich die Maschinen stoppte.

16

Die Polizeipräsenz am Deutschen Eck war beachtlich. Sämtliche verfügbaren Einheiten der Stadt befanden sich aufgrund der Mordserie in Bereitschaft und waren alarmiert worden. Chris entdeckte ein Boot der örtlichen Wasserschutzpolizei, das an der Rheinseite der Plattform angelegt hatte. Entsetzte Gesichter schlugen ihm entgegen, als er sich der Spitze der künstlichen Landzunge näherte. Sie bereiteten ihn auf das Schlimmste vor und drängten seine Erschöpfung in den Hintergrund. Erst gegen 22 Uhr hatte Chris die Dienststelle verlassen. Die neugegründete Sonderkommission war noch am Vorabend zusammengekommen. Sie umfasste insgesamt zwanzig Beamte, von denen rund ein Drittel aus den umliegenden Kriminaldirektionen abberufen worden war. Anschließend war er in seine Wohnung gefahren, nachdem er mit Rebecca telefoniert hatte. Auch ihre Dienststelle war mehr und mehr von den Ereignissen betroffen. Sie und ihre Kollegen sollten vermehrt an öffentlichen Plätzen Sonderstreifen fahren und mehr Präsenz in der Stadt zeigen, was auch ihr Überstundenkonto in die Höhe trieb. Daher hatten sie beide beschlossen, sich ein wenig Ruhe zu gönnen und die Nacht getrennt zu verbringen. Chris hatte keine zwei Minuten gebraucht, um einzuschlafen. Doch diese Atempause war nicht von langer Dauer gewesen.

Er entdeckte Rebecca bei einem ihrer Kollegen. Sie standen auf der linken Seite der Plattform, zum Moselufer hin, und wirkten beide sehr mitgenommen.

»Guten Morgen«, begrüßte er sie förmlich und verzichtete auf eine Umarmung. Sie hatten beschlossen, im Dienst vor ihren Kollegen nicht zu intim zu werden. »Hat man dich auch aus dem Bett geholt?«

»Mein Dienst hatte gerade begonnen, als die Meldung hereinkam«, erläuterte sie müde.

Chris nickte und betrachtete den hochgewachsenen Mann neben ihr.

»Das ist mein Kollege Jens Rohde.«

Der Uniformierte reichte ihm die Hand. Er war in Chris' Alter, überragte ihn aber um gut eine Kopflänge.

Chris erwiderte die Geste und nickte ihm zu. »Wer hat die Leiche gefunden?«

»Der Kapitän eines Binnenschiffes«, erklärte Rohde. »Er hatte gerade vom Rheinhafen abgelegt und sofort die örtliche Wasserschutzpolizei verständigt. Als die hier eintrafen, haben sie das da vorgefunden.« Er deutete auf die Spitze des Deutschen Ecks.

»Wie schlimm ist es?«, fragte Chris, während sein Blick auf die Stelle fiel, an der sich die größte Gruppe aus Ermittlern gebildet hatte.

»Davon solltest du dich besser selbst überzeugen«, sagte Rebecca. »Du hast jedenfalls nicht übertrieben, was die Brutalität des Mörders betrifft.«

Dem Ausdruck ihrer Augen konnte Chris entnehmen, dass sie keinen Wert darauf legte, ihm zu folgen. Er ließ die beiden hinter sich und ging weiter zum abgesperrten Bereich, durch Polizisten und Spurentechniker hindurch, bis sich ihm schließlich das Bild des Leichnams offenbarte. Ein Anblick, der ihm auf intensive Weise verdeutlichte, dass Grausamkeit keine Grenzen kannte.

Als Erstes sah er das hölzerne Wagenrad. Es war zur Flussseite hin an den Mast der deutschen Flagge gelehnt und daran festgeschnürt worden. Auf der Vorderseite prangte der mit Hämatomen übersäte Körper eines Mannes wie die Galionsfigur eines Höllenschiffes. Seine zertrümmerten Arme und Beine waren mehrfach um die Holzspeichen des Rades geflochten, als wäre der Körper darin verwebt. Blutige Knochenfragmente ragten an etlichen Stellen, an denen die Glieder in unnatürlichem Winkel um die Verstrebungen gebogen waren, aus der aufgeplatzten Haut heraus. Der Kopf des Toten hing schlaff herab. Um seinen Hals war mit einer Schnur ein toter Rabe befestigt. Die Botschaft offenbarte sich nicht wie gewohnt in Form einer Pergamentrolle an den Krallen des Tieres. Dieses Mal war sie mit einem scharfen Gegenstand quer über den Körper in die Haut eingeschnitten worden. Sie enthielt lediglich ein einziges Wort:

Wucherer

Chris wandte angewidert den Blick ab. »Allmächtiger«, entfuhr es ihm.

Rokko, der neben ihn getreten war, schloss sich seinem Entsetzen an. »Allmählich dämmert mir, was mit der Redensart ›Ich fühl mich wie gerädert‹ gemeint ist.«

Sie traten ein paar Schritte zur Seite und ließen Techniker und Fotografen ihre Arbeit machen.

»Irgendwelche Anhaltspunkte, wie der Tote hierhergebracht worden ist?«

»Wie du ja weißt, ist die Zufahrt zur Plattform begrenzt«, meinte Rokko. »Die Täter hätten eine ziemliche Strecke zu Fuß zurücklegen müssen, um die Leiche an dieser Stelle zu deponieren. Dabei dürften sie kaum riskiert haben, sich im beleuchteten Teil des Denkmals zu bewegen. Folglich ist davon auszugehen, dass sie mit einem Boot von der Uferseite aus angelegt haben.«

»Die Täter?«, fragte Chris. »Du scheinst meiner Theorie allmählich etwas abzugewinnen.«

»Allein das Wagenrad wiegt schätzungsweise über dreißig Kilo, plus circa neunzig Kilo Körpermasse des Leichnams. Das dürfte selbst den kräftigsten Täter überfordert haben. Zumal sie nicht viel Zeit hatten, den Leichnam auf diese Weise dort anzubringen.«

»Wie kommst du darauf?«

»Na ja, die Spitze der Plattform wird zwar von den Scheinwerfern nicht erfasst, dennoch herrscht hier auch nachts ein eingeschränkter Schiffsverkehr. Bei aller Öffentlichkeitssucht dieser Leute glaube ich nicht, dass sie riskiert hätten, sich bei der Anbringung der Leiche beobachten zu lassen. Wir können daher ziemlich sicher sein, dass der Mann nicht hier ermordet worden ist. Einen Menschen so zuzurichten, dürfte Zeit beansprucht haben.«

Chris blickte zum gegenüberliegenden Moselufer. »Boote gibt es hier jede Menge. Wir können unmöglich alle Bootsbesitzer entlang des Rheins und der Mosel überprüfen.«

»Das dürfte ohnehin nicht viel bringen«, sagte Rokko. »Es hätte vermutlich schon ein einfaches Ruderboot ausgereicht, um das Rad mit dem Leichnam über den Fluss zu transportieren. Für solch ein Boot braucht man weder eine Zulassung noch eine Kennzeichnung. Und man kann es überall verstecken.«

»Also mal wieder eine Sackgasse«, seufzte Chris. »Wir sollten uns trotzdem mal umhören, ob jemandem etwas aufgefallen ist. Immerhin müssen die das Boot ja irgendwie hierherbekommen haben.«

»Ist bereits veranlasst«, meinte Rokko. »Die Kollegen von der Wasserschutzpolizei sind auch schon informiert.«

Chris betrachtete ihn. »Wie lange bist du schon hier?«

»Ich wohne in der Nähe«, sagte Rokko und zuckte mit den Schultern.

Chris nickte und wandte sich wieder der Uferseite zu, wo sich bereits die ersten Schaulustigen versammelt hatten. »Wir sollten Klose kontaktieren. Vielleicht kann er uns nützliche Hinweise zur Ausführung der Tat geben.«

»Ich schätze, das erledige ich besser«, sagte Rokko und griff nach seinem Handy.

»Dafür wäre ich dir äußerst dankbar. Grüß den Kotzbrocken von mir.«

Während Rokko telefonierte, ging Chris zurück zu Rebecca und ihrem Kollegen Jens Rohde, der sein Funkgerät absetzte und am Gürtel verstaute.

»Wir müssen weiter«, sagte Rebecca. »Eine Messerattacke am Bahnhof.«

Chris schüttelte den Kopf. »Man könnte meinen, die Welt dreht gerade durch.«

»Im Industriegebiet ist heute Nacht eine Lagerhalle abgebrannt. Einige der Kollegen sind noch immer im Dienst. Wenigstens ist diese Diebstahlserie abgerissen. Genau zum richtigen Zeitpunkt, wenn ihr mich fragt.«

»Sehen wir uns heute Abend?«, fragte Chris an Rebecca gerichtet.

»Schätze das hängt davon ab, wie sich der Tag entwickelt.«

»Ich melde mich, sobald ich etwas Luft habe. Und passt auf euch auf.«

»Dasselbe gilt für dich.« Sie berührte kurz seine Hand. Dann ging sie mit Rohde in Richtung Uferstraße, wo ihr Dienstwagen stand.

»Wie ist es gelaufen?«, fragte Chris, als Rokko neben ihm auftauchte und mit dem Handy winkte.

»Klose ist sehr interessiert an dem Fall.«

»Wahrscheinlich wittert er Stoff für ein neues Buch. Was sagt der Kotzbrocken zu unserem Leichnam?«

»Na ja«, meinte Rokko zurückhaltend. »Er … er ist noch in der Leitung und will mit dir sprechen.« Er streckte Chris das Handy entgegen.

Der warf ihm einen konsternierten Blick zu, bevor er es entgegennahm. »Bertram«, meldete er sich zaghaft.

»Das mit dem Kotzbrocken nehm ich Ihnen übel«, fuhr ihn Kloses Stimme an. »Die Idee mit dem Buch finde ich dagegen gar nicht schlecht, ich denke darüber nach.«

»Kommen Sie zur Sache«, knurrte Chris.

Am anderen Ende setzte eine kurze Pause ein, gefolgt von einem langgezogenen Seufzen. »Wie ich bereits bei unserer letzten Begegnung erwähnt habe«, sagte Klose, »war es im Mittelalter üblich, Böses mit Bösem zu vergelten. So wurde auch das Rädern ausschließlich bei Kardinalsstrafen angewendet, hauptsächlich bei schwerem Raub und Mord. Die Praxis war die, dass man den Verurteilten mit gestreckten Gliedern auf dem Boden festband und ihm diese mit einem Wagenrad oder einer Eisenstange zertrümmerte. Dabei legte man oftmals scharfkantige Hölzer unter die Gelenke, um die Bruchwirkung zu verstärken. Im zweiten Akt wurden die gebrochenen Glieder durch das Rad geflochten, das anschließend aufgebahrt wurde. Oftmals lebte der Verurteilte zu diesem Zeitpunkt noch und verendete erst geraume Zeit später an seinen schweren Verletzungen. Der Leichnam wurde Tieren und Verfall überlassen und verblieb auf dem Rad, um dem Hingerichteten eine Bestattung und somit das Recht auf Wiederauferstehung zu verwehren. Wenn Sie so wollen, war das Rädern eine abgewandelte Form der antiken Kreuzigung.«

Chris schluckte und räusperte sich, während sein Blick auf das Wagenrad an der Spitze der Plattform gerichtet war. »Sie rasseln das runter, als wäre es ein Vortrag über Verkehrserziehung.«

»Ich erläutere nur die Fakten«, meinte Klose nüchtern. »Das ist es doch, was Sie von mir erwarten, oder etwa nicht?«

»Ja, sicher«, erwiderte Chris unterkühlt. »Und warum konnten Sie das nicht bei meinem Kollegen tun?«

»Ich wollte Ihnen auf diese Weise die Möglichkeit einräumen, sich bei mir für Ihr unflätiges Verhalten zu entschuldigen.«

»Wie bitte?«, entfuhr es Chris empört.

»Immerhin haben Sie mich wie einen unartigen Schuljungen in Ihr Büro beordert und mich auch so behandelt. Dafür kann ich wohl eine Entschuldigung verlangen.«

»Das ist tatsächlich Ihr Ernst, nicht wahr?« Chris fuhr sich über seinen verspannten Nacken. »Sonst noch was?«

»Nun ja«, erklang es überheblich, »Sie könnten mir ein Foto des neuesten Opfers zuschicken. Es wäre nebenbei ein interessanter Aspekt meiner Dokumentation über ...«

»Jetzt hören Sie mir mal zu«, unterbrach ihn Chris schroff. »Ich werde mich weder bei Ihnen entschuldigen, noch bin ich dazu bereit, Ihre perverse Neugier zu befriedigen, haben Sie das verstanden? Danke für Ihre Ausführungen, aber ich denke, unter diesen Umständen werden Ihre Dienste nicht länger benötigt.«

Chris beendete das Gespräch. Anschließend schrie er wütend das Handy an. »Gott, wie ich dieses Arschloch hasse!«

»Beruhige dich«, sagte Rokko, der die Befürchtung hatte, sein Telefon gleich im Fluss landen zu sehen. »Was war denn?«

»Stell dir vor, dieser Mistkerl wollte doch tatsächlich, dass ich mich bei ihm ...«

Das Handy in seiner Hand klingelte.

»Kloses Nummer«, sagte Rokko, als er auf das Display schielte.

Wutentbrannt drückte Chris die grüne Taste. »Was noch? Soll ich vor Ihnen zu Kreuze kriechen?«

»Eine faszinierende Vorstellung«, sagte Klose mit gefasster, beinahe gleichgültiger Stimme. »Aber ich glaube, wir waren noch nicht fertig, Herr Kommissar. Ich habe Ihnen die Liste der Vereinsmitglieder zugefaxt. Sehen Sie dies als eine Art Entgegenkommen von mir für unsere weitere Zusammenarbeit an.«

»Es wird keine weitere ...«

»Ich habe bereits mit Ihrem Chef, Kriminaldirektor Deckert, gesprochen«, fuhr Klose ungehindert fort. »Im Gegensatz zu Ihnen war er sehr entgegenkommend und hat mir zugesichert, dass mein Wissen von großem Vorteil für die zuständige Ermittlergruppe sei und der Staatsanwalt auch weiterhin darauf zugreifen will. Es wäre daher von großem Nutzen, wenn Sie mir Einsicht in sämtliche Unterlagen zu dem Fall gewähren. Ansonsten müsste ich Ihrem Vorgesetzten von Ihrer Unkooperativität berichten.«

Chris überlegte einen Moment, ob er den Verlust seiner Freiheit und seiner beruflichen Zukunft für das zutiefst befriedigende Erlebnis, Klose den Hals umzudrehen, in Kauf nehmen sollte. Er entschloss sich dazu, die Entscheidung zu vertagen und legte ohne Vorwarnung auf.

Wütend reichte er Rokko das Handy. »Dieser Kerl war

sicher wahnsinnig beliebt bei seinen Studenten«, brachte er nur unter Anstrengung hervor. »Gehen wir.«

»Und wohin?«

»Ins Präsidium. Ich brauche Ablenkung, sonst bin ich der Nächste, der jemanden umbringt.«

17

Drei Stunden später stand Chris vor der Informationswand des Konferenzraums. Vor ihm saßen die Mitglieder der Sonderkommission an Tischen oder vor Computerterminals. Einige brüteten über den entsprechenden Unterlagen, die vor der Versammlung verteilt worden waren und die eine Zusammenfassung der Ereignisse beinhalteten. Andere machten sich eigene Notizen zu den neuesten Erkenntnissen, die Chris ihnen vortrug.

»Der Name des Toten ist Silvio Babanic. Er war rumänischer Staatsbürger und in seiner Heimat einschlägig vorbestraft. Ihm werden Verbindungen zu organisierten Diebesbanden unterstellt. Wir vermuten, dass der Begriff Wucherer in diesem Zusammenhang zu deuten ist.«

»Dann steckt hinter den Morden eine Art Rachefeldzug?«, fragte ein Mann mittleren Alters. Er hatte auffallend lichte Haare und trug ein dunkles Sakko.

Chris hatte längst noch nicht alle Namen der Anwesenden verinnerlicht, glaubte sich aber zu erinnern, dass der Mann Holger Dittrich hieß. »Zumindest will man diesen Verdacht erwecken«, erwiderte Chris. »Die Ausführung der Morde, und die Brutalität, mit der dabei vorgegangen wurde, lässt aber eher darauf schließen, dass es sich um einen Machtkampf konkurrierender Banden handelt. Die nationale Bedeutung der beiden letzten Tatorte deutet darauf hin, dass hier jemand sein Revier absteckt. Ein weiteres Indiz dafür ist der Brand einer Lagerhalle im Industriegebiet. Fest steht bis jetzt nur, dass es sich um Brandstiftung handelt«, erläuterte Chris, »und dass die Firma, die diese Halle gemietet hat, einem gewissen Victor Kiriac gehört, ebenfalls gebürtiger Rumäne. Kiriac steht schon seit Jahren im Verdacht mit Diebesgut zu handeln. Offiziell betreibt er Gewerbe mit dem Aufkauf von Überschuss- und Konkursware, die er zwischenlagert, um sie weiterzuverkaufen.

Meist ins Ausland, vermutlich nach Osteuropa. In einer ersten Stellungnahme bestreitet Kiriac, den Toten gekannt zu haben. Auch gibt es bisher keinerlei Anhaltspunkte auf eine Verbindung der beiden.«

Dittrich schüttelte den Kopf. »Natürlich gibt es die nicht. Für Leute wie Kiriac halten andere den Kopf hin. Kommen Sie, Sie wissen so gut wie ich, was wirklich in der Halle gelagert wurde.«

»Da die Halle bis auf die Grundmauern niedergebrannt ist, spielt es keine Rolle, was wir glauben. Konzentrieren wir uns auf die Morde und die diesbezüglichen Fakten. Vielleicht kommen wir darüber auch an Kiriac heran.«

»Wir sollten ihn zumindest unter Beobachtung stellen«, forderte ein jüngerer Beamter mit Drei-Tage-Bart. »Es dürfte offensichtlich sein, dass er zumindest in die Sache verwickelt ist.«

»Natürlich werden wir Kiriac und sein Umfeld genauestens überprüfen.«

»Gibt es bereits Erkenntnisse über die Herkunft des Pestbakteriums?«, fragte Dittrich.

»Laut Aussage des Gesundheitsamtes gibt es keinen konkreten Verdacht, dass der Erreger aus einer Institution aus Deutschland stammt. Da wir es vermutlich mit einer Gruppierung zu tun haben, sind internationale Verbindungen nicht auszuschließen, was die Sache natürlich nicht einfacher macht. Deshalb wurde auch das BKA in die Ermittlungen einbezogen.«

»Mit was für Leuten haben wir es hier zu tun?«

»Mit Leuten, die keine Skrupel scheuen, um ihr Ziel zu erreichen«, sagte Chris. »Es geht hier zweifelsohne um Einschüchterung. Die Täter wollen ein klares Signal setzen.«

»Aber wozu dann diese Mittelalter-Theatralik?«, fragte Dittrich. »Und wie passt das zweite Opfer, dieser Vergewaltiger, in das Bild?«

»Um dies herauszufinden, sind sie hier, meine Herren.« Kriminaldirektor Deckert trat neben Chris. Sein leichter

Bauchansatz wölbte sich über den Bund seiner dunklen Anzughose und deformierte das stramm sitzende Hemd. »Der Staatsanwalt wünscht eine rasche Aufklärung der Fälle und räumt dieser Kommission alle zur Verfügung stehenden Freiheiten und rechtlichen Mittel ein. Sollten Sie im Zuge Ihrer Ermittlungen etwas benötigen, wird es Ihnen schnellstmöglich zur Verfügung gestellt. Auch steht mit Professor Klose ein Experte für das Thema Mittelalter bereit.« Deckert warf einen kurzen Blick auf Chris, der weiterhin darum bemüht war, ein ausdrucksloses Gesicht zur Schau zu stellen. »Ich muss hier sicher nicht erwähnen, wie dringend die Sache ist«, fuhr Deckert fort und ließ seinen Blick durch den Raum gleiten. »Die Staatsanwaltschaft und der zuständige Richter sind rund um die Uhr zu erreichen und werden alles Notwendige tun, was zur Aufklärung dieser Fälle beiträgt. Aufgrund des erhöhten Medieninteresses wurde für morgen Mittag eine Pressekonferenz einberufen, auf der auch ich anwesend sein werde. Es wäre zu begrüßen, wenn ich dort bereits erste Ergebnisse bekannt geben könnte. Wenn Sie also Fragen oder Anforderungen haben, wenden Sie sich bitte an Kommissar Bertram oder direkt an mich.« Er nickte Chris zu und übergab ihm wieder das Wort.

»Sie haben es gehört«, sagte er. »Wir haben vier Morde aufzuklären. Es sind seit gestern aufgrund des Artikels über einhundert Hinweise aus der Bevölkerung eingegangen, die es zu überprüfen gilt. Ebenso die Mitglieder des Heimatvereins. Außerdem müssen die Identitäten von zwei der Opfer geklärt werden. Es gibt also jede Menge zu tun. Machen wir uns an die Arbeit.«

Es dauerte nicht lange, bis erste Ergebnisse vorlagen. Über eine Internetrecherche fanden sie heraus, dass es sich bei den Botschaften der ersten drei Morde um Textabschnitte des Liedes *Rache* der deutschen Mittelalter-Rock-Band *Ragnaröek* handelte. Der Name leitete sich von dem Begriff »Ragnarök« ab, der in der keltischen Sage den Untergang der Götter bezeichnete, was ihnen von Klose ausufernd dargelegt wurde.

Die Überprüfung des Heimatvereins ergab, dass er insgesamt 76 Mitglieder umfasste. Die meisten waren am Wochenende des ersten Mordes in verschiedene Feierlichkeiten und Anlässe involviert gewesen, die alljährlich zu den Frühlingsfesten stattfanden. Somit schieden sie zumindest als direkte Täter aus. Was den Rest der Mitglieder anging, dauerten die Überprüfungen noch an.

Am meisten erhofften sich die Ermittler von den zahlreichen Hinweisen aus der Bevölkerung. Obwohl sich viele davon als wenig nützlich herausstellten, ergaben sich auch neue Ansätze. So war zwei Zeugen ein Kastenwagen aufgefallen, der sich in der Nähe von zwei der vier Tatorte aufgehalten hatte. Über Modell und Farbe des Fahrzeugs gingen die Aussagen jedoch auseinander. Auch über das Kennzeichen und etwaige Insassen konnten die Zeugen keinerlei Angaben machen. Einem weiteren Anrufer waren bei einem Waldspaziergang Gitterkäfige aufgefallen, in denen sich Vögel befunden hätten. Er meinte, es könnte sich dabei um sogenannte Krähenfallen handeln. Bei der zuständigen Forstbehörde gab man an, nichts von solchen Käfigen zu wissen. Da im Moment Brutzeit wäre, seien solche Maßnahmen ohnehin nicht erlaubt. Man versprach, der Sache nachzugehen und sich zu melden.

Gegen Nachmittag meldete ein Anwohner den Diebstahl seines Bootes. Er war Pächter einer Parzelle auf einem nahegelegenen Campingplatz an der Mosel und hatte bei einem Besuch dort das Fehlen seines Ruderboots festgestellt. Kurze Zeit danach kam die Meldung der Wasserschutzpolizei, die das Boot an der Südspitze der Binneninsel Niederwerth gefunden hatte, wo es an den Sandausläufern liegengeblieben war. Eine spurentechnische Untersuchung stand noch aus.

Bei der Identifizierung des dritten Opfers traten sie weiterhin auf der Stelle, da die DNA-Analyse noch immer nicht vorlag. Was die Identität des Toten an der Pestkapelle betraf, trat am Nachmittag jedoch eine entscheidende Wendung ein.

»Wir haben einen Treffer«, sagte Rokko, als er das Büro betrat. In der Hand hielt er einige frische Ausdrucke.

Chris sah von seinem Monitor auf. »Inwiefern?«

Rokko legte einen der Ausdrucke vor Chris auf den Tisch. Darauf waren zwei Aufnahmen zu erkennen. Links das Bild des Toten, das sie veröffentlicht hatten. Die Aufnahme rechts davon zeigte einen dunkelhaarigen Mann von Anfang bis Mitte dreißig, der das Gebäude einer Anwaltskanzlei verlässt. Trotz der fehlenden Augen des Toten und seiner verwahrlosten Erscheinung fiel auf Anhieb eine deutliche Ähnlichkeit der beiden Personen auf.

»Woher stammt das Bild?«, fragte Chris.

»Von den Kollegen des BKA. Der Name des Mannes ist Rafael Matei. Er betreibt in Frankfurt eine Anwaltskanzlei für Finanz- und Steuerrecht. Keine Familie oder bekannte Beziehungen, daher hat ihn wohl auch niemand vermisst. In der Kanzlei sagte man mir, er wäre schon seit Tagen nicht mehr dort aufgetaucht, was aber nicht ungewöhnlich wäre, da er oft geschäftlich unterwegs sei.«

»Was hat das BKA mit dem Kerl zu tun?«

»In der dortigen Zentralstelle für Verdachtsmomente tauchte der Name Matei in mehreren Zusammenhängen auf. Es gab immer wieder Gerüchte, Matei habe Kontakte zur Unterwelt und betreibe in großem Stil Geldwäsche für kriminelle Organisationen. Allerdings erwiesen sich diese Anschuldigungen als haltlos. Die Indizien reichten nicht für ein Verfahren aus. Daher haben wir auch nichts über ihn in den Akten. Die Kollegen haben ihn aber damals gründlich unter die Lupe genommen und einen umfangreichen Lebenslauf zusammengestellt.« Rokko breitete mehrere Textausdrucke auf Chris' Schreibtisch aus. »Matei stammt aus Rumänien. Seine Mutter starb kurz nach seiner Geburt an Krebs, sein Vater wurde Opfer des Ceaușescu-Regimes. Er wurde von der Geheimpolizei verschleppt und ist nie wieder aufgetaucht. Matei war damals acht Jahre alt. Bis zur Jahrtausendwende lebte er in ärmlichen Verhältnissen bei seinen Großeltern. Dann ging er nach Prag und studierte an der dortigen Karls-Universität Jura.«

»Woher hatte er plötzlich das Geld dafür?«, fragte Chris.

»Scheinbar hatte er einen heimlichen Gönner, denn er lebte dort keineswegs bescheiden, besaß sogar ein eigenes Auto. 2005 machte er seinen Abschluss und kam nach Deutschland. Über das zweite Staatsexamen bekam er eine Zulassung als Anwalt.«

»Weshalb der Umweg? Warum hat sein unbekannter Gönner ihn nicht gleich in Deutschland studieren lassen?«

»An deutschen Universitäten herrscht der Numerus clausus. Und das bedeutet mitunter lange Wartezeiten auf einen Studienplatz. In Prag sieht man das wesentlich gelassener.«

»Also hatte es jemand ziemlich eilig, einen Anwalt aus ihm zu machen.«

Rokko nickte. »Vermutlich, um ihn für seine Zwecke einzuspannen.«

»Du meinst, er brauchte jemand, der sich in deutschem und internationalem Finanzrecht auskennt, um für ihn Gelder zu waschen.«

»Vermutlich nicht nur dazu.«

»Dann sollten wir herausfinden, wer der unbekannte Gönner ist.«

»Ich denke, das liegt auf der Hand«, meinte Rokko.

»Du redest von Victor Kiriac?«

Rokko nickte.

»Hast du auch was über ihn gefunden?«

»Kiriac ist in Mateis Alter. Er kam Ende der neunziger Jahre nach Deutschland und hat sich hier relativ schnell ein Vermögen aufgebaut. Er besitzt mehrere Firmen und hätte durchaus die finanziellen Mittel gehabt, um für Mateis Studium aufzukommen. Und noch etwas ist auffällig: Kiriac und Matei haben beide ihre Väter durch das Regime verloren und beide stammen aus derselben Gegend in Rumänien. Es könnte also durchaus sein, dass sie alte Schulfreunde sind. Und ich möchte wetten, dass die Einbruchsserie, die hier zurzeit stattfindet, auf deren Kappe geht.«

»Dann scheint jemand keine Mühen und Skrupel zu scheuen, um Kiriacs Organisation zu zerschlagen.«

»Warum haben sie sich dann nicht gleich Kiriac vorgenommen?«

»Wenn du ein Gebäude zum Einsturz bringen willst, dann geht das am effektivsten, wenn du den Hebel am Fundament ansetzt und nicht an der Spitze«, sagte Chris. »Wenn die Kiriac beseitigen, rückt sofort jemand nach, und sie hätten nichts gewonnen. Also haben sie sich quasi seinen Buchhalter geschnappt. Als solcher kannte er sämtliche Strukturen der Organisation.«

»Du meinst, er hat ihnen Namen genannt?«

Chris nickte. »Das würde die Brutalität erklären, mit der die Täter vorgegangen sind. So wie die ihn zugerichtet haben, hätte er jeden verraten. Selbst das Ausbrennen seiner Augen bekommt auf diese Weise symbolischen Charakter. Vermutlich soll es uns verdeutlichen, dass Justitia blind ist. Irgendwann werden die sich auch Kiriac vorknöpfen, sollte er nicht einlenken.«

»Dann sollten wir ihn tatsächlich observieren. Vielleicht kommen wir so an die Kerle ran.«

»Wir können nicht auch noch Nachtschichten schieben.«

»Dann geben wir die Sache an die Kollegen der PI weiter. Die sollen eine Zivilstreife zusammenstellen. Es handelt sich hier schließlich um die Bewachung einer einzelnen Person, da werden wir wohl keinen speziellen Observierungstrupp benötigen.«

Chris dachte einen Moment darüber nach. »Gut«, meinte er schließlich. »Veranlasse bitte alles Nötige dafür. Aufgrund der Vorgehensweise der Täter dürfte es ausreichen, die Observierung vorerst auf den Nachtbereich zu beschränken.«

Rokko nickte. »Denkst du wirklich, dass da nur ein Konkurrent von Kiriac dahintersteckt?«

Chris lehnte sich zurück und betrachtete Rokko müde. »Es ist bis jetzt zumindest die einzige Theorie, die mir plausibel erscheint.«

»Und wie passt dann Daniel Nowak da hinein?«

Chris seufzte. »Darüber bin ich mir auch noch nicht im Klaren. Dieser Mord scheint mir nach wie vor rein persönliche Motive zu haben. Wir sollten Lara Neuroths Umfeld doch mal genauer unter die Lupe nehmen. Was war noch gleich mit ihrem damaligen Freund, diesem ...?« Er durchwühlte die unzähligen Papiere auf seinem Schreibtisch. »Andreas Hastrich«, sagte er, nachdem er die passende Notiz gefunden hatte. »Hast du ihn schon erreicht?«

»Wann hätte ich das denn bitte tun sollen?«, verteidigte sich Rokko. »Wir hatten genug damit zu tun, die ganzen Hinweise zu ordnen und zu überprüfen.«

»Schon gut«, besänftigte ihn Chris, »es war nur eine Frage. Kümmere dich aber bitte darum.«

Rokko nickte stumm.

»Hey«, meinte Chris und sah zu ihm auf. »Gute Arbeit!«

Rokkos Gesichtszüge entspannten sich etwas. »Was ist das?«, fragte er und deutete auf Chris' Bildschirm, auf dem statistische Erhebungen in Form von farbigen Balken abgezeichnet waren.

»Ich habe mich auf der Internetseite des BKA mal ein wenig schlaugemacht, was das Thema organisiertes Verbrechen angeht. Demnach gab es letztes Jahr in Deutschland 589 Verfahren auf diesem Gebiet. Die meisten davon gehen auf das Konto von bekannten Rockergruppierungen, wobei die Schwerpunkte im Rauschgifthandel und in der Gewaltkriminalität liegen. Da solche Gruppierungen ihre Konflikte erfahrungsgemäß offen austragen, können wir sie in diesem Fall vermutlich ausschließen. Ich glaube kaum, dass die sich hinter mittelalterlichen Kostümen verstecken. Dafür sind die viel zu stolz auf ihre Vereinskutten.«

»Du glaubst aber trotzdem, dass es sich um eine deutsche Gruppierung handelt.«

»Ich weiß es nicht«, seufzte Chris. »Ich suche nur nach einer Übereinstimmung oder einem Hinweis, der mir das Ganze plausibler machen könnte. Zwei der Fundorte spiegeln innerdeutsche Geschichte wider. Ich kann mir nicht vorstellen, dass da kein Sinn dahinter ist.«

»Vielleicht will uns auch nur jemand bewusst in die Irre führen.«

»All der Aufwand nur, um uns auf eine falsche Fährte zu locken? Das halte ich für ziemlich unwahrscheinlich.«

Die Tür wurde aufgerissen und Gerlach kam in das Büro gestürmt.

»Hey Leute, habt ihr heute schon mal einen Blick hier reingeworfen?«, fragte er und wedelte mit der aktuellen Ausgabe des Rhein-Anzeigers, die er in der Hand hielt. »Die hab ich vorhin aus der Kantine mitgenommen. Das hier solltet ihr euch mal durchlesen.« Er deutete auf das Konterfei von Bondek, direkt über seiner zweispaltigen Kolumne.

Chris überflog den Text, wobei seine Augen immer größer wurden. Als er schließlich am Schluss angekommen war, schlug er wütend mit der Faust auf den Tisch. »Dieser gottverdammte Sturkopf!«, fluchte er, während er ohne Umschweife zum Telefon griff und Bondeks Nummer wählte.

18

Bondek verließ die Redaktion gegen 18 Uhr und fuhr mit seinem alten Audi in Richtung Kaltenengers. Den ganzen Tag über hatte er Informationen über den neuesten Mordfall zusammenzutragen und einen weiteren Artikel verfasst. Die Geschichte zog mittlerweile beachtliche Kreise. Pressevertreter aus ganz Deutschland hatten inzwischen in Koblenz Stellung bezogen, und sogar das Fernsehen war auf den Fall aufmerksam geworden und hatte Kamerateams vor Ort, die mit Spannung der einberufenen Pressekonferenz am morgigen Tag entgegenfieberten. Wenn Bondek weiterhin exklusiv an dem Fall dranbleiben wollte, war er mehr denn je auf die Hilfe von Chris angewiesen. Doch ausgerechnet jetzt gab der sich ziemlich zugeknöpft. Mehrfach hatte Bondek am heutigen Tag versucht ihn zu erreichen. Auf der Dienststelle hatte man ihm freundlich erklärt, dass Chris sich in einer Besprechung befand. Also musste er sich mit den üblichen Presseinformationen zufriedengeben. Doch diese Art des Copy and Paste-Journalismus entsprach nicht seiner Arbeitsauffassung. Er machte sich gerne sein eigenes Bild. Da dies aber nicht möglich war, verbrachte er den Rest des Tages damit, die zahlreichen Zuschriften durchzugehen, die er hinsichtlich seiner Kolumne erhalten hatte. Viele Mails waren positiv gewesen und bekräftigten ihn darin, auch weiterhin kein Blatt vor den Mund zu nehmen. Nur ein geringer Prozentsatz äußerte Kritik. Unter anderem warf man ihm Verantwortungslosigkeit vor und bezichtigte ihn der Sensationsgier. Wie immer ignorierte er diese Beiträge gewissenhaft. Die meiste Aufmerksamkeit widmete er den Verfassern, die seinem Aufruf am Ende des Textes gefolgt waren. Wie erwartet waren diese Bekenntnisse fast ausschließlich von Leuten verfasst worden, die sich einen Spaß daraus machten, sich als Täter auszugeben. Da Bondek Kenntnisse in dem Fall hatte, die der Öffentlichkeit nicht bekannt waren, war es nicht sonderlich schwer gewesen, diese als Spinner zu entlarven. Doch damit hatte er gerechnet. Insgeheim auch damit, dass der wahre Täter seinem Aufruf nicht folgen würde, obwohl er sich eingestehen musste, ein wenig enttäuscht darüber zu sein.

Er bog im Kreisel an der zweiten Ausfahrt ab und folgte weiter der Straße, die aus dem Industriegebiet herausführte, als sein Handy in der Halterung klingelte. Das Display zeigte Chris' Mobilnummer an.

»Na sieh mal einer an«, meldete er sich, während er einer Rechtskurve folgte, hinter der sich der Verkehr schlagartig auflöste. »Sie sind schwer zu erreichen, Herr Kommissar.«

»Sind Sie neuerdings unter die Lebensmüden gegangen?«, fauchte ihn Chris' Stimme an. »Was glauben Sie eigentlich, auf was sie sich da einlassen?«

»Beruhige Sie sich«, erwiderte Bondek.

»Ich soll mich beruhigen? Sie haben einen brutalen Mörder öffentlich als Feigling bezeichnet, der sich hinter einem lächerlichen Karnevalskostüm versteckt und ihn anschließend auch noch dazu aufgefordert, mit Ihnen in Kontakt zu treten, wenn er, ich zitiere«, Bondek hörte ein Rascheln durch die Verbindung, »›das Rückgrat dazu hat, die Öffentlichkeit über seine Motive aufzuklären‹. Und Sie verlangen von mir, ich soll mich beruhigen?«

»Es ist ja nichts passiert«, entgegnete Bondek. »Ich lebe noch, und außer den üblichen Spinnern ist niemand darauf eingegangen.«

»Was haben Sie denn erwartet? Dass der Kerl in Ihre Redaktion gelaufen kommt und alles gesteht, nur um Ihnen eins auszuwischen? Ich denke, es dürfte selbst Ihnen mittlerweile klar sein, dass diese Kerle drastischere Mittel für sich beanspruchen.«

»Kerle?«, fragte Bondek hellhörig.

Ein Seufzen erklang durch den Lautsprecher. »Wir sind uns mittlerweile sicher, dass es mehrere Täter sind. Und es könnte durchaus sein, dass Sie sie mit Ihrem Artikel ziemlich sauer gemacht haben.«

Augenblicklich sah Bondek sich um. Er hatte das Industriegebiet mit seinen zahlreichen Firmen und Geschäften mittlerweile hinter sich gelassen. Die Straße verlief nun an brachliegenden Feldern und Wiesen vorbei, deren Weite und Einsamkeit ihn beinahe ängstigten. Er zuckte unwillkürlich zusammen, als ihn ein Fahrzeug überholte und sich vor ihn setzte.

»Sind Sie noch dran?«, erklang es aus dem Telefon.

»Ja, das bin ich«, erwiderte Bondek unruhig. »Aber Ihr Geschwafel macht mich ehrlich gesagt nervös.«

»Wo sind Sie jetzt?«

»Auf halbem Weg zu meiner Wohnung. Und wenn Sie damit aufhören würden, Paranoia zu verbreiten, dann käme ich vermutlich wesentlich entspannter dort ...« Er stockte, als sein Handy den Eingang einer Kurznachricht verkündete. »Warten Sie kurz.« Er wechselte in das Eingangsmenü und tippte auf den obersten Eintrag, der *Unbekannt* lautete. Unmittelbar darauf erschien die Nachricht auf dem Display.

»Was zum Teufel ...«, murmelte Bondek verwirrt, dann schrie er auf. »Verdammt!«

»Bondek?«, fragte Chris aufgeregt. »Alles in Ordnung?«

Doch Bondek konnte nicht mehr antworten. Er sah nur noch die Bremslichter am Heck des grauen Kastenwagens vor sich aufleuchten, die wie zwei glühende Augen auf ihn zugerast kamen. Mit beiden Füßen trat er auf das Bremspedal. Das eindringliche Kreischen des Antiblockiersystems setzte ein, doch es war zu spät. Eine Sekunde später wurde Bondek in den Gurt gepresst und vor seinen Augen explodierte der Airbag.

19

Zwanzig Minuten später erreichten Chris und Rokko die schmale Landstraße. Ein Streifenwagen war bereits eingetroffen. Die Beamten waren damit beschäftigt, die Stelle um Bondeks Auto abzusichern. Glassplitter und Kunststoffteile lagen auf der Fahrbahn verstreut. Die Front des Wagens war eingedrückt. Die Fahrertür stand offen, und das Fenster auf der Fahrerseite war zertrümmert. Kaum hatte Chris sein Auto an der Seite abgestellt, hastete er zu einem der beiden Polizisten und hielt ihm seinen Dienstausweis entgegen.

»Hat irgendjemand gesehen, was hier passiert ist?«, fragte er aufgeregt.

Der Beamte sah unsicher von dem Ausweis auf und schüttelte den Kopf. »Vor zehn Minuten hat jemand ein defektes Fahrzeug auf dieser Straße gemeldet«, sagte er mit rauer Stimme. »Wir haben sofort die Unfallstelle gesichert und die Zentrale informiert. Vom Fahrer des Fahrzeugs fehlt jede Spur. Ebenso vom Unfallgegner. Der Abschleppwagen dürfte bereits unterwegs sein.«

»Der muss noch warten«, meinte Chris. »Zuerst muss sich die Spurensicherung hier alles ansehen. Die müssten jeden Moment hier eintreffen.«

»Die Spurensicherung?«, fragte der Beamte. Er schob sich die Dienstmütze nach hinten, sodass sein brauner Haaransatz über der Stirn zu sehen war. »Was ist denn hier los?«

Ein weiterer Polizeiwagen traf ein und parkte auf dem schmalen Seitenstreifen hinter Chris' Auto. Kaum hatten sich die Türen geöffnet, erkannte Chris Rebecca und ihren Kollegen Jens Rhode.

»Was machst du denn hier?«, fragte sie. »In der Zentrale sagten sie etwas von einem Verkehrsunfall. Kurz darauf wurde eine Ringfahndung ausgelöst.«

»Die habe ich veranlasst«, sagte Chris. »Wir müssen von einer Entführung ausgehen.«

»Was?« Ihre großen Augen sahen ihn fragend an. »Wer saß in dem Wagen?«

»Der Reporter, von dem ich dir erzählt habe.«

»Der mit dieser Kolumne heute Morgen?«, fragte Rohde. »Das ist sein Wagen?«

Chris nickte. »Ich habe über Handy alles mitangehört. Bondek rief noch etwas von einem grauen Kastenwagen und zwei maskierten Männern. Kurz darauf brach die Verbindung ab. Ich habe sofort die Fahndung ausgelöst.«

Ein Auto passierte die Stelle. Die Insassen gafften sie neugierig durch die geschlossenen Scheiben an, bevor der Fahrer wieder rechts einscherte und seine Fahrt fortsetzte.

Chris wandte sich an Rohde, der wie hypnotisiert auf das eingedrückte Auto starrte. »Sie müssen diesen Bereich absperren und den Verkehr umleiten. Es wird hier gleich mächtig eng werden.«

Rohde reagierte zunächst nicht auf Chris' Worte. Erst nach einigen Sekunden löste sich sein Blick von Bondeks Wagen. »Ja ... natürlich«, meinte er wie betäubt. »Ich werde die Zentrale informieren und mich um die obere Zufahrt kümmern.« Er wandte sich ab und ging zu seinem Dienstwagen.

»Wundere dich nicht über ihn«, meinte Rebecca. »Wir sind seit zwölf Stunden im Dienst. Aber was erzähl ich dir das.« Sie legte sanft ihre Hand auf seine Schulter. »Kommst du klar?«

»Ja, sicher.« Er hielt inne und starrte in den Innenraum des Fahrzeugs.

»Was?«

»Sieh nur.« Chris deutete durch die offene Fahrertür hindurch auf Bondeks Handy, das noch immer in der Halterung am Armaturenbrett befestigt war. »Als wir miteinander telefoniert haben, erklang ein Signal«, erinnerte er sich. »Bondek sagte noch, ich solle kurz warten, wenige Sekunden danach kam es zu dem Zusammenstoß.«

»Du meinst, er hat noch eine Nachricht erhalten.«

»Das werden wir gleich sehen.« Er zog ein Taschentuch heraus und beugte sich vorsichtig in den Innenraum. Als er einen der Knöpfe an dem Handy berührte, erwachte es aus dem Stand-by-Modus, und die Nachricht erschien auf dem Display:

Sei ich draußen
dann rate ich dir
los versteck dich
es jagt das Tier.

»Was soll das bedeuten?«, fragte Rebecca.

Chris richtete sich wieder auf und seufzte. »Das ist die Art von Mitteilungen, die wir auch bei den anderen Opfern gefunden haben.« Er raufte sich vor Zorn die Haare. »Dieser verdammte Idiot!«, schrie er. »Ich habe ihn gewarnt, aber dieser sture Dickschädel ...« Er ließ sich schlaff gegen den Wagen sinken. »Ich hätte es besser wissen sollen, hätte ihn nie da mit reinziehen dürfen. Mir hätte klar sein müssen, dass er ...« *... auch nur ein Reporter ist*, vollendete er den Satz in Gedanken. Er spürte Rebeccas Hand, die sich tröstend auf seinen Arm legte, und während Chris die langgezogene Landstraße hinaufsah, die sich zwischen den Feldern verlor, hoffte er von ganzem Herzen, dass der Reporter noch am Leben war.

20

Das erste, was Bondek wahrnahm, war ein stechender Kopfschmerz, gefolgt von einem intensiven Schwindelgefühl, das einen Brechreiz auslöste. Er hustete, was den Kopfschmerz noch verstärkte und ihm das Gefühl vermittelte, dass etwas von innen gegen seine Schädeldecke hämmerte und dabei das Geräusch eines Rotorblattes erzeugte, das sich durch sein Gehirn pflügte. Sein Mund war so trocken, dass ihm das Schlucken wehtat. Nur mit Mühe konnte er sich an das Geschehene erinnern. Da waren die Rückleuchten gewesen, die drohend auf ihn zugerast kamen. Dann der Zusammenstoß, der Airbag, in den sein Kopf geschleudert wurde. Danach konnte er sich nur an das Geräusch von berstendem Glas erinnern und an das elektrische Knistern, bevor es dunkel um ihn geworden war. Und diese Dunkelheit umgab ihn noch immer. Er konnte festen Boden unter sich spüren, dennoch hatte er das Gefühl in die Tiefe zu fallen. Denn der Boden unter ihm schien sich rasend schnell zu drehen. Seine Sinne hatten jeden Halt verloren, nahmen nur Bruchstücke dessen wahr, was um ihn herum geschah. Offensichtlich redete jemand, denn er nahm gedämpfte Stimmen wahr. Er hätte nicht sagen können, von woher diese Stimmen kamen. Mal wurden sie lauter, dann entfernten sie sich wieder, rissen ab wie ein Funksignal, das nicht auf den richtigen Kanal eingestellt war:

»... nicht abgesprochen ... eigenmächtig ... bringt uns alle in Gefahr ... ausgerechnet hierher ...«

Dann eine zweite Stimme:

»... mussten reagieren ... nicht ernstgenommen ... Abschreckung ...«

Nun wieder die erste Stimme:

»... nicht das Ziel dieser Mission ... Priorität ...«

Jeglicher Versuch, sich auf diese aufgebrachten Stimmen

zu konzentrieren, sie festzuhalten, scheiterte kläglich. Das Kreischen eines Vogels erklang, von dem Bondek aber ausging, dass er es sich einbildete oder falsch interpretierte. Das Karussell riss diese Eindrücke mit sich hinfort, und Bondek driftete immer weiter ab, bis die Stimmen und Geräusche nur noch ein fernes Flüstern waren, das in der Dunkelheit verhallte.

Eine gefühlte Ewigkeit später holte ihn ein weiteres Geräusch zurück. Diesmal klang es näher und intensiver. Es erschreckte ihn regelrecht, denn es klang furchtbar. Als es Bondek unter Anstrengung gelang, die Augen aufzuschlagen, schien die Welt noch immer ihren Halt verloren zu haben, denn sie bestand nur aus schmutzigen Schlieren, die um ihn herum rotierten.

»Kannst du mich hören?«, drang eine furchtbar verzerrte Stimme in seinen Kopf, deren Hall vom Fauchen des Schmerzes abgeschnitten wurde.

Bondek versuchte vergebens, seinen Blick zu fixieren, ihn wie einen Anker auszuwerfen, der dieses Karussell zum Stillstand brachte. Stattdessen wurden seine Augen von dem Strudel mitgerissen, in dem er trieb.

»Du fühlst dich ein wenig benommen, nicht wahr?«, hallte die Stimme. »Vielleicht sollte ich dir dabei helfen, wieder auf die Beine zu kommen.«

Plötzlich spürte Bondek einen Ruck. Etwas keilte sich unter seine Achseln und in seinen Rücken und stemmte ihn hoch. Seine gefesselten Hände und Arme wurden rücklings nach oben gedrückt, bis er keinen Boden mehr unter seinen nackten Füßen verspürte. Der dichte Nebel, der seinen Verstand umgab wie meterdicke Watte, lichtete sich, als ein heißes Stechen ruckartig in seine Schultergelenke schoss. Das Karussell wurde langsamer, so als würde der Schmerz ihn erden. Er befand sich in einem dunklen Raum, der nur sporadisch durch Kerzenlicht erhellt wurde wie ein mittelalterliches Verlies. Sein verklärter Blick glitt an sich hinab, und er bemerkte, dass er nur Unterwäsche trug. Es kostete ihn enorme Kraft, den Kopf zu heben. Auf den stumpfen Enden des Pfahls, die an beiden Seiten unter seinen Achseln hervortraten, lastete nun sein gesamtes Gewicht, das ihm die Arme nach oben drückte. Doch der Schmerz hielt sich in Grenzen, was er der Droge zuschrieb, die man ihm ohne Zweifel verabreicht hatte und die den Schleier des Nebels aufrechterhielt. Um die Pfahlenden waren Seile gewickelt, die an der Decke über zwei Winden führten, von wo aus sie schräg nach unten in eine Verankerung am Boden verliefen. Daneben stand eine verhüllte Gestalt und schien ihn anzustarren. Bondek nahm sie nur verschwommen wahr, wie einen Schatten unter der Wasseroberfläche, durch die sich das flackernde Licht der Kerzen brach.

»So ist es doch gleich viel besser«, sagte die Gestalt mit ihrer wabernden Stimme. »Ich muss mich für die Unannehmlichkeiten entschuldigen, denn mir ist klar, dass diese Position nicht sehr angenehm für dich ist, aber du wirst einsehen, dass sich unsere Gastfreundschaft in Grenzen hält.«

Die Gestalt trat einen Schritt auf ihn zu. Bondek gab sich die größte Mühe, sie anzusehen, doch so sehr er sich konzentrierte, es gelang ihm nicht, das Karussell seiner Wahrnehmung zu stoppen. Es drangen nur Momentaufnahmen zu ihm durch, verschwommene Bilder einer dunklen Kapuze ohne Gesicht. Sein Herz raste, als wäre es aufs Speed.

»Außerdem hast du um dieses Treffen gebeten«, fuhr die Stimme fort. »Allerdings missfällt mir der Ton deiner Einladung.« Bondek glaubte ein Knistern zu hören, wie bei einer elektrischen Entladung. »Du bezeichnest mich als eine kranke Persönlichkeit, mit einem tuntigen Hang zu skurrilen Verkleidungen, die verzweifelt nach Anerkennung fleht. Und das ist nur eine der Nettigkeiten, die du über mich und meine Leute verbreitest.« Eine kurze Pause trat ein. »Das ist nicht sehr respektvoll. Und du weißt, was wir mit respektlosen Menschen machen, nicht wahr?«

Die verzerrten Klänge der Stimme drangen wie Messerstiche in Bondeks Ohren. Er wollte etwas erwidern, doch er brachte nicht mehr als ein Blubbern zustande, während ihm Speichel aus seinem Mundwinkel tropfte.

Die Gestalt sonderte ein grässliches Lachen ab. »Ziemlich anmaßend für jemanden, der so hilflos ist wie ein sabberndes Baby und nicht einmal einen verständlichen Laut zustande bringt. Vielleicht sollte ich deine Konzentration ein wenig aufladen.«

Plötzlich durchfuhr Bondek ein Schlag, der seinen Körper versteinerte. Für eine Sekunde hatte er das Gefühl, kein Blut sondern Lava in den Adern zu haben. Er stöhnte, als sein Körper kurz darauf wieder erschlaffte. Das Karussell in seinem Kopf war zum Stillstand gekommen, und der dichte Nebel hatte sich zu einem diffusen Schleier verflüchtigt, durch den hindurch er das obere Ende eines Stabes erkennen konnte, den die Gestalt ihm demonstrativ vor die Augen hielt. Daran waren an beiden Seiten kleine Metallstifte angebracht, zwischen denen knisternd das grelle Licht eines Blitzes zuckte. Ein weiteres Mal berührte ihn der Stab an der Brust. Bondeks Körper verkrampfte sich unwillkürlich, als der Strom durch seine Muskeln floss. Der Schmerz in seinen Schultern explodierte. Kurz darauf senkte sich der Stab und er sackte schlaff herab.

»Habe ich jetzt deine ungeteilte Aufmerksamkeit?«, fragte die Stimme.

Bondek nickte erschöpft.

»Gut. Denn ich will, dass du das Urteil mitbekommst, das dieses Gericht über dich verhängt hat.«

Verschwommen konnte Bondek erkennen, wie zwei weitere verhüllte Gestalten in das Licht der Kerzen traten. Und als er sah, was sie in den Händen hielten, bereute er zutiefst, nicht auf Chris' Warnung gehört zu haben.

21

Die Fahndung lief auf Hochtouren. Im Umkreis von zwanzig Kilometern wurden Streifenwagen an Knotenpunkten und Ausfahrten postiert. Nicht nur in Koblenz zeigte die Polizei erhöhte Präsenz. Auch war eine Meldung an den Rhein-Anzeiger herausgegangen, auf dessen Internetseiten die Fahndung bereits online stand. Von den Kollegen aus Köln lag mittlerweile ein Bericht über einen silberfarbenen Kastenwagen vor, der dort acht Tage zuvor vom Hof eines Autohändlers gestohlen worden war. Trotz allem blieb die Suche zunächst erfolglos. Erst am Abend wurde auf einem abgelegenen Feld ein ausgebranntes Autowrack gefunden. Aufgrund der Unfallspuren am Heck des Fahrzeugs stellte sich schnell heraus, dass es sich um den gesuchten Wagen handelte. Die verkohlten Nummernschilder erwiesen sich ebenfalls als gestohlen.

»Verdammt!«, schrie Chris und schlug mit der Faust auf seinen Schreibtisch ein. »Irgendjemand muss doch etwas aufgefallen sein. Diese Kerle können sich doch nicht in Luft aufgelöst haben.«

»Die Fahndung läuft erst seit etwas mehr als drei Stunden«, redete Rokko auf ihn ein, »und der Artikel steht seit gut einer Stunde online. So effektiv funktioniert selbst das Internet nicht. Gib den Leuten einfach mehr Zeit.«

»Die haben wir aber nicht!« Chris stand auf und ging zum Fenster des Büros. Unter ihnen verlief die Bundesstraße, auf der sich der Verkehr langsam lichtete, während die Abenddämmerung einsetzte und eine weitere Nacht einläutete.

Rokko erhob sich ebenfalls und trat neben Chris. »Du magst diesen Reporter, nicht wahr?«

Chris nickte verhalten. »Ich kenne ihn zwar kaum, aber ich denke, wir sind uns ziemlich ähnlich.« Er ließ seinen Blick über die Gebäude und Straßen der Stadt gleiten.

Rokko legte ihm tröstend die Hand auf die Schulter. »Du hast alles getan, was in deiner Macht steht. Er wusste, worauf er sich einlässt.«

»Da bin ich mir nicht sicher«, sagte Chris. »Ich hätte ihm schon früher sagen müssen, dass wir nicht nur von einem Täter ausgehen. Ich denke, er hat die Sache unterschätzt.«

»Du konntest ja nicht ahnen, dass er so weit gehen würde.«

»Doch, er hat es mir ja quasi angedroht.« Er fuhr sich erschöpft durch sein Gesicht. »Ergibt sich aus dem, was wir wissen, irgendein Hinweis oder ein Muster, das uns verraten könnte, wo der nächste Mord passieren wird?«

Rokko schüttelte den Kopf. »Wir sind alles mehrfach durchgegangen. Bis auf die mittelalterlichen Hinrichtungsmethoden und die geschichtliche Symbolik ist kein ersichtliches Muster zu erkennen. Und was Letzteres betrifft, gehen uns langsam die Möglichkeiten aus. So viele geschichtsträchtige Plätze gibt es hier nun auch wieder nicht.«

»Mehr sind auch nicht nötig, um das Motiv zu erkennen«, sagte eine bekannte Stimme hinter ihnen, in der die gewohnte Arroganz mitschwang.

Chris und Rokko drehten sich zur Tür um, wo sie Professor Klose entdeckten, der sie mit seiner üblichen Teilnahmslosigkeit betrachtete. Er trug einen sandfarbenen Cordanzug, dessen Jacke um den Bauch herum spannte. Sein volles Haar war wie immer akkurat gekämmt.

Chris verdrehte genervt die Augen. »Nicht auch noch der«, stöhnte er.

»Professor Klose«, sagte Rokko. »Was machen Sie denn hier?«

»Ich bin Ihr offizieller Berater in der Sache, schon vergessen? Und als solcher habe ich gerade mit Ihrem Chef gesprochen. Er scheint wesentlich zugänglicher für meine Meinung zu sein als Ihr Kollege dort.« Er deutete in Chris' Richtung. »Herr Deckert hat mich jedenfalls gebeten, auch mit Ihnen zu sprechen. Ich denke nämlich, ich kenne den

Grund, weshalb das alles geschieht. Und wenn Sie mich heute Morgen am Telefon nicht so unhöflich abgewickelt hätten, dann hätte ich Ihnen die Zusammenhänge erklären können, und Sie wären vielleicht von selbst darauf gekommen.«

»Wie meinen Sie das?«, fragte Chris.

Klose trat ein und schloss die Tür hinter sich. »Sie gestatten?« Er deutete auf einen der Stühle und setzte sich. Anschließend betrachtete er die beiden mit einem wortlosen Lächeln. Er schien seine Überlegenheit sichtlich zu genießen.

»Was ist denn nun?«, fragte Chris schulterzuckend. »Sollen wir Ihnen vielleicht noch einen Kaffee holen?«

»Nein, danke«, erwiderte Klose und sah auf seine Uhr. »Dafür ist es schon zu spät. Aber ich warte nach wie vor auf eine Entschuldigung von Ihnen.«

Chris starrte ihn fassungslos an. »Das glaub ich ja wohl nicht«, brachte er nur mit Mühe hervor.

»Nun, selbst sie sollten begreifen, dass Ihr Verhalten mir gegenüber äußerst inakzeptabel war. Daher ist es durchaus nicht unangemessen, dass Sie sich dafür bei mir entschuldigen.«

Chris hielt einige Sekunden inne. Dann stürmte er auf Klose zu. »Sie arroganter Dreckskerl!«

Rokko gelang es gerade noch, sich zwischen die beiden zu stellen und Chris aufzuhalten.

Chris' Wangen glühten vor Zorn, als er sich aus Rokkos Umklammerung zu befreien versuchte. »Sie sagen mir jetzt auf der Stelle, was Sie wissen, oder ich prügle Ihnen Ihr altkluges Grinsen aus dem Gesicht!«

Klose erhob sich gemächlich. »Wie ich Ihrer Reaktion entnehme, sind Sie nicht an einer Zusammenarbeit interessiert«, sagte er und ging zurück zur Tür. »Ihr Chef wird nicht sonderlich begeistert über Ihr Verhalten sein.«

»Was verlangen Sie von mir?«, schrie Chris, »dass ich Ihnen die Füße küsse?«

»Ich verlange einfach nur ein wenig gebührenden Respekt von Ihnen«, sagte Klose. »Aber anscheinend sind Sie dazu nicht in der Lage.«

»Sie wollen Respekt?«, schrie Rokko, der noch immer alle Hände voll damit zu tun hatte, Chris im Zaum zu halten. »Dann benehmen Sie sich wie jemand, der ihn verdient!«

Alle Augen waren auf ihn gerichtet. Chris gab nach, worauf Rokko seinen Griff lockerte.

»Was ist? Starrt mich nicht so an«, schrie er zornig. »Auch meine Geduld kennt Grenzen, Herrgott! Da draußen ist eine Killertruppe auf irgendeinem Kreuzzug und tötet Menschen auf grausamste Weise, und ihr beide habt nichts Besseres zu tun, als euch die Köpfe einzurennen. Ich glaube, in jedem Kindergarten geht es erwachsener zu. Also könntet ihr bitte euer dämliches Platzhirschgehabe einstellen und euch wie vernünftige Menschen benehmen, damit wir hier weiterkommen!« Empört richtete er sich sein Hemd. Dann deutete er auf Chris, der ihn verdutzt betrachtete. »Du wirst dich verdammt nochmal bei ihm entschuldigen«, er schwenkte den Finger auf Klose, »und Sie beschränken Ihre Selbstgefälligkeit auf Ihre Vorträge, denn hier ist sie nicht sehr angebracht. Wir haben Sie als Berater hinzugezogen, und nicht, um Ihre intellektuelle Eitelkeit zu befriedigen. Im Moment ringt womöglich das nächste Opfer um sein Leben, und wir verschwenden hier nur wertvolle Zeit. Also setzen Sie sich gefälligst wieder hin und tun Sie, weshalb Sie hier sind, ansonsten können wir dieses Gespräch auch gerne im nächsten Verhörzimmer fortsetzen!«

Für einige Sekunden herrschte Schweigen. Schließlich war es Chris, der den ersten Schritt tat.

»Also gut«, meinte er kleinlaut, »ich entschuldige mich für mein Verhalten, und es tut mir leid.« Es war ihm anzumerken, wie schwer ihm diese Worte fielen.

Einige weitere Sekunden vergingen, bis auch Klose ein Einsehen hatte. Er nickte Chris wortlos zu und setzte sich wieder auf den Stuhl.

»Schön«, sagte Rokko, »da wir ja nun alle wieder vernünftig geworden sind, lassen Sie uns an Ihren Erkenntnissen teilhaben, Herr Professor.«

Klose atmete tief durch und räusperte sich. »Nun ja«, begann er verhalten, »es geht um das Wort, das dem letzten Opfer auf den Körper geschnitten wurde. Unter dem Begriff Wucherer versteht man im Allgemeinen eine Person, die völlig überhöhte Gegenleistungen einfordert. Bei unserem Telefonat ist es mir nicht direkt in den Sinn gekommen, aber später fiel mir ein, dass dieses Wort noch in einem anderen Zusammenhang Verwendung gefunden hat.« Er lehnte sich zurück und schlug die Beine übereinander. »Im Mittelalter wurde dieser Begriff hauptsächlich als Schimpfwort für Juden verwendet.«

»Juden?«, fragte Chris überrascht.

»Ihrer Verwunderung entnehme ich, dass Ihre Kenntnisse in antisemitischer Geschichte nur bis zum Zweiten Weltkrieg zurückreichen«, entgegnete Klose in der für ihn typisch belehrenden Tonlage, die ihm einen weiteren strengen Blick von Rokko einbrachte. Daraufhin atmete Klose ein weiteres Mal durch und zügelte diesen erneuten Ausbruch intellektuellen Hochmuts. »Die Christen grenzten die Juden aber schon seit dem 9. Jahrhundert aus den meisten Berufen aus«, fuhr er besonnen fort. »Man beschuldigte sie, für den Tod Jesu Christi verantwortlich zu sein und überließ ihnen verachtende Tätigkeiten wie den Trödelhandel und das Pfand- und Kreditwesen. Letzteres wurde von der Kirche missbilligt, weshalb die Juden mit dem schändlichen Begriff Wucherer betitelt wurden. Später ging man sogar so weit, sie für die Pestepidemien verantwortlich zu machen, da sie nach Ansicht der gläubigen Bevölkerung den Zorn Gottes auf sich zogen.«

Chris ließ diese Informationen einige Sekunden auf sich wirken. »Und inwiefern soll uns das weiterhelfen?«, fragte er. »Ich glaube kaum, dass alle der Opfer jüdischen Glaubens waren.«

»Da gebe ich Ihnen Recht«, meinte Klose. »Da mindestens zwei der Opfer rumänischer Abstammung waren, ist dies wohl auszuschließen. Der jüdische Glaube spielt in Rumänien nur eine untergeordnete Rolle, da er dort bis zum Ende der achtziger Jahre nur widerwillig geduldet wurde. Der Begriff Wucherer hat in diesem Zusammenhang eher allgemeine rassistische oder fremdenfeindliche Hintergründe.«

Immerhin war das eine Möglichkeit, die sie bis jetzt noch nicht in Betracht gezogen hatten. Schon allein deswegen nicht, weil bis vor wenigen Stunden nur bei zwei der Opfer eine gesicherte Identifizierung vorlag.

Chris setzte sich an seinen Bildschirm und rief die Akte von Daniel Nowak auf. »Nowak ist in Deutschland geboren«, entnahm er den Einträgen.

»Sein Name lässt aber darauf schließen, dass seine Familie osteuropäische Wurzeln hat«, entgegnete Klose.

Chris überlegte einen Moment. »Also gut. Gehen wir mal davon aus, Sie haben recht. Dann haben wir es Ihrer Meinung nach mit einer Art mittelalterlichen Ku-Klux-Klan-Gruppierung zu tun, die auf höchst eigene Weise Selbstjustiz verübt?«

»Natürlich könnte man das so sehen, allerdings müsste man aufgrund des mittelalterlichen Bezuges ein wenig differenzieren. Denn etwa zu dieser Zeit entstand der Rassismus, wie wir ihn kennen. Allerdings fand er damals eher in religiöser als in naturwissenschaftlicher Diktion statt. Es war weniger die Herkunft und Hautfarbe eines Menschen, als vielmehr seine religiöse Orientierung, wegen der er ausgegrenzt und verfolgt wurde. Auf diese Grundlage sind auch die Hexenverbrennungen zurückzuführen, die als ketzerisches Teufelswerk angesehen wurden. Viele Historiker sehen in der Religion sogar den Ursprung des modernen Rassismus.«

»Dann hat das Ganze also religiöse Motive«, stellte Rokko fest.

»Das muss zwar nicht die treibende Kraft dieser Leute sein, aber ich bin mir sicher, dass es dabei eine Rolle spielt.«

»Gottes Gerechtigkeit«, brachte es Chris auf den Punkt.

»Wenn Sie so wollen, ja. Obwohl ich es eher als Gerechtigkeit des Mittelalters bezeichnen würde. Von diesem Standpunkt aus betrachtet, hat der Reporter, der entführt wurde, gute Chancen zu überleben.«

»Und woraus schließen Sie das?«, fragte Rokko.

»Im Grunde hat Ihr Freund nach damaliger Rechtsansicht nur den Tatbestand der Beleidigung, schlimmstenfalls der Verleumdung begangen. Darauf stand nicht die Todesstrafe.«

Chris betrachtete ihn skeptisch. »Ich kann mir nicht vorstellen, dass die Täter den Aufwand und das Risiko einer Entführung auf sich nehmen, nur um Bondek eine Lektion zu erteilen.«

»Das hängt ganz von der Lektion ab«, sagte Klose kühl.

»Könnten Sie etwas konkreter werden?«

»Die mittelalterliche Rechtsprechung hielt sich an den biblischen Grundsatz *Auge um Auge, Zahn um Zahn*«, erläuterte Klose. »Man versuchte, Gleiches mit Gleichem zu vergelten, sogenannte Spiegelstrafen, die das eigentliche Vergehen wiedergaben. Bei Meineid wurde einem die Hand oder der Finger abgetrennt. Hatte man jemandem ein Auge ausgeschlagen, bekam man eins ausgestochen. Und bei Lüge, Gotteslästerung, Verleumdung oder Schmähung der Obrigkeit wurde einem die ...«

»Schon gut«, unterbrach ihn Chris. »Ich denke, wir haben es verstanden.« Er sank in seinem Stuhl zusammen, und ein eiskalter Schauer lief seinen Rücken hinab, als er sich vorzustellen versuchte, wie Bondek in diesem Moment die Zunge abgeschnitten wurde.

22

Bondek schrie auf, als die Gestalten die Schrauben der beiden Metallplatten, die um seine Lenden und seinen Bauch geschnallt waren, fester drehten. Zunächst hatten sich die Platten nur unangenehm kalt auf seiner Haut angefühlt, doch nun bohrten sich die Stahldochte an den Innenseiten wie dutzende kleiner Messerspitzen in seine Haut und erzeugten einen Ring aus Feuer um seine Taille. Schraubstockartig zogen sich die Platten mit jeder Drehung weiter zusammen und quetschten Bondeks Körper zwischen sich ein, trieben die Spitzen tiefer in sein Fleisch. Er spürte, wie kleine warme Rinnsale aus Blut an ihm hinabliefen und seine Unterhose tränkten. Die Droge, die man ihm verabreicht hatte, dämpfte den Schmerz, doch sie war nicht mehr stark genug, um ihn auszublenden. Ein weiterer Schrei hallte durch den dunklen Raum, in dem das Flackern der Kerzen die drei Gestalten vor ihm wie geisterhafte Konturen erscheinen ließ. Erneut schien ein Vogel zu kreischen, doch er schrieb dieses Geräusch weiterhin seiner getrübten Wahrnehmung zu.

»Aufhören!«, schrie Bondek. »Hört auf!«

»Wir fangen gerade erst an«, hallte die Stimme. »Ich nenne dieses kleine Instrument meinen Bußgürtel. Kannst du dir denken, warum?« Die Stimme ging in ein grässliches Lachen über.

»Was seid ihr bloß für kranke Typen.«

»Nein«, schrie die Stimme gellend auf. »*Wir* sind es nicht, die krank sind. Wie Parasiten fallen die Ungläubigen über die Grenzen und ziehen mordend und plündernd durch unser Land. Sie hinterlassen nur Wut und Ohnmacht. Und Polizei und Justiz sehen machtlos dabei zu. Wir sind nicht länger bereit, das hinzunehmen. Es ist an der Zeit, sich dagegen zu wehren.«

»Indem ihr selbst mordet?«, keuchte Bondek.

»Im Mittelalter war man der Ansicht, dass man Böses nur mit Bösem bekämpfen konnte. Eine Maxime, die uns sehr gut gefällt, da sie unserer Meinung nach die einzig wirksame ist. Und die Zeit ist gekommen, diese alten Werte wiederzubeleben.«

»Diesen Quatsch glaubt ihr doch nicht ernsthaft«, stöhnte Bondek und rang sich ein Lächeln ab. »Dieses ganze Affentheater hier ist letztendlich nur eine Maskerade, hinter der ihr euren Fremdenhass auslebt. Im Grunde seid ihr doch nichts anderes als Rassisten.«

Die Gestalt wischte mit dem behandschuhten Finger über die blutbeschmierte Haut unterhalb des metallenen Gürtels und hielt ihn anschließend vor Bondeks Augen. »Wenn das unser einziges Motiv wäre, dann wärst du längst Tod, Bondek! Denn dann würde mich dein deutscher Pass aufgrund deines verseuchten Blutes wenig beeindrucken.« Der blutbeschmierte Finger der Gestalt wanderte höher und malte ein rotes Kreuz auf Bondeks schweißgetränkte Stirn. »Ich habe nur etwas gegen Fremde, die über uns herfallen und der Meinung sind, dieses Land wäre ein Selbstbedienungsladen zum Nulltarif. Und ich habe etwas gegen vorlaute Besserwisser, die sich mit ihrem losen Mundwerk auf die Seite dieser Gottlosen stellen.« Der verhüllte Kopf der Gestalt näherte sich Bondeks Gesicht, und er glaubte, so etwas wie einen Schnabel daraus wachsen zu sehen. »Du solltest also lieber deine Klappe halten, wenn du nicht willst, dass das hier noch schmerzhafter für dich wird.«

Bondek stöhnte auf, als die Schrauben auf ein Zeichen der Gestalt weiter angezogen wurden. Dabei verrutschte die Kutte, und Bondek konnte für einen kurzen Moment etwas auf dem freigelegten Arm der Gestalt erkennen, bevor der Stoff es wieder verdeckte.

»Was ... was habt ihr mit mir vor?«

»Du hast uns öffentlich beleidigt und lächerlich gemacht. Daher werden wir nach unserer Maxime Gleiches mit Gleichem abstrafen. Ich hoffe für dich, du wirst ein reuiger Sünder sein und die Buße hinnehmen, die wir dir auferlegen. Als Erstes wirst du einen Folgeartikel veröffentlichen, in dem du einiges über uns richtigstellst. Du wirst die Öffentlichkeit über unsere wahren Motive aufklären. Du wirst den Leuten sagen, dass wir die letzte Instanz sind, die sie vor dem Abschaum beschützt, der plündernd und mordend in unser Land strömt, während Politik und Polizei so tun, als ginge sie das nichts an. Du wirst ihnen sagen, dass wir ihnen den Krieg erklären und sie wie Schaben zertreten werden. Wir holen uns einen nach dem anderen, zerstören ihre Strukturen und Organisationen. Auge um Auge, Zahn um Zahn. Das ist die Botschaft, die wir für diese Wucherer haben. Und du wirst sie überbringen. Aber zunächst wirst du für deine Überheblichkeit büßen.«

Die Gestalt wandte sich ab und ging zu dem Tisch, auf dem nach Bondeks getrübter Wahrnehmung mindestens ein Dutzend Kerzen flackerten. In Wahrheit waren es vermutlich weniger, und Bondek sah sie nur doppelt, denn ihr Licht reichte nicht aus, um den Raum zu erhellen. In einiger Entfernung konnte er die Konturen eines Pfeilers erkennen, der sich zur dunklen Decke emporhob. Vermutlich befanden sie sich in einem alten Kellergewölbe. Hinter dem Tisch glaubte Bondek an der Seite einige Käfige am Boden zu erkennen, in denen sich etwas bewegte. Es schimmerte schwarz.

Raben, dachte er benommen. *Das sind Raben. Du hast dir ihr Krähen nicht eingebildet.*

»Trink das«, sagte die Gestalt, die plötzlich wieder vor ihm stand und ihm ein Glas mit einer klaren Flüssigkeit an den Mund hielt.

Bondek weigerte sich und drehte den Kopf weg. Er spürte, wie die beiden anderen von dem stählernen Gürtel abließen und sich an seinen freihängenden Füßen zu schaffen machten.

»Ich wäre an deiner Stelle nicht so voreilig«, sagte die Gestalt, deren Stimme Bondek durch seine getrübte Wahrnehmung so wenig menschlich erschien wie ihr offensichtlich perverses Vergnügen an Schmerzen. »Ich biete dir eine

Art Gnadenakt an, so wie es Henker im Mittelalter hin und wieder getan haben, indem sie die Verurteilten von ihren Qualen frühzeitig erlösten. Oftmals wurden sie von Angehörigen dafür bezahlt. Gelegentlich kam es aber auch vor, dass es einfach ein Akt der Menschlichkeit war.« Die Gestalt packte Bondek am Kinn und drehte seinen Kopf wieder in Richtung des Glases. »Ich rate dir also, auf mich zu hören. Es sei denn, du willst das, was wir gleich mit dir tun werden, bei vollem Bewusstsein erleben.«

Bondek, der sich noch nie so intensiv seiner Sterblichkeit bewusst war, fing an zu schluchzen. »O Gott, bitte«, wimmerte er, während ihm Tränen die Wangen hinabliefen. Er fühlte, wie etwas um seine Fußgelenke gebunden wurde. »Bitte nicht. Es tut mir leid!«

»Es ist nie verkehrt, sich in seiner Not an Gott zu wenden«, sagte die Gestalt und deutete auf das Glas in ihrer Hand. »Aber in diesem Moment bin ich es, der dir Gnade gewähren kann. Da du anscheinend noch etwas Bedenkzeit brauchst, werden wir dir bei deiner Entscheidung helfen.«

Bondek spürte, wie sein Körper nach unten gezogen wurde. Er sah hinab auf die Schlinge um seine Füße. Das Seil daran führte durch eine weitere Führungsrolle, die unter ihm im Boden befestigt war, und endete wenige Meter entfernt, im dunkleren Bereich, in einer mechanischen Winde. Ein metallenes Klackern war zu hören, als die Winde das Seil spannte und an seinen Füßen zerrte. Langsam aber stetig wurde Bondeks Körper auseinandergezogen. Der Schmerz in seinen Schultern wurde intensiver, als seine Arme über dem Pfahl immer weiter nach hinten gebogen wurden. Sein Schrei hallte durch die Dunkelheit des Raumes, als die Schultergelenke schließlich nachgaben und sich krachend aus ihren Pfannen lösten. Das Klackern verstummte.

»Vielleicht bist du jetzt bereit, mein Angebot anzunehmen«, sagte die Gestalt und hielt ihm erneut das Glas an den Mund.

Bondek keuchte vor Schmerzen. Er hätte in diesem

Moment auch Abflussreiniger getrunken, wenn es ihn von seinen Qualen erlöst hätte. Gierig schluckte er die Flüssigkeit hinunter.

»Eine weise Entscheidung«, meinte die Gestalt. »Das wird dir weitere Schmerzen ersparen.«

»Bitte ...«, flehte Bondek. »Hört auf!«

»Wir sind Krieger des Rechts«, betonte die Stimme, »und unsere gefährlichste Waffe ist die Abschreckung. Schon zu Zeiten des Mittelalters war sie ein effektives Mittel, um Abschaum im Zaum zu halten. Doch heutzutage sind weder unsere verweichlichte Gesetzgebung noch unsere Staatsgewalt dazu in der Lage, die Pest aus unserem Land fernzuhalten. Daher müssen wir dafür sorgen, dass diese alten, reinigenden Werte nicht in Vergessenheit geraten. Und wie würden wir wohl dastehen, wenn uns niemand ernst nehmen würde?«

Bondek spürte, wie die Droge zu wirken begann. Seine Wahrnehmung driftete ab, und die grässliche Stimme verhallte im unendlich scheinenden Universum des Gewölbes. Er konnte noch vage erkennen, wie die Gestalt sich zu ihm umdrehte und etwas in der Hand hielt, das wie eine große Nadel aussah. Dann nahm das Karussell wieder Fahrt auf, bis es sich so schnell drehte, dass er davongeschleudert wurde.

23

Der Mann saß in der Küche seines Hauses und verfolgte über das Internet die neuesten Reaktionen. Das Bild des vermissten Reporters prangte auf sämtlichen Newsportalen. Selbst in einigen Foren und sozialen Netzwerken suchte man nach Hinweisen. Aber genau dort mehrten sich mittlerweile die Stimmen ihrer Befürworter. Offenbar schien immer mehr Leuten zu gefallen, was sie taten. Er wusste nicht, ob ihn das beängstigen sollte, und für einen kurzen Moment war er gewillt, ihnen zu sagen, wo sich der Reporter befand. Aber vermutlich hatten die Gefährten, wie sie sich gerne nannten, ihre mittelalterlichen Praktiken bereits an ihm ausgelebt. Er konnte nur hoffen, dass sie ihn dabei nicht umgebracht hatten, denn es war nie sein Ziel gewesen, Unschuldige zu bestrafen.

Diese verdammten Idioten. Sie waren von seinem Plan abgewichen und gefährdeten mit dieser unüberlegten Aktion die gesamte Unternehmung. Und damit all das, was seinem Leben noch einen absurden Sinn gab und ihn nicht an seiner Verzweiflung ersticken ließ. Nachdem er davon erfahren hatte, war er sofort zum *Nest* gefahren und hatte auf sie eingeredet, hatte versucht, ihnen das klarzumachen. Doch nun war es ohnehin zu spät. Er verlor die Kontrolle, und das machte ihn wütend. Wütend auf sich selbst. Darauf, dass er sich von diesen Leuten hatte manipulieren lassen und somit zu ihrem Werkzeug geworden war. Zum Handlanger derer, die er eigentlich bekämpfen wollte. Diese Erkenntnis nagte an ihm wie ein bösartiges Geschwür, und er spielte zunehmend mit dem Gedanken, es herauszuschneiden, diese Krankheit wieder auszumerzen. Allerdings würde diese Operation nicht ohne Folgen für ihn bleiben, denn dieses Geschwür war bereits zu tief mit ihm verwuchert. Von daher war es nur noch eine Frage der Zeit, bis er zum Pflegefall seines eigenen Gewissens werden würde. Und er war kein Freund von lebensverlängernden Maßnahmen. Zumindest nicht, wenn sie aussichtslos waren.

Aber noch war nichts verloren, solange sie sich weiter an den Plan hielten. Mit dem letzten Opfer war ihnen ein entscheidender Durchbruch gelungen. Denn nun hatten sie einen Namen, der sie ihrem Ziel entscheidend näher bringen konnte. Doch dazu war es nötig, sich in die Höhle des Löwen zu wagen, um diese Sache damit schnell dem erhofften Ende zuzuführen. Kiriac müsste seine Botschaft bereits erhalten haben. Nun hieß es abzuwarten, wie er darauf reagieren würde.

Er sah auf die Uhr und schaltete den Tablet-Computer aus. Dann ging er zu dem kleinen Schrank, der über der Arbeitsplatte an der Wand angebracht war. Er öffnete ihn, und für einen kurzen Moment verweilte sein Blick auf dem Fläschchen mit der klaren Flüssigkeit und dem Warnetikett, das in einem der Fächer stand.

Alles zu seiner Zeit, dachte er wehmütig. Aber insgeheim wusste er, dass diese Zeit bald kommen würde. Er griff an dem Fläschchen vorbei nach einer der Tablettenboxen, löschte das Licht in der Küche und ging in den Nebenraum.

24

Victor stand im Wohnzimmer seines Hauses und spähte wiederholt durch die breite Fensterfront. Der dunkle Kleinwagen, der am oberen Ende der gegenüberliegenden Straßenseite parkte, stand dort nun schon seit Einbruch der Dunkelheit. Victor kannte den Wagen nicht. Das allein war nicht weiter ungewöhnlich, vielmehr der Umstand, dass ein Wagen dieser Preisklasse eher untypisch für diese betuchte Wohngegend war. »Zwei Insassen«, hatte ihm einer seiner Leibwächter versichert. Das Nummernschild war hier aus der Gegend.

Victor zuckte zusammen, als sein Handy in der Brusttasche vibrierte. Das Display zeigte die vertraute Nummer.

»Bună Petre.«

»Bună Victor.«

»Was hast du herausgefunden?«

»Ich habe mit den Verantwortlichen aller mir bekannten Organisationen gesprochen«, drang es auf Rumänisch in Viktors Ohr. »Sie haben mir versichert, dass sie nichts mit dieser Sache zu tun haben.«

»Und du glaubst Ihnen?«

»Ich habe keine Veranlassung, dies nicht zu tun.«

»Aber wer soll sonst dahinterstecken? Wer sonst schafft es in so kurzer Zeit, meine Geschäfte nahezu zum Stillstand zu bringen?«

»Du hast dir mit der Zeit eine Menge Feinde geschaffen, Victor. Daher muss ich davon ausgehen, dass diese Angelegenheit eine rein persönliche ist. Und da mir von den anderen nahegelegt wurde, diese Geschichte so schnell wie möglich zu bereinigen, sollten wir uns beeilen, dies auch zu tun, bevor das Ganze doch noch zu einem Krieg ausartet. Denn offensichtlich sind wir nicht die Einzigen, die durch diese Sache Verluste machen. Speziell in den Grenzgebieten sind die Erträge sprunghaft zurückgegangen. Bis jetzt hatten wir es dort nur mit der Polizei zu tun, was kein großes Problem war. Aber in den letzten Tagen ist dort eine erhebliche Zunahme an Fremdenfeindlichkeit zu verzeichnen. Anscheinend stoßen die jüngsten Ereignisse dort auf massiven Zuspruch in der Bevölkerung. Unsere Leute sind verunsichert.«

Dem konnte Viktor nur beipflichten. Einige seiner Männer wandten sich mittlerweile von ihm ab. Sie hatten Angst. Offensichtlich trauten sie ihm nicht mehr zu, diese Geschichte in den Griff zu bekommen. Es war an der Zeit, ihnen seine Entschlossenheit zu demonstrieren.

»Glaub mir, Petre, ich werde alles daran setzen, diese Schweine zu finden und an ihnen ein Exempel zu statuieren. Niemand legt sich ungestraft auf diese Weise mit mir an.«

»Ehrlich gesagt bin ich mir dessen nicht mehr sicher.«

Victor schluckte. »Was soll das heißen?«

»Mir wurde berichtet, dass die Polizei wegen der Sache auf dich aufmerksam geworden ist. Anscheinend verlierst du langsam die Kontrolle.«

Erneut schwenkte Victors Blick auf den Kleinwagen. »Hör zu, Petre, eine meiner Lagerhallen wurde niedergebrannt. Da ist es ganz normal, dass die Bullen mir Fragen stellen.«

»Und weshalb wirkst du dann so paranoid auf mich?«

Victor betrachtete das geöffnete Päckchen auf dem Tisch, dass ein UPS-Bote am Nachmittag bei ihm abgeliefert hatte. »Auf der Straße steht ein unbekannter Wagen mit zwei Insassen, die mein Haus beobachten.«

»Wer ist hinter dir her, Victor?«

»Ich weiß es nicht! Noch nicht. Aber das da draußen können nur Bullen sein, so dilettantisch wie die sich anstellen.«

»Du wirst von der Polizei beschattet?«, erklang es besorgt. »Was ist, wenn die auch dein Telefon überwachen?«

»Diese Verbindung ist sicher, das weißt du. Außerdem kann ich mir nicht vorstellen, dass die genug gegen mich in der Hand haben, um solch eine Maßnahme genehmigt zu bekommen. Die stehen unter Druck und brauchen einen schnellen Fahndungserfolg. Vermutlich haben die über Raffael die Verbindung zu mir gezogen und hoffen nun, dass diese Kerle auch hinter mir her sind.« Erneut schielte er auf das Päckchen auf dem Tisch.

»Ich kann doch davon ausgehen, dass du meinen Namen aus dieser Angelegenheit heraushältst.«

Victor musste beinahe lachen. Das Einzige, was er über den Mann am anderen Ende der Leitung wusste, war, das Petre nur sein Deckname war. Es gab nur eine Person, die wusste, wer sich dahinter verbarg, und diese Person war nicht er. »Natürlich, Petre. Von meinen Männern weiß niemand, dass du existierst.«

»Gut, dann sollten wir dafür sorgen, dass das so bleibt. Was auch immer bei dir geschieht, es scheint mir interne oder persönliche Gründe zu haben.«

»Der Gedanke ist mir auch schon gekommen«, sagte Victor ein wenig zu verdrossen.

»Dann regel das gefälligst!«, kam es schroff zurück. »Ich habe dir dort die Verantwortung für meine Geschäfte übertragen, weil ich der Meinung war, du wärst der Richtige dafür. Vielleicht habe ich mich ja in dir getäuscht, und du hast dich stattdessen zu sehr auf deine eigenen Unternehmungen konzentriert.«

»Petre, ich versichere dir ...«

»Versicherungen können sehr trügerisch sein. Ich denke daher, es wäre besser, wenn ich mir selbst ein Bild der Lage mache.«

Schweigen.

»Soll das heißen, du traust mir nicht mehr?«

»Das soll heißen, dass ich bestrebt bin, meine Interessen zu wahren. Ich will diese Angelegenheit schnellstens aus der Welt schaffen.«

»Natürlich«, stimmte Victor zögernd zu. »Du hast mein Wort, dass ich dafür alle Hebel in Bewegung setzen werde.«

»Dennoch bin ich der Ansicht, du könntest dabei etwas Hilfe gebrauchen. Daher werde ich dir mit dem nächstmöglichen Flug Dragan und zwei seiner Männer zur Unterstützung schicken. Nur, um ganz sicher zu gehen.«

Victors Zorn wuchs. Nicht nur, dass man seine Kompetenz in Frage stellte, jetzt schickte man ihm auch noch Babysitter. Ebenso gut hätten sie ihm ein Messer in den Rücken rammen können. »Ganz wie du meinst«, erwiderte er zähneknirschend. »Lass mich wissen, wann die Männer hier ankommen. Ich werde sie am Flughafen abholen lassen.«

»Nur ein Wagen, nichts Auffälliges. Wir wollen schließlich keine Aufmerksamkeit erregen.«

Aufgrund dieser Anspielung fiel Victors Blick wieder auf das Auto am Ende der Straße. »Ja, sicher«, erwiderte er noch, bevor die Verbindung beendet wurde.

Erneut betrachtete er das Päckchen vor sich. Außer dem makaberen Inhalt, der bereits einen leicht süßlichen Geruch verströmte, befand sich darin ein kleines Kärtchen. Victor nahm es in die Hand und studierte es ein weiteres Mal. Neben einem Vermerk war darauf eine E-Mail-Adresse angegeben. Einen Moment lang überlegte er. Dann verstaute Victor das Kärtchen in seiner Tasche. Bevor er diese Möglichkeit in Betracht zog, wollte er ganz sicher gehen.

Schnellen Schrittes eilte Victor die Treppe hinab und betrat den unterirdischen Teil seiner Villa. Der Bereich war in mehrere Räume unterteilt. Neben einem großzügigen Weinkeller, und einem Kühlraum für Getränke und Lebensmittel, befand sich hier unten auch ein spezielles Zimmer, das Victor als den Panikraum bezeichnete. Allerdings nicht, weil er als Schutzraum im Falle eines Einbruchs oder Angriffs diente. Wenn man vom Schallschutz einmal absah, verfügte der Raum über keinerlei Sicherungsmaßnahmen. Auch war er nicht mit Telekommunikationsmöglichkeiten oder einem Alarmknopf ausgestattet.

Denn Hilfe war etwas, das man in diesem Raum eher nicht erwarten durfte.

Victor hielt das kleine UPS-Päckchen in der Hand, als er die Stahltür öffnete und den Panikraum betrat, dessen Wände und Boden vollständig verfliest waren. In der Mitte war ein Abfluss eingelassen, rechts und links davon standen zwei Stühle. Darauf saßen Leon Gabrea und Dimitrij Mironow. Ihre Hände waren nach hinten um die Lehnen gefesselt und dicke Schweißperlen rannen über ihre schmerzverzerrten Gesichter. Um die beiden herum standen drei von Victors Männern. Zwei von ihnen hatten die Ärmel ihrer Hemden umgekrempelt und Schweißflecken unter ihren Achseln. Einer trug einen Schlagring, der andere hielt einen Baseballschläger in der Hand.

Victor trat vor den dritten Mann. Sein Name war Marius Popescu. »Seid ihr sicher, dass euch niemand kommen gesehen hat?«

Marius nickte. Er war Mitte dreißig und hatte die Statur eines Rausschmeißers. »Zu dieser Zeit stand der Wagen noch nicht vor dem Haus«, sagte er mit kräftiger Stimme. »Er wäre mir aufgefallen. Außerdem haben wir die beiden vorsichtshalber durch die Hintertür reingebracht.«

Das Haus verfügte über eine hintere Zufahrt, die von außen nicht einzusehen war. Das Gelände dahinter war nicht bebaut und fiel steil zum Rheinufer ab.

»Gut gemacht«, meinte Victor und gab Marius einen anerkennenden Klaps auf die breite Schulter. Er gehörte ihrer Truppe seit knapp acht Monaten an, doch in dieser kurzen Zeit hatte er sich als durchaus zuverlässig erwiesen, auch wenn er trotz seines Körperbaus manchmal ein wenig verweichlicht wirkte. »Du siehst ein bisschen blass um die Nase aus. Das hier ist doch sicher nicht dein erstes Verhör.«

»Nein«, sagte Marius. »Ich denke, ich habe nur etwas Schlechtes gegessen.«

Victor grinste ihn an. »Tja, wenn du kotzen musst, ist das der richtige Raum dafür.«

Die beiden anderen lachten.

»Haben Sie schon geredet?«, wandte Victor sich an die beiden Schläger.

Der mit dem Schlagring schüttelte den Kopf. »Sie schwören, dass sie nichts wissen.«

»Nun gut«, meinte Victor und trat vor die beiden Gefangenen, die ängstlich zu ihm aufsahen. »Dann verratet mir doch mal, wie es sein kann, dass jemand in eines meiner Lager eindringt, für das ihr verantwortlich seid, es niederbrennt und einen meiner besten Mitarbeiter entführt und anschließend bestialisch ermordet, ohne, dass ihr beide etwas davon mitbekommen haben wollt? Mal abgesehen von Vadim, Gott hab ihn selig.« Er bekreuzigte sich theatralisch. Dann beugte er sich zu den beiden hinab. »Ihr hattet die Schlüssel zu der Halle. Und ihr seid die letzten, die Vadim und Silvio lebend gesehen haben. Und trotzdem wollt ihr von alldem nichts mitbekommen haben? Was denkt ihr eigentlich, wer ich bin, euer Märchenonkel?«

»Glaub uns bitte, Victor, wir haben nichts damit zu tun«, beteuerte Silvio, über dessen linkem Auge eine Platzwunde klaffte. Sein ganzes Gesicht wirkte schwammig und aufgequollen. »Silvio hatte die Schlüssel zur Halle. Er wollte nochmal zurück, weil er etwas vergessen hatte. Kurz darauf haben wir dann das Feuer in der Halle bemerkt. Von Silvio fehlte jede Spur, er war wie vom Erdboden verschwunden.«

»Er kann es aber nicht gewesen sein, denn er ist tot!«, schrie Victor wütend. »Und es spricht nicht gerade für euch, dass ihr anschließend versucht habt, euch aus dem Staub zu machen. Wo wolltet ihr denn so eilig hin, als Marius und die anderen bei euch aufgetaucht sind?«

»Wir hatten Angst, Chef.«

»Ist es nicht eher so, dass ihr eure verräterischen Ärsche in Sicherheit bringen wolltet?«

»Nix richtig«, beteuerte Dimitrij. »Wir nur Angst.«

»Die solltet ihr auch haben«, meinte Victor und umklammerte das Päckchen mit beiden Händen. »Denn wenn ich mit euch fertig bin, werdet ihr euch wünschen, ihr hättet mich nie hintergangen. Es sei denn, ihr sagt mir endlich, wer hinter alldem steckt. Denn obwohl ich es zweifelsohne verdient hätte, kann ich mir beim besten Willen nicht vorstellen, dass der Teufel hinter mir her ist!«

Er warf den beiden den geöffneten UPS-Karton vor die Füße. Darin lag ein toter Rabe. An den Krallen des Vogels war ein Zettel angebracht. Darauf stand mit roter Schrift das Wort Diavolul.

»Kann mir das jemand von euch erklären?«, fragte Victor und deutete auf das tote Tier.

»Silvio«, sagte Dimitrij aufgebracht. »Muss geredet haben.«

Victor riss Dimitrijs Kopf an den Haaren nach hinten. »Für wie blöd haltet ihr mich eigentlich? Macht endlich das Maul auf! Wer bezahlt euch dafür? Sind es deine Landsleute, Dimitrij, die sich mit mir anlegen wollen? Oder ist es dieses Polackenpack?« Ruckartig ließ er von Dimitrijs Kopf ab. Anschließend zog er ein Stofftuch aus seiner Anzugjacke und wischte sich angewidert die Finger daran ab. »Ich denke, dass es keiner von beiden ist. Und auch nicht die Türken oder die Bulgaren. Wisst ihr auch, warum ich das glaube?« Er sah erwartungsvoll zu ihnen herab. »Wenn einer von denen vorhätte, sich mit mir anzulegen, dann würde er sich auch dazu bekennen. Es dürfte wohl wenig Sinn ergeben, mich herauszufordern, ohne mir entgegenzutreten.« Er bückte sich und nahm den toten Vogel aus dem Karton. Dann trat er vor Dimitrij und streifte ihm mit dem Schnabel des Tieres über die Wange. »Wer also hätte dann ein Interesse daran, mich zu schwächen? Womöglich jemand aus den eigenen Reihen? Jemand, der mich abservieren will?« Er ließ den Schnabel gefährlich nahe an Dimitrijs Augapfel vorbeigleiten. »Denn offensichtlich ist man in unserer Organisation der Ansicht, dass ich dieses Problem nicht allein bewältigen kann, und schickt mir Dragan als Unterstützung. Ein merkwürdiger Zufall, findet ihr nicht?« Er trat hinter Dimitrij.

In dessen Augen lag blanke Panik. »Ich nix weiß«, stammelte er. »Nur Arbeiter. Ich schwöre ...«

Victor riss erneut Dimitrijs Kopf nach hinten. Dann stopfte er ihm den toten Vogel so tief in den Rachen, dass nur noch die Krallen und der Zettel zu sehen waren.

Dimitrij würgte und röchelte. Sein Stuhl wankte wild hin und her, als er verzweifelt versuchte, sich von seinen Fesseln zu befreien. Schließlich sog er hektisch Luft durch seine Nase, wobei er ein schnarchendes Geräusch erzeugte. Die Panik in seinen Augen war blanker Todesangst gewichen.

Victor streifte derweil gelassen sein Jackett ab und tauschte es gegen den Holzschläger, den einer seiner Männer in der Hand hielt. »Sieh gut hin, Leon«, meinte er und holte weit aus.

Unmittelbar darauf erklang ein dumpfes Krachen, als der Baseballschläger mit voller Wucht auf Dimitrijs Schläfe traf. Ein warmer Blutschwall spritzte in Leons Gesicht und untermalte das lähmende Entsetzen darin, während Victor wie im Rausch weiter auf den Kopf eindrosch, bis er nur noch einer breiigen Masse glich.

»Na sieh mal einer an«, sagte er außer Atem. »Ich hätte nicht gedacht, dass dieser verblödete Russe ein Gehirn hat.«

Alle außer Leon lachten.

Dann herrschte für einige Sekunden eine eisige Stille, in der nur ein leises Plätschern zu hören war, verursacht von Dimitrijs Blut, das auf die Fliesen tropfte und durch den Abfluss lief.

»Kommen wir nun zu dir, Leon.« Victor hielt ihm den blutigen Schläger unter die Nase, sodass Leon den kupferartigen Geruch daran riechen konnte. Haare und Fleischfetzen klebten daran. »Ich hoffe, du hast mir mehr zu sagen als dieses einfältige Stück Scheiße neben dir.«

Leon sah ängstlich zu ihm auf. In seinen Augen hatte sich eine Art von Gewissheit festgesetzt, die einer stillen Resignation gleichkam. Ganz gleich, was er sagte, am Ende würde er genauso tot sein wie Dimitrij. Nur dass Victor sich mit ihm mehr Zeit lassen würde, nur um ganz sicher zu gehen. Oder einfach nur, weil es ihm Spaß machte.

»Ehrlich, ich weiß nicht, wer dafür verantwortlich ist«, beteuerte er mit weinerlicher Stimme. »Glaub mir, ich habe nichts damit zu tun.«

»Na schön«, meinte Victor und grinste ihn an. »Ganz wie du willst.« Er holte aus und zertrümmerte Leons linke Kniescheibe. Sein Schrei hallte ohrenbetäubend von den fensterlosen Wänden zurück. »Und wie sieht es jetzt aus?«

»Bitte«, flehte Leon mit schmerzverzerrter Miene. »So glaubt mir doch, ich bin unschuldig.«

»Ich kann dich nicht verstehen«, höhnte Victor.

Mit lautem Krachen gab das rechte Knie nach.

»Wir können gerne noch eine Weile so weitermachen«, kämpfte Victors Stimme gegen die Schreie an. »Ich habe jede Menge Zeit, um dein Gedächtnis auf Vordermann zu bringen.«

»Victor«, ging Marius zaghaft dazwischen. »Ich denke, er sagt die Wahrheit.«

»Ach ja?« Victors hasserfüllter Blick wechselte zu Marius, sodass der Hüne unwillkürlich zusammenzuckte. »Willst du mir sagen, wie ich meine Verhöre zu führen habe? Bist du etwa auch der Meinung, dass ich meine Probleme nicht allein bewältigen kann?«

»Nein ... natürlich nicht«, zog sich Marius zurück und betrachtete unsicher die anderen.

»Gut, dann halt dich besser raus, sonst mache ich mit *dir* weiter!« Victor holte zu einem weiteren Schlag aus.

Es dauerte noch knapp zwanzig Minuten, bis Leon Gabreas Schreie endgültig verstummten.

Nachdem Marius und die anderen die beiden Leichen vorerst im Kühlraum verstaut und den Panikraum gesäubert hatten, gingen sie im Flur entlang auf die Kellertreppe zu, die zu den oberen Räumen führte.

»Der Boss war ja heute wieder gut drauf«, feixte einer

der beiden Männer, die sich vor Marius durch den Gang bewegten.

»Hast du gesehen, wie dem Russen der Schädel aufgeplatzt ist?«, erwiderte der andere. »Ich dachte schon, wir dürfen sein Hirn auch von der Decke abkratzen.«

Beide lachten.

»Geht schon mal hoch«, rief Marius den beiden zu. »Ich muss mal aufs Klo.« Ohne eine Reaktion abzuwarten, verschwand er in einer der Türen auf der rechten Seite des Ganges. Er verharrte einen Moment, bis die Stimmen der beiden anderen sich entfernt hatten. Dann riss er den Klodeckel hoch und übergab sich. Es dauerte gut eine Minute, bis sich sein Magen beruhigt hatte und er sich erschöpft gegen die Wand sinken ließ. Er schloss die Augen und zählte in Gedanken seine Atemzüge. Eine Übung, die er sich über die Jahre angeeignet hatte und die er immer dann anwendete, wenn ihm wie jetzt die Kontrolle zu entgleiten drohte. Auf was hatte er sich da verdammt nochmal eingelassen? Diese Sache schien ihm über den Kopf zu wachsen. Langsam wusste er nicht mehr, auf wessen Seite er stand, kam sich vor wie ein Mann ohne Heimat. Er konnte das, was er gerade tatenlos mit angesehen hatte, noch immer nicht fassen. Die Bilder in seinem Kopf würden ihn noch lange verfolgen, ebenso wie die, die sich seit Jahren in seinem Kopf festgesetzt hatten und von denen er anfänglich geglaubt hatte, er könne sie einfach ausblenden. Dabei hatte vor einigen Jahren alles relativ harmlos für ihn begonnen. Ein paar Botengänge hier, ein paar Einbrüche dort ... Er hatte wie die meisten als sogenannte Ameise angefangen, hatte im Auftrag der Organisation Autos gestohlen und Nutzfahrzeuge. Meist in den Grenzgebieten, die eine schnelle Flucht ermöglichten. Schnelles Geld, das ihn geblendet hatte und ihm ein Leben ermöglichte, zu dem er sonst keine Chance gehabt hätte. Letztendlich kam niemand dabei zu schaden, jedenfalls nicht körperlich. Dementsprechend groß war sein Ehrgeiz gewesen, was man mit einem schnellen Aufstieg belohnte. Es dauerte nicht lange, und man stellte ein größeres Gebiet unter seine Verantwortung. Zunächst schleuste er nur Diebesgut über die Grenzen, später auch Menschen. Billiglohnkräfte. Aber vor allem junge naive Frauen, denen man ein besseres Leben im Westen versprach und die dann zur Prostitution gezwungen wurden. Man pferchte sie in Kellern ein, brach ihren Willen, indem man sie drogenabhängig machte. Dann wurden sie »eingeritten«, wie seine Leute es nannten. Er selbst hatte das ein paarmal getan, um vor seinen Männern als echter Kerl dazustehen. Als Vorbild. Doch es hatte ihn angewidert und ihm zum ersten Mal gezeigt, dass er einen Weg eingeschlagen hatte, für den er nicht geeignet war. Einige der Mädchen starben durch die Drogen, wurden entsorgt wie Abfall. Und die, die überlebten, wünschten sich in den meisten Fällen, sie wären ebenfalls tot. Marius war es zunehmend schwerer gefallen, vor seinen Leuten den harten Kerl zu geben, der er im Grunde nicht war. Zwar durfte er diese Schwäche nicht nach außen dringen lassen, doch ließ sich dies auf Dauer nicht vermeiden. Er wurde immer verschlossener, fühlte sich zunehmend dieser Hilflosigkeit ausgesetzt, die ihn dazu zwang, *nicht* einzugreifen, es *nicht* zu verhindern. So wie an diesem Abend. Wie so oft zuvor hatte er keine andere Wahl gehabt. Hätte er sich eingemischt, wäre er jetzt vermutlich ebenso tot wie die beiden Kerle in Victors Keller. Er hatte sich in der Zeit seiner Grenztätigkeiten Kenntnisse in den Sprachen Deutsch und Englisch angeeignet, weshalb man ihn zur Verstärkung hierher entsandt hatte. Inoffiziell war man vermutlich eher der Auffassung, ihm unter Victors harter Hand seine Schwächen austreiben zu können. Ebenso wie bei den jungen Frauen, wollte man auch ihn auf diese Weise gefügiger machen und ihm seine Zweifel austreiben. Doch hatten sie ihm damit unbewusst die Chance des Ausstiegs eröffnet. Und nun Bestand für ihn die Hoffnung, dass diese Grausamkeiten bald vorbei sein würden. Die Organisation schickte einen ihrer mächtigsten Mitglieder hierher, von denen er wusste. Dragan. Der Name war unter den Männern ebenso gefürchtet wie geachtet. Es hieß, er wäre der Handlanger vom großen Boss, den niemand kannte. Er musste diese Neuigkeit daher dringend weiterleiten. Doch das wurde zunehmend schwieriger. Victor hatte ihnen ein striktes Handyverbot erteilt, aus Angst vor Abhörung und Überwachung. Seit die Morde begonnen hatten, wurde er zunehmend paranoider. Und das Auto vor dem Haus machte es noch schlimmer. Aber sofern die Kerle darin tatsächlich Polizisten waren, könnten sie ihm von Nutzen sein.

Er stand auf, ging zum Waschbecken und spülte sich den Mund aus. Anschließend betrachtete er sein blasses Spiegelbild, das ihm zunehmend fremder erschien. Er atmete tief durch und wischte sich mit einem Papiertuch den Mund ab. Anschließend verließ er die Toilette und ging die Treppe hinauf zu den anderen.

25

An diesem Freitagmorgen war Rainer Klemens früh auf den Weg in die Redaktion. Er konnte getrost behaupten, schon bessere Nächte gehabt zu haben. Einer seiner Reporter war entführt worden, und es war davon auszugehen, dass er dies nicht unbeschadet überstehen würde. Er gab sich eine gewisse Mitschuld daran, denn er hätte diesem Artikel niemals zustimmen dürfen. Nicht auf diese provokante Art. Es war ein Spiel mit dem Feuer gewesen, und dieses Feuer hatte sie nun überrannt. Immer wieder war er in dieser Nacht aus dem Schlaf aufgeschreckt. Gegen fünf Uhr am Morgen hatte er schließlich aufgegeben und seine Frau alleine im Bett zurückgelassen. Die Redaktion schien ihm im Moment der geeignetere Ort zu sein, gegen seine Unruhe und seine Schuldgefühle anzukämpfen, auch wenn er heute vermutlich der Erste dort sein würde. Womöglich gab es bereits Neuigkeiten und jemand hatte aufgrund ihres Aufrufs entscheidende Hinweise geben können. Den schlimmsten Fall versuchte sein Gewissen sich gar nicht erst auszumalen. Denn die Wahrscheinlichkeit lag durchaus hoch, dass er am heutigen Tage einen Artikel über den Tod eines Mitarbeiters verfassen musste. Daher verdrängte er diese Variante, solange noch keine Gewissheit darüber bestand.

Die breite Straße im Industriegebiet wirkte an einem Samstagmorgen um diese frühe Zeit befremdlich leer. Es hatte etwas Beklemmendes, als er sich den dunklen Konturen des Redaktionsgebäudes näherte, das an dieser Stelle die benachbarten Bauten deutlich überragte. Klemens hielt die Chipkarte bereit, die er für die elektronische Schranke benötigte. Als er in die Zufahrt steuerte, deren tunnelartiger Verlauf durch das Hauptgebäude in den geräumigen Innenhof des Komplexes führte, senkte sich lautlos das Fahrerfenster, und er führte die Karte in das Lesegerät des

Terminals ein. Kurz darauf fuhr die Schranke wie gewohnt nach oben ... und Klemens traute seinen Augen nicht. Die Chipkarte glitt aus seinen zitternden Fingern und fiel zu Boden, während er wie paralysiert auf die Schranke vor sich sah. Denn was dort im Scheinwerferlicht seines Autos auftauchte, ließ ihn vor Entsetzen erstarren.

26

Als der Anruf kam, war Chris bereits wach. Er saß in der Küche von Rebeccas Wohnung und trank seine zweite Tasse Kaffee. Er hatte das Präsidium am Vorabend erst nach dreiundzwanzig Uhr verlassen. Dennoch wollte er nach diesem Tag nicht alleine sein. Der Schlüssel zu Rebeccas Wohnung kam ihm daher sehr gelegen. Er hatte sich leise in ihr Schlafzimmer geschlichen, sich an ihren schlafenden Körper geschmiegt und ihre Wärme gespürt. Dieses Gefühl von Nähe hatte nach diesem Tag etwas Reinigendes für ihn. Sofort waren seine Gedanken zur Ruhe gekommen, und keine fünf Minuten später war er eingeschlafen. Doch der Albtraum, der ihn quälte, beendete diese kurze Phase der Erholung viel zu früh. Selbst Minuten, nachdem er aufgeschreckt war, hatte er noch immer das Bild von Bondeks verstümmelter Leiche vor Augen, das sein Unterbewusstsein in ihm heraufbeschworen hatte. Einen kurzen Moment lang war er sich nicht klar, ob es wirklich nur ein Traum oder eine Vorsehung gewesen war. Zwar glaubte er nicht an derlei Dinge, doch hinterließ dieses Bild einen seltsamen Druck in seiner Brust, der ihn zwang, das Bett zu verlassen. Er war in die Küche gegangen, hatte Kaffee aufgesetzt und Zerstreuung in ein paar Zeitschriften gesucht. Um kurz nach sieben stieß Rebecca zu ihm in die Küche.

»Guten Morgen«, meinte sie mit belegter Stimme und betrachtete ihn überrascht. »Ich habe dich gar nicht kommen hören.«

»Du hast ja auch geschlafen wie eine Tote«, erwiderte Chris lächelnd, bevor ihm bewusst wurde, dass dieser Vergleich in der momentanen Situation nicht sehr angemessen war.

»Ich bin gestern früh ins Bett«, meinte Rebecca. »Wollte mal ausschlafen. Wann bist du gekommen?«

»Ziemlich spät. Ich wollte dich nicht wecken. Kaffee?«

»Gerne.« Sie gähnte und strich ihr krauses Haar nach hinten.

Chris reichte ihr eine Tasse. »Hast du heute keinen Dienst?«

Sie nahm einen Schluck, bevor sie antwortete. »Jens und ich haben heute die Nachtschicht. An einen freien Tag ist im Moment nicht zu denken.« Sie küsste ihn sanft auf die Wange. »Wie lief es bei euch? Hat die Fahndung nach dem Reporter noch irgendetwas ergeben?«

Chris blickte zu Boden und schüttelte den Kopf. »Die einzige Spur, die wir haben, ist der ausgebrannte Kastenwagen. Und diese Spur endet im Nichts.«

»Das tut mir leid. Wenn ich dir irgendwie helfen kann.«

»Sei einfach da«, sagte Chris.

Sie stellte die Tasse ab und umarmte ihn. »Jederzeit, hörst du?«

Er erwiderte ihre Umarmung, als sein Handy klingelte. Nach dem Erwachen hatte er es sofort auf Nachrichten überprüft und es vorsorglich auf den Küchentisch gelegt. Doch nun Betrachtete er es erschrocken wie etwas Unheilvolles und bewegte sich nur zögerlich darauf zu. Erst kurz bevor sich die Mailbox einschaltete, betätigte er die Annahmetaste. Und als Rokkos Stimme in seinem Ohr erklang, die ihm mitteilte, dass man Bondek gefunden habe, schloss Chris die Augen.

Kurz darauf erreichte er das Präsidium, wo die meisten Mitglieder der Mordkommission Mittelalter bereits versammelt waren.

»Was wisst ihr?«, fragte er Rokko, der mit den anderen im Konferenzraum stand.

Rokko zuckte mit den Schultern. »Bis jetzt nicht viel. Aber das Opfer ...« Er hielt einen Moment inne, bevor er sich verbesserte. »Bondek ist am Leben.«

Chris ließ sich seine Erleichterung über diese Nachricht anmerken.

Rokko reichte ihm einige zusammengeheftete Ausdrucke, auf denen in Kurzform die Ereignisse dokumentiert waren. »Aufgrund dessen, was in dem vorläufigen Bericht steht, sind die nicht gerade zimperlich mit ihm umgegangen. Deckert wird uns gleich Genaueres dazu sagen.«

»Deckert?«

»Ja, er war bereits hier, als die ersten Informationen eintrafen«, erklärte Rokko. »Er hat sich hier mittlerweile häuslich eingerichtet.«

Chris sah sich um und entdeckte seinen Vorgesetzten, der vor dem Tisch neben der heruntergelassenen Leinwand stand und an einem Laptop hantierte. Er wirkte müde und erschöpft. Unter seinen Augen hatten sich dunkle Ringe gebildet. Kurz darauf blickte Deckert in die Runde und räusperte sich, worauf das Raunen verstummte.

»Ich weiß, es sind noch nicht alle eingetroffen«, sagte er, »aber Sie können die Kollegen ja hinterher über die Ereignisse informieren.« Deckert trat vor die Leinwand. Chris konnte ihm trotz seiner Erschöpfung anmerken, wie angespannt er war. Vermutlich setzte ihn die Staatsanwaltschaft gehörig unter Druck.

»Heute Morgen, gegen 6:00 Uhr, rückten aufgrund eines Notrufs zwei Streifenwagen zum Redaktionsgebäude des Rhein-Anzeigers aus«, sagte Deckert. »Als sie dort eintrafen, waren Krankenwagen und Notarzt bereits vor Ort. Der Anblick, der sich den Einsatzkräften dort bot, war erschütternd. Ich werde Ihnen jetzt die Fotos zeigen, die uns von den Kollegen vor etwa zwanzig Minuten per Mail übermittelt worden sind. Wir haben diese Aufnahmen dem Chefredakteur der Zeitung zu verdanken, der trotz seines Schocks so geistesgegenwärtig war, mit seinem Handy Fotos zu machen, bevor er Erste-Hilfe-Maßnahmen eingeleitet und den Notarzt verständigt hat.« Er nickte dem Beamten an der Tür zu, der daraufhin einen Schalter betätigte, wodurch die Rollos der vorderen Fenster gesenkt wurden. Nachdem Deckert eine Taste des Laptops gedrückt hatte, wurde mithilfe des Beamers an der Decke ein Bild auf die

Leinwand projiziert. Augenblicklich erklang wieder ein Raunen. Alle starrten auf die Leinwand und Chris hatte plötzlich das Gefühl, dass etwas in ihm haltlos in die Tiefe stürzte.

Das Bild zeigte die Einfahrt der Redaktion, die sich wie ein kurzer Tunnel durch das Gebäude in den Innenhof des Komplexes zog. Am oberen Rand konnte man Teile des beleuchteten Schriftzugs der Zeitung erkennen. Vor der Zufahrt befand sich eine Schrankenanlage. Der Fallbaum war zweigeteilt und hatte sich beim Öffnen in einem Winkel von 90° abgeknickt. An dem oberen Teil, der waagerecht in der Luft stand, hing Bondeks regloser Körper, der von der Schranke nach oben gezogen worden war. Seine Arme waren an den Schrankenbaum gefesselt und er war nur mit einer Unterhose bekleidet. Um seine Taille herum war etwas angebracht, das auf entfernte Weise Ähnlichkeit mit dem Titelgürtel eines Boxers hatte. Nur das dieser massiver und an den Seiten mit schweren Schrauben fixiert war. Rinnsale aus getrocknetem Blut waren darunter zu erkennen. Auch fiel sofort die unnatürliche Stellung seiner Arme auf, deren Schultergelenke unnatürlich stark unter der Haut hervorstanden. Sein Kopf hing seitlich herab. Im ersten Moment wirkte dieser verstörende Anblick wie das antike Abbild eines Gekreuzigten.

Das Bild wechselte und zeigte eine Aufnahme aus unmittelbarer Nähe, sodass Bondeks Oberkörper die Leinwand ausfüllte. Sofort fielen die gewölbten Wangen in Bondeks Gesicht auf. Offensichtlich befand sich etwas in seinem Mund. Seine Lippen wirken geschwollen und waren an mehreren Stellen von etwas Hellem durchzogen. Auf seiner Stirn konnte man ein mit Blut gemaltes Kreuz erkennen.

Chris' Augen weiteten sich bei dem Anblick. *Mein Gott, sie haben ihm den Mund zugenäht.* Er atmete tief durch, als die Leinwand erlosch und Rollos an den Fenstern sich öffneten. Doch das trübe Licht des anbrechenden Tages vermochte den Schrecken in dem Raum nicht zu verscheuchen. Er lag noch immer stumm auf den Gesichtern der Ermittler.

Deckerts Räuspern durchbrach die Stille. »Ich möchte hier nicht näher auf die Misshandlungen des Opfers eingehen«, sagte er betroffen. »Entscheidend ist, dass er überlebt hat. Das macht ihn zu einem wertvollen Zeugen für uns. Der Mann wird im Moment umfassend medizinisch versorgt. Er ist zwar noch nicht ansprechbar, befindet sich aber in einem stabilen Zustand. Wie mir der zuständige Arzt mitgeteilt hat, stand das Opfer massiv unter Drogen, was bei der Art der Verletzungen sicher von Vorteil für ihn war. Wir können davon ausgehen, dass es sich um eine Form der Bestrafung handelt, deren Grund in dem Artikel zu sehen ist, den das Opfer zu dem Fall verfasst hat. Da seine Verletzungen nicht lebensbedrohlich sind, ist mit einer baldigen Vernehmungsfähigkeit zu rechnen. Wir stehen in ständigem Kontakt mit dem Krankenhaus, in dem der Mann untergebracht ist. Soweit die Zusammenfassung. Einzelheiten entnehmen Sie bitte den Ihnen ausgehändigten Informationsblättern. Ich muss sicher nicht betonen, dass ich in dieser Angelegenheit nur Ihr Bestes erwarte, damit diese Grausamkeiten schnellstens ein Ende finden. Vielen Dank.« Ohne ein weiteres Wort wandte Deckert sich ab und verließ den Raum.

»Wir sollten Klose kontaktieren«, sagte Rokko, der sich erstaunlich gefasst gab. »Er kann uns sicher mehr zu der Art und Weise dieser Bestrafung sagen. Diese sadistische Perversität fällt mehr in sein Fachgebiet.«

Chris reagierte nicht auf Rokkos Worte. Wie betäubt waren seine Augen auf die Papiere in seiner Hand gerichtet, während er hektisch den Text überflogen. »Diese verdammten Schweine«, entfuhr es ihm geschockt. »Sie haben ihm Fäkalien in den Mund gestopft, bevor sie ihn zugenäht haben.«

»Ja«, bestätigte Rokko. »Außerdem waren beide Schultergelenke ausgerenkt. Dazu noch mehrere Verletzungen am Bauch und im Lendenbereich, leichte Verbrennungen an der Brust und einige Hämatome, die aber durch den Aufprall des Autos verursacht wurden.«

»Und das alles nur, um ihn bloßzustellen. Was sind das nur für Bestien?«

»Ich denke nicht, dass diese Leute nur darauf zu reduzieren sind«, meinte Rokko.

Chris sah entrüstet von den Unterlagen auf. »Gehörst du jetzt etwa auch zu deren Befürwortern?«

»Sicher nicht, und das weißt du«, erwiderte Rokko erbost. »Aber ich kann die Ansicht der Leute durchaus verstehen. Sie fühlen sich von uns im Stich gelassen, denn wir greifen immer erst dann ein, wenn etwas passiert ist. Und das oftmals ohne Erfolg, da uns in vielen Fällen die Hände gebunden sind. Diese Kerle dagegen ...«

»Sind skrupellose Mörder«, fiel Chris ihm ins Wort.

Rokko seufzte. »Ich will damit nur sagen, dass es nicht die reine Mordlust ist, die diese Leute antreibt. Sonst wäre dein Freund wohl kaum noch am Leben. Sie gehen sehr überlegt und methodisch vor. Und sie gehen erhebliche Risiken ein, schon allein, weil sie Bondek am Leben gelassen haben. Sie folgen konsequent ihrem Ziel.« Rokko tippte mit dem Zeigefinger energisch auf die Unterlagen in Chris' Hand. »Und dieses Ziel heißt Abschreckung. Daher waren sie durch Bondeks Artikel zum Handeln gezwungen. Sie mussten der Öffentlichkeit beweisen, dass sie sich so etwas nicht bieten lassen. Dazu mussten sie Bondek jedoch nicht umbringen.«

»Sondern maßregeln«, ergänzte Chris.

Rokko nickte. »Vermutlich auf eine Art, wie man es im Mittelalter getan hätte.«

Chris seufzte. »Na schön«, gab er nach. »Ruf Klose an. Wenn er schon so scharf darauf ist, unser Berater zu sein, dann soll er sich auch nützlich machen und seinen Arsch hierher bewegen.«

27

»Erstaunlich«, meinte Klose etwa eine Stunde später vor der Magnetwand in Chris' Büro und betrachtete fasziniert die beiden Aufnahmen von Bondeks Fundort.

»Was ist denn mal wieder so erstaunlich?«, fragte Chris, den Kloses intellektuelles Versteckspiel zu nerven begann.

»Die Konsequenz, mit der die Täter ihr Rollenspiel betreiben«, erwiderte Klose. »Das ist beachtlich. Sie scheinen sich mit dem Thema ausführlich beschäftigt zu haben.«

»Tja«, meinte Chris bissig, »möglicherweise handelt es sich bei einem von denen ja um einen Kollegen von Ihnen, der genauso fanatisch auf diesen ganzen Bullshit ist.«

Klose hielt seinen Blick weiterhin auf die Aufnahmen gerichtet. »Ein derartiges Wissen kann man sich auch über Bücher oder das Internet aneignen. Dazu muss man kein Geschichtsexperte sein.«

»Und wofür brauchen wir Sie dann?«

Klose lenkte seinen Blick auf Chris. »Ich bin hier, um ihnen die Zeit für aufwendige Recherchen zu ersparen. Und da ich Experte auf diesem Gebiet bin, dürfen Sie mir eine gewisse Faszination für diese Art der Vorgehensweise nicht verübeln. Normalerweise beschäftige ich mich ausschließlich mit der Vergangenheit.«

Chris betrachtete ihn finster. »Bitte entschuldigen Sie, dass ich Ihre Begeisterung nicht teile, denn es ist ein Mensch, der da quasi ans Kreuz genagelt wurde.«

»Sie irren sich mal wieder«, meinte Klose nüchtern. »Was Sie auf diesen Bildern sehen, hat nicht das Geringste mit einer Kreuzigung zu tun. Diese antike Art der Hinrichtung wurde noch zu Zeiten des Römischen Reiches abgeschafft und im Mittelalter durch das Rädern ersetzt, das, wie wir alle wissen, nicht weniger qualvoll war.«

»Himmel nochmal«, brauste Chris auf. »Haben Sie eigentlich kein bisschen Mitgefühl? Wir sind hier nicht auf einer Ihrer Vorlesungen, sondern wir reden hier von realen Menschen und realen Qualen.«

Klose gab sich leicht irritiert. »Der Holocaust war auch real, Herr Kommissar. Wenn darüber in Schulen gelehrt wird, finden Sie das dann auch unangemessen?«

»Herrgott! Sie wissen genau, was ich meine!«

»Nein, Herr Kommissar. Ehrlich gesagt fische ich mal wieder im Trüben, was sie betrifft.«

»Wisst ihr was?«, fauchte Rokko und sprang wütend von seinem Stuhl auf. »Ihr beiden könnt das gerne unter euch austragen. Mir geht euer Gezicke jedenfalls mächtig auf die Nerven! Wenn ihr zu einer Einigung gekommen seid, lasst es mich wissen. Bis es so weit ist, gehe ich in die Kantine frühstücken!« Er schlug im Hinausgehen geräuschvoll die Tür zu.

Betretenes Schweigen.

Es verstrich einige Zeit, bis Chris sich schwerfällig auf Rokkos Stuhl niederließ. »Ich denke, wir sind alle etwas angespannt«, startete er den Versuch einer Entschuldigung und rieb sich erschöpft die Augen. »Fahren Sie fort, Herr Professor.«

Klose nahm die beiden Fotos von der Wand und legte sie vor Chris auf den Schreibtisch. Anschließend schob er einen Stuhl neben den von Chris und setzte sich. »Das Verfahren, welches wir hier sehen«, sagte er und deutete auf die Aufnahmen, »wurde im Mittelalter als Pranger bezeichnet. Der Zweck war eine öffentliche Demütigung. Dazu wurde der Verurteilte auf einem öffentlichen Platz an einen Pfahl oder eine Säule gebunden. Weitverbreitet waren auch der Schandkorb, eine Art Käfig, und der Holzblock, mit Aussparungen für Hände und Kopf des Verurteilten. Der Pranger diente zur Vollstreckung von Ehrenstrafen, durch die das gesellschaftliche Ansehen des Verurteilten zerstört werden sollte.«

Chris schüttelte erschöpft den Kopf. »Ich fange an mich zu fragen, was die Menschen an dieser Epoche so interessant finden.«

»Jedes Zeitalter hat seine Grausamkeiten«, sagte Klose nüchtern. »Kriege, Verfolgung, Massenvernichtung ... die Liste ließe sich beliebig erweitern. Doch nur weil der weiße Mann das Volk der Indianer vertrieben und abgeschlachtet hat, verliert dieser Zeitabschnitt nichts von seiner Faszination des Ursprünglichen. Und genau das sehen die Menschen von heute auch in der Zeit des Mittelalters. Sicher wird auch vieles romantisiert, aber vielleicht sehnt sich manch einer auch wieder nach härteren Strafen und mehr Gottesfürchtigkeit. Dabei ist vielen gar nicht bewusst, dass etliche der damaligen Praktiken auch heute noch Bestand haben, nur in modernerer Form und unter einer anderen Bezeichnung. Das Prinzip des Prangers, also die öffentliche Demütigung, findet heute mehr oder weniger in den Medien und auf virtueller Ebene statt. Nur dass man es heute Unterhaltung oder Mobbing nennt. Allerdings werden diese Praktiken heute nicht mehr durch eine Rechtsprechung verhängt, sondern können im Prinzip jeden treffen. Speziell das Internet eröffnet uns heutzutage ein Stück dieser Ursprünglichkeit, in der man sich scheinbar alles erlauben darf. Es hat einen weltweiten Wirkungskreis und kann nahezu jeden Menschen in jedem Alter zum Gespött machen. Und nun frage ich Sie: Welches Zeitalter ist das schlimmere?«

»Ich weiß sehr gut, worauf Sie hinauswollen«, gestand Chris, »aber genau aus diesem Grund sollten Sie nicht so tun, als ginge Sie das alles nichts an.«

Klose lehnte sich zurück. »Ich war schon immer ein sehr pragmatischer Mensch, Herr Kommissar. Mag sein, dass diese Eigenschaft in all den Jahren, in denen ich gelehrt habe, ausgeufert ist. Das bedeutet aber keineswegs, dass mich solche Dinge kalt lassen. Ich habe wohl nur die Fähigkeit verloren, solche Gefühle nach außen zu tragen. Wenn sie sich ihr Leben lang mit der Vergangenheit beschäftigt haben, verlieren sie irgendwann den Bezug zur Gegenwart.«

»Vielleicht könnten Sie mich besser verstehen, wenn sie

sehen würden, mit welcher Gegenwart ich mich die meiste Zeit beschäftigen muss.«

»Ich dachte, das tue ich gerade.«

»Nein, sie sehen nur die nüchternen Fakten, das Resultat. Ich muss die Motive hinterfragen und mich mit den Folgen beschäftigen. Das ist mitunter sehr zermürbend.«

»Womöglich lassen Sie solche Dinge zu nahe an sich heran. Sie sollten mehr Abstand gewinnen.«

Chris sah auf die Uhr. »Heute ist Freitag, nicht wahr?«

Klose nickte irritiert.

»Kommen Sie«, sagte Chris und erhob sich. »Ich möchte Ihnen jemanden vorstellen.«

Die Fahrt dauerte nur wenige Minuten. Chris stoppte den Wagen am Ende der langgezogenen Straße, etwas abseits des Parkplatzes, der zum gegenüberliegenden Friedhof der Stadt gehörte.

Klose sah sich verwundert um. »Ein merkwürdiger Ort, um mir jemanden vorzustellen. Was wollen wir hier?«

»Ich will Ihnen zeigen, dass es nicht immer möglich ist, solche Dinge auszublenden.« Erneut sah Chris auf die Uhr. »Wir warten«, sagte er knapp.

Knapp zwanzig Minuten später bog ein Wagen in die Straße ein und steuerte den Parkplatz an. Ein Mann stieg aus, Mitte fünfzig, schlanke Statur, dunkle Jeans und Jackett. Er öffnete das Heck des umgebauten Vans, der über eine elektrische Rampe verfügte. Kurz darauf schob er eine blasse, reglose Frau in einem Rollstuhl über die Straße in Richtung des Friedhofs.

»Das sind Peter Bernardi und seine Tochter Simone«, erklärte Chris. »Zusammen mit seiner Frau Doris waren sie bis vor zwei Jahren noch eine gesunde und glückliche Familie. Die Bernardis besaßen ein millionenschweres Internetunternehmen und führten ein erfülltes Leben.«

Klose betrachtete die beiden eingehender. »Was ist passiert?«

Chris atmete durch. »Es sind nicht die Folgen eines

selbstverschuldeten Unfalls, die sie dort sehen. Es ist das Resultat einer Entführung. Simone Bernardi war damals siebzehn Jahre alt und stand kurz vor ihrem Abitur. Sie wurde auf dem Nachhauseweg von mehreren maskierten Männern auf einer öffentlichen Straße in einen Kleintransporter gezerrt. Dennoch gelang es den Tätern, unerkannt mit ihr zu entkommen.«

Klose nickte. »Ich erinnere mich vage an den Fall. Ich habe damals in der Zeitung darüber gelesen, es aber nicht weiter verfolgt. Wie Sie wissen, interessiere ich mich mehr für die Vergangenheit.«

»Wie auch immer«, überging Chris diese Anmerkung, »noch am selben Tag ging bei den Bernardis eine Lösegeldforderung ein. Gleichzeitig drohten die Täter, sie würden die Tochter qualvoll sterben lassen, wenn sie die Polizei einschalten. Sie untermauerten ihre Drohung, indem sie dem Erpresserbrief das blutverkrustete Lippenpiercing der Tochter beilegten. Natürlich war Bernardi bereit, das Geld zu zahlen. Die Täter wiesen ihn an, zu einer bestimmten Tageszeit eine gewisse Autobahnstrecke entlangzufahren. An einer gut sichtbar markierten Stelle sollte er die Tasche mit dem Geld aus dem fahrenden Auto werfen, was er auch tat. Doch danach meldeten sich die Täter nicht mehr. In der folgenden Nacht fand ein Autofahrer Simone Bernardi auf einem kleinen Rastplatz in der Nähe von Frankfurt, wo die Täter sie einfach abgelegt hatten. Was genau sich in den Stunden dazwischen abgespielt hat, können wir nur vermuten. Der Körper von Simone Bernardi wies speziell am Kopf schwere Hämatome auf, was auf zahlreiche Schläge oder Tritte hindeutet. Wir gehen davon aus, dass sich Simone, die als sehr temperamentvoll und eigensinnig beschrieben wurde, massiv zur Wehr gesetzt hat. Eventuell hat sie sogar einen Fluchtversuch unternommen, weshalb die Täter sie mit Gewalt ruhigstellen wollten. Dabei fügten sie ihr massive Verletzungen zu, die zu einer Gehirnblutung führten. Seitdem ist sie ein Pflegefall und nicht mehr ansprechbar.« Chris rieb sich die Schläfe, hinter der sich ein unangenehmer Druck aufbaute. »Ich habe mir die Akte immer wieder durchgelesen und mich mit Bernardi unterhalten. Wir sind alles wieder und wieder durchgegangen, haben sein persönliches Umfeld auf den Kopf gestellt und überprüft. Dennoch konnten die Täter bis heute nicht ermittelt werden.«

»Sie geben sich doch nicht etwa die Schuld dafür«, sagte Klose.

»Ich habe damals mein Möglichstes getan und kann mir nichts vorwerfen, zumal Bernardi sich erst im Nachhinein an uns gewandt hat. Dennoch lässt es mich nicht los. Drei Zeugen haben gesehen, wie Simone Bernardi in das Auto gezerrt wurde. Doch sie hielten es erst für nötig, sich bei uns zu melden, nachdem sie von der Entführung in den Medien erfahren hatten. Zwei davon haben den Vorfall kaum mitbekommen, weil sie zu sehr damit beschäftigt waren, auf ihre Handys zu starren. Und der Dritte konnte sich kaum noch an Einzelheiten erinnern. Er hat dem Vorfall nicht einmal besondere Beachtung geschenkt. Es ist nicht einfach, diese Dinge nicht zu nah an sich heranzulassen, wenn man mitten in einer Gesellschaft lebt, die solche Geschehnisse einfach ausblendet. Daher tragen wir alle eine gewisse Mitschuld daran, weil wir viel zu oft wegsehen.«

Klose beobachtete stumm, wie Bernardi mit seiner Tochter hinter der Friedhofsmauer verschwand. »Wen besuchen die beiden?«

Chris seufzte. »Die Mutter von Simone Bernardi. Aufgrund des aussichtslosen Zustandes ihrer Tochter ist sie in tiefe Depressionen gefallen und hat sich sechs Monate nach der Entführung an einem Freitagmittag das Leben genommen. Seitdem kommen die beiden jede Woche um die gleiche Zeit hierher.«

Nachdenklich schwenkte Kloses Blick zurück zu dem Friedhofstor. »Ich sagte Ihnen ja, Ihre Welt ist grausamer als meine.«

»Damit könnten Sie sogar recht haben.«

Chris' Handy klingelte. Es war Rokko.

»Wir sind auf dem Weg«, bestätigte Chris kurz darauf und beendete die Verbindung. »Bondek ist aufgewacht«, erklärte er Klose, während er den Motor startete. »Und er will mich sprechen.«

28

Chris und Klose gingen den langen Flur des Krankenhauses entlang, vorbei an Pflegern und Patienten, denen sie vereinzelt begegneten. Bondeks Zimmer befand sich im hinteren Drittel. Chris klopfte an, bevor er die Tür öffnete.

Bondek lag auf dem einzigen Bett im Zimmer. Er hatte beide Schultern bandagiert, und seine Lippen waren stark angeschwollen, was ihm einen grotesken Anblick verlieh, der durch die Wunden der Einstichstellen noch verstärkt wurde.

»Sie sehen beschissen aus«, sagte Chris und betonte das Wort in Anspielung auf das, was seine Peiniger ihm in den Mund gesteckt hatten.

Bondek blickte genervt zu ihm auf. »Und Sie werden hoffentlich verstehen, dass ich nicht über Ihre blöden Witze lachen kann«, nuschelte er durch seine geschwollenen Lippen. »Es würde ziemlich wehtun.«

»Sein Sie lieber froh, dass Ihnen nicht auch noch der Arsch anschwillt, denn eigentlich hätte ich allen Grund dazu, Ihnen kräftig in selbigen zu treten.«

Bondek verdrehte die Augen. »Ich hoffe, das war‘s jetzt mit der Moralpredigt. Da mir das Reden schwerfällt, werden Sie verstehen, dass ich meine Kraft nicht dazu verschwenden will, um mich zu rechtfertigen.« Seine Augen schwenkten auf den Mann neben Chris.

»Das ist Professor Rolf Klose«, stellt der ihn vor. »Er ist Experte für die Epoche des Mittelalters und berät uns in der Sache.«

Bondek nickte ihm zu. »Ich hoffe Sie verstehen, dass es mir im Moment schwerfällt, Ihnen die Hand zu reichen.«

»Natürlich«, sagte Klose. »Keine Umstände.«

»Die Droge hat mir immerhin erspart geistig anwesend zu sein, als man mir die Schultern wieder eingerenkt hat.«

Chris griff sich einen der beiden Stühle, die neben einem kleinen Besuchertisch standen, und setzte sich neben Bondeks Bett. »Aus beruflicher Sicht hoffe ich, dass Sie sich dennoch an irgendetwas aus Ihrer Gefangenschaft erinnern können.«

»Ich habe Sie nicht nur hierher gebeten, um mir Ihre Vorwürfe anzuhören.« Er stöhnte, als er sich aufrichtete. »Obwohl ich leider zugeben muss, dass ich es ziemlich bereue, nicht auf Sie gehört zu haben.«

»Ich hoffe es sind nicht nur die Schmerzen, die Sie zu dieser Einsicht bringen.«

»Immerhin habe ich recht behalten und diese Kerle damit aus der Reserve gelockt. Auch wenn es vielleicht nicht ganz nach Plan verlaufen ist«, kommentierte er Chris' vorwurfsvollen Blick.

»An was genau können Sie sich erinnern?«

»Von dem Unfall weiß ich nicht mehr viel. Da war diese SMS auf meinem Handy, während wir telefoniert haben. Dann habe ich nur noch rote Bremsleuchten vor Augen. Ich weiß noch, dass ich den Wagen von innen verriegelt habe, als diese vermummten Typen auf mich zukamen. Die haben keine Sekunde gezögert und die Scheibe eingeschlagen. Ich spürte noch eine Art Stromschlag, von da an ist das meiste verschwommen. Irgendwann habe ich Stimmen gehört. Ich glaube sie faselten etwas von einer Mission oder dergleichen.«

»Würden Sie diese Stimmen wiedererkennen?«

»Ich weiß nicht«, sagte Bondek und schüttelte den Kopf. »Meine Erinnerung daran ist sehr diffus. Selbst die Stimme von dem Kerl, der mit mir geredet hat, klang durch die Drogen nur verzerrt.«

»Was ist mit dem Ort, an dem Sie festgehalten wurden?«

»Es war sehr dunkel«, sagte Bondek. »Ich konnte nicht viel von dem Keller erkennen.«

»Ein Keller? Sind Sie sicher?«

»Es war eher ein Kellergewölbe, wie in einem Altbau. Da waren steinerne Pfeiler, die sich bis zur Decke wölbten. Und an der Seite standen Käfige mit Vögeln.«

»Käfige?«

Bondek nickte.

»Wie sahen sie aus?«

»Sie waren rechteckig mit mehreren Zellen. Ich würde schätzen etwa einen Meter lang und einen halben Meter hoch.«

Chris sah zu Klose. »Krähenfallen«, meinte er. »So wie sie einer der Anrufer im Wald gesehen haben will.« Er wandte sich wieder Bondek zu. »Erzählen Sie weiter.«

Bondek berichtete von den Folterungen und von dem, was die vermummte Gestalt ihm gesagt hatte.

»Das bestätigt den rechtsextremen Hintergrund der Taten«, sagte Chris nun wieder an Klose gerichtet. »Sie hatten recht.«

»Diese Typen sind aber nur die Handlanger für jemanden«, sagte Bondek. »Die Stimmen, die ich gehört habe, waren sehr erregt, so als hätten sie heftig gestritten. Ich bin mir fast sicher, dass da jemand mit meiner Entführung nicht ganz einverstanden war.«

»Und Sie konnten keine Gesichter erkennen?«

Bondek schüttelte den Kopf. »Diese Kerle trugen alle lange Gewänder mit Kapuzen. Und außerdem noch so seltsame Vogelmasken.«

Klose stöhnte auf. »Es handelt sich dabei nicht um ...«

»Halten Sie die Klappe«, fauchte Chris. »Fahren Sie fort«, wandte er sich wieder an Bondek.

»Wie dem auch sei«, meinte der, während er Klose mürrisch betrachtete. »An dem Kerl, der zu mir gesprochen hat, ist mir etwas aufgefallen, als ihm der Ärmel seiner Kutte nach hinten gerutscht ist. Ich konnte eine Tätowierung an der Unterseite seines rechten Armes erkennen.«

»Ein Symbol?«, fragte Chris.

»Nein, eine Zahl. 444.«

Klose wurde hellhörig. »Sind Sie sicher?«

»Ja«, meinte Bondek gereizt. »Ich hatte es quasi direkt vor meinen Augen, während der Kerl mich gefoltert hat.«

Chris ließ seine Augen argwöhnisch auf Klose ruhen.

»Ist das wieder ein Hinweis auf das Mittelalter?«

»Ich bin mir nicht sicher«, speiste Klose ihn nachdenklich ab.

»Was soll das heißen?«

»Das heißt, ich weiß es nicht.« Er war sichtlich beunruhigt. »Bitte entschuldigen Sie mich«, meinte er schließlich und verließ das Zimmer.

»He, was läuft hier?«, meldete sich Bondek wieder zu Wort. »Wollt ihr mich etwa außen vor lassen? Ohne mich hättet ihr diesen Hinweis nicht, und ich habe einen verdammt hohen Preis dafür gezahlt. Also behandeln Sie mich jetzt nicht, als wäre ich ein Außenstehender.«

»Beruhigen Sie sich«, sagte Chris. »Sobald ich selbst weiß, was hier los ist, werden Sie nicht zu kurz kommen.«

Bondek ließ erschöpft den Kopf in das Kissen seines Bettes sinken. »Sie haben ja keine Ahnung, was für ein Medienaufstand hier mittlerweile herrscht. Fernsehsender, Zeitungsreporter, Internetportale ... und jeder will der Erste sein.«

»Haben Sie sich deswegen einem solchen Risiko ausgesetzt? Um der Erste zu sein?«

»Ich wollte nur meine Arbeit machen«, erwiderte Bondek. »Heutzutage bedeutet Journalismus in den meisten Fällen nur noch, Pressemeldungen zu vervielfältigen. Niemand hinterfragt mehr irgendetwas. Damit kann ich mich nicht abfinden.«

»Werden Sie den Artikel schreiben, den diese Typen von Ihnen verlangen?«

»Natürlich werde ich über meine Gefangenschaft berichten. Und über deren wahre Motive.«

»Dann sind Sie letztendlich auch nur deren Handlanger. Denn genau das ist es, was diese Kerle wollen: Angst und Schrecken verbreiten.«

»Sie haben gut reden. Was habe ich denn sonst noch in der Sache? Ich bin an dieses verdammte Bett gefesselt und kann nicht mal an der Pressekonferenz heute Nachmittag teilnehmen. Ich hab meinen Arsch für diese Sache riskiert, und nun werden andere die Lorbeeren dafür ernten.«

Chris sprang auf. »Mein Gott, Sie sollten sich mal reden hören«, schrie er empört. »Sie verdammter Idiot können froh sein, dass Sie noch am Leben sind. Das sollte Ihnen mehr wert sein als ein paar Schlagzeilen, über die in einigen Tagen ohnehin kein Mensch mehr spricht.« Chris tippte sich wütend mit dem Zeigefinger auf die Brust. »Ich habe mir verdammt nochmal Sorgen um Sie gemacht! Denn letztendlich war ich es, der Sie in dieses Boot geholt hat, also trage ich auch eine gewisse Verantwortung für Sie. Und obwohl es mir im Grunde schwerfällt, das zu glauben, bin ich mir sicher, ich war nicht der Einzige, der Angst um Sie hatte. Aber wie es aussieht, war das wohl unnötig, denn Ihrem sturen Dickschädel kann offensichtlich nicht einmal solch ein Erlebnis etwas anhaben. Vielleicht hätten die Ärzte Ihre große Klappe besser zugelassen, dann müsste ich mir nicht Ihr selbstgefälliges Gequatsche anhören, denn ich habe wahrlich Besseres zu tun«, brüllte Chris noch, während er aufgebracht zur Tür schritt.

Betroffen starrte Bondek ihm hinterher und wollte noch etwas erwidern, doch Chris hatte den Raum bereits verlassen.

Klose stand vor einer Sitzgruppe und starrte aus dem Fenster, als Chris den Flur des Krankenhauses betrat. Er hatte ihn fast erreicht, als sein Handy klingelte. Das Gespräch dauerte knapp zwei Minuten. Anschließend wandte er sich an Klose, der noch immer reglos in die Landschaft blickte.

»Könnten Sie mir Ihr seltsames Verhalten da drin bitte erklären«, sagte Chris.

Klose machte keine Anstalten darauf zu reagieren.

»Was ist los mit Ihnen?«

»Nichts«, erwiderte Klose stoisch. »Ich ... ich muss nur über etwas nachdenken.«

»Prima, dann können Sie das auf dem Weg ins Präsidium tun, denn dort gibt es Neuigkeiten.«

29

Im Büro angekommen, warteten Rokko und Gerlach auf die beiden. Während Klose sich weiter schweigend im Hintergrund hielt, erläuterten Chris' Kollegen ihm die neusten Ermittlungsergebnisse.

»Erinnerst du dich noch an die Aussage von Nowaks Vergewaltigungsopfer?«, fragte Rokko.

»Lara Neuroth? Ja, natürlich.«

Rokko fuhr fort. »Wir haben mittlerweile mit ihrem damaligen Freund gesprochen, diesem Andreas Hastrich.«

»Und?«, fragte Chris gespannt.

»Lara Neuroth hat angegeben, dass er damals mit sehr zwielichtigen Typen verkehrt hat. Als wir ihn am Telefon darauf angesprochen haben, wurde er ziemlich redselig. Er sagte, bei diesen Leuten habe es sich um Mitglieder einer politischen Vereinigung namens Rechter Raum gehandelt. Da Hastrich schon damals politisch sehr engagiert war, hatte er zunächst nichts dagegen, dass diese Leute ihn umgarnten. Erst später will er erfahren haben, dass deren Programm verfassungswidrig war, und hat sich von deren Inhalten distanziert. Daraufhin habe man ihn verfolgt und sogar bedroht. Bereits zu dieser Zeit ermittelte der Verfassungsschutz gegen die Gruppierung. Mithilfe von Hastrichs Aussage wurde knapp ein Jahr später ein Verbot gegen die Partei erwirkt.«

»Und inwieweit hilft uns das weiter?«, fragte Chris.

»Laut Hastrich plädierte die Partei unter anderem für härtere Gesetze gegen straffällig gewordene ausländische Mitbürger und deren sofortige Ausgliederung.«

»Langsam wird es interessant«, sagte Chris und rieb sich nachdenklich das Kinn. »Das Dumme daran ist nur, dass diese Partei demnach schon seit gut vier Jahren nicht mehr existiert.«

»Ein Verbot bedeutet nicht zwangsläufig, dass sie nicht

mehr existiert«, entgegnete Rokko. »Du weißt so gut wie ich, dass solche Vereinigungen meist aus dem Untergrund weiter agieren und sich neu organisieren.«

»Und gelegentlich entsteht daraus eine Terrorzelle«, schaltete sich Gerlach ein. »Rechtsextremismus ist kein rein deutsches Phänomen. Die könnten Verbindungen zu Gruppierungen in der ganzen Welt aufgebaut haben. Womöglich sind sie so auch an den Pesterreger gekommen.«

»Eine rechte Terrorzelle«, wiederholte Chris, während er sich nachdenklich das Kinn rieb. »Natürlich, wieso bin ich darauf nicht gleich gekommen?« Er ging auf Klose zu, der noch immer schweigend vor dem Fenster stand und sie unentschlossen betrachtete. »Ein Nummernalphabet!«

Kloses Gesichtsausdruck blieb versteinert. »Was meinen Sie?«

»Sagen Sie bloß, ich bin in diesem Fall mal schlauer als Sie.« Er betrachtete Klose eingehender. »Anscheinend reicht Ihre Kenntnis, was Rechtsradikalismus betrifft, nur bis zum Zweiten Weltkrieg zurück«, sagte er mit einer gehörigen Portion Genugtuung. »Wie Sie sicher wissen, ist seit dieser Zeit in Deutschland die öffentliche Darstellung rechtsextremer Zeichen und Symbole verboten. Daher haben die Anhänger der rechten Szene eine Art länderübergreifenden Code geschaffen, mit dem sie öffentlich ihre Gesinnung ausdrücken. Dabei handelt es sich um ein simples Nummernalphabet, mit dem sie gängige Abkürzungen nationalsozialistischer Parolen erzeugen. Die Zahl 8 steht für den achten Buchstaben des Alphabets, also das H. Die Zahl 88 ist folglich ein Symbol für *Heil Hitler*.«

Klose betrachtete ihn unsicher. »Sie spielen auf die Tätowierung an, die der Reporter erwähnt hat?«

Chris nickte. »Die Zahl 444 kennzeichnet dreimal den Buchstaben D, was nach deren Verständnis für *Deutschland den Deutschen* steht.« Er atmete durch. »Und nun will ich von Ihnen wissen, weshalb Sie sich wegen dieser Sache so merkwürdig verhalten.«

Klose zögerte einige Sekunden, in denen sich sein Blick

nach unten senkte. »Ich kenne jemand, der eine solche Tätowierung hat, und zwar genau an der Stelle, die der Reporter beschrieben hat.«

Chris baute sich energisch vor ihm auf. »Und wer ist dieser jemand?«

»Sein Name ist Martin Jacobi«, sagte Klose kleinlaut. »Er ist der Schriftwart unseres Heimatsvereins.«

30

»Warum haben Sie das nicht schon früher erwähnt?«, fragte Chris aufgebracht, während sie auf der A48 fuhren.

»Bis gerade eben hatte ich keine Ahnung, was diese Tätowierung bedeutet«, rechtfertigte sich Klose neben ihm auf dem Beifahrersitz.

Rokko saß auf der Rückbank, und Chris konnte im Rückspiegel erkennen, wie er ratlos mit dem Kopf schüttelte. »Wie lange hat Ihr Freund schon diese Tätowierung?«

»Keine Ahnung, ich habe sie nur einmal gesehen, als er sich letztes Jahr nach einer unserer Veranstaltungen umgezogen hat. Ich hab mir nichts weiter dabei gedacht, hielt sie für eine Jugendsünde von Jacobi. Ich konnte ja nicht ahnen, wofür diese Zahl steht.«

»Es gibt also tatsächlich etwas, das sie nicht wissen«, raunte Chris und richtete seinen Blick im Spiegel erneut auf Rokko. »Das sollten wir im Protokoll festhalten.«

Sie fuhren von der Autobahn ab auf die Bundesstraße 42 in Richtung Sayn.

»Ich kann nur für Sie hoffen, dass Sie Ihren Freund vorhin nicht gewarnt haben!«

»Ich verbiete mir solche Unterstellungen«, erwiderte Klose empört. »Obwohl ich mir immer noch nicht vorstellen kann, dass Jacobi mit dieser Sache etwas zu tun hat. Er arbeitet als Techniker bei den Stadtwerken, hat mit seiner geschiedenen Frau eine fünfjährige Tochter und ist einer unserer engagiertesten Vereinsmitglieder.«

»Sie glauben gar nicht, auf wie viele zwielichtige Typen das zutrifft«, meinte Rokko vom Rücksitz aus.

»Vermutlich werden Sie ihn nicht einmal antreffen.«

»Haben Sie nicht vorhin gesagt, er habe üblicherweise um diese Uhrzeit Feierabend.«

»Ich ... Er hat mal so etwas erwähnt.«

»Sie sagen auch, er ist geschieden?«

»Seit etwa drei Jahren.«

»Dann lebt er also allein.«

»Soviel ich weiß, ja«, erwiderte Klose. »Macht ihn das etwa zum Mörder?«

»Es verschafft ihm zumindest ausreichenden Spielraum für seine Gesinnung.«

»Nun machen Sie aber mal einen Punkt«, erboste sich Klose und drehte sich zu Rokko um. »Sie reden hier immerhin von einem Mann, den ich seit sechs Jahren kenne und schätze. Hätte er tatsächlich eine solche Gesinnung, wie sie behaupten, dann wäre mir das sicher aufgefallen.«

»Ach ja?«, warf Rokko skeptisch ein. »Wie viele ausländische Mitglieder umfasst denn Ihr *Heimat*verein? Ich konnte der Liste jedenfalls keinen entnehmen.«

Klose schwieg einige nachdenkliche Sekunden. »Das ist ja lächerlich«, meinte er schließlich. »Diese verdammte Zahl kann für alles Mögliche stehen.«

»Das werden wir gleich herausfinden«, sagte Chris.

Sie verließen die verkehrsreiche Hauptstraße des Ortes und durchfuhren einen schmalen Weg, der zu einem kleinen Wohngebiet führte. Vor dem dreistöckigen Mietshaus, am Ende des Weges, erblickten sie einen großgewachsenen Mann in einem Arbeitsoverall, der aus seinem Auto stieg.

»Das ist er«, sagte Klose. »Das ist Jacobi!« Er deutete durch die Frontscheibe auf den Mann, der verwundert beobachtete, wie Chris den Dienstwagen quer zur Fahrbahn parkte, um ihm die Durchfahrt zu versperren.

»Sie warten hier!«, befahl Chris in scharfem Ton und stieg zeitgleich mit Rokko aus dem Auto aus. »Herr Jacobi?«

Der Mann sah ihn misstrauisch an und nickte nur.

»Mein Name ist Chris Bertram, das ist mein Kollege Roland Koch.« Er deutete auf Rokko, der sich näher an Jacobi befand. »Wir sind von der Kriminalpolizei Koblenz und hätten einige Fragen an Sie.«

Der Mann stand vor der offenen Fahrertür seines Opels und zeigte noch immer keine Regung. Sein Blick sprang zwischen den beiden Ermittlern hin und her, bis er schließlich auf Klose haften blieb, der das Ganze ein wenig beschämt durch das Fenster der Beifahrertür beobachtete.

Plötzlich befreite sich Jacobi aus seiner Starre und stieg blitzartig zurück in sein Auto. Noch ehe Rokko die Hand an seiner Dienstwaffe hatte, startete Jacobi den Motor und raste auf ihn zu.

Chris beobachtete aus den Augenwinkeln heraus, wie Rokko zur Seite sprang. Bevor er selbst reagieren konnte, bohrte sich die Front des Opels seitlich in das Heck des Dienstwagens, dessen hintere Scheibe zerplatzte und ihre Scherben über die Straße verteilte. Die Wucht des Aufpralls stieß das Fahrzeug beiseite, und Chris wurde seitlich weggeschleudert. Ein stechender Schmerz schoss durch seine Hüfte, als er auf dem Steißbein aufschlug. Noch ehe er die Situation begreifen konnte, setzte Jacobi zurück und rammte erneut den Wagen. Chris gelang es gerade noch, sich auf den Gehsteig zu rollen, bevor der linke Hinterreifen des Dienstfahrzeugs ihn zwischen dem Rinnstein zerquetscht hätte. Kloses Schreie drangen aus dem Innenraum und wurden sogleich von dem aufheulenden Motor des Opels übertönt, der unbeirrt durch die entstandene Lücke in Richtung Hauptstraße beschleunigte. Geistesgegenwärtig zog Chris im Liegen seine Pistole aus dem Holster und gab zwei Schüsse ab. Einer davon traf sein Ziel und pulverisierte Jacobis rechten Hinterreifen. Der Opel sackte ab und brach augenblicklich nach links aus, wo er nach wenigen Metern gegen einen Altglascontainer prallte. Ein ohrenbetäubendes Scheppern erklang, dem eine lähmende Stille folgte, die durch das zischende Geräusch von austretender Kühlflüssigkeit durchbrochen wurde.

Chris rappelte sich auf, die Waffe weiterhin auf Jacobis Fahrzeug gerichtet. Seine Hüfte schmerzte an der Stelle, an der ihn das Heck des Dienstautos erwischt hatte. Doch er schien zum Glück nicht ernsthaft verletzt zu sein.

»Rokko!«, rief er, ohne das Wrack des Opels aus den Augen zu lassen. »Bist du verletzt?«

»Nein«, stöhnte Rokko. »Alles okay!« Auch er sprang auf die Beine und richtete seine Waffe auf Jacobis Auto.

Chris warf einen raschen Blick auf Klose, der ebenfalls unverletzt schien und damit beschäftigt war, die deformierte Beifahrertür von innen aufzutreten. »Bleiben Sie in Deckung!«, rief Chris ihm zu. Dann näherte er sich vorsichtig dem Opel, der dichte Nebelschwaden aus der eingedrückten Kühlerhaube ausstieß. Als Chris die halbe Strecke zurückgelegt hatte, öffnete sich die Fahrertür. Angespannt blieb Chris stehen und hielt die Waffe im Anschlag. »Steigen Sie mit erhobenen Händen aus, Jacobi!«, schrie Chris. »Und machen Sie keine hektischen Bewegungen, sonst sind wir gezwungen, auf Sie zu schießen!«

Es vergingen einige quälend lange Sekunden, bis Jacobi aus dem Auto stieg. Er hatte eine Platzwunde an der rechten Stirnhälfte. Ein blutiges Rinnsal lief ihm das Gesicht hinab. Es glich fast einer Kriegsbemalung und verlieh ihm das Antlitz eines Mannes, der vollkommen die Kontrolle verloren hatte.

Chris registrierte mit Beunruhigung, dass Jacobi seine rechte Hand hinter dem Gesäß verborgen hielt. »Ich will Ihre Hände sehen!«, schrie er mit Nachdruck.

»Martin!« Es war Klose, der mittlerweile das Fahrzeug verlassen hatte und plötzlich einige Meter hinter Chris auf der Straße stand. Er hielt sich den rechten Arm und wirkte vollkommen geschockt. »Was ist nur in dich gefahren?«

»Ich sagte Ihnen doch, sie sollen in Deckung bleiben!« Chris' Stimme überschlug sich. Ebenso wie Rokko war er nur einen kurzen Moment abgelenkt. Doch dieser Moment reichte Jacobi aus.

Als Chris sich ihm wieder zuwandte, hielt Jacobi eine Waffe in der Hand, deren Lauf in ihre Richtung zeigte. Der Knall des Schusses hallte wie ein Peitschenschlag durch die Gasse. Im selben Moment zuckte Klose zusammen. Sämtliche Farbe wich aus seinem Gesicht, als er herabsah und das Blut an seinen Händen bemerkte. Dann brach er zusammen und blieb keuchend auf der Straße liegen.

Rokko reagierte als Erster. Er gab zwei Schüsse ab, die in die Innentür des Opels einschlugen. Jacobi hatte sich blitzartig zur Seite geworfen und war hinter dem Glascontainer in Deckung gegangen. Weitere Schüsse fielen. Chris suchte hinter dem Dienstwagen Schutz, während Rokko zu Klose rannte und ihn aus der Schusslinie zog. Kurz darauf war in einiger Entfernung zu erkennen, wie Jacobi neben einer Reihe geparkter Autos in geduckter Haltung auf dem Gehweg in Richtung Hauptstraße rannte.

»Du bleibst hier und kümmerst dich um Klose«, rief Chris an Rokko gerichtet. Noch bevor der erwidern konnte, dass er einen Alleingang für keine gute Idee hielt, hatte Chris bereits die Verfolgung aufgenommen.

Den Schmerz in seiner Hüfte ignorierend, sprintete Chris die Gasse entlang, wobei er beinahe auf den winzigen Splittern des Sicherheitsglases ausgerutscht wäre, die sich über den gesamten Weg verteilt hatten. Jacobi schien das Laufen gewohnt zu sein, denn er legte ein unglaubliches Tempo vor und hatte die Hauptstraße fast erreicht. Chris bot sich zwar ein nahezu freies Schussfeld, doch konnte er nicht riskieren, dass ein Querschläger in eines der vorbeifahrenden Fahrzeuge einschlug. Also nahm er alle Kraft zusammen und rannte, so schnell er konnte. Er hatte Jacobi bis auf etwa zwanzig Meter eingeholt, als dieser die Kreuzung erreichte. Dahinter erstreckten sich große Flächen unbebauten und zum Teil bewaldeten Gebietes, auf das Jacobi zielstrebig zulief. Offensichtlich hatte er vor, in dem unwegsamen Gelände unterzutauchen.

Ohne sein Tempo zu verringern, lief Jacobi über den Gehweg auf die quer verlaufende Straße. Er hatte nicht ganz die Mitte der Fahrbahn erreicht, als das zischende Geräusch hydraulischer Bremsen erklang, dem das quietschen blockierender Reifen folgte. Beinah im selben Moment schob sich ein vollbesetzter Touristenbus ins Chris' Sichtfeld. Seine steil abfallende Front erfasste Jacobis Körper mit voller Wucht und schleuderte ihn wie eine Puppe die Straße hinunter. Ein nachfolgender Pkw konnte nicht mehr rechtzeitig bremsen und krachte gegen das Heck des Busses. Als Chris völlig außer Atem die Stelle erreichte, war der Verkehr bereits zum Stillstand gekommen und er sah, wie sich der völlig verstörte Fahrer über den zertrümmerten Körper beugte, der etliche Meter die Straße hinunter verdreht auf der Fahrbahn lag.

31

Etwa eine Stunde später war die Unfallstelle großräumig abgesperrt und der Verkehr wurde über Nebenstraßen umgeleitet. Zwei Abschleppwagen waren damit beschäftigt, die Fahrbahn von den Autowracks zu befreien. Auch Jacobis Leiche war zum Abtransport freigegeben. Der eingetroffene Notarzt hatte nur noch seinen Tod feststellen können. Was Klose betraf, fiel die Prognose günstiger aus. Die Kugel war unterhalb seines Beckens in den rechten Oberschenkel eingeschlagen, hatte aber weder Knochen noch eine Arterie verletzt. Zu Kloses Glück hatte Jacobi nur eine kleinkalibrige Waffe mit wenig Durchschlagskraft benutzt und schien ein besserer Läufer als Schütze gewesen zu sein. Das änderte jedoch nichts an Kloses geistiger Verfassung. Es war weniger die Schusswunde, die ihm zusetzte, sondern vielmehr die Tatsache, dass der Schriftführer seines Vereins ohne zu zögern auf ihn geschossen hatte. Als er auf einer Bahre in den Krankenwagen geschoben wurde, war ihm anzusehen, wie sehr ihn der Umstand belastete, sich so sehr in einem Menschen getäuscht zu haben. Chris konnte es ihm nachempfinden. Auf diesem Gebiet hatte auch er schon seine Erfahrungen gesammelt.

»Er kann einem fast leidtun, nicht wahr?«, meinte Rokko, der neben ihm stand und dem Krankenwagen hinterher blickte, bis er aus ihrem Sichtfeld fuhr. »Die Sache scheint ihn ziemlich mitzunehmen.«

Er ist nur endgültig in der Gegenwart angekommen, dachte Chris. Einer Gegenwart, in die Klose emotional integriert war. Das machte ihn zum Beteiligten und somit auch verwundbar. Chris seufzte. »Er hat verdammtes Glück, das er noch lebt. Anscheinend haben Schutzengel ein besonderes Faible für sture Dickschädel.«

»Warum hat Jacobi ausgerechnet auf ihn geschossen? Er war der Einzige, der keine Waffe auf ihn gerichtet hielt.«

»Klose hat uns auf seine Spur gebracht und uns zu ihm geführt«, sagte Chris. »Und in Jacobis Kreisen wird Verrat nicht geduldet.«

»Dann haben wir es also tatsächlich mit einer rechten Terrorzelle zu tun.«

»Es sieht ganz danach aus.«

»Du weißt, was das bedeutet. Wir müssen das BKA und den Verfassungsschutz informieren.«

»Herzlichen Glückwunsch, meine Herren!«

Die beiden drehten sich um und erblickten Deckert, der mit Meißner im Schlepptau aus dem Mietshaus kam und strammen Schrittes auf sie zumarschierte.

»Drei zerstörte PKW, ein verletzter Berater, ein toter Verdächtiger und eine traumatisierte Busbesatzung.« Deckert blieb wutschnaufend vor ihnen stehen. »Sie haben wirklich ganze Arbeit geleistet!«

»Wir sind nur einer Spur gefolgt«, rechtfertigte Chris ihr Vorgehen. »Niemand konnte ahnen, dass Jacobi völlig durchdrehen würde.«

»Soviel ich weiß wird er verdächtigt, an der Entführung des Reporters beteiligt zu sein, und somit vermutlich auch an den Morden der letzten Tage. Was haben Sie gedacht, dass er Sie auf eine Tasse Kaffee hereinbittet?«

Chris wollte etwas erwidern, aber Deckert fuhr ihm dazwischen.

»Ich hoffe wenigstens für Sie, dass sich Ihr Verdacht bestätigt, ansonsten haben wir ein ernsthaftes Problem, das alles zu erklären. Ich muss jetzt zu dieser verdammten Pressekonferenz und der Horde von Aasgeiern diese Scheiße hier als neueste Ermittlungsergebnisse präsentieren. Also sehen sie zu, dass ihnen nicht noch weitere Fehler unterlaufen, denn sonst können wir alle demnächst den Verkehr regeln!« Wütend stampfte er an ihnen vorbei, riss die Tür seines Autos auf und fuhr mit quietschenden Reifen davon.

»Der hat ja beste Laune«, bemerkte Rokko.

»Nehmt es ihm nicht übel«, sagte Meißner, der einen

Koffer mit Proben im Heck seines Dienstwagens verstaute. »Dieser Fall setzt ihn politisch ziemlich unter Druck. Der Staatsanwalt will Ergebnisse.«

»Also schön«, seufzte Chris. »Dann lasst uns zusehen, dass wir diesem Korinthenkacker welche besorgen.«

Jacobis Wohnung war nur spärlich möbliert. Der Wohnbereich bestand aus einer Kommode mit einem alten Röhrenfernseher, einer abgenutzten Schlafcouch und einem kleinen Schreibtisch, auf dem neben einem tragbaren Computer eben noch ein Drucker Platz fand. An der Wand darüber war ein hölzernes Kreuz angebracht.

»Ziemlich spartanisch«, meinte Rokko. »Als vermeintlicher Terrorist lebt man nicht gerade im Luxus.«

»Das macht es einfacher, sich auf das Wesentliche zu konzentrieren«, schlussfolgerte Chris. »Es gibt nicht viel, was einen ablenkt. Dadurch kann man sich ganz seinem Hass hingeben.«

»Mich würde interessieren, welchen Ursprung dieser Hass hat?« Rokko ließ seinen Blick über den vollen CD-Ständer gleiten, der neben dem Computer emporragte. Das meiste davon waren Musik-CDs. »Anscheinend stand Jacobi auch was Musik anging auf eine härtere Gangart. Ich wette wir finden darunter auch den Titel, der diesen Spinnern als Vorlage für ihre Botschaften gedient hat.«

»Ihr solltet euch das Mal ansehen«, sagte Meißner und führte sie an das Ende des kleinen Flurs zum Schlafzimmer. Es war ein kleiner Raum mit einem Futonbett und einem wuchtigen Kleiderschrank, der scheinbar schon mehr als einen Umzug hinter sich hatte. Sofort fielen Chris die kunstvoll gefertigten Schwerter auf. Es waren insgesamt vier, die schräg gegeneinander ausgerichtet an der Wand neben dem Bett angebracht waren. Die offenen Türen des Schranks gaben die Sicht frei auf einige Shirts und Arbeitsoveralls, die in den seitlichen Ablagefächern gestapelt waren. In der Mitte hingen einige Hemden. An einem der Bügel klebte noch die Nummernkarte einer Reinigung.

»Nun sieh sich das einer an«, sagte Chris, als er die altertümlichen Kostüme daneben betrachtete. Eines davon war ein aufwändig verarbeitetes Kreuzrittergewand mit Kettenhemd und Topfhelm. Bei dem anderen handelte es sich um ein weinrotes Obergewand mit aufwändiger Stickerei an den Rändern. Auf dem Boden des Schrankes konnte Chris mehrere Paar Lederstiefel ausmachen, die nach oben geknickte Spitzen aufwiesen. Sein Hauptaugenmerk galt aber einem schweren ledernen Umhang mit einer breiten Kapuze, neben dem eine schnabelförmige Pestmaske hing. In den Aussparungen für die Augen waren rötliche Gläser eingelassen, die vermutlich bei Lichteinfall in der Dunkelheit den Eindruck eines teuflischen Glühens erzeugten.

»Es dürfte nicht viele Läden geben, wo man so etwas kaufen kann«, meinte Rokko bei dem Anblick.

Chris schüttelte den Kopf. »Das alles hier macht auf mich nicht den Eindruck, als käme es von der Stange. Es ist sehr hochwertig verarbeitet. Sieh nur.« Er beugte sich nach unten und deutete auf die Ränder der Stiefel.

»Handgenäht«, stimmte Meißner ihm zu.

»Ja, wie vermutlich alles andere an diesen Gewändern auch. Da hat sich jemand verdammte Mühe gegeben, es authentisch wirken zu lassen. Sieh dir nur die Schwerter an.« Er deutete zur Wand. »Das alles muss ein kleines Vermögen gekostet haben und dürfte die finanziellen Verhältnisse eines geschiedenen Stadttechnikers deutlich überschreiten.«

»Tut mir den Gefallen, und berührt nichts davon«, sagte Meißner. »Wir konnten Rückstände von Blut auf dem Leder nachweisen, vermutlich von einem der Opfer. Ich habe es nur noch nicht wegbringen lassen, weil ich wollte, dass ihr euch das anseht.«

Chris' Handyton erklang. Gut drei Minuten vergingen, in denen Chris während des Gesprächs ein paarmal bedeutungsvoll nickte, während er die anderen betrachtete. »Danke«, sagte er schließlich und beendete das Gespräch. »Das war Gerlach. Ich hatte ihn vor unserer Abfahrt gebeten, Jacobis Namen in der Datenbank zu überprüfen.«

»Und?«, fragte Rokko gespannt.

»Vor etwa vier Jahren wurde nachts bei den Jacobis eingebrochen, während sie in ihrem Haus schliefen. Die Täter weckten sie und drohten damit, ihrer Tochter etwas anzutun, wenn sie nicht den Safe öffnen würden. Das Fatale daran war, dass sich im Haus der Jacobis kein Safe befand. Offensichtlich hatten die Täter falsche Informationen. Das machte sie so wütend, dass sie dem Kind sowie den Eltern massive Gewalt zufügten und sie anschließend im Heizungskeller einsperrten. Es hat zwei Tage gedauert, bis ein Verwandter sie dort gefunden und befreit hat. Durch die Schläge ist dem Kind ein Trommelfell geplatzt, was zu einer Schädigung des Gehörs führte. Sie ist seitdem auf einem Ohr fast taub.«

»Ist unsere Welt nicht wunderbar?«, seufzte Rokko.

Chris fuhr fort: »Gerlach hat Jacobis Exfrau kontaktiert. Sie hat angegeben, dass ihre Tochter an einem schweren Trauma litt. Das Kind hat in den ersten Monaten danach kein Wort geredet. Mittlerweile geht es ihr wieder besser. Die Mutter jedoch leidet noch heute unter Angstattacken und befindet sich nach wie vor in psychologischer Behandlung. Das hat mit der Zeit die Ehe der Jacobis zerstört.«

»Tja«, meinte Meißner, »da habt ihr euer Motiv. Ich denke, das kann einen Mann schon ziemlich wütend machen.«

Chris nickte. »Jacobi hatte damals zu Protokoll gegeben, dass die Täter mit einem osteuropäischen Akzent gesprochen hätten.«

»Das erklärt seinen Hass auf Ausländer«, meinte Rokko und sah sich um. »Aber wenn er tatsächlich Mitglied einer rechten Terrorzelle war, wieso sehe ich hier keinerlei Parolen oder Hakenkreuze?«

»Die heutige neonazistische Szene bedient sich schon längst nicht mehr solcher Symbole, zumal sie ohnehin verboten sind. Sie verschlüsseln eher ihre Gesinnung. Aber dir dürfte das Jesuskreuz im Nebenzimmer sicher nicht entgangen sein.«

»Na schön, wonach suchen wir? Nach einer religiösen Gruppierung von rassistischen Weltverbesserern? Wozu dient dann diese lächerliche Maskierung?«

»Ich glaube nicht, dass Religion das ausschlaggebende Motiv ist. Sie dient diesen Leuten vermutlich nur als Vorwand. Wir sollten das Ganze mehr aus Kloses Perspektive betrachten.«

»Dass ausgerechnet du das sagst.«

Chris deutete auf den Schrank. »Klose hat gesagt, im Mittelalter waren die Menschen gottesfürchtig, und der christliche Glaube stand über allem und somit auch Gottes Gerechtigkeit. Auge um Auge, Zahn um Zahn. Wir sollten uns also folgende Frage stellen: Wo findet man eine Gruppe von Menschen, die auch heute noch dieser mittelalterlichen Maxime huldigen und dem einfachen Leben von damals nacheifern?«

Beinahe zeitgleich drehten sich alle drei um und sahen auf das Plakat, das an der Wand über dem Bett angebracht war. Darauf waren verschiedene Aufnahmen zu sehen: Ritter zu Pferde, die sich mit Lanzen duellierten, Feuerspucker, Gaukler und einige Bilder, die ein mittelalterliches Markttreiben darstellten.

»Da hol mich doch der Teufel«, flüsterte Rokko, als er die Überschrift auf dem Kopf des Plakates las: Mittelalter Spectaculum.

32

»Meine Güte«, entfuhr es Chris genervt, nachdem er über eine Stunde vor dem Computer im Büro gesessen hatte.

»Was ist?«, fragte Rokko, der es ihm gegenüber gleichtat.

»Ich hätte nicht im Traum daran gedacht, dass dieses Mittelaltertreiben so beliebt ist. Es gibt hunderte eingetragener Vereine, dazu noch unzählige private Gruppen, Schausteller, Shops, Veranstalter ... Allein im letzten Jahr haben in Deutschland über 900 Veranstaltungen dieser Art stattgefunden. Das ist eine regelrechte subkulturelle Szene. Nahezu unmöglich, das alles zu durchforsten.« Wutentbrannt warf er seinen Kugelschreiber auf den Schreibtisch. »Verdammt!«, fluchte er. »Und ich dachte, wir hätten endlich einen konkreten Ansatzpunkt.«

»Vielleicht bringt uns ja die Auswertung von Jacobis Computer weiter«, meinte Rokko. »Vermutlich organisiert sich diese Szene hauptsächlich über das Internet.«

»Wir sollten auch seine Exfrau noch einmal befragen.«

»Meinst du nicht, sie und ihre Tochter haben schon genug durchgemacht?«

Chris betrachtete seinen Kollegen, der plötzlich sehr reserviert wirkte. »Du billigst doch nicht etwa Jacobis Vorgehen?«

Rokko ließ sich in den Stuhl zurückfallen. »Wie du weißt, bin ich vor einigen Monaten selbst Vater geworden. So ein Ereignis verändert alles. Wenn jemand meinem Sohn etwas antun würde ...« Er atmete tief durch. »Ich kann zumindest nachvollziehen, was ihn dazu getrieben hat. Das heißt aber nicht, dass ich sein Vorgehen billige.«

Chris nickte verständnisvoll. Er selbst hatte zwar keine Kinder, doch das war auch nicht nötig, um zu begreifen, was sein Kollege meinte. »Wir brauchen eine Liste der Mitglieder dieser verbotenen Partei.«

»Das haben die Kollegen bereits veranlasst«, erwiderte

Rokko. »Die zuständige Verfassungsschutzbehörde wird uns die Liste bis morgen zukommen lassen.«

Chris stand auf und sah aus dem Fenster. Draußen hatte bereits die Dämmerung eingesetzt. Ein sicheres Zeichen dafür, dass dieses Büro mehr und mehr zu seinem Zuhause wurde. »Mach Schluss für heute. Deine Frau macht sich bestimmt schon Sorgen um dich.«

»Die ist Kummer von mir gewohnt«, flachste Rokko. Er schaltete den Monitor aus und griff nach seiner Jacke. »Hast du was von Klose gehört?«

»Er wurde vorhin operiert. Die Ärzte sagten, er wäre glimpflich davongekommen.«

Rokko streifte sich die Jacke über und trat neben Chris. »Was machst du heute Abend? Schaust du noch bei Rebecca vorbei?«

Chris schüttelte den Kopf, ohne den Blick vom nächtlichen Koblenz zu nehmen. »Die haben die Streifen verdoppelt, sie hat heute Nacht Dienst.«

Rokko legte die Hand auf Chris' Schulter. »Mach dir keine Sorgen. Diese Typen haben es nicht auf Polizisten abgesehen. Schlaf dich mal aus.«

»Mach ich«, sagte Chris, wobei er wenig Überzeugung in seine Worte legte. Kurz darauf verließ Rokko das Büro, während Chris weiterhin die hereinbrechende Nacht beobachtete, deren zunehmende Schwärze ihm einen kalten Schauer über den Rücken jagte.

33

Um kurz vor 22 Uhr trat Rebecca ihren Dienst an. Als sie das Polizeigebäude in der Trierer Straße betrat, wartete ihr Kollege Jens Rohde bereits auf sie. Er stand an dem Besuchertresen am Eingang und machte einen eher abwesenden Eindruck, während er sich mit Polizeihauptmeister Armin Pelzer unterhielt, dessen Ablösung sich verspätet hatte.

Rebecca begrüßte ihre beiden Kollegen, wobei sie den Blick über die größtenteils verwaisten Schreibtische des Reviers gleiten ließ. »Nicht viel los hier.«

»Sind alle noch draußen«, sagte Pelzer, dessen Augen auffallend lange auf den Wölbungen von Rebeccas Brüsten haften blieben. »Nur Bernd und ich halten hier unten die Stellung.«

Der Beamte, der an einem der Schreibtische saß, hob kurz die Hand, bevor er sich wieder dem Monitor zuwendete.

»Die Obrigkeit scheint der Ansicht zu sein, dass wir diese Typen am ehesten schnappen, wenn wir durch die Straßen patrouillieren«, fuhr Pelzer fort. »Dabei könnten die von mir aus noch ein Weilchen weitermachen. Die Verbrechensrate hat sich seit den Morden jedenfalls mehr als halbiert. Anscheinend funktioniert deren Art von Abschreckung besser als unsere.«

»Wenn du die Leiche am Deutschen Eck gesehen hättest, würdest du nicht so daherreden«, entgegnete Rebecca ein wenig zu schroff.

Pelzer hob abwehrend die Hände. »Schon gut«, meinte er beschwichtigend. »Aber du musst zugeben, dass es nicht gerade Unschuldige getroffen hat.«

Rebecca stützte ihre Ellenbogen auf den Tresen. »Soviel ich weiß, ist dein Ältester auch schon beim Ladendiebstahl erwischt worden. Wie würdest du es finden, wenn man ihm deswegen die Hand abhaken würde? Das entspricht in etwa dem Rechtsempfinden dieser Leute.«

Pelzers Grinsen vererbte schlagartig. »Du willst meinen Sohn doch nicht mit diesem Abschaum vergleichen.«

»In deren Augen macht das offensichtlich keinen Unterschied.«

Pelzer stieß einen zischenden Laut aus. »Da hat wohl jemand heute Morgen ‘ne Zicke gefrühstückt«, meinte er abfällig.

»Hey, ihr beiden«, schaltete sich Rohde dazwischen. »Kommt schon, diese Sache belastet uns alle, und ich bin Weißgott schon angespannt genug.«

»Wo bleiben Thilo und Jürgen«, fragte Rebecca, ohne die Schärfe aus ihrem Blick zu nehmen. »Laut Plan haben sie mit uns zusammen Dienst.«

»Die sind abberufen worden«, brummte Pelzer. »Müssen das Haus von irgendeinem Unternehmer observieren. Anscheinend sind sich die Herren Kriminalbeamten zu fein dafür.«

Rebecca schnaufte zornig. »Nein, sie stehen nur weit mehr unter Druck als wir und haben zu viel damit zu tun, Hinweisen nachzugehen.«

Pelzer erwiderte ihren Blick grimmig. »Ja, und wie ich den neuesten Mitteilungen entnehmen kann, scheinen sie sich dabei nicht besonders schlau anzustellen.« Er griff hinter sich und knallte ein dienstliches Rundschreiben auf den Tisch. »Das kam vorhin rein, direkt nach der Pressekonferenz. Wie es aussieht, sind die hohen Herren in Zivil nicht einmal in der Lage, einen Verdächtigen zu überprüfen, ohne dabei einen riesen Haufen Scheiße zu produzieren.«

Rebecca griff nach dem Schreiben und überflog den Text.

»Der Typ ist abgehauen und geradewegs vor einen Bus gerannt«, höhnte Pelzer. »Aber vorher hat er noch einen Dienstwagen verschrottet und einen zivilen Berater angeschossen. Erstklassige Ermittlungsarbeit.«

»Lass mal sehen«, sagte Rohde, dessen zunehmende Blässe ihn kränklich erscheinen ließ. Seine Hand zitterte leicht, als er Rebecca das Papier aus der Hand nahm. »Du erwähntest vorhin eine Observierung«, sagte er an Pelzer gewandt, während er den Ausdruck studierte. »Hat das was hiermit zu tun?«

»Da möchte ich meinen Arsch drauf verwetten«, erwiderte Pelzer. »Man ist der Ansicht, dass dieser Kiriac der nächste auf deren Liste ist. Würde mich jedenfalls nicht wundern.«

»Victor Kiriac?«, horchte Rohde auf.

Pelzer nickte. »Der steht ja schon länger in Verdacht, in krumme Geschäfte verwickelt zu sein. Verfluchtes Roma-Pack!«

Rohde verzog schmerzhaft das Gesicht. »Entschuldigt mich«, stöhnte er und hielt sich den Bauch. »Ich muss mal auf die Toilette.« Er drehte sich um und verschwand im Flur.

Pelzer fuhr indes mit seinen Tiraden fort. »Man vermutet die Täter in der rechtsradikalen Szene. Wir sind *aufgefordert* diesbezüglich bekannte Personen zu überprüfen.« Er betonte das Wort abfällig. »Im Klartext: Wir dürfen mal wieder die Drecksarbeit erledigen.«

»Als würde das für dich einen Unterschied machen«, konterte Rebecca und beschloss, sich nicht länger auf diese Diskussion einzulassen.

»Jetzt hör aber auf!« In Pelzers Gesicht zeichnete sich Entschlossenheit ab. »Ich weiß, du bist seit Kurzem mit diesem Kommissar zusammen, deswegen musst du dich aber nicht für was Besseres halten!«

»Sag Jens, ich warte draußen auf ihn«, knurrte sie und streckte Pelzer den Mittelfinger entgegen, während sie durch die Tür in den Hof trat.

»Was war denn mit der los?«, fragte der Kollege und sah hinter dem Monitor auf.

Pelzer zuckte mit den Schultern. »Hat vermutlich ihre Tage«, sagte er und lachte.

Steif umschlangen Rebeccas Finger das Lenkrad, während sie den Streifenwagen durch das nächtliche Koblenz steuerte. Noch immer konnte sie vor Wut ihren Puls am Hals pochen spüren. Was bildete sich Pelzer ein? Dieser arrogante Affe! Sie spielten letztendlich alle in derselben Liga, also was sollte dieses Getue? Sie hielt sich nicht für besser, aber ihr stand ja wohl eine eigene Meinung zu.

Sie warf einen kurzen Blick zu Rohde, der mit bleichem Gesicht stumm auf sein Handy starrte. »Nun sag endlich was!«

»Bitte?«, erwiderte Rohde, ohne sie anzusehen. Er schien völlig in Gedanken versunken.

»Seit wir in dieses Auto gestiegen sind, hast du kein einziges verdammtes Wort mit mir geredet«, sagte Rebecca. »Bist du etwa auch Pelzers Ansicht?«

»Ich denke, wir sind durch die ständig wechselnden Schichten und die Überstunden einfach alle ein wenig angepisst.«

Sie seufzte. »Ja, du hast recht. Und womöglich habe ich vorhin überreagiert, aber Pelzer bringt mich mit seinen antiquierten Ansichten einfach zur Weißglut.«

»Ich finde aber, er hat trotzdem nicht unrecht.«

Erneut wechselte Rebeccas Blick zu ihrem Kollegen. »Wie meinst du das?«

»Komm schon«, meinte Rohde. »Es ist ja nicht so, als hätten diese Leute Mutter Theresa auf dem Gewissen. Die Toten waren fast alle Mitglieder des organisierten Verbrechens. Das macht sie in meinen Augen nicht gerade zu Opfern.«

Rebecca hielt die Luft an. »Ist das wirklich dein Ernst?«, brachte sie schließlich hervor. »Du hast doch selbst gesehen, zu welchen Grausamkeiten diese Killer in der Lage sind. Was ist mit diesem Reporter?«, fragte sie. »Hältst du seine Entführung etwa auch für gerechtfertigt?«

Rhode sah angespannt von dem Handy auf. »Mag sein, dass diese Leute zu weit gehen«, meinte er, »aber immerhin sorgen sie dort für Gerechtigkeit, wo uns durch sture Bürokratie die Hände gebunden sind. Heutzutage muss nur jemand den Begriff Holocaust in den Mund nehmen, und alle gehen in Deckung, aus Angst, sich politisch die Finger zu verbrennen. Und solange das so ist, ziehen auch weiterhin ganze Roma-Banden plündernd durch unser Land. Und wir, die das eigentlich verhindern sollten, dürfen dies noch nicht einmal beim Namen nennen, ohne uns den Vorwurf der Ausländerfeindlichkeit gefallen lassen zu müssen.« Er steigerte sich jetzt in die Worte hinein, und in seinen Augen blitzte blanker Zorn auf. »Seit die Grenzen geöffnet wurden, ist die Kriminalitätsrate um über dreißig Prozent angestiegen. Als hätten wir hier nicht schon genug Probleme. Sieh dir doch nur diese ganzen Rockertypen an. Jeder weiß, dass es sich bei diesen Gruppierungen um organisierte Verbrecherbanden handelt, die ihre Finger unter anderem im Drogen- und Menschenhandel haben. Dennoch tragen sie öffentlich ihre Kutten zur Schau und niemanden interessiert es. Deren Uniformen wirken scheinbar abschreckender als unsere. Früher wurde man als Polizist respektiert. Mittlerweile sind wir für die meisten nur noch Witzfiguren. Vielleicht ist es daher ganz gut, dass jemand mal auf diese Weise für Ordnung sorgt.«

Rebecca starrte fassungslos auf die Straße. Dann fuhr sie an den rechten Rand und kam vor dem beleuchteten Schaufenster eines Elektronikhändlers zum Stehen. Mit einem kräftigen Ruck zog sie die Handbremse an. »Du sagst mir jetzt auf der Stelle, was mit dir los ist«, fuhr sie ihren Kollegen an.

»Komm schon«, stöhnte Rhode und verzog wieder schmerzhaft das Gesicht. »Fahr weiter.«

»Nicht bevor du mir erklärst, weshalb du dich in letzter Zeit so seltsam verhältst. Seit Tagen läufst du herum wie dein eigener Schatten, wirkst abwesend und bist kaum noch ansprechbar. Und nun spielst du anscheinend mit dem Gedanken, eine eigene Bananenrepublik zu gründen und jeden beseitigen zu lassen, der dir zu unbequem erscheint.«

»Du übertreibst mal wieder maßlos.«

»Tu ich das? Ich mache mir nur langsam Sorgen um dich.«

»Das musst du nicht, keine Angst«, beteuerte Rohde und hielt sich erneut den Bauch. »Es ist nur ...« Er stöhnte auf. »Mein verdammtes Magengeschwür macht mir zu schaffen. Seit diese Morde angefangen haben sind wir fast pausenlos im Dienst und ich ernähre mich nur noch von Abfall. Ich komme nicht Mal dazu, mir meine Medikamente zu besorgen.«

Sie musterte ihn streng. »Und das ist wirklich alles?«

»Anscheinend hast du keine Ahnung, was es heißt, ständig mit Schmerzen leben zu müssen, sonst würdest du das nicht so runterspielen. Aber ja, das ist alles!«

Ihre Augen ruhten eine Zeitlang prüfend auf ihm. Dann sah sie auf das Handy in seiner Hand. »Hast du im Netz irgendetwas zu dem Fall gefunden?«

»Sie vermuten einen Zusammenhang mit der Mittelalterszene.«

»Du besuchst doch selbst solche Veranstaltungen. Vielleicht sollte ich dich im Auge behalten«, meinte sie scherzhaft und zwinkerte ihm zu.

»Ja, sicher«, erwiderte Rohde und lächelte gezwungen, bevor er wieder schmerzhaft das Gesicht verzog.

Rebecca legte den Gang ein und lenkte den Wagen zurück auf die Straße.

»Wo fahren wir hin?«

»Zu einer Notfallapotheke«, erwiderte sie und beschleunigte.

34

Um kurz nach Mitternacht rollte der schwarze Mercedes über die verdeckte Einfahrt hinter das Anwesen. Victor stand auf der von Marmorbalustraden gesäumten Terrasse seines Hauses und beobachtete misstrauisch, wie der Wagen auf dem angrenzenden Kiesrondell knirschend zum Stehen kam. Victor war müde und gereizt und nicht in der Stimmung, um diese Uhrzeit noch Gäste zu empfangen. Noch dazu Gäste, die ihm nicht willkommen waren. Petre hatte seine Männer mit dem letzten Flug hierher geschickt. Vermutlich ging er davon aus, dass ihre Ankunft in der Nacht weniger Aufsehen erregte. Victor war allerdings der Ansicht, dass ein Wagen, der bei Tage auf sein Grundstück fuhr, weit weniger auffällig gewesen wäre. Insbesondere aufgrund der Beobachter am Ende der Straße. Aber da man in der Heimat offensichtlich der Auffassung war, er könne sich nicht einmal mehr eigenständig den Arsch abwischen, behielt er seine Meinung notgedrungen für sich.

Eilig schritt er die Stufen der Veranda herab und ging auf den Mercedes zu. Marius Popescu und die beiden anderen Leibwächter folgten dicht hinter ihm. Die Türen des Wagens schwangen auf, und drei Männer stiegen aus dem Innenraum. Zwei von ihnen hatte Victor noch nie gesehen. Vermutlich waren es Laufburschen der Organisation, die für die Drecksarbeit zuständig waren. Sture Befehlsempfänger. Den dritten Mann erkannte Victor sofort an der auffallend großen Statur. Er hatte dunkle, kurzgeschorene Haare und eine ausgeprägte Kinnpartie. Auf eine entfernte Weise hatte er Ähnlichkeit mit dem Hollywoodschauspieler John Travolta. Nur mit dem Unterschied, dass Dragan seine Rolle nicht spielte. Er war der Inbegriff eines Psychopathen und gleichzeitig Petres engster Vertrauter. Zwei Eigenschaften, die Victors Argwohn verstärkten.

»Dragan!« Victor ging mit offenen Armen auf ihn zu

und umarmte ihn brüderlich. »Schön, dich wiederzusehen. Wie lange ist das her, ein Jahr?«

Dragan erwiderte die Umarmung. »Fast zwei«, antwortete er und lächelte Victor an. »Hatte viel zu tun.«

Aus seinem Mund klang das wie eine Floskel für Massenmord.

»Das sind Antonio und Aron«, stellte er seine beiden Begleiter vor, die Victor mit ausdruckslosen Gesichtern betrachteten. »Gute, zuverlässige Männer. Ich bin sicher, wir werden die Angelegenheit hier ziemlich schnell in den Griff bekommen.« Er betonte das Wort auf eine Art, die Victor nicht behagte. Einige Sekunden verstrichen, in denen niemand etwas sagte. Dragan bedachte ihn mit einem Stirnrunzeln. »Willst du uns denn nicht hereinbitten? Wir sind hoffentlich keine unwillkommenen Gäste.«

»Natürlich nicht«, meinte Victor bestürzt. »Bitte verzeiht mir meine schlechten Manieren, aber es war ein langer Tag.« Er lächelte gequält. »Ich werde meinen Fahrer anweisen, eure Sachen ins Haus zu bringen.«

»Wir reisen ohne Gepäck«, entgegnete Dragan. »Es war alles sehr kurzfristig, daher hatten wir keine Gelegenheit, uns auf diese Reise vorzubereiten. Wir werden uns morgen mit dem Nötigsten ausstatten.«

Victor fiel es schwer, sein Lächeln aufrechtzuerhalten. Sie waren ohne Gepäck gekommen. Folglich hatten sie nicht vor, lange zu bleiben. Obwohl er auf ihre Anwesenheit keinen Wert legte, gefiel ihm dieser Umstand nicht. Dennoch versuchte er, sich nichts anmerken zu lassen. Er gab dem Fahrer zu verstehen, dass er für heute nicht mehr gebraucht wurde, und wandte sich wieder seinen Besuchern zu. »Folgt mir.«

Sie gingen die Treppe zur Veranda hinauf auf den Hintereingang des Hauses zu. Er öffnete die Tür und ließ seinen Gästen den Vortritt. Dann wandte er sich seinen Leibwächtern zu. »Marius bleibt bei uns. Ihr beiden geht zur Straße und lasst das Auto vor dem Haus nicht aus den Augen.«

Die beiden nickten und verschwanden in der weitläufigen Gartenanlage, deren Bäume und Sträucher üblicherweise effektvoll beleuchtet waren. An diesem Abend waren sie nur Schatten in der Dunkelheit.

Victor warf noch einen kurzen Blick zu der geöffneten Schiebetür seines angrenzenden Schlafzimmers. Alles war bestens vorbereitet. Dennoch war er sichtlich nervös. Er führte Dragan und seine Männer in den mit teuren Designermöbeln ausgestatteten Wohnbereich. »Kann ich euch etwas zu trinken anbieten?«

Dragan lehnte ab. Seine Begleiter zeigten noch immer keine Regung. Scheinbar taten sie nur das, was er tat, wie Schatten seiner selbst. *Kettenhunde*, kam es Victor in den Sinn.

»Marius wird euch eure Zimmer zeigen. Morgen früh können wir dann alles Weitere besprechen.«

»Warum warten?« Dragan ging zu der ledernen Couchgarnitur und setzte sich. »Wir sollten keine Zeit verschwenden.«

»Was meinst du? Es ist nach Mitternacht. Ich finde, wir sollten alle mit klarem Kopf an die Sache herangehen.«

»Und ich finde, wir sollten nicht noch eine weitere Nacht und einen weiteren Anschlag auf uns abwarten. Oder siehst du das anders? In diesem Fall müsste ich davon ausgehen, dass du die Sache nicht ernst genug nimmst.«

Victor trat entschlossen auf ihn zu. »Zwei meiner Männer liegen tot in meinem Keller, nachdem ich sie mir vorgeknöpft habe. Man kann mir also nicht vorwerfen, die Angelegenheit nicht ernst zu nehmen.«

»Und ist dabei etwas Brauchbares herausgekommen?«

Victor hielt einen Moment inne. »Nein«, meinte er kleinlaut. »Aber das muss nicht heißen ...«

»Du hast also zwei unserer eigenen Leute grundlos eliminiert«, unterbrach ihn Dragan.

»Ich musste doch sichergehen ...«

»Und hast uns dadurch noch mehr geschwächt. Hältst

du das für klug? Für mich klingt das ziemlich verzweifelt.«

Victor atmete tief durch. »Ich dachte ihr seid hier, um mir zu helfen, und nicht, um mir Vorwürfe zu machen.«

»Das eine schließt das andere nicht aus, mein Freund. Wie ich das sehe, hast du nicht den geringsten Anhaltspunkt, warum es jemand auf dich abgesehen hat. Daher können wir einen Konkurrenten ausschließen, denn wir tragen unsere Kriege in der Regel offen aus. Und das wiederum lässt den Verdacht aufkommen, dass es sich dabei um etwas Persönliches handelt. Bist du in letzter Zeit irgendjemand auf die Füße getreten?«

»Nein«, beteuerte Victor. »Ich habe keine Ahnung, warum das alles passiert.«

Dragan betrachtete die Wände des Raumes, die mit teuren Kunstwerken dekoriert waren. »Nun ja«, meinte er, »es scheint dir jedenfalls nicht schlecht zu gehen.«

»Ich denke, wir können uns alle nicht beklagen.«

»Du warst sehr fleißig in den letzten Jahren, hast dein Gebiet kontinuierlich ausgebaut. Da kann es schon vorkommen, dass man ein wenig übereifrig wird und sich Feinde schafft.«

»Das bleibt in unserem Gewerbe nicht aus«, konterte Victor. Langsam wurde ihm die Sache zu bunt. »Aber wenn ich dich so reden höre, könnte ich meinen, ihr seid nicht gekommen, um mir in dieser Angelegenheit zu helfen.«

Dragan zuckte mit den Schultern. »Ich versuche nur, mir einen Überblick zu verschaffen.«

Victor ging zum Barschrank und goss sich aus einer Karaffe Cognac in einen Schwenker. Anschließend leerte er das Glas in einem Zug. »Weshalb seid ihr wirklich hier?«

Dragan betrachtete ihn reglos. »Wir sprechen besser unter vier Augen.« Er gab seinen beiden Kettenhunden ein Zeichen, die daraufhin nach draußen auf die Veranda gingen.

Victor zögerte einige Sekunden. Dann nickte er Marius zu, der den beiden folgte. »Na schön«, sagte er an Dragan gerichtet, als sie allein waren. »Was willst du von mir?«

Dragan lächelte ihn an. »Ich denke, ich nehme jetzt doch etwas zu trinken.«

Marius stand im Garten des Grundstücks und spähte in die Dunkelheit. Er hatte Dragans Männer aus den Augen verloren. Auch die beiden anderen Schläger konnte er nirgends ausmachen. Nervös fingerte er eine Zigarette aus der Schachtel und zündete sie an, während er die Überwachungskamera an der Wand des Hauses betrachtete. Das rote Lämpchen, das normalerweise den Betrieb der Kamera anzeigte, war ausgeschaltet. Ebenso die Gartenbeleuchtung. Victor hatte vor Dragans Ankunft angeordnet, dass sich niemand nach Einbruch der Dunkelheit draußen aufhalten sollte. Irgendetwas stimmte nicht. Es war etwas im Busch, das konnte er spüren. Und es war nichts Gutes. Er musste seinen Arsch aus der Schusslinie bringen, bevor das Ganze eskalierte.

Nervös ging er einige Schritte um das Haus herum. Der Kies des Weges knirschte viel zu laut unter seinen Schuhen. Er hielt Ausschau nach den anderen, doch es war niemand zu sehen. Das alles gefiel ihm überhaupt nicht. Über die akkurat geschnittene Hecke, die das Grundstück auf der Vorderseite begrenzte, fiel sein Blick die Straße hinunter. Der dunkle Kleinwagen mit seinen beiden Insassen stand an seinem gewohnten Platz. Es wäre der perfekte Zeitpunkt, um das alles zu beenden und gleich zwei Fliegen mit einer Klappe zu erschlagen. Doch er durfte nichts überstürzen. Die Situation war ohnehin angespannt genug. Wenn er jetzt einen Fehler machte, würde es zwangsläufig zu einem Schusswechsel kommen. Er musste den Insassen des Wagens eine Nachricht zukommen zu lassen, damit sie Verstärkung anfordern konnten. Möglichst viele, und möglichst gut ausgebildet für solche Situationen. Das würde Zeit beanspruchen. Zeit, die er aller Voraussicht nach nicht hatte. Dennoch war es die einzige Option, die sich ihm bot.

Er nahm einen langen Zug aus seiner Zigarette. In dem Moment, als er losgehen wollte, hielt ihn eine raue Stimme zurück.

»Hast du Feuer?«

Einer von Dragans Männern. Er starrte Marius mit dunklen Augen an und deutete auf die Zigarette in seinem Mundwinkel. Sofort wog Marius seine Optionen ab. Er könnte ihn überwältigen. Einer weniger in der Gleichung. Körperlich war er dem Kerl überlegen. Eine schnelle, präzise Attacke, und er wäre nahezu lautlos ausgeschaltet. Das hatte er oft genug trainiert. Doch das Gelände war in der Dunkelheit zu unübersichtlich. Zwar konnte er den zweiten Mann nicht sehen, dennoch musste er damit rechnen, beobachtet zu werden.

Unschlüssig betrachtete Marius den Mann, in dessen Augen er nicht die geringste Emotion erkennen konnte. Er griff in die Tasche seines Jacketts und kramte darin nach dem Feuerzeug. Es war nur eine Sekunde der Unachtsamkeit. Dann spürte er, wie sich etwas Kaltes durch seinen Rücken in seine Eingeweide bohrte. Beinahe gleichzeitig legte sich eine Hand um seinen Mund, die den Aufschrei erstickte. Der Schmerz durchfuhr ihn explosionsartig und breitete sich in Wellen von der Gegend des Beckens aus. Augenblicklich wich die Kraft aus seinen Beinen. Mit einem schmatzenden Geräusch entwich die Klinge des Messers aus seinem Fleisch, als er auf die Knie sackte. Ein warmes Rinnsal trat aus der Wunde. Er spürte noch, wie ihm die Waffe aus dem Holster gezogen wurde. Dann kippte er nach vorn und blieb reglos auf dem Boden liegen.

35

»Dein Cognac ist wirklich ausgezeichnet«, sagte Dragan und schwenkte das Glas in der Hand. »Du verstehst es wirklich, dein Leben zu genießen.«

»Willst du mir vorwerfen, dass ich meinen Erfolg auskoste? Ich denke nicht, dass Petre in Bescheidenheit lebt.«

Dragan grinste. »Auf Petre hat es aber nun mal keiner abgesehen.«

»Ist das wirklich so?« Victor setzte sich ihm gegenüber. »Außer dir weiß eigentlich niemand, wo er sich gerade aufhält.« Victor beugte sich zu Dragan hinüber. »Oder wer genau sich hinter dem Namen Petre versteckt. Denn eigentlich ist er nur ein Phantom mit einer Stimme.«

»Einer Stimme, die sehr mächtig ist«, sagte Dragan mahnend.

»Und genau aus diesem Grund solltet ihr euch fragen, ob diese Vorfälle sich tatsächlich gegen mich richten. Denn offensichtlich scheinen diese Leute eine ganze Menge über den Aufbau der Organisation zu wissen.«

Dragan stellte sein Glas auf dem Tisch ab. »Diese Möglichkeit haben wir natürlich in Betracht gezogen«, meinte er gelassen. »Die Sache schadet Petre, denn sie verärgert seine Geschäftspartner. Das Ganze wird langsam zum Politikum. Das öffentliche Interesse, die Polizeipräsenz. Wenn die Kontrollen an den Grenzen verschärft werden, kann uns das viel Geld kosten. Abgesehen davon macht es uns angreifbar. Wir müssen diese Sache stoppen, und zwar so schnell wie möglich.«

»Und wie?«

Dragan erhob sich. »Indem wir die Schwachstelle ausmerzen«, sagte er, griff hinter seine Jacke und zog eine Pistole hervor.

36

Die Schmerzen zogen sich wie ein Flächenbrand durch seine Eingeweide. Marius kämpfte verbissen darum, nicht das Bewusstsein zu verlieren, denn ihm war klar, dass er nie wieder daraus erwachen würde. Er verlor viel Blut. Es wäre sein Todesurteil, wenn er sich jetzt dieser erlösenden Dunkelheit ergab. Er lag auf dem Bauch, mit dem Gesicht auf weichem Rasen. Neben ihm verlief der leicht abfallende Kiesweg, der nach wenigen Metern in den gepflasterten Hof und in die Einfahrt zur Straße mündete. Er musste er es versuchen, musste es irgendwie dorthin schaffen.

Plötzlich hörte er schnelle Schritte, die sich ihm näherten.

Er zwang sich, nicht zu atmen, fixierte seine Augen auf einen Punkt. Die Schritte kamen näher. Dann hörte er ein Knistern, als würden Funken sprühen. Kurz darauf sah er in die Augen des Mannes, der ihn wenige Minuten zuvor nach einem Feuerzeug gefragt hatte. Er lag keine zwei Meter neben ihm auf dem Kiesweg. Marius konnte ihn atmen hören, dennoch schien sein Körper in eine seltsame Starre verfallen zu sein, als wäre er gelähmt. Dann trat eine zweite Gestalt in sein Sichtfeld. Marius konnte den Saum eines Umhangs und die Schuhe erkennen, die seltsam altertümlich aussahen. Die Gestalt beugte sich nach unten und legte den Stab beiseite, den sie in der Hand hielt. Dann griff sie nach den Haaren des Mannes am Boden und zog seinen Kopf nach hinten. Ein gurgelndes Gluckern erklang, als das Messer durch seinen Kehlkopf schnitt. Blut schwappte fontänenartig auf den Weg und verrann zwischen den Kieselsteinen. Einige quälend lange Sekunden vergingen, bis das Röcheln erstarb. Marius lag stocksteif daneben und beobachtete, wie die Gestalt sich hinabbeugte und dem Toten die Waffe entnahm. Seine Waffe. Dann blickte die Gestalt zu ihm hinüber, betrachtete ihn mit rötlich schimmernden Augen aus dem schnabelförmigen Antlitz heraus.

War er schon tot? War das die Hölle?

Die Gestalt erhob sich wieder. Eine zweite gesellte sich dazu. Kurz darauf hörte er ihre Schritte im Kies, die sich in Richtung des Hauses entfernten.

Keuchend atmete Marius aus. Helle Sterne explodierten vor seinen Augen, und er hatte das Gefühl, sein Kopf würde jeden Moment platzen. Der Schock versickerte allmählich, schaffte wieder Raum für die Schmerzen, die sich von den Nieren aus durch seinen Körper ausbreiteten. Er fragte sich, wie viele von diesen Gestalten sich hier aufhielten und was zum Teufel hier geschah? Doch das war jetzt nicht wichtig. Wenn er überleben wollte, brauchte er schnellstens Hilfe. Vorsichtig sah er sich um. Zehn, vielleicht fünfzehn Meter bis zur Straße. Ihm blieb keine Wahl.

Er stemmte sich auf die Ellenbogen und begann unter höllischen Schmerzen zur Auffahrt zu kriechen.

37

»Das ist also euer Plan«, sagte Victor und starrte in den Lauf von Dragans Waffe. »Mich und meine Leute aus dem Weg zu räumen.«

Dragan gab ein weiteres Mal sein psychopathisches Grinsen zum Besten. »Beseitigt man die Schwachstelle, macht man sich weniger angreifbar.« Er beugte sich zu Victor, zog dessen Pistole aus dem Schulterhalfter und verstaute sie in seinem Hosenbund. Dann griff er in die Tasche seines Sakkos und fingerte einen zylindrischen Gegenstand daraus hervor, den er auf den Lauf seiner eigenen Waffe schraubte.

»Ein Schalldämpfer. Du hast wirklich an alles gedacht.«

»Du wunderst dich jetzt sicher, wie ich das alles durch die Flughafenkontrollen gebracht habe, nicht wahr?« Erneutes Grinsen. »Das war gar nicht nötig. Ich konnte deinen Fahrer überreden, auf dem Weg hierher einen kleinen Zwischenstopp bei einem Bekannten von mir einzulegen. Sagen wir mal, er war mir noch etwas schuldig.«

Zu Dragans Verwunderung war es nun Victor, der grinste. »Ich kann nicht sagen, dass mich das sonderlich überrascht«, sagte er. »Daher habe ich auch einige Vorkehrungen getroffen.«

Zum ersten Mal schlich sich Unsicherheit in Dragans Augen. »Vorkehrungen?«

»Wie ich schon sagte, diese Leute sind nicht hinter mir her. Ich bin nur das Mittel zum Zweck.«

»Woher weißt du das?«

»Ich habe seit gestern Abend regen E-Mail-Verkehr mit diesen Leuten, die mir zu verstehen gaben, ich wäre der Nächste auf der Liste. Nach Petres Anruf war mir klar, dass sie recht damit hatten. Mein Name steht auf einer Liste, aber auf eurer. Wie sagt man so schön? Bauern werden geopfert, damit Könige überleben. Dabei stellt sich nur die Frage, wer in diesem Spiel der Bauer ist?«

Dragan wurde zusehends unsicherer. »Was geht hier vor?«

»Ich habe eine Vereinbarung mit diesen Leuten getroffen«, sagte Victor und erhob sich. Dragan wich einige Schritte zurück, obwohl er nach wie vor die Waffe in der Hand hielt. »Was hatte ich letztendlich zu verlieren? Hättet ihr mich nicht umgebracht, hätten die es getan. Dass sie dazu in der Lage sind, haben sie ausreichend bewiesen. Aber mir war klar, das Petre dich schickt, um mich zu beseitigen. Ich war zum Risiko für die Organisation geworden. Und warum sollte ich einen Krieg mit euch anfangen, wenn andere das für mich erledigen können?«

Dragan griff hektisch nach seinem Handy und betätigte eine Kurzwahlnummer.

»Bemüh dich nicht.« Victor ging auf Dragan zu. »Deine Männer sind längst tot. Genauso wie du es bald sein wirst. Denn es bin nicht ich, hinter dem sie her sind.«

»Bleib stehen«, drohte Dragan und streckte ihm demonstrativ die Waffe entgegen.

»Erschieß mich, wenn du willst«, meinte Victor unbeeindruckt. »Ich bin lieber tot, als mich noch einmal unterdrücken zu lassen.«

Das Ploppen des Schalldämpfers erklang. Victor fasste sich an die Brust und taumelte einige Schritte zurück. Dann fiel er rücklings zu Boden.

38

»Geht es dir jetzt besser?«, fragte Rebecca, während sie nach ihrer Streife den Wagen zurück in Richtung Wache steuerte. Es war knapp zwei Stunden her, dass sie in der Nachtapotheke Magentabletten gekauft hatten. Zwischendurch hatten sie eine Kleinigkeit gegessen.

»Ja«, meinte Rohde reserviert, »es geht schon.«

»Und warum bist du dann immer noch so schweigsam? Was ist wirklich los mit dir? Dich bedrückt doch irgendetwas.«

»Könntest du bitte damit aufhören, dich wie meine Mutter aufzuführen. Ich bin müde und hatte einen schlechten Tag. Lass uns einfach zur Dienststelle fahren, okay?«

»Schon gut«, feigste Rebecca. Sollte ihr noch mal jemand einen Vorwurf machen, sie benehme sich wie eine Zicke.

Sie bogen auf die Hauptstraße ein, als die Zentrale über Funk von einem Notruf berichtete. Darin war von mehreren Toten die Rede. Rohde ließ sich die Adresse bestätigen.

»Ist das nicht dort, wo Thilo und Jürgen diesen Unternehmer observieren?«

Rohde starrte sie wortlos an. Dann nickte er.

Rebecca schaltete das Blaulicht ein und wendete den Wagen.

Kaum waren sie in dem noblen Wohnviertel angekommen, fiel ihnen der Mann auf, der bäuchlings neben der geöffneten Tür eines parkenden Autos auf der Straße lag. Eine dünne Blutspur zog sich über den Asphalt bis zu einem der imposanten Häuser, die sich auf der Talseite erhoben.

»Das ist einer unserer Zivilwagen!«

Rebecca stoppte quer zur Fahrbahn. Rohde stieg aus und rannte zu der geöffneten Fahrertür. Als Rebecca kurz darauf zu ihm stieß, traf sie der Schock mit der Härte einer Abrissbirne.

Im Inneren des Wagens saßen ihre beiden Kollegen Thilo Möller und Jürgen Lenz. Aus den handbreiten Spalten, die aus ihrem Hals klafften, hatten sich breite Bahnen aus Blut ergossen und ihre Kleidung und die Sitze getränkt. Die starren Augen und Gesichter spiegelten noch immer die Verwunderung wider, die sie befallen hatte, als sie ihren Mördern begegnet waren. Es dauerte eine Weile, bis sich Rebecca von dem grausigen Anblick lösen konnte und Worte für das fand, was sie dort sah.

»Sie ... sie müssen völlig überrascht worden sein«, stammelte sie und hielt sich entsetzt die Hand vor den Mund, während sie versuchte, ihre Tränen zu unterdrücken. Sie durfte jetzt nicht die Kontrolle verlieren, durfte sich nicht ihren Gefühlen hingeben, die mit einer Heftigkeit über sie hereinbrachen, die ihr den Atem nahm.

Du bist als Polizistin hier. Du musst jetzt einen kühlen Kopf bewahren, darfst es nicht an dich heranlassen.

Doch wie sollte sie das bewerkstelligen? Diese beiden Männer, die dort abgeschlachtet im Wagen saßen, waren ihre Kollegen gewesen. Menschen, mit denen sie sich gelegentlich nach Dienstschluss auf ein Glas Wein oder Bier getroffen hatte. Menschen, die ihr Familienfotos gezeigt und von ihren Kindern erzählt hatten. Wie war es möglich so etwas auszublenden?

Ihre Augen lösten sich von den Leichen und folgten dem Verbindungskabel, das die Sprecheinheit des Funkgerätes mit dem Gehäuse in der Armatur verband. Sie schwang lose über der Trittschwelle der Fahrertür.

Sie zuckte zusammen, als sie am Boden darunter eine Bewegung wahrnahm.

Der Verletzte auf der Straße stöhnte schwach. Rebecca beugte sich zu ihm herab und fühlte seinen Puls.

»Der hier lebt noch!«, rief sie Rohde zu. Doch der starrte noch immer wie paralysiert auf die beiden Leichen im Auto. »Jens!«

»Was?«

»Der Mann ist noch am Leben!« Sie streifte das Jackett

des Verletzten beiseite. Das Hemd darunter klebte blutgetränkt an seinem muskulösen Körper, um den herum sich eine Lache gebildet hatte. Sofort fiel Rebecca das leere Holster an dem Gürtel auf. Unterhalb davon entdeckte sie die Wunde. »Stichverletzung am Rücken«, rief sie. »Er verliert viel Blut!« Sie drehte ihn auf die Seite, damit er besser atmen konnte und musterte ihn genauer. Schwarze Haare. Breite, flache Nase. Osteuropäischer Typ.

»Diese Mistkerle«, entfuhr es Rhode verzweifelt. »Was haben die getan?« Sein Blick wechselte von den Toten zu dem Mann am Boden.

»Ich denke nicht, dass er dafür verantwortlich ist«, sagte Rebecca und betrachtete die Blutspur auf dem Asphalt. »Er muss sich von dem Haus dort hinten bis hierher geschleppt haben. Ich glaube, dass er es war, der über Funk den Notruf abgegeben hat.«

»Und wenn schon«, sagte Rohde. »Der ist auch nur einer von denen.« Er betonte das Wort auf eine Art, die Rebecca Angst machte. »Kümmere dich meinetwegen um ihn, bis der Notarzt eintrifft«, brummte Rohde. »Und verständige auch gleich die Zentrale. Die sollen sämtliche verfügbare Einheiten hierherschicken.«

»Was hast du vor?«, fragte Rebecca, als sie sah, dass er seine Dienstwaffe in der Hand hielt.

»Ich muss was ins Reine bringen«, erwiderte er apathisch. »Ich mach's wieder gut, versprochen. Jetzt ist mir ohnehin alles egal.« Er setzte sich in Bewegung und ging die Straße hinunter, während er mit seiner freien Hand nach dem Handy griff.

»Jens, was ...?«

»Du wartest hier, bis die Verstärkung eintrifft! Ich will nicht, dass dir auch etwas passiert.«

»Jens! Du kannst doch nicht allein da rein!«

Ohne auf ihre Worte zu hören, ließ Rohde sie zurück und rannte geradewegs in Richtung des Hauses, an dem die Blutspur endete.

39

Victor lag auf dem Boden des Wohnzimmers und regte sich nicht mehr. Ein fingerdickes Loch ragte aus seiner Brust. Dragan registrierte es mit Genugtuung. Dennoch war er beunruhigt. Es war zu einfach gewesen. Victor hatte sich nicht einmal zur Wehr gesetzt. Und das, obwohl er geahnt hatte, weshalb er mit seinem Gefolge hier aufgetaucht war.

Er sah auf die Uhr. Was trieben diese beiden Idioten nur? Sie sollten Victors Männer längst erledigt haben. Irgendetwas war schiefgelaufen.

Dragan spähte durch die gläserne Schiebetür nach draußen. Die Veranda erstrahlte in grellem Licht. Dahinter war alles in dunkle Schatten gehüllt. Zu riskant, dachte er und entschied sich für den anderen Weg. Er ging zur gegenüberliegenden Wohnzimmertür. Im Flur dahinter herrschte Stille. Vorsichtig öffnete er die Tür einen Spalt weit. Im selben Moment durchfuhr ihn ein lähmender Schlag. Schwarze Punkte tanzten vor seinen Augen und seine Knie gaben nach. Als er rücklings auf dem Boden sank, trat eine Gestalt durch die Tür, die Dragan zunächst für eine Halluzination hielt. Erst als er einen Stich in der Armbeuge spürte, wurde ihm klar, dass die geisterhafte Erscheinung äußerst real war.

»Wer oder was bist du?«, entfuhr es ihm noch, bevor sein Sichtfeld immer mehr verschwamm, was die Gestalt noch grotesker erscheinen ließ. »Deine gerechte Strafe«, glaubte er eine dumpfe Stimme sagen zu hören, die schließlich in der völligen Dunkelheit verhallte, die sich schlagartig über ihn legte.

Victors Brust tat höllisch weh, als er sich aufsetzte. Er keuchte und hustete, was den Schmerz und das Gefühl der Enge um seinen Brustkorb noch intensivierte. Er riss die

Knöpfe des Hemdes auf und öffnete die Klettverschlüsse der Kevlarweste, die seinen Oberkörper umschloss. Nachdem er sie abgestreift hatte, offenbarte sich auf der linken Brusthälfte ein tiefroter Bereich, der in der Mitte bereits blau anzulaufen begann. In den nächsten Stunden würde er sich zu einem handtellergroßen Bluterguss ausweiten. »Verdammtes Arschloch«, fluchte Victor auf Rumänisch und spuckte in Richtung Tür, wo Dragan reglos auf dem Boden lag. »Der Teufel soll dich holen!«

Offensichtlich tat er das bereits. Victor sah zwei grotesk maskierte Gestalten, die damit beschäftigt waren, Dragans bewusstlosen Körper durch die Tür zu tragen. Eine dritte Gestalt stand unmittelbar vor ihm. Sie hielt eine altertümliche Schlagwaffe in der Hand. Ein hölzerner Stab, an dessen oberem Ende eine Kette mit einem Kopf aus Eisen angebracht war, aus dem gut ein Dutzend spitzer Dornen herausragten. Die Gestalt betrachtete ihn reglos durch die schnabelartige Maske hindurch.

»Ich weiß nicht, was für kranke Typen ihr seid«, keuchte Victor, dem das Atmen noch immer schwerfiel, »aber ihr habt, was ihr wolltet. Jetzt haltet euch an euren Teil der Abmachung!« Dieser Teil besagte, dass sie ihn verschonten, sollte er ihnen Dragan lebend überbringen. Das zumindest hatten sie ihm in ihrer letzten E-Mail zugesichert.

Die Gestalt rührte sich nicht.

»Was ist mit meinen Männern?«, fragte Victor.

»Die haben Dragans Killer übernommen«, erklang es dumpf hinter der Maske.

Victor nickte zufrieden. »Dann haben wir ja beide, was wir wollten. Ich werde euch nicht länger im Weg stehen.«

Die Gestalt trat einen Schritt auf Victor zu, der noch immer am Boden lag. »Tut mir leid«, sagte sie und hob die Schlagwaffe an, »aber bei Abschaum wie dir gehen wir lieber auf Nummer sicher.«

Mit einem berstenden Geräusch schlug die eiserne Kugel auf Victors Schädeldecke ein.

40

Rebecca hatte mit dem Inhalt des Erste-Hilfe-Kastens einen Druckverband angelegt, mit dem es ihr vorübergehend gelang, die Blutung zumindest zu verringern. Mehr konnte sie nicht für den Mann tun. Der Notarzt war bereits verständigt, ebenso mehrere Einheiten Verstärkung. Eigentlich brauchte sie nur auf deren Eintreffen zu warten. Aber eigentlich hätte Rohde nicht allein in das Haus gehen dürfen. Und eigentlich sollte sie ihm schleunigst folgen und ihn unterstützen, bevor es einen weiteren toten Polizisten gab. Wobei sie sich zunehmend zu fragen begann, weshalb Rohde so übereilt davongestürmt war und sie hier zurückgelassen hatte? Das passte nicht zu ihm, obwohl es Rebecca momentan schwerfiel, ihren Kollegen einzuschätzen. In den letzten Tagen hatte er sich mehr als ungewöhnlich verhalten. Und dann der Ausdruck in seinen Augen, als er die beiden Leichen im Auto betrachtet hatte.

Ich mach's wieder gut, versprochen.

Sie beschloss, nicht länger untätig zu warten und der Sache auf den Grund zu gehen.

Bereits neben dem Aufgang zum Garten entdeckte sie die erste Leiche. Ein paar Meter weiter, an der hinteren Ecke des Hauses, lag ein zweiter Körper auf dem mit hellen Ziersteinen begrenzten Kiesweg. Wie bei ihren Kollegen an der Straße waren beiden Männern die Kehlen durchgeschnitten worden. Auf dem Rasen daneben befand sich eine weitere Blutlache. Sie ging davon aus, dass sie von dem Verletzten auf der Straße stammte. Rebecca umklammerte mit beiden Händen ihre Dienstwaffe, als sie sich dem hinteren Teil des Grundstücks näherte. Der Terrassenbereich war hell erleuchtet. Sie würde ihre Deckung aufgeben müssen, um dorthin zu gelangen.

Prüfend sah sie sich um. Rohde war nirgends zu sehen.

Sie ging davon aus, dass er sich bereits im Haus aufhielt. Dieser gottverdammte Idiot! Es war nicht einmal abzuschätzen, wie viele dieser Kerle sich eventuell noch dort aufhielten, geschweige denn, in was sie hier hineingeraten waren. Wieso riskierte er Kopf und Kragen, wenn jeden Moment mehrere Einheiten zur Verstärkung hier eintrafen? Das widersprach jeder polizeilichen Praxis, die sie kannte.

Es sei denn ...

Sie verdrängte den Gedanken sofort, denn er schien ihr zu abwegig. Dennoch blieb ein flaues Gefühl in ihrem Magen zurück. Erneut sah sie sich um. In dem weitläufigen Garten war niemand zu sehen, sofern sie das in der Dunkelheit beurteilen konnte. Sie musste es einfach riskieren.

Vorsichtig trat sie auf die Veranda, die Waffe im Anschlag. Das Licht im Inneren des Hauses war eingeschaltet und der Wohnraum durch die Glastüren gut zu überblicken. Neben der Couch lag ein Mann auf dem Boden. Der Teppich um seinen Kopf herum war mit Blut getränkt. Mehrere Löcher klafften in seiner Schädeldecke. Es war nicht davon auszugehen, dass er noch lebte. Die kugelsichere Weste, die neben ihm lag, verlieh dem Szenario einen nahezu spöttischen Charakter.

Wenige Meter zu ihrer Linken entdeckte Rebecca eine weitere Glastür. Sie stand offen, und der Raum dahinter lag im Dunkeln. Rebecca entschied sich für den übersichtlicheren Weg.

Behutsam öffnete sie die Schiebetür zum Wohnraum und trat ein. Hektisch schwenkte sie die Pistole hin und her, suchte jeden Winkel des Raumes ab. Ihr Atem ging stoßweise, und sie war bis aufs Äußerste angespannt. Die Tür am Ende des Zimmers stand einen Spaltbreit offen. Gedämpfte Stimmen drangen zu ihr. Sie konnte nicht verstehen, was gesprochen wurde, doch war eine der beiden Stimmen eindeutig die von Jens Rohde.

Kalter Schweiß brannte in ihren Augen. Sie wischte sich nervös über die Stirn, während sie sich behutsam der Tür näherte. Die Stimmen schwollen an, wurden deutlicher:

»Ich habe euch nicht gewarnt, damit ihr meine eigenen Leute umbringt!«, schrie Rohde. »Davon war nie die Rede!«

»Wir wussten bereits von der Überwachung«, ertönte eine dumpfe Stimme, die sich anhörte, als rede sie hinter vorgehaltener Hand. »Dennoch ließ es sich nicht vermeiden.«

»Was soll das heißen, es ließ sich nicht vermeiden?«

»Das Risiko war zu groß. Sie gefährdeten unsere Mission. Genau wie du jetzt!«

»Eure Mission? Was genau ist eigentlich eure Mission? Menschen bestialisch zu ermorden? Ich dachte wirklich, ihr wollt etwas bewirken. Aber wie es aussieht, seid ihr auch nur ein Haufen Sadisten, die Spaß am Töten haben. Wie konnte ich nur so dumm sein?«

Rebecca hatte die Tür erreicht und spähte vorsichtig durch den Spalt in den dahinterliegenden Flur. Sie sah drei vermummte Gestalten. Ihre Köpfe waren von Kapuzen verhüllt, aus denen schnabelförmige Masken ragten. Sie trugen lange, wallende Lederumhänge, und alle drei waren bewaffnet. Einer hielt einen altertümlichen Dolch in der Hand, der andere eine primitive Schlagwaffe. Beide Gegenstände waren voller Blut. Die dritte Gestalt war moderner ausgestattet. Eine halbautomatische Pistole mit Schalldämpfer, die nach unten gerichtet war. Auf dem Boden davor lag der reglose Körper eines Mannes. Rebecca konnte keine Verletzungen ausmachen. An der Bewegung des Brustkorbes konnte sie erkennen, dass er noch lebte. Der Griff um ihre Waffe festigte sich. Ihr Puls zischte in ihren Ohren, sodass sie fast befürchtete, das Geräusch könnte sie verraten.

»Wir haben nicht viel Zeit«, sagte die Gestalt mit der Pistole fordernd. »Du solltest dich jetzt entscheiden, auf welcher Seite du stehst!«

»Daran bestand nie Zweifel«, entgegnete Rohde und richtete seine Waffe auf die Gestalt mit der Pistole. »Fallenlassen!«

»Du machst einen Fehler«, sagte der Maskierte, ohne der Forderung nachzukommen. »Sei nicht dumm, wir sind fast am Ziel. Dieses Stück Scheiße da vor unseren Füßen wird uns sagen, was wir noch wissen müssen.«

»Und was dann? Die Sache ist einfach zu Ende, und jeder geht seiner Wege?«

Die Gestalt deutete auf den Mann am Boden. »Es gibt noch mehr Abschaum wie den da, und das weißt du.«

»Ja, aber meine Kollegen da draußen gehören nicht dazu!«, schrie Rohde außer sich. »Ich bin ohnehin nur über Jacobi in diese Sache hineingeraten. Und sie hatte für mich bereits ein Ende, als er vor diesen Bus gelaufen ist. Es dürfte nicht lange dauern, bis die über ihn eine Verbindung zu mir herstellen.«

»Selbst wenn, bedeutet das noch gar nichts. Sie können dir nichts nachweisen. Du warst nicht an der Ausführung beteiligt.«

»Und wenn schon«, hielt Rohde dagegen. »Vielleicht will ich mir einfach nicht länger einreden, ihr könntet irgendetwas verändern. Ihr schafft lediglich Platz für andere, die kommen werden.«

»Nein«, sagte die Gestalt und trat energisch einen Schritt auf Rohde zu. »Wir statuieren ein Exempel! Angst und Respekt sind sehr effektive Mittel der Abschreckung!«

»Die Menschen vergessen schnell«, erwiderte Rohde unbeeindruckt. »In ein paar Wochen redet niemand mehr über euch.«

Die Gestalt hob ebenfalls die Waffe. »Wir werden dafür sorgen, dass dies nicht passiert!«

Entschlossen hielt Rohde dagegen. »Dann haben wir wohl eine klassische Pattsituation.«

»Du wirst verstehen, dass ich nicht warten kann, bis deine Kollegen hier eintreffen, um das zu klären.«

Rebecca hielt den Atem an. Zwar konnte sie sich noch immer keinen Reim auf das Ganze machen, doch hatte sie genug gehört und gesehen, um zu begreifen, dass Rohde darin verwickelt war. *Verdammt, Jens, worauf hast du dich da nur eingelassen?* Diese Frage galt es später zu klären. Ebenso den Status ihrer Menschenkenntnis. Zunächst jedoch brauchte er Unterstützung, bevor das Ganze eskalierte.

Wo zum Teufel blieb die Verstärkung?

Ihr Puls pochte in ihren Ohren, als sie die Klinke der Tür ergriff. Doch in dem Moment, in dem sie entschlossen in den Flur hinaustreten wollte, hörte sie hinter sich ein Geräusch.

Erschrocken wirbelte sie herum – und das Pochen in ihren Ohren schwoll zu einem Dröhnen an.

Hinter ihr stand einer der Männer aus dem Garten. Sein bleiches Gesicht war völlig ausdruckslos. Mit einer Hand hielt er sich die klaffende Wunde an der Kehle zu, aus der nach wie vor Blut zwischen seinen Fingern hindurchsickerte. In der anderen Hand befand sich einer der faustgroßen Ziersteine, mit denen der Kiesweg im Garten eingefasst war.

Noch ehe sie reagieren konnte, traf sie ein heftiger Schlag oberhalb ihrer Schläfe. In der nächsten Sekunde verschwamm alles um sie herum. Sie spürte, wie der Mann ihr die Pistole entriss. Dann wurde sie nach hinten in den Flur gestoßen, wo sie benommen zu Boden ging.

Das Nächste, was in Rebeccas Wahrnehmung drang, waren Schüsse. Sie schienen aus allen Richtungen zu kommen. Dennoch nahm sie diese Geräusche seltsam distanziert wahr, als läge sie auf dem Grund eines Sees und all das spielte sich hoch über ihr ab. Jede Kontur erschien ihr verschwommen und unscharf. Sie versuchte sich zu bewegen, um aus dem Schussfeld zu kriechen. Doch es war, als wäre sie von einer eigenartigen Trägheit umgeben, die alles verlangsamte. Dann spürte sie ein drückendes Gewicht, das ihr die Luft aus den Lungen presste, als der Körper über sie hinwegrollte. Er kam vor ihr zum Erliegen, sodass sie direkt in das Gesicht ihres Angreifers sehen konnte. Eines seiner Augen starrte sie an, das andere war nur noch eine blutige Höhle, aus der eine gallertartige Flüssigkeit lief. Der Anblick ließ die Trägheit schlagartig verfliegen. Sie entdeckte ihre Waffe auf dem Boden, etwas außerhalb ihrer Reichweite. Doch seitdem die Schüsse verstummt waren, wagte sie nicht, sich zu bewegen. Das Ganze konnte nur Sekunden gedauert haben, doch ihr war es wie eine kleine Ewigkeit vorgekommen. Vorsichtig spähte sie am Kopf der Leiche vorbei den Flur entlang. Auf der rechten Seite des Ganges sah sie eine der vermummten Gestalten reglos am Boden liegen, eine weitere schien verletzt zu sein. Sie saß gegen die Wand gelehnt und hielt sich stöhnend den Arm. Lediglich die Gestalt mit der Pistole stand aufrecht, etwa drei Meter von Rebecca entfernt. Der Lauf der Waffe war schräg nach unten auf den Kopf von Jens Rohde gerichtet. Er lag getroffen vor einer Kommode und hielt sich die Wunde an seinem Bauch. Sein Körper zuckte vor Schmerzen.

»Verräter«, ertönte es unter der Maske. Das Ploppen des Schalldämpfers erklang und das Zucken erstarb.

Rebecca musste sich zusammenreißen, um nicht loszuschreien. Vor ihr lag die Waffe am Boden, doch ihr Körper war vor Angst wie gelähmt. Sie schloss die Augen, blendete all das Schreckliche aus. Es war die einzige Strategie, die ihr in dieser Lage sinnvoll erschien.

»Was ist mit der anderen?«, hörte sie eine gedämpfte Stimme fragen. »Wir sollten auf Nummer sicher gehen.«

Rebecca bemerkte Schritte, die sich ihr näherten. Sekunden verstrichen, in denen sie fest damit rechnete, dass jeden Moment eine Kugel in ihren Kopf eindrang, die das Bild ihres toten Kollegen endgültig auslöschte. Dann erklang ein nüchternes Klacken.

»Verdammt! Das Scheißding klemmt!«, hörte sie jemanden sagen.

»Dann nimm die andere Knarre.«

Von draußen ertönte das erlösende Geräusch mehrerer Sirenen, die sich dem Haus näherten.

»Vergiss es, wir müssen hier weg!«

»Also gut, du nimmst Dragan.«

»Was ist mit ihm?«

»Er ist tot.«

»Soll das heißen, wir lassen ihn hier zurück?«

»Wir haben keine andere Wahl. Du kannst nur einen tragen, und ich bin verletzt.«

»Ist es schlimm?«

»Es geht schon. Wir kümmern uns darum, wenn wir wieder im Nest sind. Und jetzt pack dir endlich diesen Bastard und mach, dass du hier raus zum Auto kommst!«

Wenige Sekunden später umgab Rebecca erdrückende Stille, die nur vom rasenden Schlag ihres Herzens durchbrochen wurde. Selbst als kurz darauf mehrere Einheiten der Polizei in das Haus eindrangen und die Stimmen ihrer Kollegen fürsorglich auf sie einredeten, hielt sie die Augen noch immer fest verschlossen.

41

Die Spurensicherung verbrachte die gesamte Nacht in Victor Kiriacs Haus. Die Leichen wurden der Gerichtsmedizin übergeben. Die meisten konnten aufgrund der Ausweispapiere, die sie bei sich trugen, identifiziert werden. Bei dem vermummten Toten gelang dies erst über einen Treffer in der Fingerabdruckdatenbank.

»Florian Schneider, 36 Jahre, arbeitsloser Mechaniker aus Koblenz, vorbestraft wegen Trunkenheit am Steuer, Drogenbesitz und Körperverletzung. Hat vor zwei Jahren aufgrund von Strafminderung freiwillig an einem Anti-Aggressionskurs teilgenommen«, las Chris von dem Ausdruck ab, der in seiner Hand zitterte. Es gelang ihm nicht, seine Anspannung vor den anderen zu verbergen. Rokko saß an seinem Schreibtisch gegenüber. Gerlach und Deckert standen dahinter an die Wand gelehnt. »Außerdem Verbindungen zur rechtsextremen Szene. Ich habe bereits eine Wohnungsdurchsuchung veranlasst«, fügte Chris hinzu und rieb sich die Augen. »In der Akte ...«

»Lassen Sie doch mal die verdammte Akte außen vor«, sagte Deckert. Sein Gesicht war blass und eingefallen. »Wie geht es der Kollegin? Mir wurde gesagt, Sie wären enger mit ihr befreundet.«

Chris ließ sich in den Stuhl fallen und nickte. »Ich bin natürlich sofort ins Krankenhaus gefahren. Dort hatte man ihr ein starkes Beruhigungsmittel gegeben und sie schlief bereits. Außer einer Platzwunde ist sie unversehrt. Sie hat verdammtes Glück gehabt.«

»Umso bemerkenswerter, dass sie noch vor Ort eine Aussage gemacht hat«, betonte Deckert.

Chris betrachtete den Bericht der Kollegen, der in dreifacher Ausfertigung auf seinem Schreibtisch lag.

»Wenn Sie lieber bei ihr sein wollen, hätte jeder hier Verständnis dafür«, betonte Deckert.

»Ihre Eltern sind im Moment im Krankenhaus. Sie verständigen mich, wenn sich was Neues ergibt.«

Er war Rebeccas Eltern im Flur des Krankenhauses zum ersten Mal begegnet, und er hätte sich wahrlich eine bessere Gelegenheit gewünscht, sich ihnen vorzustellen.

»Bis dahin sollten wir uns auf den Fall konzentrieren. Denn laut Rebeccas Aussage war der Kollege Jens Rohde an der Sache beteiligt. Das dürfte in der Presse gehörig Staub aufwirbeln.«

»Verdammt!«, fluchte Deckert. »Ein Rechtsextremer in den eigenen Reihen, das hat uns gerade noch gefehlt. Der Staatsanwalt macht mir wegen des Presserummels ohnehin die Hölle heiß.«

»Genau aus dem Grund sollten wir keine Zeit verlieren. Die Vorfälle der letzten Nacht lassen einige neue Schlüsse zu. Immerhin wissen wir jetzt, woher die Täter ihre Informationen hinsichtlich Daniel Nowak hatten. Außerdem hat eine Überprüfung der Intranetprotokolle ergeben, das Rohde schon vor Monaten eine Anfrage über Victor Kiriac beim BKA gestellt hat. Es ist davon auszugehen, dass die Täter über diesen Weg an den Namen des ersten Opfers gelangt sind. Auch hat Rohde sie vermutlich über die Observierung von Victor Kiriacs Haus in Kenntnis gesetzt.«

»Was den Tod von zwei weiteren Kollegen zur Folge hatte«, betonte Rokko.

Für einige Sekunden herrschte betroffenes Schweigen.

»Ich habe diesbezüglich die Auswertung von Rohdes Handydaten beantragt«, erläuterte Chris.

»Inwieweit können wir sagen, was sich letzte Nacht in diesem Haus zugetragen hat?«, fragte Deckert.

»Laut Meißners Bericht wurden vier der Opfer die Kehlen durchgeschnitten. Darunter auch die beiden Kollegen. Bei allen konnten dieselben punktuellen Rötungen wie bei Nowak festgestellt werden. Vermutlich wurden sie durch Elektroschocks ausgeschaltet, bevor man sie getötet hat.«

»Nur bei einem waren sie dabei nicht gründlich genug«, sagte Rokko.

»Ja …« Chris stockte kurz. »Er hat Rebecca niedergeschlagen und mit ihrer Waffe die Schießerei begonnen, bei der er dann tödlich getroffen wurde.«

»Was ist mit den anderen?«

»Zwei der Toten wurden hinterrücks niedergestochen. Es dürfte sich dabei um Victor Kiriacs Leute gehandelt haben. Von den zwei anderen wissen wir nur, dass sie rumänische Staatsbürger sind. Sie trafen gestern Abend mit einer Maschine aus Bukarest ein, zusammen mit einem gewissen Dragan Petrescu.«

»Woher haben wir den Namen?«, fragte Rokko.

»Rebecca hat ihn aufgeschnappt. Und da nur ein Dragan auf der Passagierliste stand, können wir ziemlich sicher sein, dass es sich um den Mann handelt, den die Täter mitgenommen haben.«

»Wissen wir etwas über den Kerl?«

»Zumindest hierzulande ist er ein unbeschriebenes Blatt«, erläuterte Chris. »In Wiesbaden ist man sich aber ziemlich sicher, dass er ein hochrangiges Mitglied einer Organisation ist, die mittlerweile flächendeckend in ganz Deutschland operiert und für die auch Victor Kiriac gearbeitet hat.«

»Mutmaßlich gearbeitet hat«, verbesserte Deckert.

»Meinetwegen«, erwiderte Chris.

»Wenn es tatsächlich so ist, woher haben die Kerle so schnell von der Ankunft dieser Leute gewusst?«, fragte Gerlach. »Nicht einmal Rohde kann davon gewusst haben.«

»Darüber lässt sich im Moment nur spekulieren«, sagte Chris. »Aufgrund der Spuren ist aber davon auszugehen, dass Dragan und seine Leute den Auftrag hatten, Kiriac zu beseitigen.« Er breitete einen Stapel Tatortfotos auf dem Tisch aus. Gerlach und Deckert rückten näher heran und betrachteten die Bilder. Chris lenkte ihre Aufmerksamkeit auf Victors Leiche, die in verschiedenen Perspektiven abgebildet war. »Fest steht, auf Kiriac wurde geschossen, was die kugelsichere Weste und das Hämatom auf seiner Brust beweisen. Demnach dürfte er damit gerechnet haben, dass man ihn aus dem Weg räumen wollte.«

»Die Weste hat ihm nicht viel geholfen«, bemerkte Rokko höhnisch, als er das Bild der Leiche betrachtete.

»Zunächst schon. Die tödliche Kopfverletzung ist ihm erst hinterher zugefügt worden. Sie stammt von einer altertümlichen Schlagwaffe, einem sogenannten Morgenstern, der bei dem vermummten Toten gefunden wurde. Da es sonst keinerlei Kampfspuren in dem Raum gibt, muss er seinen Mörder sehr nahe an sich herangelassen haben.«

Rokko runzelte die Stirn, während er wie üblich auf einem Kaugummi kaute. »Du meinst, er hat ihm auf gewisse Weise vertraut.«

Chris nickte. »Für mich lässt das den Schluss zu, dass er mit diesen Leuten eine Absprache getroffen hatte. Wie sonst sollten sie unbemerkt auf sein Grundstück gelangt sein? Sämtliche Überwachungskameras am Haus waren an diesem Abend ausgeschaltet. Ebenso ein Großteil der Außenbeleuchtung. Sehr ungewöhnlich für jemanden, der sich bedroht fühlt. Wenn man bedenkt, dass erst zwei Tage zuvor eine von Kiriacs Lagerhallen in Brand gesetzt wurde. Ganz zu schweigen von dem toten Anwalt, mit dem er befreundet war und der für ihn gearbeitet hat. Und ich brauche keine DNA-Analyse mehr, um mir ausmalen zu können, dass die verkohlte Leiche am Rittersturz und der Tote am Deutschen Eck ebenfalls Kiriacs Männern gehörten. Das war vermutlich auch der Grund, weswegen man ihn aus dem Weg räumen wollte. Er war zum Risiko geworden.«

»Wenn Kiriac davon geahnt hat, weshalb haben seine Männer dann nicht auch Schutzwesten getragen?«, fragte Deckert.

Chris deutete auf weitere Fotos auf seinem Schreibtisch. »Im Keller des Hauses wurden zwei übel zugerichtete Leichen gefunden, deren Identifikation noch aussteht. Vermutlich gehörten sie auch zu Victors Truppe. Die Sache muss ihn enorm unter Druck gesetzt haben. Er hat niemandem mehr getraut, nicht einmal seinen eigenen Leuten. Immerhin hätten sie ihn ziemlich belasten können. Daher konnte es ihm nur recht sein, wenn sie nicht überlebten. Der Kerl, der den Notruf abgesetzt hat, könnte uns das Meiste davon sicher bestätigen, sofern er überlebt und zu einer Aussage bereit ist.«

»Dazu dürfte er ganz sicher bereit sein«, murmelte Deckert.

Chris sah ihn fragend an. »Wie meinen Sie das?«

Deckert holte tief Luft. »Ich bekam vorhin einen Anruf aus Wiesbaden. Marius Popescu ist als V-Mann für das BKA tätig gewesen. Dort stand Kiriac schon länger im Verdacht für eine rumänische Verbrecherorganisation zu arbeiten und in deren Auftrag hier einen Ring aus Mädchenhandel, Geldwäsche und Einbruchsbanden aufgebaut zu haben. Popescu wollte aussteigen und hat sich vor einigen Monaten mit den Kollegen in Verbindung gesetzt. Seither hat er ihnen regelmäßig Informationen über Kiriacs Umfeld zugespielt. Als die Morde an seinen Leuten angefangen haben, hat man sich dort erhofft, an die Hintermänner heranzukommen, da man zunächst von einem Bandenkrieg ausgegangen ist.«

»Tja, wie es aussieht, waren unsere Mittelalterfreunde wohl geschickter, was das betrifft«, meinte Rokko.

Chris fuhr sich aufgebracht durch die Haare. »Wieso hat man uns darüber nicht informiert?«, fauchte er. »Wir hätten uns die Überwachung seines Hauses sparen können, und die beiden Kollegen wären noch am Leben.«

»Die haben das LKA davon unterrichtet«, entgegnete Deckert. »Dort hat man es aus Sicherheitsgründen versäumt, diese Information an uns weiterzuleiten.«

»Verdammt!«, schrie Chris und wischte die Aufnahmen von seinem Schreibtisch, die sich seitlich davon auf dem Boden verteilten. »Diese beschissenen Bürokraten!«

»Ich kann Ihre Wut nachempfinden«, meinte Deckert solidarisch, »dennoch sollten wir jetzt alle einen klaren Kopf bewahren. Solche Fehler passieren.«

»Sagen Sie das mal den Familien der beiden Kollegen!«, schrie Chris, der aufgebracht im Raum hin und her lief.

»Sie sollten sich ausruhen«, redete Deckert auf ihn ein. »Waren Sie letzte Nacht überhaupt zu Hause?«

Chris schüttelte den Kopf und rieb sich erneut die geröteten Augen. Er war irgendwann am Schreibtisch eingeschlafen, bis dieser Trubel losging. »Wir sollten den Bericht noch einmal durchgehen«, sagte er und setzte sich wieder. »Vor allem Rebeccas Aussage. Vielleicht finden wir dort einen Anhaltspunkt.«

»Meinen Sie nicht, Sie sollten ...«

»Mir geht es gut!«, fiel Chris seinem Vorgesetzten ins Wort. »Können wir jetzt bitte weitermachen?«

»Wie Sie meinen«, gab sich Deckert geschlagen und schnappte sich eine der Kopien.

»Na schön«, meinte Deckert, nachdem er den Bericht gelesen hatte. »Wir wissen von drei vermummten Tätern. Einer davon ist tot, der andere verletzt. Ich denke, die Krankenhäuser können wir ausschließen, die wären ohnehin verpflichtet, Schusswunden zu melden. Irgendwelche Ideen? Ansonsten wüsste ich nicht, wie uns das weiterhelfen soll.«

Rokko blickte nachdenklich von den Unterlagen auf und wandte sich an Chris. »Laut der Aussage deiner Freundin hat einer der Täter das Wort Nest benutzt.«

»Darüber habe ich auch schon nachgedacht«, sagte Chris. »Es muss sich um eine Art Zufluchtsort handeln, vermutlich derselbe, an dem sie auch Bondek gefoltert haben.« Er rieb sich erneut die Erschöpfung aus den Augen. »Also gut, was wissen wir bis jetzt über diesen Ort? Ein Gewölbekeller, vermutlich in einem Altbau. Es ist davon auszugehen, dass dieses Gebäude Abseits liegt. Nur so können die Täter sicher sein, nicht beobachtet zu werden. Bondek sagte, in dem Keller hätten Käfige mit Vögeln gestanden, genau solche, wie sie ein Spaziergänger im Wald gesehen hat.« Chris stand auf und ging zu zwei Karten der

Umgebung, die an der Wand befestigt waren. Eine davon bildete Koblenz und seine benachbarten Städte ab, wo die einzelnen Tat- und Fundorte jeweils mit Fähnchen markiert waren. Die andere zeigte einen Teil des umliegenden Naturparks Nassau und gab die Punkte an, an denen dort Hinweise aus der Bevölkerung eingegangen waren. Chris deutete auf die markierte Stelle, an der einer der Anrufer die Käfige gesehen hatte. »Es wäre also durchaus möglich, dass sich dieses Gebäude nicht weit davon in diesem Waldstück befindet.«

»Das haben die Kollegen bereits überprüft«, erwiderte Gerlach. »Dem Grundbuchamt liegen dort keine Eintragungen vor.«

»Das Gebiet ist sehr weitläufig und unterteilt sich in mehrere Bezirke und somit auch in mehrere Zuständigkeiten. Möglicherweise handelt es sich nur um die Überbleibsel eines Bunkers oder dergleichen, dem kein Eintrag zugeordnet ist.«

»Klingt nicht sehr wahrscheinlich.«

»Seht mal«, sagte Rokko und deutete auf seinen Bildschirm.

Chris trat zu den anderen hinter ihn und betrachtete den Monitor, auf dem eine Satellitenaufnahme der Gegend abgebildet war.

Rokko deutete auf einen Punkt in der Mitte. »Hier ist die Stelle, an der die Vogelfallen gesehen wurden.« Er griff nach der Maus, zoomte etwas aus dem Bild heraus und verschob den Ausschnitt ein wenig nach links und nach oben. »Seht ihr das?«

Sie folgten dem Mauszeiger, der auf eine kleine Lücke im ansonsten dichten Grün der Bäume zeigte.

»Was soll das sein«, fragte Gerlach, der angestrengt auf die Stelle sah.

»Ich würde sagen, das Dach eines Gebäudes«, erwiderte Chris.

»Das könnte genauso gut eine Futtergrippe oder ein Unterstand sein.«

»Mal sehen, ob sich was dazu finden lässt.« Rokko öffnete den Browser. Er gab mehrere Suchbegriffe ein und begrenzte sie auf besagtes Gebiet. Die Liste der Treffer war gewohnt umfangreich, und nachdem sie sich minutenlang durch das Angebot ansässiger Immobilienfirmen und Restaurants mit Gewölbekellern geklickt hatten, stießen sie auf die Seiten einer Verbandsgemeinde. Unter der Rubrik Geschichtliches war dort unter anderem ein altes Gebäude abgebildet, das abgelegen im besagten Waldgebiet stand. Mehrere Fotos dokumentierten das Haus in unterschiedlichen Zeitepochen und zeigten Innenaufnahmen des gewölbeartigen Kellers. Gebannt studierten alle den umfangreichen Text, dem zufolge das Gebäude aus den 1940er Jahren stammte. Es wurde von den Nazis errichtet und unter anderem als Versorgungsdepot verwendet. Nach dem Krieg war es in den Besitz der zuständigen Verbandsgemeinde übergegangen. Diese verpachtete es einige Jahre an einen Wanderverein. Seit Ende der Neunzigerjahre stand das Gebäude leer und wurde nur gelegentlich für Feierlichkeiten vermietet. Die Stadtverwaltung kümmerte sich seitdem um den Erhalt des Objektes, das unter Denkmalschutz stand.

Rokko atmete hörbar aus. »Es lebe das Internet!«, rief er aus und kaute aufgeregt auf seinem Kaugummi. »Wenn das kein Volltreffer ist.«

»Zumal Jacobi für besagte Stadtverwaltung gearbeitet hat«, pflichtete Chris ihm bei.

»Und ich wette, er war als Techniker für die Wartung der sanitären Anlagen und der elektrischen Einrichtungen verantwortlich«, fügte Rokko hinzu.

»Das heißt, er hatte jederzeit Zugang zu dem Gebäude.«

Rokko nickte. »Leer, abgelegen, keine Nachbarn ... der ideale Ort, um jemanden zu foltern.«

Sofort griff Chris nach dem Telefon und wählte Bondeks Handynummer. »Haben Sie einen Internetzugang?«, fragte er ohne Umschweife.

Bondek brauchte eine Weile, um Chris' Stimme zuzuordnen. »Ja, mein Handy, mit dem ich gerade telefoniere. Warum?«

Chris gab ihm die Internetadresse durch und beschrieb ihm in kurzen Worten, um was es ging. »Sehen Sie sich das Bild des Kellers genau an und rufen Sie mich bitte unter dieser Nummer zurück.« Er legte auf und wartete. Es dauerte einige Minuten, bis das Telefon klingelte. »Und? Ist das der Keller, in dem Sie festgehalten wurden?«

»Schwer zu sagen«, nuschelte Bondek, der durch seine geschwollenen Lippen schwer zu verstehen war. »Es war wie gesagt ziemlich dunkel, und das Bild ist aus einer anderen Perspektive aufgenommen, aber ... ja, es wäre durchaus möglich.«

»Gut«, erwiderte Chris knapp. »Danke.«

»Hören Sie«, erklang es am anderen Ende ziemlich kleinlaut. »Das gestern im Krankenhaus ... Es tut mir leid. Ich hab mich ziemlich danebenbenommen.«

»Schon gut, belassen wir es dabei. Dafür ist jetzt keine Zeit.« Er beendete die Verbindung und betrachtete Rokko, der ihn am Ärmel seines Hemdes zupfte.

»Hör dir das an«, sagte er und deutete auf eine Stelle im Text. »Zu der Zeit des Zweiten Weltkriegs, als das Gebäude von den Nazis als Depot genutzt worden ist, trug es die Tarnbezeichnung *Rabennest.*«

Deckert blickte einige Sekunden nachdenklich in die Runde. »Also gut«, meinte er schließlich. »Das sind genug Indizien. Ich werde sofort die Staatsanwaltschaft und das SEK informieren.«

42

Es wurde draußen bereits hell, als der Mann den Keller des abgelegenen Gebäudes betrat. Der Geruch von Blut, Fleisch und Fäkalien schlug ihm wie ein Fausthieb entgegen. Augenblicklich hielt er sich ein Taschentuch vors Gesicht, während er sich zum hinteren Bereich des länglichen Gewölbekellers bewegte. Dort traf er im Flackern des Kerzenlichtes auf zwei Gestalten. Einer der Männer saß auf dem Boden gegen einen der Pfeiler gelehnt. Er hatte seinen Umhang abgelegt und schien verletzt zu sein. Um die Wunde unterhalb der Schulter war ein notdürftiger Verband angelegt, der sich bereits voll Blut saugte. Der andere war noch immer maskiert. Er stand über einen hölzernen Trog gebeugt und war damit beschäftigt, die Säge, die er in der Hand hielt, von Blut und Fleischresten zu säubern. Als er bemerkte, dass sich jemand näherte, griff er blitzschnell nach der Pistole, die neben ihm auf dem Tisch lag. Erst nachdem er den Mann erkannte, entspannte er sich wieder.

»Ach, Sie sind es«, drang eine männliche Stimme dumpf hinter der Maske hervor. »Entschuldigen Sie, ich hatte Sie nicht so früh erwartet.«

»Dieser Ort ist nicht mehr sicher«, sagte der Mann. »Ihr solltet euch lieber beeilen.« Er trat neben den Maskierten. Noch immer hielt er das Tuch vor Mund und Nase. »Allmählich verstehe ich, weshalb ihr diese albernen Masken tragt. Hier drin stinkt es wie in einem Schlachthaus.« Der Mann mit dem Taschentuch zuckte kurz zusammen, als er vor der hinteren Wand den nackten Körper entdeckte, der an den Füßen abwärts von der Decke baumelte. Noch immer tropfte Blut auf die darunter ausgebreitete Plastikfolie, wo es sich zu einer Lache angesammelt hatte.

Angewidert drehte der Mann sich weg und hustete in das Taschentuch. »War das unbedingt nötig?«

Die Gestalt hob die Säge an. »Sagen wir mal, er musste ein wenig motiviert werden, um uns zu sagen, was wir hören wollten. Der Rest war reines Vergnügen.« Hinter der Maske erklang ein hohles Lachen.

»Nehmen sie endlich dieses scheußliche Ding ab«, sagte der Mann bestimmend. »Es ist ziemlich irritierend, sich auf diese Weise zu unterhalten.«

Die Gestalt streifte sich die Kapuze vom Kopf und setzte die Maske ab. Ein Mann im mittleren Alter, mit kurzen blonden Haaren, kam darunter zum Vorschein. Er hatte ein rundliches Gesicht, graugrüne Augen und machte den Eindruck eines bulligen Grundschullehrers bei den Proben für ein Theaterstück. Wäre man ihm auf der Straße begegnet, hätte man ihn für harmlos gehalten. »Tut mir leid, aber wir sind eben erst fertig geworden«, sagte er und wischte sich über die nasse Stirn. »Man schwitzt wie in einer Sauna unter diesem ganzen Zeug, aber mittlerweile haben wir uns daran gewöhnt.«

»Diese Verkleidung war eure Idee«, sagte der Mann durch das Taschentuch. »Ich finde sie nach wie vor unpraktisch.«

»Unsere Botschaft muss authentisch rüberkommen. Außerdem unterstreichen die Kostüme den Aspekt der Abschreckung.«

»Das will ich hoffen, denn dieser ganze Krempel hat ein kleines Vermögen gekostet.« Er deutete auf den Toten. »Hat er geredet?«

Ein diabolisches Grinsen durchzog das Gesicht des Bulligen und offenbarte seine wahre Natur. »Natürlich hat er das«, sagte er. Man sah ihm deutlich das perverse Vergnügen an, das er bei den Folterungen empfunden hatte. Er griff in eine seitliche Öffnung seines Umhangs und reichte dem Mann einen Zettel. Dann deutete er auf einen Karton, der neben einigen Werkzeugen auf dem Tisch stand. »Wir haben alles wie gewünscht fertiggestellt und verpackt. Was Sie noch wissen müssen, steht da drauf.« Er deutete auf den Zettel.

Der Mann betrachtete den verschnürten Karton. »Muss ich irgendetwas beachten?«

»Sie sollten ihn möglichst nicht öffnen.« Wieder dieses schmierige Grinsen. »Wir haben die Innenwände des Kartons verstärkt, das dürfte eine Beschädigung nahezu ausschließen.«

Ein Stöhnen des Verletzten war aus der hinteren Ecke zu hören. »Gab es Probleme?«, fragte der Mann.

Die Augen des Bulligen verengten sich. »Rohde hat die Seiten gewechselt«, sagte er grimmig. »Das hat uns etwas aufgehalten. Ich hab dem von Anfang an nicht über den Weg getraut. Einmal Bulle, immer Bulle! Dieser Verräter hat seine gerechte Strafe erhalten.«

»Warum mussten Sie auch seine beiden Kollegen abschlachten?«, zischte der Mann und senkte sein Taschentuch. Das Gesicht dahinter wirkte grimmig und entschlossen.

»Woher wissen Sie davon? Ich habe am Telefon nichts erwähnt.«

»Das spielt keine Rolle. Hätte es nicht ausgereicht, die beiden anderweitig außer Gefecht zu setzen?«

»Wir wollten auf Nummer sicher gehen.«

»Die Polizei ist nicht unser Ziel!«, brüllte der Mann. »Ebenso wenig wie es dieser Reporter war!«

»Das war nötig«, rechtfertigte sich der Bullige. »Er hat uns lächerlich gemacht.«

»Blödsinn! Ihr brauchtet doch nur einen Vorwand, um eure kranken Triebe auszuleben. Anscheinend habt ihr euren Spaß daran gefunden, Menschen auf diese Weise zu quälen und zu töten. Um nichts anderes geht es euch doch.«

Der Bullige trat einen Schritt auf ihn zu. »Jetzt hören Sie mal zu«, sagte er beherzt. »Ich weiß, sie haben viel für die Sache getan, aber wir sind es, die in dieser Angelegenheit da draußen unseren Arsch riskieren. Und allmählich frage ich mich, ob ich noch länger dazu bereit bin, denn anscheinend sind unsere Motive nicht dieselben.«

»Ihre Sorge ist grundlos«, meinte der Mann. »Wir haben unser Ziel so gut wie erreicht.« Er deutete auf den Karton. »Mit diesem Paket ist die Sache beendet. Sie sollten also schleunigst von hier verschwinden.«

Der Bullige setzte erneut sein schmieriges Grinsen auf. »Tja, da sind Sie wohl nicht ganz auf dem Laufenden.«

»Wie meinen Sie das?«

»Der da muss erst noch gebührend der Öffentlichkeit präsentiert werden.« Er machte eine Kopfbewegung in Richtung der Leiche. »Und anschließend werden wir unsere Aktivitäten auf die Grenzgebiete ausdehnen. Zum Teil ist das bereits durch befreundete Gruppen geschehen.«

Der Blick des Mannes verschärfte sich. »Es gibt noch mehr von euch?«

Der Bullige beäugte ihn misstrauisch. »Anscheinend ist Ihnen die Tragweite unseres Netzwerks nicht bewusst. Und ich weiß ehrlich gesagt nicht, was ich davon halten soll. Denn offensichtlich ist jemand der Ansicht, dass es besser ist, Sie nicht darüber aufzuklären. Ich kann Ihnen nur so viel verraten«. Er zog mit der Pistole einen Kreis in der Luft. »Das hier war nur der Anfang.«

Netzwerk, hallte es dem Mann durch den Kopf. Einen Moment lang dachte er angestrengt nach. Dann schien er einen Entschluss gefasst zu haben und deutete auf die Waffe, an deren Lauf ein Schalldämpfer befestigt war. »Woher stammt die?«

»Sie gehörte diesem Roma-Abschaum da. Er wird sie nicht mehr brauchen. Sie hat ohnehin geklemmt, ich musste sie erst säubern und ölen.«

»Geben Sie sie mir.«

Der Bullige blickte auf die Pistole in seiner Hand und zögerte.

»Keine Waffen, die man zurückverfolgen kann, das war ausgemacht.«

»Es ließ sich nicht vermeiden. Außerdem gehört sie niemandem von uns, also wo liegt das Problem?«

»Geben Sie sie mir!«, forderte der Mann vehement. »Ich

werde sie verschwinden lassen.«

»Hört auf zu streiten«, ertönte es hinter ihnen. Es war der Verletzte. Seine Haare waren so kurzgeschoren, dass er fast kahl wirkte. »Die Wunde hört nicht auf zu bluten«, sagte er und deutete auf den blutigen Verband an seiner Schulter. »Gib ihm die Waffe, damit wir endlich von hier wegkommen. Ich brauche jemanden, der mehr Ahnung von Schusswunden hat.«

Nur zögerlich kam die Gestalt der Aufforderung nach.

Augenblicklich prüfte der Mann das Magazin. »Wie viel Schuss habt ihr abgegeben?«

»Ich weiß nicht genau, drei oder vier. Wieso ist das wichtig?«

Der Mann schob das Magazin zurück in den Schacht. »Wo ist Burckhart?«

»Er kam bei der Schießerei ums Leben. Wir mussten ihn zurücklassen. Was soll die verdammte Fragerei?«

»Hört ihr nicht?«, meldete sich erneut der Verletzte hinter ihnen. »Die Wunde muss versorgt werden, sonst verblutet ich, verdammt noch ...«

Das Ploppen des Schalldämpfers ließ ihn verstummen. Blut spritze aus seinem Hinterkopf. Dann sackte er lautlos zu Boden.

»Problem gelöst!«, sagte der Mann.

Der Bullige sah entsetzt in den Lauf der Waffe, die nun auf ihn gerichtet war.

»Zehn Schuss im Magazin«, sagte der Mann mit dem Taschentuch, »sechs sind raus, bleiben noch vier übrig. Das sind mehr als ich benötige.«

»Was ... was soll das? Sie elender Verräter!«

»Ich stimme Ihnen voll und ganz zu, unsere Motive sind nicht dieselben. Meine Mission lautet Gerechtigkeit! Daher ist es an der Zeit, unsere Zusammenarbeit zu beenden.«

Ein weiteres Ploppen erklang, und der Hinterkopf des Bulligen verwandelte sich in einen blutigen Geysir.

43

Der langgezogene Waldweg war gesäumt von Fahrzeugen. Einige blockierten die Abzweigung, die nach etwa sechzig Metern an dem ehemaligen Versorgungsdepot endete. Das Gebäude fräste eine kleine Lichtung in den dichten Baumbestand des Waldes, was dem Grundstück tatsächlich den Charakter eines Nestes verlieh.

Chris und seine Kollegen warteten in sicherem Abstand, während sich der sechsköpfige SEK-Trupp zu dem abgelegenen Gebäude vorarbeitete. Über Funk konnten sie jede ihrer Aktionen mitverfolgen. Ein Fahrzeug wurde auf dem Gelände gesichtet. Eine sofortige Überprüfung ergab, dass es als gestohlen gemeldet war. Kurz darauf erteilte der Einsatzleiter den Befehl zum Zugriff. Dann wurde es hektisch. Über Funk wurden weitere Befehle gebrüllt. Das Geräusch einer splitternden Tür erklang, unmittelbar darauf der Knall einer Blendgranate. Dazwischen schnelle Schritte und das angespannte Atmen der SEK-Beamten.

»Gebäude gesichert«, erklang es nach knapp zwei Minuten aus den Ohrhörern. »Keine Zielpersonen anwesend. Aber ihr solltet euch mal den Keller ansehen«, ergänzte der Truppführer. »So eine abgefuckte Scheiße hab ich noch nie gesehen!«

Chris drehte sich zu Rokko. »Also gut, wir beide werden uns das mal ansehen. Der Rest wartet hier.«

»Passt auf, dass ihr mir da drin nicht alles konterminiert, sofern es diese SEK-Trampel nicht schon getan haben«, murrte Meißner, der mit einer Handvoll seiner Leute bei den Ermittlern stand. Die Spurensicherung fuhr mittlerweile zwei Schichten, da die Techniker fast rund um die Uhr im Einsatz waren. Einige von ihnen befanden sich noch immer in Victor Kiriacs Haus, von wo aus auch Meißner zu ihnen gestoßen war. Er hatte letzte Nacht wenig Schlaf abbekommen, und seine Augen sahen aus wie

Bremslichter. »Fasst mir da drin ja nichts an! Und achtet darauf, wo ihr hintretet«, brummte er gereizt.

Chris ersparte sich einen Kommentar über seine Berufserfahrung und warf Rokko einen auffordernden Blick zu. Die beiden näherten sich dem Gebäude, dessen Grundmauern aus grauem Beton bestanden, was dem Flachbau im unteren Drittel noch immer eine bunkerartige Aura bescherte. Darüber waren die Wände mit dunklem Holz verkleidet, die altmodischen Fensterläden geschlossen. Aus dem flach gewinkelten Satteldach ragte ein Schornstein. Auf den ersten Blick erinnerte das Gebäude an eine klassische Hütte in den Alpen.

Heimatgefühle des Führers, kam es Chris unverhofft in den Sinn. Seine Schutzweste war etwas zu eng geschnürt und drückte ihm unangenehm auf die Brust, doch sie war Vorschrift bei solch einem Einsatz. Sie gingen an einem Unterstand vorbei, unter dem sich in mehreren Reihen Brennholz stapelte. Dahinter erschloss sich ein gepflegtes Wiesenstück mit einer großen Grillstelle. Zwei SEK-Beamte traten durch die Tür nach draußen, als Chris und die anderen das Haus erreichten.

»Was habt ihr gefunden«, fragte Chris.

»Das seht ihr euch besser selbst an«, erwiderte einer der beiden, in dessen schmalem Gesicht man ablesen konnte, dass es nichts Angenehmes war.

Im Gebäude begegneten ihnen weitere Beamte. Den Männern war anzusehen, dass sie froh darüber waren, wieder aus diesen Mauern herauszukommen. Als Chris den Keller erreichte, schlug ihm der kupferartige Geruch von Blut wie ein Faustschlag entgegen. Angewidert hielt er sich die Hand vor Mund und Nase, während er voranschritt. Das Summen von Fliegen war zu hören. Auf der rechten Seite standen einige leere Käfige, deren Böden mit Vogelkot überzogen waren. Ein Stück weiter stieß er auf einen schmalen Holztisch, auf dem eine Maske lag. Es war die Gleiche, wie die in Jacobis Wohnung. Davor lag ein Mann in einem ledernen Umhang. Auf dem Boden unter seinem

Kopf hatte sich eine Blutlache angesammelt, und in seiner Stirn klaffte ein fingernagelgroßes Loch. Auf der anderen Seite entdeckten sie eine weitere Leiche, ebenfalls durch Kopfschuss hingerichtet. Aber all das war nichts gegen den Anblick des nackten Toten, der von der Decke hing. Seine Füße steckten in Schlaufen, die durch zwei Seilzüge von der Decke bis zu einer Art Spannvorrichtung führten. Die Beine des Toten waren gespreizt, ebenso wie der Großteil des Oberkörpers, der vom Schritt bis zum Brustbein in zwei Hälften gespalten war. Wie Schlachtvieh, das man nicht vollständig zerteilt hatte.

»Unser Freund Dragan, möchte ich wetten«, sagte Rokko, der neben Chris getreten war und mit Entsetzen das betrachtete, was einmal ein lebender menschlicher Körper gewesen war. »Hier sieht es aus wie in einem mittelalterlichen Folterkeller.«

Vorsichtig trat Chris an der vorderen Leiche vorbei an den Tisch heran. Darauf lagen mehrere Werkzeuge verteilt – ein Seitenschneider, verschiedene Zangen, Schraubenzieher und eine kleine Metallsäge. Zwischen den Gegenständen entdeckte er kleinere metallene Späne und einige Rückstände.

»Was denkst du, was sich hier abgespielt hat?«, fragte Rokko.

Chris sah sich um. »Sieht aus, als hätte jemand diesen Kreuzzug für beendet erklärt.«

Rokko nickte. »Und er hat seine treuen Weggefährten gleich mit entsorgt. Es läuft doch immer auf dasselbe hinaus.«

»Anscheinend hat derjenige jetzt, was er wollte. Und unser Freund dort dürfte der Schlüssel dazu gewesen sein.«

Einige Fliegen kreisten um die entstellte Leiche, legten begierig ihre Larven in die offenliegenden Eingeweide.

»Das wird es uns ziemlich schwierig machen, die Hintermänner dieser Terrorzelle ausfindig zu machen«, meinte Rokko. »Deckert wird nicht begeistert darüber sein. Was denkst du, wie lange die schon tot sind?«

Chris' Blick driftete ins Leere ab.

»Hörst du mir überhaupt zu?«, fragte Rokko. »Ich hab dich was gefragt.«

»Bitte entschuldige«, meinte Chris noch immer in Gedanken. »Es ist nur ... Nachdem du gestern gegangen bist, habe ich noch im Büro gesessen und über das Ganze nachgedacht. Seitdem geht mir eine gewisse Sache nicht mehr aus dem Kopf.«

»Und die wäre?«

»Nicht hier«, sagte Chris und hielt sich erneut die Hand vor die Nase. »Dieser Gestank ist wirklich unerträglich. Lassen wir Meißner seine Arbeit machen.«

Draußen herrschte Betriebsamkeit. Zwei von Meißners Technikern hatten damit begonnen, die Spurenlage um das Gebäude herum zu sondieren. Ein Abschleppwagen war damit beschäftigt, das gestohlene Fahrzeug aufzuladen. Das SEK-Team rückte ab, mehrere Streifenwagen stießen hinzu. Sie sperrten das Gelände weiträumig ab, nachdem einige Pressevertreter Wind von der Aktion bekommen hatten. Mittlerweile waren auch ein Mitglied des Stadtrates und der Ortsbürgermeister eingetroffen, um sich nach dem Stand der Dinge zu erkundigen. Gerlach tat sein Bestes, um sie zu beschäftigen.

Chris und Rokko standen etwas abseits des Tumults, um ungestört reden zu können.

»Mir ist gestern etwas aufgefallen«, rekapitulierte Chris. »Gerlachs Anruf in Jacobis Wohnung hat mich darauf gebracht. Du weißt schon, die Geschichte mit seiner Frau und der kleinen Tochter.«

Rokko nickte.

»Ich glaube nicht, dass Jacobi die federführende Kraft in dieser Mordserie war. Er war nur ein Mitläufer, dem das Schicksal übel mitgespielt hat und der deswegen auf Rache aus war. Da müssen ganz andere Kaliber dahinterstecken, Leute mit Geld und Einfluss. Leute, die über die nötigen Kontakte und Informationen verfügen.«

Erneutes Nicken.

»Die Morde waren ein öffentlicher Rachefeldzug. Wie die Dinge jetzt liegen, gehen wir von einem rassistischen Hintergrund der Morde aus, da fast alle Opfer Ausländer und nebenbei Mitglieder des organisierten Verbrechens waren.«

»Richtig. Aber worauf willst du hinaus?«, fragte Rokko.

»Jacobi war Opfer einer solchen Verbrecherbande, durch deren brutales Vorgehen letztendlich sein Familienleben zerstört wurde.«

»Ja, dadurch erklärt sich sein Fremdenhass, darüber waren wir uns doch schon einig. Frust über die eigene Situation ist neben Vorurteilen einer der häufigsten Gründe für Rassismus.«

»Also braucht es nur jemanden, der diesen Frust gezielt in die richtige Richtung lenkt.«

»Du denkst, der Hass dieser Leute hat den gleichen Ursprung?«

»Bondek meinte, diese Kerle waren nur die Handlanger für jemanden. Ich sage, dieser jemand hat ihre Geschichten und ihren Frust bestens gekannt. Er hat ihre Situation ausgenutzt und sie manipuliert.«

»Wie bei einer Sekte?«

»Nein, aufgrund einer medizinischen Maßnahme.«

Rokko betrachtete ihn unschlüssig.

Chris zog sich die Weste aus, die ihn nach wie vor beengte. »Jacobis Exfrau ist aufgrund des Traumas, das sie durch den Einbruch in ihr Haus durchlebt hat, noch heute in psychiatrischer Behandlung. Ebenso wie Lara Neuroth, die noch immer an den Folgen ihrer Vergewaltigung leidet. Und das Opfer in Kiriacs Haus, dieser Mechaniker ...«

»Florian Schneider«, ergänzte Rokko.

»Genau. Er war in der rechten Szene aktiv und musste vor zwei Jahren einen Anti-Aggressionskurs mitmachen. Und solche Kurse werden in der Regel von ...«

»... von Psychotherapeuten abgehalten.« Rokko sah ihn mit großen Augen an. »Herrmann!«

Chris nickte. »Lara Neuroth ist seit Jahren bei ihm in Behandlung. Sie dürfte ihm in all den Sitzungen sämtliche Details der Vergewaltigung offenbart haben. Daher war Herrmann auch nicht sonderlich begeistert, dass wir uns für sie und ihr Umfeld interessierten. Und ich möchte wetten, dass auch Jacobis Exfrau zu seinen Patientinnen zählt. Ich denke zwar nicht, dass sie selbst darin verwickelt ist, aber womöglich hat er über sie Kontakt zu ihrem Mann aufgenommen. Daher habe ich Deckert vor unserer Abfahrt gebeten, Herrmann mal genauer unter die Lupe nehmen. Ich bin wirklich gespannt, was er uns zu ...«

»Chris!« Es war die Stimme von Gerlach, die ihn unterbrach. Er hatte sich von den Stadtvertretern gelöst und kam schnellen Schrittes auf sie zu. »Ich hatte gerade einen Anruf von Deckert«, meinte er wie aufs Stichwort, nachdem er sie erreicht hatte. »Wir haben jetzt die Mitgliederliste dieser verbotenen rechtsradikalen Partei. Die Kollegen der SOKO gehen sie bereits durch. Einen Namen konnten sie schon abgleichen, den des toten Mechanikers in Victor Kiriacs Haus.«

»Dann haben wir jetzt eine direkte Verbindung zu dieser Gruppe«, sagte Rokko. »Befindet sich zufällig auch Herrmanns Name auf dieser Liste?«

»Nein«, entgegnete Gerlach. »Aber es hat sich herausgestellt, dass Herrmann früher eine gutgehende Praxis in Wiesbaden hatte. Vor etwa acht Jahren hat er dann aber scheinbar grundlos sein Haus und die Praxis verkauft und ist hierhergezogen. Er hat dort quasi über Nacht alles aufgegeben. Die genauen Gründe dafür sind uns bislang noch unklar. Aber die Kollegen bleiben an der Sache dran.«

»Was ist mit Rohde?«

»Die Überprüfung hat ergeben, dass in den letzten Monaten erhebliche Bareinzahlungen auf sein Konto eingegangen sind. Auch war er in seiner Freizeit in der Mittelalterszene aktiv. Entsprechende Gegenstände, Unterlagen und Mails, die in seiner Wohnung und auf seinem Computer sichergestellt wurden, belegen, dass er jährlich an mehreren Veranstaltungen dieser Richtung teilgenommen hat. Auf diesem Weg hat er vermutlich auch Kontakt zu Jacobi oder einem anderen der Terrorgruppe bekommen. Offensichtlich haben die ihr Faible für diese undurchsichtige Szene genutzt, um sich dort unerkannt zu organisieren und Kontakte in ganz Deutschland aufzubauen. Bei Rohde geht man mittlerweile von beruflichem Frust und Überschuldung als Ursachen aus, zumindest belegen das einige seiner Mails. Er hat eine uneheliche Tochter, von der wohl niemand etwas wusste und für die er Unterhalt zahlte. Es ist noch nicht offiziell, da die Bestätigung des Telefonanbieters noch aussteht, aber laut Anrufliste seines Handys hat Rohde gestern Abend drei Anrufe getätigt. Zwei davon um kurz vor 22 Uhr, also vor seinem Dienstbeginn. Der erste Anruf galt Jacobi. Da sich dort niemand meldete, rief er anschließend die Nummer von Stefan Friedrich an.«

»Der tote Mechaniker«, schlussfolgerte Rokko.

»Ja«, bestätigte Gerlach, »vermutlich war dieser Anruf eine Warnung, dass das Haus von Kiriac überwacht wurde. Wie wir von dem diensthabenden Polizeihauptmeister Armin Pelzer erfahren haben, hat er sich gestern auf der Wache noch mit Rohde über diese Observierung unterhalten. Kurz darauf ist er auf die Toilette verschwunden. Vermutlich hat er von dort die Anrufe getätigt.«

»Du hast von einem weiteren Anruf gesprochen«, sagte Chris.

»Dieser wurde um kurz vor ein Uhr nachts getätigt. Das trifft ziemlich exakt mit dem Zeitpunkt überein, an dem Rohde zusammen mit deiner Freundin vor Kiriacs Haus eingetroffen ist.«

»Und die beiden Kollegen vorgefunden hat«, schlussfolgerte Rokko. »Das dürfte ihn ziemlich wütend gemacht haben.«

»Der Anruf dauerte etwas über eine Minute. Er ging auf einen Handyanschluss, dessen Ursprung bis jetzt nicht ermittelt werden konnte«, erläuterte Gerlach.

»Na schön«, meinte Chris. »Wir haben zwar nicht viel in der Hand, aber ich denke, es ist an der Zeit, dass wir Herrmann einen Besuch abstatten.«

»Dann sollten wir uns damit beeilen«, meinte Rokko. »Wenn er für dieses Massaker da drin verantwortlich ist, dürfte er nicht auf uns warten. Wir sollten zusätzlich noch einen Streifenwagen zur Unterstützung anfordern.«

»Na schön. Wo erreichen wir den Kerl?«

»Er betreibt seine Praxis von zu Hause aus«, erläuterte Gerlach. »Ich schick dir die Adresse auf dein Handy.«

44

Herrmanns Haus befand sich auf einer leichten Anhöhe. Als sie in die breite Auffahrt einbogen, fiel ihnen sofort der dunkle BMW-Kombi auf, der in der offenen Garage parkte. Fahrertür und Heckklappe des Wagens standen offen, und Chris konnte einige Einkaufstüten darin erkennen, als sie sich dem Fahrzeug näherten.

Rokko deutete auf die Verbindungstür, die die Garage mit dem Wohngebäude verband, und die ebenfalls geöffnet war. Niemand war zu sehen. Chris sprach kurz mit den beiden uniformierten Kollegen, die sie begleitet hatten. Sie klingelten daraufhin an der Vordertür. Als auch nach dem zweiten Versuch niemand öffnete, gab Chris ihnen zu verstehen, dass sie dort warten sollten.

»Herr Herrmann!«, rief Chris, als er mit Rokko durch die Garagentür das Haus betrat. »Kriminalpolizei! Wir würden Sie gerne kurz sprechen!«

Keine Antwort.

»Lebt Herrmann hier allein?«, fragte Chris.

»Soweit wir wissen.«

Vorsichtig drangen sie tiefer in das Gebäude ein. Der untere Bereich des Hauses war in vier Räume aufgeteilt. Der Größte davon diente Herrmann als Behandlungszimmer. Neben zwei Ohrensesseln und einem Tisch, der mit einem Strauß bunter Frühlingsblumen drapiert war, befand sich dort auch eine Sitzgruppe vor einer Wand aus Bücherregalen. Grünpflanzen sorgten für die nötige Behaglichkeit. Alles war hell und einladend gehalten. Daneben befand sich eine Gästetoilette. Das Vorzimmer diente als Arbeits- und Empfangsraum. Dort stand ein Schreibtisch mit Computer und Ablagen. Nachdem sie im Flur die Treppe zum oberen Stockwerk erreicht hatten, verkündete Chris ein weiteres Mal ihre Anwesenheit. Als erneut keine Reaktion darauf erfolgte, stiegen sie hinauf, die Hand an ihren

Dienstwaffen. Auch in den oberen Wohnräumen fanden sie nichts Ungewöhnliches. Alles wirkte sauber und aufgeräumt.

»Was denkst du?«, fragte Rokko, als sie das Schlafzimmer erreichten.

»Ich weiß nicht«, erwiderte Chris skeptisch und sah in den Kleiderschrank, in dem Herrmanns gesamte Garderobe ordentlich in Fächer gestapelt und auf Bügeln verteilt war. »Sieht für mich nicht nach einer Flucht aus.«

»Vielleicht hat er uns kommen sehen, und ihm sind die Nerven durchgegangen.«

»Außer einem vagen Verdacht haben wir nichts Konkretes gegen ihn in der Hand. Das erscheint mir ein wenig zu schreckhaft.«

»Nicht wenn er selbst auf der Abschussliste steht.«

Chris wurde nachdenklich. »Du meinst er wurde entführt? Das würde bedeuten, dass Herrmann nichts mit dem Massaker in dieser Waldhütte zu tun hat.«

»Es könnte doch immerhin sein, dass Dragans Organisation dahinter gekommen ist, wer ihnen an den Karren fahren will und beschlossen hat, sich das nicht länger bieten zu lassen.«

»Dann dürfte die Wahrscheinlichkeit nicht sonderlich groß sein, Herrmann noch lebend aufzufinden. Wir sollten aber auf jeden Fall eine Fahndungsmeldung herausgeben.«

»Ich kümmere mich über Funk darum«, sagte Rokko.

»Und ich werde mich in der Zeit hier mal umsehen. Vielleicht stoße ich ja auf etwas, das uns weiterhilft.«

Nachdem Rokko verschwunden war, ließ Chris' seinen Blick durch den Wohnraum gleiten. Und je länger er das tat, umso mehr beschlich ihn das Gefühl, das sie wieder einmal zu spät gekommen waren.

45

Als Herrmann erwachte, stellte er fest, dass seine Hände nach hinten gebunden und seine nackten Beine starr an den Stuhl gefesselt waren, auf dem er saß. Nur langsam kam er zu Bewusstsein und orientierte sich benommen.

An den Betonwänden, die ihn umgaben, erhoben sich einige Regale mit Farbdosen und Kanistern, dahinter ein Reifenstapel. Links erkannte er ein fremdes Auto.

Er befand sich in einer Garage. Nur dass es nicht seine Garage war, in der er eben noch sein Auto ausgeladen hatte, und er sich fühlte, als habe ihn der Blitz getroffen. Was zum Henker ging hier vor sich?

Schließlich blieb sein Blick an dem Mann haften, der hinter einem ausgebreiteten Klapptisch stand. »Wo bin ich?«, fragte er mit belegter Stimme.

»An einem Ort, wo Sie niemand hört«, entgegnete der Mann. »Mehr brauchen Sie nicht zu wissen.«

»Was ... was ist passiert?« Er war noch immer benommen.

Der Mann gegenüber hielt einen Stab in der Hand, an dessen spitz zulaufendem Ende zwei Kontakte herausragten. Er betätigte einen Knopf am Griff und ein elektrisches Knistern ertönte, während ein Blitz zwischen den Kontakten zu zucken begann. »Diese Dinger sind sehr effektiv«, meinte er. »Auch wenn ich in Ihrem Fall noch etwas nachhelfen musste, um Sie ruhigzustellen.« Er ließ den Stab durch seine Hände gleiten. »Sie haben mein Geld gut investiert, eine hervorragende Arbeit, wie ich zugeben muss. Vermutlich verkehren Ihre Handlanger deshalb in der Mittelalterszene. Dort findet man sicher viele handwerklich begabte Menschen, die derlei selbstgefertigte Souvenirs an ihren Ständen anbieten. Obwohl dieses Exemplar etwas aus der Reihe fällt, da es nicht sehr zeitgemäß für diese Epoche ist.«

Herrmann sah an seinem Hemd herab und bemerkte, dass er von der Taille abwärts unbekleidet war. Mit Beunruhigung registrierte er den dünnen Schlauch, der aus der Harnröhre seines Penis ragte. Er führte zu zwei Infusionsbeuteln mit einer klaren Flüssigkeit, die neben ihm an einem Rollständer hingen. »Was ... was soll das?« Wütend blickte er in das bekannte Gesicht und zerrte an seinen Fesseln. »Sind Sie verrückt geworden?«

»Eine ziemlich taktlose Frage für einen Psychiater, finden Sie nicht?«, erwiderte sein Gegenüber. »Aber vermutlich haben Sie recht, denn sonst hätte ich mich nicht von Ihnen manipulieren lassen.« Er legte den Stab auf dem Campingtisch ab. Mit Beunruhigung registrierte Herrmann, dass sich darauf, neben zwei Latexhandschuhen und einer kleinen Tasche, auch eine Pistole mit aufgeschraubtem Schalldämpfer befand.

»Sie haben mir zu Hause aufgelauert, nicht wahr?« Es war mehr eine Feststellung, als eine Frage. »Könnten Sie mir auch den Grund dafür nennen?«

»Wie wäre es mit Inkompetenz?« Der Mann lächelte, was seinem verbissenen Gesichtsausdruck jedoch keinen Abbruch tat.

»Wovon reden Sie, verdammt nochmal. Die Sache letzte Nacht war ein voller Erfolg. Zugegeben, es gab ein paar Probleme, aber damit mussten wir rechnen.«

»Drei Polizisten sind tot.«

»Und einer davon war ein Verräter! Rohde hatte beschlossen, die Seiten zu wechseln.«

»Vielleicht hat ihm nur nicht gefallen, dass Ihre Männer zwei seiner Kollegen abgeschlachtet haben. Er war jedenfalls nicht sehr erfreut darüber, als er mich angerufen hat.«

»Verstehe«, zischte Herrmann. »Sie beide stecken unter einer Decke.«

Der Mann ließ seinen versteinerten Blick einige Sekunden auf Herrmann ruhen, bevor er darauf reagierte. »Rohde hat nur viel eher als ich Ihre wahre Natur erkannt. Und er hat seine Konsequenzen daraus gezogen.«

»Wir wussten durch Kiriac von der Observierung des Hauses. Was blieb uns für eine Wahl? Solch eine Chance, Dragan vor die Flinte zu kriegen, hätte sich uns nie wieder geboten!«

»Man hätte die Männer auch anderweitig außer Gefecht setzen können!« Er griff erneut nach dem Stab auf dem Tisch und hielt ihn demonstrativ hoch. »Bei Ihnen hat dieses Ding jedenfalls prima funktioniert.«

»Es war zu riskant!«

»Schwachsinn!«, brüllte der Mann. »Es lag wohl eher an der Mord- und Folterlust Ihrer Gefährten, die bezeichnend für das ist, was sie verkörpern.«

»Ich hoffe Ihr Gewissen ist sich darüber im Klaren, dass Sie es waren, der uns diesen Plan unterbreitet hat. Und soviel ich weiß, waren Sie zumindest in einem Fall ganz scharf darauf, selbst Hand anzulegen.«

»Ja, und es vergeht seitdem kein Tag, an dem ich mir das nicht zum Vorwurf mache.« Der Mann ging einige Schritte hin und her. »Ich hielt es für einen Wink des Schicksals, dass ich Ihnen begegnet bin. Dabei haben Sie meine Situation nur ausgenutzt und mich zu ihrem Werkzeug gemacht. Spätestens als ich erfahren habe, dass Sie im Besitz eines gefährlichen Erregers sind, der eine tödliche Seuche auslösen kann, wurde mir das bewusst. Doch da war es längst zu spät.«

»Dann frage ich mich, was dieses ganze Theater hier soll? Ihr Plan hat bestens funktioniert. Wir haben die Organisation in diesem Teil so gut wie lahmgelegt, und wir wissen jetzt, wer deren Drahtzieher ist. Wir können diese Roma-Mistkerle endlich in die Schranken weisen und ihnen demonstrieren, dass sie nicht länger willkommen sind. Und nebenbei haben wir Ihnen auch noch diesen Bastard Nowak serviert.«

»Seine Abstammung war dafür nicht ausschlaggebend! Ebenso wenig wie die der anderen.«

»Wen kümmert es?«, zischte Herrmann und zuckte mit den Schultern. »Zwei Fliegen mit einer Klappe. So hat jeder, was er will. Darum ging es doch in unserer Vereinbarung, nicht wahr?«

»Es war jedoch nie Teil dieser Vereinbarung, dass unschuldige Menschen sterben oder misshandelt werden!«

»Manchmal lässt sich das eben nicht vermeiden. Man muss bereit sein, Opfer zu bringen, wenn man etwas erreichen will!«

»Sie haben damit nur die Gefährdung der gesamten Unternehmung erreicht. Die Entführung dieses Reporters am helllichten Tag hätte alles auffliegen lassen können. Es ging Ihnen doch gar nicht mehr um unser eigentliches Ziel. Sie und Ihre rechte Brut haben mit der Zeit einfach die Kontrolle verloren. Sie haben immer mehr Spaß am Töten gefunden und sich immer brutalere und riskantere Methoden dafür ausgedacht. Diese Mittelaltermaskerade war dafür nur ein Alibi.«

»Falsch!«, fiel Herrmann ihm energisch ins Wort. »Wir glauben an diese alten Werte. Auge um Auge, Zahn um Zahn. Es ist die einzige Gerechtigkeit, die für uns zählt.«

»Gerechtigkeit ...« Der Mann betonte das Wort abfällig. »Langsam glaube ich, dahinter verbirgt sich nur ein Begriff, den jeder für seine Zwecke missbrauchen kann.«

»Ebenso wie Sie es tun, nicht wahr?«

Der starre Gesichtsausdruck des Mannes fiel in sich zusammen. »Ja, mag sein. Nur dass ich meine Interpretation davon längst aus den Augen verloren habe. Und es ist an der Zeit, dass ich sie wiederfinde.« Er griff nach den Latexhandschuhen auf dem Tisch.

»Was haben Sie vor?«, fragte Herrmann nervös.

»Ich weiß inzwischen, dass Ihre Leute nur der kleine Teil eines Netzwerks sind, welches Sie über Jahre aufgebaut haben. Ihre Beziehungen in der Mittelalterszene waren Ihnen dabei sicher ebenso hilfreich wie Ihre Tätigkeit als Therapeut. Durch einen Ihrer Leute weiß ich, dass Sie weitere Aktionen planen, die nicht mit mir abgesprochen sind.«

»Dachten Sie wirklich, wir würden einfach aufhören, wo

wir so viel erreicht haben? Es gibt Menschen da draußen, die hinter uns stehen. Sie haben nur darauf gewartet, dass jemand die Sache endlich in die Hand nimmt. In den Grenzgebieten, wo die Ausländerkriminalität am größten ist, finden wir immer mehr Zuspruch. Die Leute dort sind es leid, dass durch die Grenzöffnungen osteuropäische Banden durch unser Land ziehen und alles zerstören, was sie sich hart erarbeitet haben. Es ist an der Zeit, dass wir diese Pest ausrotten. Und das geht nur, wenn wir sie mit ihren eigenen Mitteln bekämpfen.«

»Sie und Ihre Anhänger sind die eigentliche Pest, die es zu bekämpfen gilt«, erwiderte der Mann bitter. »Leider ist mir das viel zu spät klargeworden.«

»Und was wollen Sie jetzt tun? Uns alle den Bullen ausliefern? Dann liefern Sie Ihren Arsch gleich mit.«

»Mein Arsch ist mir egal. Aber wenn das mein Ziel wäre, hätte ich mir sicher nicht die Mühe gemacht, Sie hierherzuschleppen. Ich hätte einfach abwarten müssen, denn vermutlich haben Sie die Polizei längst selbst auf Ihre Spur gebracht.«

»Und wenn schon«, meinte Herrmann selbstsicher. »Die haben nichts gegen mich in der Hand.«

»Ja. Sie sind im Grunde nicht besser als die, die sie bekämpfen. Sie ziehen die Fäden im Hintergrund und sind für alle unsichtbar. Doch nun ist die Zeit gekommen, dass auch Sie für Ihre Taten geradestehen.«

Herrmann zerrte erneut an seinen Fesseln. »Sehen Sie es doch endlich ein, Sie können es nicht mehr aufhalten. Unsere Zelle agiert weitestgehend autonom. Es wird Ihnen nichts nützen, mich zu beseitigen.«

»Ihre Zelle existiert nicht mehr.«

Herrmanns verschwitztes Gesicht erstarrte. »Was sagen Sie da?«

»Zumindest diesen Teil Ihres Netzwerks habe ich ausgeschaltet. Um den Rest werden wir uns jetzt kümmern.« Der Mann streifte sich die Latexhandschuhe über.

»Sie denken vermutlich, Sie hätten damit etwas erreicht«,

keifte Herrmann, »aber unsere Gruppe war nur der Teil eines Ganzen. Was immer Sie auch vorhaben, ich werde Ihnen nichts sagen.«

»Wir werden sehen«, sagte der Mann gelassen und trat neben ihn. »Wie Sie selbst so treffend feststellten, bekämpft man seine Gegner am besten mit den eigenen Mitteln. Daher habe ich mich ein wenig über Ihresgleichen informiert. Auch die Nazis im Dritten Reich wandten mittelalterliche Foltermethoden an, mit denen sie ihren Opfern Informationen entlockten. Mit einer davon werde ich Sie nun bekanntmachen.« Er griff an einen der Beutel, die an dem Rollständer hingen, und öffnete dessen Ventil.

Entsetzt verfolgte Herrmann, wie die Flüssigkeit langsam durch den transparenten Schlauch auf sein Geschlechtsteil zufloss. Augenblicklich begann er wieder damit, sich auf dem Stuhl zu winden und an seinen Fesseln zu zerren. »Was ist das?«, kreischte er panisch, doch er erhielt keine Antwort. Hilflos sah er mit an, wie die Flüssigkeit sich auf seine Harnröhre zubewegte und schließlich darin verschwand. Es dauerte zwei bis drei Sekunden, dann schrie Herrmann qualvoll auf, als ein intensives Brennen in seinem Penis und dem unteren Lendenbereich einsetzte. »Sie verdammter ...« Er keuchte und schnappte nach Luft, bevor er erneut einen wimmernden Schrei ausstieß. »Was ... was haben Sie getan?«

Der Mann deutete auf den zweiten Beutel. »Hier drin befindet sich eine Natronlösung, die die Flüssigkeit, die gerade in Sie hineinfließt, neutralisieren kann. Sie sollten mir also möglichst schnell sagen, was ich wissen will, sonst frisst die Säure sich nicht nur durch Ihre Harnröhre, sondern auch durch Ihren verdammten arischen Schwanz!«

Herrmann schrie erneut auf. »Also gut ... was ... was wollen Sie wissen?«, keuchte er. Dicke Schweißperlen standen über seinen gerade verlaufenden Augenbrauen.

Der Mann hielt ihm ein Handy entgegen, das er zuvor in den Aufnahmemodus geschaltet hatte. »Ich will die Namen aller Mitglieder Ihrer Organisation und sämtlicher

Zellen, deren Aufbau, Ziele und Verbindungen ins Ausland. Das ganze verdammte Netzwerk. Und Sie sollten sich damit beeilen, wenn Sie auch weiterhin ein Mann sein wollen!«

Herrmann sah nach unten. Die Flüssigkeit in dem Schlauch färbte sich an ihrer Eintrittsstelle bereits hellrot. Dieser Anblick, verbunden mit den immer unerträglicher werdenden Schmerzen, brach letztendlich all seinen Widerstand.

Fast fünf Minuten lang sprach er in die Kamera des Handys. Immer wieder musste er pausieren, wand sich in seinen Fesseln und kämpfte gegen die Übelkeit an, die ihn befiel. Schließlich sackte er keuchend in sich zusammen. »Ich habe getan, was Sie wollten.« Er sah flehend zu dem Mann auf. Herrmanns Gesicht war blass und schweißbedeckt. »Jetzt holen Sie endlich dieses verdammte Zeug aus mir raus!«

Zufrieden verstaute der Mann sein Handy in der Tasche. Dann drehte er sich um und öffnete den Reißverschluss der kleinen Tasche auf dem Tisch. »Ich frage mich die ganze Zeit, was wohl bei Ihnen der Auslöser für Ihren Hass war?« Er sprach zu Herrmann, ohne ihn anzusehen. »Bei mir war es die Tatsache, dass ich nicht beschützen konnte, was mir am meisten bedeutet hat.« Der Mann schob sich einen Streifen Kaugummi in den Mund und wandte sich wieder Herrmann zu. In seiner Hand hielt er eine Einwegspritze. »Ich konnte mir dieses Versagen lange Zeit nicht eingestehen und habe deshalb alle anderen dafür verantwortlich gemacht. Der Hass, der daraus resultierte, hat mich mit der Zeit zerfressen, so wie die Säure Sie gerade zerfrisst. Er hat jegliches Menschsein ausgelöscht und mich zu Entscheidungen getrieben, die ich mittlerweile bereue.«

»Bitte ...«, flehte Herrmann. »Tun Sie‘s endlich!«

»Ich kann es jedes Mal in meinen Augen sehen, wenn ich vor dem Spiegel stehe«, fuhr der Mann fort, ohne dem Flehen Beachtung zu schenken. »Ich rede mir weiterhin ein, dass es im Grunde richtig ist, was ich tue. Dennoch sehe ich diese Zweifel in meinen Augen, denen es immer schwerer fällt, mich im Spiegel zu betrachten.« Er führte die Kanüle in eine Öffnung des Schlauches und füllte den Zylinder der Spritze mit Säure. Anschließend verweilte sein Blick prüfend auf Herrmann. »Bei Ihnen sehe ich nichts dergleichen. Ich bin mir mittlerweile sogar sicher, dass es nicht einmal einen rationalen Grund für Ihren Hass gibt. Sie sind lediglich getrieben von dem Gedanken, etwas zu zerstören. Und dank Ihnen muss ich mir eingestehen, dass ich selbst so geworden bin.«

»Hören Sie endlich auf zu schwafeln und tun Sie, was sie versprochen haben«, schrie Herrmann vor Schmerz und Wut.

»Tut mir leid, aber das kann ich nicht. Ich kann nur noch versuchen, es aufzuhalten.«

Mit einer schnellen Bewegung stieß der Mann die Nadel der Spritze in Herrmanns linke Brusthälfte und drückte den Kolben bis zum Anschlag nieder.

46

»Schon was gefunden?«, fragte Rokko, als er wieder im oberen Stockwerk von Herrmanns Haus eintraf, nachdem er über Funk die Zentrale verständigt hatte.

Chris schüttelte den Kopf. Er saß an einem Schreibtisch im Wohnraum und starrte auf den Bildschirm darauf. »Der Computer ist passwortgeschützt. Aber ein intelligenter Mann wie Herrmann dürfte wohl kaum so einfältig sein, darauf etwas aufzubewahren, was ihn belasten könnte.«

»Irgendwie muss er ja mit seinen Leuten in Kontakt getreten sein.«

»Es gibt genügend Möglichkeiten, verschlüsselt über das Internet zu kommunizieren. Das dürfte kaum zurückzuverfolgen sein.« Er schaltete den Computer aus und stand auf. »Aber mir ist etwas anderes aufgefallen.« Er deutete auf ein gerahmtes Foto auf dem Schreibtisch. Darauf war Herrmann mit einer Frau zu sehen. »Sagtest du nicht, er lebt allein?«

»Die Aufnahme muss schon älter sein. Darauf hat Herrmann noch durchgehend dunkles Haar.«

»Wir sollten das überprüfen. Was sagt die Zentrale?«

»Die Fahndung wird umgehend eingeleitet. Ich habe auch Deckert informiert. Es dürfte allerdings noch eine Weile dauern, bis die Spurensicherung hier auftaucht. Die sind im Moment mehr als ausgelastet. Ich habe daher die beiden Kollegen unten gebeten, die Garage und den Zugang zum Haus abzuriegeln.« Er sah auf die Uhr. »Was jetzt?«

»Wir werden abwarten müssen, was die Fahndung ergibt. Obwohl ich mir nicht vorstellen kann ...« Chris wurde von seinem Handy unterbrochen, das den Eingang einer Bildnachricht verkündete. Als er sie öffnete, wurde ihm schlagartig klar, dass sich die Fahndung nach Herrmann erledigt hatte.

47

Als sie in die Stresemannstraße in Koblenz, unweit des kurfürstlichen Schlosses, einbogen, hatte sich eine kleinere Schar aus Schaulustigen vor dem Reichenspergerplatz gebildet. Ein Streifenwagen war bereits vor Ort, und die Kollegen hatten reichlich damit zu tun, die Stelle abzusichern und die Menschen vom Ort des Geschehens fernzuhalten.

Chris stellte den Wagen auf der gegenüberliegenden Straßenseite ab und bahnte sich mit Rokko einen Weg durch die Ansammlung. Sie streckten einem der beiden Beamten ihre Ausweise entgegen und näherten sich der von prächtigen Bäumen gesäumten Grünfläche des Behördenviertels, auf der ein Mahnmal errichtet war. Es bestand aus zwei roten Sandsteinblockhälften, die sich über zwei Meter hoch vom sorgfältig gemähten Rasenboden erhoben. Sie wurden von vier ungeordnet angebrachten Stahlkäfigwinkeln eingegrenzt, die den Verlust von Freiheit symbolisierten.

Vor einer der beiden Blockhälften war Matthias Herrmanns Leiche abgesetzt worden. Seine Augen waren geöffnet und auf die zweite Blockhälfte gerichtet, die etwas versetzt zu der anderen stand, als würde er den eingemeißelten Text darauf studieren.

Rokko las die Inschrift, die groß über dem Kopf der Leiche in den Block eingraviert war: *Gedenkt der Verfolgten, Geschundenen, Ermordeten.* »Ein ziemlich symbolträchtiger Abgang«, bemerkte er sarkastisch, während er seinen Blick über die Gedenkstätte schweifen ließ, die für die Opfer des Nationalsozialismus errichtet worden war. Schließlich deutete er auf Herrmanns Geschlecht, das nur noch aus einer blutigen Masse bestand. »Auch er scheint vor seinem Tod gefoltert worden zu sein.«

Chris folgte dem starren Blick der Leiche, der auf den zweiten Block ausgerichtet war, auf dem die ersten fünf

Artikel des Grundrechtes eingraviert waren.

Die Würde des Menschen ist unantastbar, las Chris in Gedanken die erste Zeile. *Sie zu achten und zu schützen ist Verpflichtung aller staatlichen Gewalt.* Er kniff die Augen zusammen, da ihn das grelle Licht der Sonne blendete, die sich für einen Moment den Weg durch eine Wolkenlücke bahnte. »Was ist das?« Er bewegte sich auf den zweiten Steinblock zu, auf dessen Inschrift ein Gegenstand haftete. Erst als er davorstand, erkannte er, dass es sich um ein Mobiltelefon handelte. Es war mit einer klebrigen Masse an dem Stein befestigt worden, genau unterhalb des dritten Artikels: *Niemand darf wegen seines Geschlechtes, seiner Abstammung, seiner Rasse, seiner Sprache, seiner Heimat und Herkunft, seines Glaubens, seiner religiösen oder politischen Anschauungen benachteiligt oder bevorzugt werden.*

Chris zog ein Taschentuch heraus und betätigte vorsichtig den Bedienknopf des Telefons. Das Display schaltete sich ein und zeigte den Menüpunkt der Videoaufzeichnungen an. Es war nur eine Datei vorhanden. Das Vorschaubild zeigte einen Mann, der gefesselt auf einem Stuhl saß. Im grellen Licht der Sonne war es nur schwer zu erkennen, doch es gab keinen Zweifel daran, dass es sich um Herrmann handelte.

Das Geheul von Sirenen näherte sich und kündigte die Ankunft weiterer Streifenwagen an.

»Hier ist es zu grell und zu laut«, rief Chris in den Lärm hinein. »Wir müssen das auf der Dienststelle prüfen.«

Rokko, der neben ihm kniete, deutete auf die klebrige Masse, die an zwei Stellen hinter dem Telefon hervorquoll. »Sieht nach Kaugummi aus«, meinte er.

»Darin bist du der Experte.«

»Denkst du, was ich denke?«

Chris nickte. »Wie es aussieht, hat der Täter uns seine DNA hinterlassen.«

»Vorausgesetzt es handelt sich nicht um Herrmanns Kaugummi.«

»Das denke ich nicht«, sagte Chris. »Diese Inszenierung scheint mir fast so etwas wie Reue auszudrücken.«

»In Bezug auf Herrmann?«

»In Bezug auf den Täter.« Chris ließ seinen Blick über die Gebäude um den Platz herum kreisen. »Er hat die Leiche am helllichten Tag an einer öffentlichen Straße abgelegt. Und es scheint ihn nicht sonderlich gekümmert zu haben, dass er dabei beobachtet wurde.«

»Na ja«, meinte Rokko skeptisch und blickte auf die historischen Gebäude des Viertels, in denen größtenteils öffentliche Ämter und Behörden angesiedelt waren. »Heute ist Samstag. Die meisten Büros dürften demnach nicht besetzt sein.«

»Es verirren sich an einem solchen Tag aber auch eine Menge Touristen in diese Gegend.« Er deutete auf die Ansammlung aus Schaulustigen hinter der Absperrung. »Immerhin befindet sich in unmittelbarer Nähe ein Hotel, ganz zu schweigen vom kürfürstlichen Schloss hier um die Ecke. Es dürften also einige Passanten dabei zugesehen haben, wie der Täter uns diese Botschaft hier hinterlassen hat. Ich denke, es geht ihm gar nicht darum, davonzukommen. Das hier ist, was es von Anfang an gewesen ist: eine Abrechnung. Und was immer sich auf diesem Handy befindet, dürfte uns die Hintergründe dieses ganzen Chaos offenbaren.«

»Dann sollten wir das Ding schleunigst untersuchen lassen«, sagte Rokko und fügte hinzu: »Ich würde fast was dafür geben, wenn ich Meißners Gesicht sehen könnte, wenn er von einem weiteren Tatort erfährt.«

48

Das Video auf dem sichergestellten Handy offenbarte Erstaunliches. Herrmann bestätigte in seinem Geständnis die Existenz eines rechten Netzwerks, welches sich getarnt durch die Mittelalterszene über ganz Deutschland erstreckte. Eines ihrer Ziele war die Ausmerzung straffälliger Ausländer und die Schwächung ihrer Organisationen. In dem hinter einer Steckdose getarnten Versteck in Herrmanns Haus fand die Polizei einen USB-Stick. Durch das von Herrmann auf dem Video preisgegebene Passwort konnten die verschlüsselten Daten darauf eingesehen und ausgewertet werden. Es handelte sich um Namen, Verbindungen und Konten des Netzwerks, darunter auch Pläne über einen biologischen Anschlag mit dem Pesterreger im Ausland. Auch Kontakte zu anderen rechtsextremen Verbindungen und Terrorgruppen waren daraus ersichtlich. Das Material wurde sowohl dem Bundeskriminalamt als auch dem Bundesamt für Verfassungsschutz übergeben, die daraufhin umfangreiche Ermittlungsmaßnamen in Gang setzten. Bereits für den nächsten Tag war eine weitere Pressekonferenz angesetzt worden, in der man die Entwicklung der Öffentlichkeit zugänglich machen wollte. Allerdings erst einmal unter Vorbehalt, um die laufenden Untersuchungen nicht zu gefährden.

Chris rief Bondek im Krankenhaus an und ließ Einzelheiten über die Vorfälle in Kiriacs Haus, das Massaker in der Waldhütte und das Auffinden von Herrmanns Leiche durchsickern. Bondek setzte sich sogleich mit seinem Chefredakteur in Verbindung und entwarf für den nächsten Tag einen umfangreichen Artikel zu dem Thema, der als Aufhänger für die Pressekonferenz dienen sollte. Aufgrund der außerordentlichen Umstände wurde auf richterlichen Beschluss die Einsicht in Herrmanns Patientenliste genehmigt und sämtliche Akten und Computer konfisziert.

»Es wird noch Tage dauern, bis wir das alles analysiert und überprüft haben«, sagte Chris erschöpft. Er saß mit Rokko in seinem Büro und kapitulierte vor seinem vollen Schreibtisch.

Rokko lehnte sich in seinem Stuhl zurück und dehnte seinen verspannten Nacken. »Mir graut jetzt schon vor dem Bericht, den wir über diesen ganzen Mist verfassen müssen.«

»Erinnere mich bloß nicht daran«, gähnte Chris und streckte sich ebenfalls. »Was haben eigentlich die Befragungen am Fundort ergeben?«

»Bis jetzt haben wir gut ein Dutzend Zeugenaussagen vorliegen. Die Beschreibungen des Täters sind jedoch nur sehr vage und unterscheiden sich zum Teil erheblich. Einig sind sich die Leute nur darüber, dass er volles, braunes Haar hatte und gut gekleidet war. Er war mit einem dunklen Van unterwegs. Über Modell und Marke gehen auch hier die Aussagen auseinander. Das Ganze muss sehr schnell gegangen sein.«

Chris' Handy klingelte. Es dauerte einige Sekunden, bis er es zwischen den ganzen Unterlagen gefunden hatte. *Rebecca*, schoss es ihm durch den Kopf, als er das Display betrachtete und seine Erschöpfung verflog augenblicklich. Er hatte sie in der ganzen Aufregung tatsächlich fast vergessen.

»Wie geht es dir?«, fragte er ohne Umschweife und mit schlechtem Gewissen.

»Den Umständen entsprechend.« Ihre Stimme klang erschreckend schwach. Dennoch tat es gut, diese Stimme zu hören, die ihm trotz ihrer Erschöpfung signalisierte, dass Rebecca wohlauf war. »Ich bin nur noch etwas benommen, von den Beruhigungsmitteln.«

Aus den Augenwinkeln heraus registrierte Chris, dass Rokko sich am Nebentisch erhob. »Ich gehe uns mal einen Kaffee holen«, flüsterte er ihm zu und verließ diskret das Büro.

»Ich bin heute Morgen gleich zu dir ins Krankenhaus

gefahren, als ich davon erfahren habe, aber die Ärzte sagten mir, du bräuchtest erst einmal Ruhe.«

»Ich weiß, meine Eltern sind noch hier und haben mir davon erzählt. Sie sagten auch, sie finden dich sehr sympathisch.«

Chris lächelte und bemerkte, wie er verlegen mit einigen Formularblättern herumspielte, die seinen Schreibtisch besiedelten. »Ich habe doch nur kurz mit ihnen gesprochen.«

»Es scheint ausgereicht zu haben, um sie von dir zu überzeugen. Ich kann es ihnen nachempfinden.«

Er fühlte, wie ihm das Blut kribbelnd in die Wangen stieg. »Ich hab mir Sorgen um dich gemacht.«

»Das musst du nicht. Es geht mir schon wieder gut, nachdem ...« Sie stockte, und Chris konnte regelrecht spüren, wie sie sich sammeln musste, um die Kraft für die Worte zu finden. »Letzte Nacht, in diesem Haus ... Ich habe noch nie solche Angst empfunden. Ich war der absoluten Überzeugung, ich müsste sterben.«

Chris schloss die Augen, spürte die Anspannung in sich, den Zorn und diese völlige Hilflosigkeit. Als er kurz darauf die Augen öffnete, stellte er fest, dass er eines der Formularblätter zerdrückt in seiner Hand hielt.

»Ich war wie gelähmt«, fuhr sie fort, »konnte nicht reagieren. Ich schätze, auf solche Situationen kann einen keine Ausbildung vorbereiten.«

»Nein«, hauchte Chris kraftlos in das Telefon. Er sah auf die Uhr. Es war nach sechs. »Hör zu, ich werde versuchen, gleich zu dir ins Krankenhaus zu kommen, dann können wir in Ruhe über alles reden.«

»Mach dir bitte keine Umstände. Ihr habt bestimmt jede Menge zu tun.«

»Das ist jetzt nicht wichtig.«

»Doch«, beharrte Rebecca, »das ist es! Ihr müsst diese Kerle von letzter Nacht schnappen, bevor sie noch mehr Menschen auf dem Gewissen haben.«

»Wie es aussieht, hat das schon jemand für uns übernommen.« Er erzählte ihr, was passiert war, von dem Vorfall in der Waldhütte, bis zum Auffinden von Herrmanns Leichnam an der Gedenkstätte..

»Und ihr habt noch keine Ahnung, wer dahintersteckt?«

»Noch nicht. Aber derjenige hat sich nicht allzu viel Mühe gegeben, unerkannt zu bleiben. Ich denke, es ist nur noch eine Frage der Zeit, bis wir seine Identität kennen.«

»Ein Grund mehr, dass du deine Arbeit machst.«

»Aber ...«

»Kein aber!« Sie klang plötzlich alles andere als schwach. »Ich weiß deine Fürsorge wirklich zu schätzen, aber glaub mir, sie ist nicht nötig. Mir geht es gut, und ich muss erst einmal alleine mit alldem klarkommen. Die Sache mit Rohde macht mir ziemlich zu schaffen. Wir haben fast jeden Tag beruflich zusammen verbracht, und ich habe nicht bemerkt, dass er so ... so voller Zorn war.«

»Du solltest ihn nicht verurteilen. Wir sind auch nur Menschen«, sagte Chris. »Und wir verzweifeln in unserem Beruf oft genug an bürokratischen Hürden. Ein wenig kann ich ihn sogar verstehen, und du solltest das auch. Denk nur an die Verhaftung von Nowak.«

»Gerade das macht mir ja solche Angst.«

»Und du bist sicher, dass ich nicht noch vorbeischauen soll?«

»Ich komm schon klar.«

Chris seufzte enttäuscht.

»Hör zu«, sagte Rebecca. »Ich weiß, du hast das typisch männliche Bedürfnis, mich vor allem beschützen zu wollen, aber ich muss das erst einmal mit mir selbst regeln. Das gestern war eine Extremsituation, die sicher nicht alltäglich ist. Und ich möchte nicht, dass dieser Vorfall in Zukunft zwischen uns steht und ich dir gegenüber jedes Mal ein schlechtes Gewissen haben muss, wenn ich meinen Dienst antrete. Es würde nicht nur meine, sondern auch deine Arbeit beeinflussen, und das kann und will ich nicht zulassen.«

»Willst du mir damit zu verstehen geben, ich darf mir

keine Sorgen mehr um dich machen?«

»Nein. Aber ich möchte nicht, dass du es damit übertreibst. Ich bin ein großes Mädchen, Chris, und ich kann und will meine Entscheidungen alleine treffen. Ich behaupte sicher nicht, dass diese Entscheidungen immer richtig sind, aber ich möchte selbst darüber bestimmen. Ansonsten stünde unsere Beziehung wohl unter keinem guten Stern.«

Chris schwieg einige Sekunden. Im Grunde wusste er, dass sie recht hatte. Sie waren beide Polizisten. Und dieser Beruf barg nun einmal gewisse Risiken. Dennoch fühlte er sich aufgrund ihrer Abweisung ein wenig gekrängt. Schließlich wollte er ihr nur beistehen.

»Na schön, wie du meinst«, sagte er ein wenig abfällig.

»Sei bitte nicht sauer auf mich. Es geht mir gut, und ich wette, ich werde in den nächsten Tagen entlassen, und dann freue ich mich darauf, dich zu sehen. In meiner Wohnung. Nur wir beide, okay? Dann können wir über alles reden. Aber bis dahin brauche ich erst einmal Abstand.«

»Okay.« Die Tür öffnete sich, und Rokko spähte mit zwei Bechern in den Händen ungelenk in den Raum. Chris gab ihm durch einen Wink zu verstehen, dass das Gespräch so gut wie beendet war.

»Ich melde mich bei dir«, sagte Rebecca.

»Ist gut.«

Rokko beugte sich über den Schreibtisch und stellte einen der Kaffeebecher ab. Er konnte noch hören, wie Chris ein verlegenes »Ich dich auch« in sein Handy nuschelte, bevor er es beiseitelegte. »Alles in Ordnung?«, fragte Rokko.

Chris fuhr sich über die Stirn. »Wenn es einen Preis für Dickköpfigkeit geben würde, hätten die meisten Frauen vermutlich einen Trophäenschrank zu Hause.«

Rokko schmunzelte. »Ich weiß genau, was du meinst.« Er wollte gerade die Tür schließen, als Deckert auftauchte.

»Ich habe mit Klose telefoniert«, meinte er ein wenig

gehetzt. »Er hat sich schon wieder recht gut erholt. Wirkte allerdings noch ein wenig niedergeschlagen. Ich soll sie alle von ihm grüßen.«

»Wenn das so weitergeht, können die im Krankenhaus bald eine eigene Station für uns einrichten«, scherzte Rokko. »Wo treibt sich eigentlich Gerlach rum?«

»Den habe ich vorhin nach Hause geschickt«, sagte Deckert. »Er fühlte sich nicht wohl. Ist vermutlich nur überarbeitet, wie wir alle. Aber vorher hat er mir noch das hier in die Hand gedrückt.« Er hielt einen von mehreren Ausdrucken hoch und betrachtete Chris. »Er sagte, Sie hätten ihn gebeten, eine gewisse Mobilfunknummer zu überprüfen.«

Chris nickte. »Es geht um den Anschluss, mit der mir das Foto von Herrmanns Leichnam übermittelt wurde. Da sie nicht unterdrückt war, gehe ich davon aus, dass es sich um Herrmanns Handy handelt, dasselbe, das auch am Fundort seiner Leiche hinterlegt war. Ich brauche nur eine Bestätigung für die Akte.«

»Nun«, meinte Deckert, »bei dem Mobiltelefon vom Fundort handelt es sich zweifelsohne um den Anschluss, mit dem Ihnen die Nachricht gesendet wurde. Es ist aber definitiv nicht der Anschluss von Herrmann.«

Chris wurde hellhörig.

»Ich bin bis jetzt noch nicht dazu gekommen, Ihnen den Ausdruck vorbeizubringen«, fuhr Deckert fort, »da mich die Vorbereitungen für die Pressekonferenz morgen aufgehalten haben. Aber als der Kollege Dittrich mir vorhin das hier auf den Tisch gelegt hat, hielt ich es für besser, Ihnen diese Unterlagen so schnell wie möglich zu überreichen.«

»Was ist das?«, fragte Chris und sah auf den zweiten Ausdruck.

»Die Kollegen haben den Nachmittag damit verbracht, die Unterlagen aus Herrmanns Haus durchzugehen, darunter auch die Patientenlisten. Dies ist ein Auszug daraus. Der Name, den ich darauf markiert habe, ist mir sofort ins

Auge gesprungen. Es ist derselbe wie auf dem Netzbetreiberbeleg.« Er reichte Chris die beiden Papiere.

Der riss sie ihm förmlich aus der Hand. Fast eine Minute starrte er auf den Namen, der auf beiden Belegen stand, als wolle er es nicht wahrhaben, als suche er nach einer Ausflucht, die ihm zeigte, dass dies ein Irrtum war, dass es nicht stimmen konnte. Dann schloss er resigniert die Augen, und plötzlich war ihm alles klar.

49

Sie hielten vor der Zufahrt zum Hof des Hauses. Die Fahrt zu dem vorgelagerten Stadtteil hatte etwas mehr als zehn Minuten gedauert. Ein weiterer Zivilwagen, in dem Dittrich und ein weiteres Mitglied der Mordkommission Mittelalter saßen, hielt wenige Meter hinter ihnen. Sie waren instruiert worden, erst einmal abzuwarten. Chris zog die Handbremse an und schaltete den Motor aus. Dann sah er zu dem großen Gebäude, dass sich auf ihrer rechten Seite erhob.

»Und du bist dir sicher, dass wir erst einmal hier warten sollen?«, fragte Rokko.

Chris nickte, ohne den Blick von dem Haus abzuwenden, dessen gepflegter Vorgarten durch seine Pflanzenvielfalt beeindrucke. »Ich will zunächst allein mit ihm reden. Er hat die Nachricht auf mein Handy geschickt. Ich fasse das als persönliche Einladung auf. Außerdem will ich diese Sache so diskret wie möglich regeln.«

»Ich kann dich ja verstehen«, entgegnete Rokko argwöhnisch, »aber mal abgesehen davon, dass du nicht im geringsten weißt, was dich dort drin erwartet, dürfte ich vor einem dienstlichen Untersuchungsausschuss ziemliche Schwierigkeiten haben, deinen Alleingang zu erklären, falls dir was zustößt.«

»Ich glaube nicht, dass er uns hierhergelockt hat, um uns über den Haufen zu schießen. Falls ich mich irren sollte ...« Chris tippte sich auf die Brusttasche seiner Jacke.

»Falls du dich irren solltest, dürfte es zu spät sein.«

Chris atmete tief durch. Dann stieg er aus dem Auto.

Als er die Stufen zum Eingang erreicht hatte, neben denen eine schmale Rampe entlanglief, zögerte er. Sein Blick blieb an der Tür haften, die einen Spalt offen stand. Für einen kurzen Moment kamen ihm Zweifel an seiner Einschätzung, und seine Hand fuhr reflexartig an die Waffe in seinem Gürtelholster. Doch dann ertönte eine bekannte Stimme aus dem Inneren:

»Kommen Sie herein, Herr Kommissar! Ich habe Sie erwartet!«

Nach kurzem Zögern öffnete Chris vorsichtig die Tür.

»Nur keine Scheu, Sie kennen sich ja hier aus.« Die Stimme kam vom Ende des Flurs, wo sich der Wohnraum befand.

Als Chris diesen erreicht hatte, entdeckte er den Mann auf der Couch. Die braunen, leicht angegrauten Haare waren akkurat frisiert, und ihn umgab wie immer eine gewisse Aura aus Unnachgiebigkeit. Sein Gesicht war eingefallen, und er wirkte seit Chris' letztem Besuch etwas abgemagert. Neulich vor dem Friedhof war ihm das aus der Entfernung gar nicht aufgefallen. »Hallo Herr Bernardi.«

Peter Bernardi betrachtete ihn, ohne aufzustehen. »Schön, dass Sie meiner Einladung gefolgt sind«, sagte er und deutete auf den Sessel ihm gegenüber. »Bitte nehmen Sie doch Platz.«

Chris folgte der Bitte. Während er sich setzte, warf er einen Blick auf Simone Bernardi, die seitlich von ihrem Vater in ihrem Rollstuhl saß. Ihre Augen waren starr und ausdruckslos in den Raum gerichtet. Eine helle Narbe durchzog ihre Unterlippe an der Stelle, wo sich früher ein Piercing befunden hatte, was ihren insgesamt gepflegten Eindruck keineswegs minderte. Sie trug eine weiße Bluse und eine leichte Sommerhose, die ihre abgemagerten Beine umhüllte. Ihr dunkelblondes, schulterlanges Haar glänzte seidig und umrahmte ihr blasses aber schönes Gesicht.

»Sie haben sich Zeit gelassen«, meinte Bernardi ruhig. »Ich dachte schon, Sie hätten meine Botschaft nicht verstanden.«

»Sie war ziemlich eindeutig«, erwiderte Chris. »Aber wozu das Versteckspiel? Warum haben Sie sich nicht gleich gestellt?«

»Ich hatte noch ein paar Angelegenheiten zu regeln, bevor ich Ihnen gegenübertrete.« Ein angedeutetes Lächeln umspielte Bernardis Lippen. »Und ich weiß es sehr zu schätzen, dass Sie ohne Aufsehen gekommen sind«, meinte er. »Ich nehme an, Ihre Kollegen warten draußen?«

Chris nickte.

»Dann gehe ich davon aus, dass sie unsere Unterredung mithören können.«

Chris zog sein Handy aus der Brusttasche und legte es auf den Tisch. Es zeigte eine bestehende Verbindung an. »Nur zur Absicherung.«

Bernardis Lächeln wurde etwas breiter. »Sicher«, meinte er. »Es stört mich auch nicht weiter, denn ich habe nicht vor, mich meiner Verantwortung zu entziehen.« Er verteilte die beiden Porzellantassen, die auf einem Tablett standen, und griff nach der Thermoskanne aus Edelstahl. »Daraus habe ich Ihnen bereits damals Kaffee ausgeschenkt, als Sie uns das erste Mal aufsuchten. Es ist schon seltsam, nicht wahr? Irgendwie wiederholt sich alles.«

»Mit dem Unterschied, dass Sie diesmal der Schurke sind.«

Bernardi hielt kurz in der Bewegung inne. Dann schenkte er weiter Kaffee in die beiden Tassen aus.

»Sie scheinen damit gerechnet zu haben, dass ich alleine komme.«

»Ich habe es gehofft«, sagte Bernardi. »Auf diese Weise bietet sich mir die Möglichkeit, Ihnen zu erklären, wie es zu alldem kommen konnte.«

»Ich habe da schon die eine oder andere Theorie.«

»Sie sollten mich nicht verurteilen, bevor Sie nicht alle Fakten kennen.« Er stellte die Kanne zurück auf den Tisch.

Chris beugte sich zu ihm nach vorn. »Würden wir dieses Gespräch hier auch führen, wenn wir die Entführer damals gefunden hätten?«

»Ich nehme an, Sie wollen mit dieser Frage Ihr Gewissen beschwichtigen. Aber ich kann Sie beruhigen, Herr Kommissar. Die meisten Morde hätten auch ohne mein

Zutun stattgefunden, vermutlich nur auf eine weniger organisierte Art und Weise.« Er hob fragend die Augenbrauen. »Milch?«

»Nein, danke.«

»Möchten Sie vielleicht Wasser?« Er deutete auf das volle Glas auf dem Tablett. »Ich müsste Ihnen nur ein frisches holen, dieses hier ist das meiner Tochter.«

»Keine Umstände bitte. Kommen wir zur Sache.«

»Wie Sie meinen.« Bernardi goss sich etwas Milch ein, lehnte sich anschließend zurück und rührte in seiner Tasse. »Sie fragen sich vermutlich, wie ausgerechnet ich, dem selbst solch schreckliche Dinge widerfahren sind, mich auf diese Geschichte einlassen konnte. Aber genau diese Ereignisse sind der ausschlaggebende Grund dafür.« Er trank einen Schluck Kaffee, bevor er weitererzählte. »Ich bin Herrmann vor etwa zwölf Monaten zum ersten Mal begegnet.« Sein Blick senkte sich kurz, bevor er weitersprach. »Nicht nur, dass ich mit dem Zustand meiner Tochter klarkommen musste, nun hatte ich mir auch noch den Freitod meiner Frau vorzuwerfen. Ich hätte wissen müssen, dass es dazu kommt, doch ich war viel zu sehr mit meinem Hass auf die Leute beschäftigt, die meiner Tochter das angetan hatten. Nach Simones Entführung hat sich meine Frau immer mehr in sich zurückgezogen, ging kaum noch unter Leute. Sie wurde zunehmend apathisch, und zum Schluss war sie fast ebenso wenig ansprechbar wie unsere Tochter.« Er warf einen schuldvollen Blick über seine Schulter. »Wie auch immer«, meinte er niedergeschlagen und wandte sich wieder Chris zu. »Nach ihrem Tod hatte ich niemanden mehr. Ich war allein mit meinen Schuldgefühlen und mit einem Grab, das ich mit Blumen bestückte. Und mit all dem Hass, der sich in mir angesammelt hatte. Hass auf die Kerle, denen ich das alles zu verdanken hatte. Hass auf die vielen anderen, die von ihrer Sorte existieren. Skrupellose Verbrecher, die das Leben rechtschaffener Menschen zerstören. Dieser Hass nahm immer mehr Besitz von mir. Und ich war damals bereits kurz davor, die Kontrolle darüber zu verlieren.« Er stellte seine Tasse auf dem Tisch ab. »Nach dem Tod meiner Frau habe ich die Firma verkauft, um mich ganz um Simone kümmern zu können. Ich sah nicht länger einen Sinn darin, meine Zeit mit Profitmachen zu vergeuden. Ich verfügte bereits über mehr Mittel, als ich benötigte. Also beschloss ich, diese Mittel zum ersten Mal sinnvoll einzusetzen. Ich ließ eine Internetseite erstellen, auf der ich den Fall meiner Tochter darlegte. Ich wandte mich an die Medien und setzte eine hohe Belohnung auf die Täter aus. Auch beauftragte ich mehrere Detekteien, die den einkommenden Hinweisen nachgingen. Doch das alles war vergebens. Meine Tochter ist am helllichten Tag auf offener Straße entführt worden, doch niemand konnte etwas Entscheidendes zur Ergreifung der Täter beitragen. Was nützt es letztendlich, dass die Welt zu einem Dorf wird, wenn jeder darin wegsieht?«

Er sah auf seine Hände, die er steif in seinem Schoß verschränkt hielt.

»Mein Hass wurde dadurch immer stärker«, fuhr er nach einer kurzen Pause fort. »Und ich fing an, diesen Hass auf andere zu projizieren. Zunächst nur über das Internet. Ich meldete mich unter Pseudonym in einigen Foren an und beschimpfte wildfremde Menschen, die nicht meiner Meinung waren. Später fing ich Streit mit Nachbarn und Freunden an, meist wegen Nichtigkeiten. Ich rastete wegen jeder Kleinigkeit aus, wurde immer unerträglicher. Insgeheim hoffte ich wohl, damit eine Art Ausgleich zu schaffen. Ich wollte diese verdammte Hilflosigkeit in mir besiegen, indem ich mehr und mehr zum Widerling wurde. Hinzu kam die Belastung durch die Pflege meiner Tochter, deren Ausmaß ich vollkommen unterschätzt hatte. Ein Heim kam für mich nicht infrage. Ich hatte bereits meine Frau verloren, ich wollte nicht auch noch ...« Wieder fiel der Blick auf seine Hände. »Ich fand es einfach nicht richtig. Doch als sie sich eines Abends, nachdem ich sie gerade versorgt und bettfertig gemacht hatte, erneut einnässte, da versuchte ich mir tatsächlich vorzustellen, wie es wäre, ihr ein Kissen aufs Gesicht zu drücken.« Die Härte, die sich in seinen Blick gelegt hatte, entwich schlagartig. »Verstehen Sie, Herr Kommissar? Ich habe mir tatsächlich gewünscht, sie wäre tot!« Seine Stimme zitterte und kämpfte gegen die Tränen an, die er mit aller Kraft zurückhielt. »Spätestens da war mir bewusst, dass ich Hilfe brauchte. Herrmann war mir zuvor in einigen Foren empfohlen worden, da er sich auf traumatische Fälle dieser Art spezialisiert hatte. Also meldete ich mich am nächsten Tag bei ihm zur Therapie an. Er hatte bereits durch die Medien vom Schicksal meiner Familie erfahren und war sehr interessiert an meinem Fall. Gleich in der ersten Sitzung erzählte ich ihm von meinen Aggressionen, meinem Hass und von diesem unbändigen Drang nach Genugtuung. Bereits nach dieser ersten Sitzung muss ihm klar gewesen sein, wie tief diese Gefühle in mir verwurzelt waren. Und dass es nur noch ein wenig Überzeugungsarbeit brauchte, um aus mir das perfekte Werkzeug für seine Pläne zu machen. Anstatt mir diesen Hass also zu nehmen, stachelte er ihn unterbewusst weiter an. In den folgenden Monaten verdeutlichte er mir, dass ich nicht der Einzige wäre, dem es so ergangen sei, und berichtete mir von Menschen, die sich nicht einmal mehr in ihre eigenen Häuser trauten, weil sie dort Opfer eines Verbrechens geworden waren. Und von anderen, die selbst Jahre nach der Tat noch traumatisiert waren und unter extremen Ängsten und Schuldvorwürfen litten. Er nannte den konkreten Fall einer Patientin, die brutal vergewaltigt und entstellt worden war, und betonte, dass sich ihr Peiniger bereits wieder auf freiem Fuß befand. Dadurch gelang es ihm, mein Verlangen nach Gerechtigkeit weiter zu schüren.« Er lehnte sich zurück und atmete tief durch. »Der Fall ging mir nicht mehr aus dem Kopf. Ein weiteres junges Leben, das bereits im Keim zerstört worden war. Ich fing an, im Internet über den Fall zu recherchieren, und schon bald stieß ich auf einen Namen.«

»Lara Neuroth«, ergänzte Chris, der sich ansonsten bewusst im Hintergrund hielt.

Bernardi nickte. »Ich ging in dieses Tierheim, in dem sie arbeitet, und gab vor, mich für einen Hund zu interessieren. So kamen wir ins Gespräch. Ich erwähnte beiläufig, dass ich bei Herrmann in Behandlung war und dass er mir die Anschaffung eines Hundes zu therapeutischen Zwecken empfohlen hätte. Das war natürlich gelogen, aber damit hatte ich das Eis zwischen uns gebrochen, denn ich merkte schnell, dass sie Fremden gegenüber sehr misstrauisch war. Doch dann erzählte sie mir, sie kenne Herrmann schon seit Jahren, und versicherte mir, ich wäre bei ihm in guten Händen. Sie verriet mir auch, dass sie sich in ihren Sitzungen oft über Vögel unterhielten, insbesondere über die Aufzucht von Raben, für die Herrmann wohl eine gewisse Vorliebe hatte. Obwohl sie sich ziemlich sicher schien, dass dieses Interesse nur gespielt war, um Zugang zu ihr zu finden, taten ihr diese Gespräche gut, wie sie sagte.«

Raben, wiederholte Chris in Gedanken. *Dieser verdammte Heuchler.*

»Zu diesem Zeitpunkt konnte ich natürlich nicht ahnen, dass Herrmanns Interesse daran keineswegs gespielt war«, erzählte Bernardi weiter, »aber ich merkte der jungen Frau an, wie unglücklich und einsam sie war. Und als wir schließlich draußen vor den Hundezwingern standen, streifte ein Windzug ihre Haare nach hinten, und ich konnte für einen kurzen Moment ihre Narben sehen. Ich konnte sehen, was dieser Dreckskerl ihr angetan hatte.«

Chris registrierte, wie sich Bernardis Hände zu Fäusten ballten, bis seine Finger weiß und blutleer waren. Nach einer kurzen Pause entspannte er sich wieder.

»Ich spürte eine unglaubliche Wut auf den Kerl«, fuhr er fort. »Er hatte dieser jungen Frau ihr Selbstbewusstsein und jegliche Freude in ihrem Leben genommen und dafür gerade einmal fünf Jahre abgesessen. Das war nicht annähernd genug. Und die Tatsache, dass er wieder irgendwo da draußen umherlief, als freier Mann, und womöglich noch anderen Frauen so etwas antun würde, machte mich rasend und ließ mich kaum noch klar denken. Ich verabschiedete mich mit einem Vorwand von Lara und lief überhastet zum Ausgang. Noch immer prangte das Bild ihrer Entstellung vor meinen Augen, das sich abwechselte mit dem starren Gesicht meiner Tochter. Als ich wieder bei meinem Wagen angekommen war, hatte ich das Gefühl, kaum noch atmen zu können.

Bei meiner nächsten Sitzung erzählte ich Herrmann davon. Und damit hatte er mich genau da, wo er mich haben wollte. Er hatte es endgültig geschafft, die blinde Wut über mein eigenes Leid auch auf den Kummer anderer Menschen zu übertragen. Schließlich meinte er, es wäre an der Zeit, die Therapie zu vertiefen und gab mir eine Adresse, wo ich mich melden sollte. Dort könnte ich mich mit Gleichgesinnten treffen, um meine Erfahrungen auszutauschen. Er verglich es mit dem Treffen einer Alkoholikergruppe. Ich vertraute ihm mittlerweile so sehr, dass ich mich nicht einmal über den Ort des Treffpunktes wunderte. Es war ein altes Haus in einem abgelegenen Waldstück. Herrmann selbst war nicht einmal anwesend. Stattdessen empfingen mich vier Männer im Alter von Anfang zwanzig bis Mitte dreißig. Sie stellten sich mir mit altertümlich klingenden Namen vor und zeigten alle sehr viel Verständnis, was mich und mein Schicksal betraf. Ich wunderte mich nicht sehr darüber. Auch nicht über den Umstand, dass jeder vom anderen nur das Nötigste wissen durfte. Ich hielt dies für einen Teil der Therapie. Sehr schnell kamen wir ins Gespräch, und ehe ich mich versah, hatten sie mir alle ihre Geschichten erzählt. Schicksale, die zum Teil meinem eigenen glichen und die alle von demselben Hass begleitet wurden. Sie hatten sich zusammengetan, um den Schaden auszugleichen, der ihnen zugefügt worden war. Und nun stellten sie mich vor die Wahl, mich ihnen anzuschließen.«

Bernardi lehnte sich wieder zurück und schlug die Beine übereinander. Chris fiel auf, dass er noch immer wie ein Geschäftsmann gekleidet war. In seinem weißen Hemd, der blauen Krawatte und der dunklen Anzughose wirkte er, als wäre er gerade von einem Meeting gekommen. Fast schien es, als hätte er sich und seine Tochter für diesen speziellen Anlass herausgeputzt.

»Ich würde jetzt gerne behaupten, dass mich das abgeschreckt hätte«, sagte Bernardi. »Dass dies der Moment gewesen wäre, in dem sich mein Verstand eingeschaltet und ich dieses Haus auf schnellstem Wege verlassen hätte. Manchmal frage ich mich, was geschehen wäre, wenn ich es getan hätte. Vermutlich könnten wir dieses Gespräch dann nicht mehr führen. Aber ich entschloss mich zu bleiben, und zwar aus eigennützigen Gründen. Denn ich sah in diesen Männern die Möglichkeit, diesen Hass in mir auszuleben und somit meine Art von Ausgleich zu schaffen.«

»Und dafür haben Sie sich mit dem Teufel eingelassen«, bemerkte Chris.

»Manchmal scheint einem die Hölle der geeignetere Ort zu sein, um Gerechtigkeit zu erfahren«, entgegnete Bernardi. »Am Ende ist es jedoch eine Rechnung, die nicht aufgehen kann.«

Von hinten ertönte ein schlürfendes Geräusch. Chris erkannte, wie Simone Bernardi in ihrem Rollstuhl leicht zu zucken begann.

»Entschuldigen Sie mich kurz«, sagte Peter Bernardi. Er nahm das Glas vom Tisch und ging zu seiner Tochter. Zunächst zog er ein Tuch aus seiner Tasche und wischte ihr damit über die Stirn. Dann gab er ihr zu trinken, wobei immer wieder etwas von der klaren Flüssigkeit aus ihrem Mundwinkel tropfte und einen Fleck auf ihrer Bluse verursachte. Anschließend betrachtete er seine Tochter mit einem Blick, den Chris nur schwer zu deuten wusste. Er erkannte darin eine Mischung aus Liebe, Hingabe aber auch Verzweiflung. Dann fasste sich Bernardi wieder. Er gab ihr einen Kuss und strich ihr mit der Hand liebevoll über den Kopf, worauf das Zucken verschwand.

Chris sah verstohlen zur Seite. Er kam sich vor wie jemand, der heimlich durch das Schlafzimmerfenster fremder Leute blickte und in deren Privatsphäre eindrang. Es war nicht nur Mitgefühl, das er empfand, sondern auch ein tiefes Verständnis für den Zorn, den Bernardi aufgrund dieses sinnlosen Verlustes verspürte und der ihn zu einem verbitterten Mann hatte werden lassen, der verzweifelt gegen seine Ausweglosigkeit ankämpfte. Wo hörte Gerechtigkeit auf und fing Unrecht an? In diesem Moment hätte Chris keine klare Antwort darauf geben können.

Kurz darauf saß Bernardi ihm wieder gegenüber. Er schien ein wenig entrückt zu sein, als müsse er sich erst wieder an den Gedanken gewöhnen, dass Chris anwesend war. »Entschuldigen Sie die Unterbrechung, aber ich bin heute noch nicht dazu gekommen, meiner Tochter ihre Medikamente zu geben. Das bleibt nicht ohne Folgen.« Er lächelte gezwungen. »Wo waren wir stehengeblieben?«

»Bei den Männern in diesem Haus«, half Chris ihm auf die Sprünge, wobei seine Stimme erstaunlich zurückhaltend klang. »War Ihnen damals schon bewusst, dass es sich um Rechtsradikale handelt?«

Bernardi seufzte. »Ich will gar nicht abstreiten, dass sich dieses Netzwerk in der Hauptsache aus Menschen solcher Gesinnung zusammensetzt. Aber was unseren Teil davon betrifft, möchte ich behaupten, dass die meisten von ihnen wie ich nur Opfer ihrer eigenen Umstände waren. Verirrte Seelen, die sich zur falschen Zeit mit den falschen Leuten eingelassen haben und für deren Zwecke missbraucht wurden. Wenn Menschen ohnehin nur noch aus Hass bestehen, dann braucht es nicht mehr viel an Überzeugungskraft, um diesen Hass in eine bestimmte Richtung zu lenken. Nur war es für die anderen längst zu spät, das zu begreifen. Sie hatten sich irgendwann auf diesem Kreuzzug verloren, der im Grunde nur ein Akt der Selbstjustiz war.«

»Unter dessen Opfern sich aber fast ausschließlich Ausländer befanden«, ergänzte Chris.

»Nicht jeder Fremde, der in dieses Land kommt, ist uns wohlgesonnen, Herr Kommissar. Und nur weil man sich gegen solche Menschen zur Wehr setzen will, ist man in meinen Augen kein Rassist. Sie dürfen mir glauben, wenn ich Ihnen versichere, dass ich in keinster Weise die rechte Gesinnung dieses Netzwerks teile. Mir ging es allein um Gerechtigkeit. Und die ist keine Frage der Rasse. Sie basiert auch nicht auf Sadismus und Folter. Aber wenn man über all das einmal hinwegsieht, war ich zu diesem Zeitpunkt der festen Überzeugung, das Richtige zu tun. Auge um Auge, Zahn um Zahn. So steht es schon in der Bibel, Herr Kommissar. Und wie Sie sehen, liegen Himmel und Hölle oftmals dicht beieinander.«

Er beugte sich nach vorn und trank einen weiteren Schluck aus seiner Tasse.

»Erst viel später erfuhr ich durch Rohde von der Mitgliedschaft zweier Männer in einer verbotenen rechten Partei, die nun auf diesem Weg versuchten, die Ziele durchzusetzen, die ihnen politisch verwehrt geblieben waren. Doch da war es für mich schon zu spät.«

»War Rohde einer der vier Männer?«

»Nein. Er war nur eine Art Kontaktmann, der uns mit entsprechenden Informationen versorgte, für die er gut bezahlt wurde. Mit den Morden selbst oder deren Planung hatte er nichts zu tun. Das war meine Aufgabe. Und ich erfüllte sie gewissenhaft. Ich hatte endlich wieder ein Ziel. Und dieses Ziel steckte ich immer höher. Die Männer erzählten mir von organisierten Banden, die sich zunehmend in unserem Land breitmachten, und die unter anderem junge Frauen zur Prostitution zwangen, was im Grunde nichts anderes als Vergewaltigung ist. Sie zeigten mir Statistiken und Bilder von geschundenen Frauen, berichteten von anderen Fällen, bis hin zum Mord. Und nebenbei erwähnten sie die Möglichkeit, dass es sich bei den Entführern meiner Tochter ebenfalls um Mitglieder einer solchen Bande handeln konnte. Ich steigerte mich so sehr in meinen Hass hinein, dass ich die Parolen dahinter nicht bemerkte.«

Die Tasse in Bernardis Hand begann leicht zu zittern.

»Wir trafen uns regelmäßig, loteten unsere Möglichkeiten aus. Zunächst rein theoretisch, als wäre das Ganze nur ein Denkspiel. Doch dann wurden wir konkreter, suchten potentielle Ziele aus. Ich machte den Männern klar, dass vereinzelte Anschläge wenig ausrichten würden und man solche Organisationen nur nachhaltig schädigen könnte, wenn man ihre Strukturen zerstörte. Es ist letztendlich wie in der Geschäftswelt: Wenn du jemanden ausbooten willst, dann sorg dafür, dass sein Kurs sinkt. Dann gerät er in Panik. Über Rohde stießen wir schließlich auf Victor Kiriac. Es war kein Geheimnis, das er im Verdacht stand, Mitglied des organisierten Verbrechens zu sein und seine Firma nur der Tarnung diente. Von Diebstahl, über Drogen, bis hin zum Menschenhandel ... Es hieß, er habe überall seine Finger drin.«

»Und durch Rohdes Informationen kamen Sie auf den Namen des ersten Opfers.«

»Matei war unser Ansatzpunkt«, bestätigte Bernardi. »Jetzt ging es nur noch um die Durchführung. Da der Zustand meiner Tochter es mir nicht erlaubte, sie längere Zeit unbeaufsichtigt zu lassen, einigten wir uns darauf, dass ich mehr im Hintergrund agierte und organisatorische Aufgaben übernahm. Mir war klar, dass wir schnell und öffentlich operieren mussten, um eine gewisse Abschreckung zu erzielen. Zwei der Männer sprachen ihre Vorliebe für das Mittelalter an, wo Abschreckung ein elementarer Bestandteil der Rechtsprechung gewesen war. Anfangs gefiel mir der Gedanke, unsere Taten in eine gewisse Thematik zu verpacken. Allerdings war mir nicht annähernd bewusst, dass das Ganze so ausufern würde. Mir war diese ganze Maskerade viel zu theatralisch. Obwohl sie durchaus Vorteile bot. Die Männer konnten öffentlich agieren, ohne erkannt zu werden. Nebenbei verhinderte die Verkleidung, dass sie unbewusst DNA-Spuren an den Tatorten zurückließen. Doch nach dem ersten Mord wurde mir der ursprüngliche Zweck dieser Verkleidung klar, nämlich sie vor einer möglichen Ansteckung zu bewahren.«

Bernardi rieb sich erschöpft die Augen, die in seinem abgemagerten Gesicht hervorstachen, und stellte die Tasse auf dem Tisch ab.

»Bereits Tage zuvor hatten die Männer Matei entführt und in dem Keller im Wald gefangen gehalten. Sie flößten ihm Drogen ein und setzten ihn unter Druck. Er verriet ihnen Namen und Funktionen von Mitgliedern, die wir als nächste Ziele aussuchten. Mein ursprünglicher Plan sah vor, Matei an dem Kreuz vor der Pestkapelle abzulegen, wo er dann bei der Stadtführung gefunden werden sollte. Aber den anderen war das nicht spektakulär genug. Anscheinend war Matei für sie ein Versuchstier, um die Wirkung des Erregers zu testen, von dessen Existenz ich nicht einmal wusste.«

»Woher stammt der Erreger?«

»Das weiß ich nicht. Doch wurde mir schlagartig die Tragweite von Herrmanns Netzwerk bewusst, denn es dürfte ihn eine Menge Geld und Beziehungen gekostet haben, da ranzukommen. Und ein Teil dieses Geldes stammte unbewusst von mir.« Er seufzte geknickt. »Vermutlich halten Sie mich jetzt für völlig naiv. Aber man sagte mir zu Beginn, man habe einen Hilfsfond ins Leben gerufen, mit dem man die Opfer von Verbrechen unterstützen wollte. Also zahlte ich in meinem Eifer auf das angegebene Konto einen stattlichen Betrag ein. Über die wahre Verwendung des Geldes ließ man mich vorsorglich im Dunkeln.«

»Weshalb haben Sie nicht gleich die Konsequenzen daraus gezogen?«, fragte Chris. »Es muss Ihnen klar gewesen sein, dass diese Leute den Erreger auch für weitere Anschläge dieser Art einsetzen würden. Niemand geht solche Risiken und Mühen ein wegen eines einzigen Opfers.«

»Ich konnte zu diesem Zeitpunkt nicht mehr zurück. Ich hatte mich schon der Beihilfe zum Mord schuldig gemacht. Und ich war bereits selbst zum Mörder geworden.«

Als hätte Bernardis Tochter diese Aussage verinnerlicht, zuckte sie erneut in ihrem Rollstuhl. Dieses Mal machte ihr

Vater keine Anstalten, zu ihr zu gehen. Bernardi zwang sich regelrecht dazu, nicht einmal hinzusehen. Der Ausdruck des Bedauerns, mit dem er seine Hände anstarrte, verursachte ein Stechen in Chris' Magen. Kurz darauf war das Zucken wieder verschwunden.

Die einsetzende Ruhe wurde von einer Weile betretenen Schweigens begleitet, bevor Bernardi wieder das Wort ergriff. »Ich habe meine Mitwirkung an diesem Unterfangen mit der Bedingung verknüpft, selbst ein Opfer bestimmen zu können. Mit diesem Pakt habe ich mich ihnen ausgeliefert.«

Eine weitere Pause setzte ein, in der Chris weiterhin schwieg. Ihm war klar, um wen es sich handelte. Um das einzige Opfer, das nicht in diese Serie passte und das ihnen aufgrund dessen solche Kopfzerbrechen bereitet hatte.

»An jenem Abend hatte ich meine Tochter zu Bett gebracht und wartete noch, bis sie eingeschlafen war. Das verschaffte mir den nötigen Freiraum. Ich fuhr zu der Stelle, an der die anderen bereits Nowaks Grab ausgehoben hatten. Sie warteten dort auf mich und waren gerade dabei, ihn zuzuschaufeln, als ich dort eintraf.« Er blickte auf und sah Chris jetzt direkt in die Augen. »Ich selbst war es, der den Pfahl in die Erde und durch ihn hindurch getrieben hat.« Gleich darauf brach dieser kurze, aber aufrechte Blickkontakt wieder ab, und Bernardi wandte seine Aufmerksamkeit wieder seinen Fingern zu, die er nervös aneinander rieb. »Durch diese persönliche Abrechnung hatten sie mich in der Hand. Es war quasi die Unterschrift auf einem Vertrag, der keine Ablauffrist kannte.« Er ließ sich zurücksinken, als wäre jede Kraft aus ihm gewichen. »Auf dem Rückweg entsorgte ich Nowaks Sachen in einem Müllcontainer. Nur sein Handy behielt ich. Ich hatte beim Durchsehen einige gespeicherte Nachrichten darauf entdeckt, die ich mir immer wieder durchlas. Sie waren alle an eine Frau adressiert. Ich erkannte eine Menge Zuneigung und Bedauern in diesen Zeilen. Sie vermittelten mir ein völlig anderes Bild von Nowak. Das Bild eines Mannes, der einen schrecklichen Fehler begangen hatte und diesen Fehler zutiefst bereute. Ein Mann, der nichts gemein hatte mit der Bestie, die ich in ihm gesehen hatte.

Ich bekam in dieser Nacht kein Auge zu. Nachdem ich am nächsten Morgen meine Tochter versorgt hatte, fuhr ich noch einmal zu der Stelle. Vermutlich hätte dort niemand so schnell Nowaks Leiche gefunden. Daher musste ich ein wenig nachhelfen. Ich besaß noch immer die Visitenkarte, die Sie mir nach Ihrem ersten Besuch hinterlassen hatten. Also machte ich mit Nowaks Handy ein Foto des Grabes und schickte es Ihnen. Ich tat es noch aus einem anderen Grund. Ich war wütend. Wütend auf Herrmann und auf die Männer. Aber am meisten auf mich selbst. Dafür, dass ich so leicht zum Werkzeug dieser Leute geworden war. Doch mir blieb keine Zeit für Reue, denn der Plan schritt unaufhörlich voran. Die Männer schnappten sich zwei weitere von Kiriacs Männern und nahmen sie in die Mangel. Die Methoden wurden zunehmend brutaler. Ich verabscheute dieses Vorgehen, musste mir aber eingestehen, dass es effektiv war. Doch dann kam uns dieser Reporter mit seinem Artikel dazwischen. Die Männer waren sehr aufgebracht darüber, fingen ihn ab und brachten ihn zu unserem Treffpunkt im Wald. Ich habe versucht sie zur Vernunft zu bringen und auf sie eingeredet. Doch Jacobi machte mir unmissverständlich klar, dass sie mich in der Hand hatten und ich mich besser raushalten sollte. Seinen wahren Namen erfuhr ich erst später aus den Medien, nachdem er die Quittung für diesen Leichtsinn bekommen hatte und vor diesen Bus gelaufen war. Mir gegenüber nannte er sich Henrich. Ich nehme an, das war der Name, den er sich auf Mittelalterfesten gab. Danach wurde mir bewusst, dass die Sache außer Kontrolle geriet und so schnell wie möglich beendet werden musste.«

»Also nahmen Sie anonym Kontakt zu Kiriac auf.«

Bernardi betrachtete ihn überrascht.

»Wir haben entsprechende Mails auf Kiriacs Computer gefunden«, erläuterte Chris.

»Ja, natürlich. Allerdings beschränkte sich mein Kontakt nicht nur auf ihn.«

Nun war es Chris, der überrascht dreinsah. »Verstehe. Sie haben sie gegeneinander ausgespielt«, schlussfolgerte er.

»Über unser letztes Opfer waren wir an eine Mailadresse der Organisation gekommen. Ich gab mich als ehemaliger Geschäftspartner von Kiriac aus, der von ihm hintergangen worden war und sich nun an ihm rächen wollte. Ich verlangte Genugtuung und versicherte ihnen, dass ich ihren Geschäften nicht länger im Wege stehen würde, wenn sie Kiriac aus dem Weg räumen. Gleichzeitig schickte ich Kiriac eine unmissverständliche Botschaft: Wenn er überleben wollte, sollte er uns ein ranghohes Mitglied ausliefern. Er willigte schließlich ein und ließ die restlichen drei Männer unbemerkt auf sein Grundstück. Meiner Tochter ging es an jenem Abend nicht besonders gut. Vielleicht konnte sie das Unheil spüren, das sich dort zusammenbraute.«

Eine erneute Pause setze ein, die von Simone Bernardi mit einem Röcheln kommentiert wurde.

»Ich erfuhr durch Rohdes Anruf von den Vorgängen. Wir standen bereits länger in Kontakt, da auch er mittlerweile begriff, auf was er sich eingelassen hatte. Er war völlig außer sich und schrie, er würde uns alle auffliegen lassen. Eigentlich hatte ich schon in jener Nacht mit Ihrem Besuch gerechnet, Herr Kommissar. Doch dieses Mal war mir der Preis dafür zu hoch, dass ich mich geirrt hatte.«

»Sie haben die restlichen Männer in dem Keller getötet, nicht wahr?«

»Ich hatte es zunächst nicht geplant. Ich bin dorthin gefahren, um etwas Entscheidendes abzuholen, in der Hoffnung, die Sache damit endlich abschließen zu können. Doch dann erfuhr ich von weiteren Plänen für weitere Anschläge, bei denen vermutlich noch mehr Unschuldige gestorben wären. Da habe ich die Notbremse gezogen. Kurz darauf lauerte ich Herrmann auf. Ich brachte ihn in die

Garage meines Hauses. Den Rest kennen Sie.«

Chris sah zu Bernardis Tochter, die schon wieder leicht zu zucken begann. »Für wahr ein sehr hoher Preis für ein wenig Genugtuung.«

Bernardi schloss für einen Moment die Augen. »Wahre Gerechtigkeit ist nicht billig, Herr Kommissar«, sagte er. »Sie verlangt immer ihre Opfer, das muss ich Ihnen sicher nicht sagen.« Er öffnete die Augen und betrachtete Chris mit festem Blick. »Glauben Sie an Gott?«

»Ich will es mal so ausdrücken«, meinte Chris. »Ich stelle die Theorien der Wissenschaftler über die der Theologen.«

»Demnach glauben Sie auch nicht an Schicksal.«

»Ich glaube, wir Menschen suchen in unserer Verzweiflung immer nach einer universellen Ordnung, die es nicht gibt.«

»Sie täuschen sich, Herr Kommissar. Es gibt diese Ordnung, sie fällt den meisten nur nicht auf, weil sie zu sehr mit sich selbst beschäftigt sind. Bei dem Versuch, die Welt von Abschaum zu befreien, bin ich selbst zum Abschaum geworden. Vielleicht war das meine Bestimmung. Denn immerhin ist es mir dadurch gelungen, diese Ordnung wieder herzustellen.«

Das Röcheln im Hintergrund wurde lauter, und Chris sah, wie sich Simone Bernardis Oberkörper aufbäumte und verkrampfte. Ihr Kopf schleuderte hin und her, und der Speichel in ihrem Mundwinkel war zu feinem Schaum geworden. Chris sprang auf.

Bernardi griff blitzschnell unter eines der Kissen auf der Couch und zog eine Pistole darunter hervor, die er auf Chris gerichtet hielt. »Setzen Sie sich, Herr Kommissar!«

Zögernd, und wie betäubt, folgte Chris der Aufforderung, wobei er den Lauf der Pistole im Auge behielt.

»Das ist Dragans Waffe, falls Sie sich fragen sollten. Der dazugehörige Schalldämpfer liegt in der Küche. Er war mir für diese Zwecke zu unpraktisch.« Er deutete mit dem Kinn in Richtung des Handys auf dem Tisch. »Sagen Sie Ihren Männern vor dem Haus, sie sollen sich ruhig verhalten. Das hier wird gleich vorbei sein, und Ihnen wird nichts geschehen, solange Sie oder Ihre Kollegen nicht auf dumme Ideen kommen.«

Chris' Blick schwenkte auf das halbleere Glas auf dem Tisch. »Was haben Sie ihr gegeben?«

»Ein starkes Nervengift. Sie können nichts mehr für sie tun, also bleiben Sie vernünftig.«

»Wieso tun Sie das?«

Zu Chris' Überraschung schluchzte Bernardi kurz auf. »Ich hätte es nie fertiggebracht, ihr eine Kugel durch den Kopf zu jagen. So ist es besser. Sie wird einfach einschlafen.«

»Vielleicht ist es noch nicht zu spät.«

»Das ist es schon längst!«, schrie Bernardi. »Wann endet ein Menschenleben, Herr Kommissar? Das Gehirn meiner Tochter ist so stark geschädigt, dass sie nur noch eigenständig atmen und schlucken kann. Es sind nur Reflexe, die sie am Leben halten. Und an diesem Zustand wird sich nichts mehr ändern. Wir Menschen definieren uns von anderen Lebewesen in der Hauptsache durch Sprache, Verstand und Bewusstsein. Wenn all das unwiederbringlich verloren ist, existiert der Mensch nach meinem Ermessen nicht mehr. Meine Tochter ist schon vor zwei Jahren gestorben, Herr Kommissar. Was sie dort sehen, ist nur noch ihr Körper. Aber kein Arzt, mit dem ich gesprochen habe, wollte das einsehen.« Tränen traten in seine Augen, und diesmal ließ er sie zu. »›Die Würde des Menschen ist unantastbar‹«, zitierte er. »Aber wenn es um das Sterben geht, scheint dieser Satz keine Bedeutung zu haben. Ich habe alle legalen Mittel in diesem Land ausgeschöpft, um sie aus diesem unwürdigen Zustand zu befreien. Nun tue ich es auf meine Weise. Und vielleicht hätte ich es bereits damals, an diesem Abend, tun sollen. Dann wäre dieser Hass in mir möglicherweise erloschen, und ich hätte von vorne beginnen können. Aber so wurde mir jeden Tag vor Augen gehalten, wie ungerecht die Welt ist. Ich habe das Leben anderer ausgelöscht, um Genugtuung dafür zu empfinden. Da wäre es doch ziemlich heuchlerisch, wenn ich bei meiner Tochter und mir eine Ausnahme machen würde.«

»Wir werden eine Lösung finden«, sagte Chris.

»Wie ich am Beginn unserer Unterhaltung bereits betonte, lege ich keinen Wert darauf, mich meiner Verantwortung zu entziehen. Ich habe Ihnen alles gesagt, was ich weiß. Alles Weitere können Sie Herrmanns Daten entnehmen. Sorgen Sie dafür, dass dieses Netzwerk zerstört wird und das nicht noch mehr Unheil geschieht.«

»Hören Sie«, redete Chris auf ihn ein, »Sie müssen das nicht tun. Legen Sie die Waffe weg und lassen Sie mich einen Krankenwagen rufen. Ich verspreche Ihnen, ich werde alles in meiner Macht stehende tun, um mich für Sie einzusetzen. Jeder Staatsanwalt und jeder Richter wird Verständnis für Ihre Situation aufbringen.«

»Zu spät«, sagte Bernardi mit brüchiger Stimme und deutete auf seine Tochter. Ihr Brustkorb bewegte sich nicht mehr, und ihr Gesicht war bläulich angelaufen. »Sie ist frei! Und ich werde ihr jetzt folgen.« Entschlossen drückte Bernardi sich den Lauf der Pistole unter das Kinn.

»Nicht!«

»Tut mir leid, Herr Kommissar, aber ich habe die Angewohnheit, zu beenden, was ich begonnen habe. Leben Sie wohl.«

Chris sprang auf.

Bernardi betätigte den Abzug.

Wenige Augenblicke nach dem Schuss stürmten Rokko und die anderen mit vorgehaltenen Pistolen in das Haus. Was sie dort vorfanden, ließ sie augenblicklich verharren.

Bernardi saß zurückgelehnt auf dem Sofa, die Waffe noch in der Hand. Seine Augen starrten an die Decke, die voller Blutspritzer war. Unter seinem Kinn klaffte ein schwarzes Einschussloch, und aus der aufgeplatzten Schädeldecke floss Blut in die Polster. Neben dem Sofa entdeckten sie eine leblose Frau in einem Rollstuhl. Ihr Gesicht war bläulich verfärbt und aus ihrem Mundwinkel quoll schaumiger Speichel.

Ihr Kollege Chris Bertram saß zusammengesunken auf dem Sessel gegenüber und hielt sich die Hand vor Augen, damit niemand sah, dass er weinte.

50

In den darauffolgenden Tagen kam es deutschlandweit zu etlichen Verhaftungen. Speziell in den Grenzgebieten zu Polen und Tschechien hatte sich das rechtsradikale Netzwerk verdichtet. In einigen – der Polizei bereits bekannten – autonomen Gruppen fanden sich Beweise für einen geplanten Anschlag auf ein Asylbewerberheim in Berlin. Die Angaben zu getarnten Förderern und Kontaktpersonen einiger Gruppen, die auf Herrmanns Datenstick gesichert waren, reichten bis in die Führungsetagen einiger Firmen und Konzerne, die aufgrund wiederkehrender Diebstähle von Firmeneigentum jährlich steigende Abschreibungskosten in zum Teil Millionenhöhe hatten. Allerdings reichte die Beweislage in diesen Fällen nicht für eine rechtliche Verfolgung dieser Personen aus. Auch Spuren, die ins Ausland führten, verliefen zunächst im Sande. Es konnten zwar Kontakte zu anderen radikalen Gruppen und rechten politischen Parteien im In- und Ausland nachgewiesen, eine direkte Verbindung zu den Morden oder dem geplanten Anschlag jedoch nicht hergestellt werden. Zwar gelang es dem Gesundheitsamt, den Pesterreger bis zu einem illegalen Labor in der Provinz Guangdong, in der Nähe von Hongkong, zurückzuverfolgen, die dortige Polizei fand das Labor nach eigenen Angaben aber nur noch verlassen vor.

Gegen drei Ausrichter mittelalterlicher Veranstaltungen, über die sich die rechten Gruppierungen bundesweit getroffen und organisiert hatten, wurden Ermittlungsverfahren eingeleitet. In zwei Fällen konnte der Nachweis erbracht werden, dass sie selbst in der rechten Szene aktiv waren und diese legalen Veranstaltungen in erster Linie zum Zweck der Verschleierung und der Verbreitung rechtsradikalen Gedankenguts ausgerichtet hatten. Gegen beide wurde Haftbefehl erlassen.

Bondek hatte mehrere Artikel zu den Ereignissen verfasst, die über Nachrichtenagenturen überregional verbreitet wurden. Die Berichterstattung zog mehrere Großdemonstrationen gegen Fremdenfeindlichkeit im ganzen Land nach sich. Einige Politiker nutzten die öffentliche Empörung für ihren Wahlkampf und forderten schärfere Gesetze gegen rechte Gruppierungen und eine bessere Koordination der Kriminalämter und dem Verfassungsschutz über Länderebene hinaus. Auch wurde die Einrichtung einer zentralen Datenbank befürwortet, in der Informationen über rechte Gewalttäter gesammelt wurden, was bei Datenschützern auf wenig Gegenliebe stieß.

Alles in allem würden diese Ereignisse die Öffentlichkeit und die Gerichte noch Monate beschäftigen.

Chris hatte von all dem Trubel wenig mitbekommen. Er hatte die meiste Zeit geschlafen. Zu Hause. Allein. Es erschien ihm die geeignetste Art zu sein, um all die Geschehnisse zu verarbeiten. Erst später erfuhr er aus der Zeitung, dass Matthias Herrmann in seiner Zeit in Wiesbaden ein Verhältnis mit einer verheirateten Frau hatte. Aufgrund dieser Beziehung hatte sie die Scheidung eingereicht, woraufhin ihr Mann, ein aus Rumänien stammender Juwelier, sie aus Eifersucht auf offener Straße mit dem Messer attackiert und tödlich verletzt hatte. Man ging davon aus, dass diese Tat der Auslöser für seine rechte Gesinnung war.

Wie sich herausstellte, hatte Bernardi noch am Tag seines Todes sein gesamtes restliches Vermögen einer Stiftung gespendet, die sich um die Opfer von Verbrechen kümmerte. Zumindest dieses Mal war gewährleistet, dass dieses Geld wirklich dazu verwendet wurde.

Einige Male hatte Chris mit Rebecca telefoniert. Sie war aus dem Krankenhaus entlassen worden und hatte die vergangenen Tage bei ihren Eltern verbracht. Auch sie bevorzugte die Isolation, um mit sich ins Reine zu kommen. Eine Eigenschaft mehr, die sie verband.

Chris' anfängliche Befürchtung, sein alleiniges Vordringen in Bernardis Haus könnte dienstliche Konsequenzen für ihn nach sich ziehen, erwiesen sich als unbegründet. Deckert und die gesamte Präsidiumsleitung unterstützten sein umsichtiges Vorgehen und pflichteten ihm bei, das Bernardi bei einem massiveren Auftreten womöglich nervös geworden und die Situation noch verlustreicher eskaliert wäre. Auch mit mehreren Beamten wäre Bernardi vermutlich nicht von seinem Suizid abzubringen gewesen. Daher wurde auf weitere Untersuchungen verzichtet und Chris zur Erholung nach Hause geschickt.

Nach drei Tagen fiel ihm jedoch die Decke auf den Kopf. Er fuhr ins Büro, um den ganzen Papierkram, der sich dort angesammelt hatte, endlich aufzuarbeiten. Zu seiner Überraschung erwarteten ihn Rokko, Klose und Bondek bereits dort. Sie standen um seinen Schreibtisch herum versammelt, der erstaunlich aufgeräumt wirkte, und entkorkten eine Flasche Sekt, als er zur Tür hereinkam.

»Was ist denn hier los?«, fragte Chris überrascht in die Runde hinein.

»Nur ein kleines Empfangskomitee für dich«, sagte Rokko und streckte ihm ein Glas entgegen. »Herzlichen Glückwunsch, Herr Kriminaloberkommissar!«

Zögernd nahm Chris das Glas entgegen und starrte verdutzt in die Runde.

»Es freut mich zu sehen, dass auch Sie mal sprachlos sind«, sagte Klose und zwinkerte Chris zu, der mit offenem Mund dastand.

Bondek grinste ihn mit Lippen an, die schon fast wieder ihren normalen Umfang erreicht hatten. Die Einstichstellen darum wurden von den Anfängen eines Bartes bedeckt, den er sich hatte stehen lassen. Auch er erhob sein Glas. »Auf den KOK Chris Bertram!«

»Deckert lässt dir schöne Grüße ausrichten«, sagte Rokko. »Er kann leider nicht hier sein, da er im Moment eine Presseerklärung nach der anderen abgeben muss. Aber er will später eine kleine Ansprache im Konferenzraum halten. Er hat sich für deine Beförderung mächtig ins Zeug gelegt.«

»Ansprache?«

»Wir und die Kollegen der SOKO haben eine Feier für dich organisiert. Gerlach und die anderen warten oben auf dich.«

»Ich weiß nicht, was ich sagen soll«, meinte Chris, noch immer perplex.

»Wie wäre es mit Prost!«, sagte Rokko und alle stießen an.

Chris trank einen Schluck und rümpfte die Nase. »Na hoffentlich wird Deckerts Ansprache nicht so trocken wie diese Brühe.«

»Besser als Scheiße im Mund, das könnt ihr mir glauben«, sagte Bondek und alle mussten lachen.

Chris musterte seinen Bart. »Steht Ihnen gut.«

»Na, ich weiß nicht«, meinte Bondek skeptisch. »Im Moment sehe ich damit aus wie Harald Glööckler.«

Chris grinste, während sein Blick auf Klose schwenkte, der als Einziger kein Glas in der Hand hielt, da er sich auf Krücken stützte. »Wie geht es Ihnen?«

Klose sah an sich herab. »Es fällt mir im Moment zwar schwer, Ihnen in den Hintern zu treten, aber ich denke, das gibt sich wieder«, meinte er scherzhaft.

»Dann können Sie ja bald wieder als Berater für uns tätig sein.«

»Auf diesem Gebiet habe ich erst einmal genügend Erfahrungen gesammelt. Ich werde mich wieder auf historische Vorträge konzentrieren. Da wird wenigstens nicht auf mich geschossen.«

»Sein Sie sich da lieber nicht so sicher«, spottete Chris.

»Auf jeden Fall werde ich der Gegenwart in Zukunft mehr Aufmerksamkeit widmen, insbesondere, was meinen Umgang mit anderen Menschen betrifft.«

»Nehmen Sie sich die Sache mit Jacobi nicht zu Herzen«, sagte Chris. »Wir haben uns alle schon mal in einem Menschen getäuscht.«

»Ich dachte dabei auch mehr an Sie«, erwiderte Klose, und erneut fingen alle an zu lachen.

»Eigentlich bin ich gekommen, um mich an den Bericht zu setzen.«

Rokko schielte auf die Mappe, die auf dem Tisch lag. »Hab ich schon erledigt. Ich musste in den letzten Tagen doch irgendwie die Zeit totschlagen. Sieh es als mein Geschenk für deine Beförderung an. Du musst es nur noch durchlesen und deine Unterschrift daruntersetzen.«

»Na schön«, sagte Chris und stellte sein Sektglas ab. »Dann lasst uns nach oben gehen und ein wenig feiern. Ich hoffe, dort gibt es auch was anderes zu trinken.«

Erst am frühen Nachmittag traf Chris wieder vor dem Haus seines Vermieters ein, dessen untere Etage er bewohnte. Nach drei Ansprachen, unzähligen Lobesreden, einer ausgiebigen Verköstigung und drei weiteren Gläsern Sekt war man der Ansicht gewesen, ihn besser in den Feierabend zu schicken. Vorher hatten die Kollegen ihn spaßeshalber in einen Blutalkoholtester blasen lassen, der ihm eine gewisse Fahrtüchtigkeit bescheinigte. Er hatte noch immer ein Lächeln auf den Lippen, als er mit seiner Beförderungsurkunde, einigen Geschenkkartons und der Kopie der Berichtsmappe bepackt auf seine Wohnung zusteuerte. Dort entdeckte er Rebecca, die auf dem Absatz vor seiner Tür saß.

»Hey«, meinte sie und lächelte ihn verlegen an.

»Hey«, kam es verhalten zurück.

»Hab auf dich gewartet.«

»Wie lange sitzt du schon hier?«

Sie schielte auf die Uhr. »Seit einer halben Stunde. Auf deiner Dienststelle sagte man mir, man werde dich gleich nach Hause schicken.« Sie blickte reumütig zu ihm auf. »Ich hoffe, ich habe dir deine Feier nicht verdorben. Hatte keine Lust mehr auf meine einsame Wohnung.«

»Ach, und da hast du dir gedacht, du setzt dich stattdessen vor meine einsame Tür.« Er schüttelte den Kopf. »Frauen!«

Sie lächelte aufgrund dieser Anspielung. »Ich hab mir

gedacht, wir könnten die Feier hier fortsetzen. Nur wir zwei.«

»Solange ich keinen Sekt mehr trinken muss«, stöhnte Chris.

Sie stand auf und hielt ein Sechserpack Bier in der Hand.

»Gott, ich liebe dich!«

Sie lachte und fiel ihm um den Hals, sodass ihm einige der Geschenke und die Mappe entglitten und zu Boden fielen. »Herzlichen Glückwunsch zur Beförderung!« Sie küsste ihn lang und innig.

»Wow«, meinte Chris, nachdem sie von ihm abgelassen hatte. »Diese Art der Gratulation gefällt mir mit Abstand am besten.«

»Es tut mir leid, was ich am Telefon zu dir gesagt habe. Ich will ja, dass du dir Sorgen um mich machst. Ich hab einfach nur Schiss, dass das mit uns schiefgeht.«

»Geht mir genauso«, sagte Chris.

»Tja, und da hab ich mir gedacht, wir könnten ja auch gemeinsam Schiss haben.«

Chris grinste. »Willst du mir auf deine Art damit sagen, dass du mich gerne hast?«

»Nein, ich will dir damit sagen, dass ich die liebe, Blödmann.«

»Na, dann komm mal mit rein, mein Schisser. Vielleicht findet sich da drinnen ja noch ein Zweitschlüssel für meine Wohnung.« Er öffnete die Tür. »Geh schon mal vor, ich ordne noch dieses Chaos hier.« Er ging in die Knie und hob die Geschenke auf, die neben Rokkos vorläufigem Bericht auf dem Boden lagen. Die Mappe war aufgeschlagen und einige Stellen auf den Seiten mit gelbem Marker hervorgehoben. Chris betrachtete die Markierungen und überflog den Text. Darin ging es um die Rückstände, die in dem Haus im Wald gefunden worden waren.

Ich bin dorthin gefahren, um etwas Entscheidendes abzuholen, erklang Bernardis Stimme noch einmal in seinem Kopf. Und während Chris aufstand und Rebecca gedankenverloren in seine Wohnung folgte, rief er sich unheilvoll Bernardis letzte Worte ins Gedächtnis: *Ich habe die Angewohnheit, zu beenden, was ich begonnen habe.*

Epilog

Am selben Tag

Rumänien
Stadt Balş
im Westen der Walachischen Tiefebene

Andrada Pindici betrat das Büro ihres Chefs. In den Händen hielt sie die übliche Tagespost, darunter ein Paket ohne Absender. Das war durchaus nichts Ungewöhnliches für sie. Vermutlich wieder eine der üblichen Gefälligkeiten. Solche Arten der Dienstleistung waren völlig normal und wurden von allen geduldet. Daher dachte sie sich nichts dabei, als sie das Paket mit der Post auf dem Schreibtisch deponierte. Vielmehr Unbehagen bereitete ihr der gierige Blick ihres Vorgesetzten, der auf ihre Brüste gerichtet war, die sich üppig unter ihrer Dienstuniform wölbten. Denn auch sexuelle Übergriffe waren in ihren Reihen nicht ungewöhnlich. Selbst der Umstand, dass ihr Chef verheiratet war und Familie hatte, vermochte dieses Unbehagen nicht zu vertreiben.

»Danke, Andrada«, sagte er mit erstaunlich sanfter Stimme, die in seltsamem Gegensatz zu seiner hochgewachsenen Erscheinung stand.

Andrada zuckte kurz zusammen, als sie seine Hand an ihrem Hintern spürte. Dennoch zwang sie sich zu einem Lächeln, als sie das Büro wieder verließ.

Traian Etimescu wandte sich wieder seinem Bildschirm zu. Die letzten Tage hatte er fast ausschließlich damit verbracht, sich im Internet über die Ereignisse in Deutschland zu informieren. Zwar war sein Deutsch alles andere als perfekt, doch war das Medieninteresse an den Vorfällen groß und es gab auch genügend englischsprachige Nachrichtenseiten, die sich damit beschäftigten. Außerdem hatte er ja noch seine Informanten, die ihn darüber aufklärten. Und alle drei Quellen zeichneten dasselbe Bild: Die Lage schien bereinigt. Kiriac und sein Teil der Organisation existierten nicht mehr. Die Wunde war somit geschlossen. Und auch die Mächte, die sich für diese Verletzung verantwortlich zeichneten, waren ausradiert worden. Das dürfte seine Verbündeten freuen und die Geschäfte wieder ankurbeln. Der glücklichste Umstand an der Sache aber war, dass es sich bei diesen Mächten um rechte Radikale gehandelt hatte. Ein besseres Los hätte das Schicksal im nicht zuspielen können. In Deutschland war das für Leute wie ihn gleichzusetzen mit einem Freifahrtschein. Niemand würde es nach solch einem Vorfall wagen über steigende Ausländerkriminalität zu sprechen oder osteuropäische Diebesbanden in den Fokus der Öffentlichkeit zu rücken. Zu groß wäre die Gefahr, sich politisch die Finger zu verbrennen. Und das wusste er geschickt für seine Zwecke auszunutzen. Einziger Wermutstropfen war der Verlust von Dragan und zwei seiner Männer. Dragan war der Einzige gewesen, dem er blind vertraut hatte. Daher war dieser Verlust sehr schmerzlich für ihn, aber verkraftbar. Es gab genügend andere, die in seine Fußstapfen treten konnten und auch bedingungslos dazu bereit waren. Alles in allem also ein sehr zufriedenstellender Ausgang dieser unerfreulichen Angelegenheit. Viel mehr zu schaffen machten Traian Etimescu die Entwicklungen in seinem eigenen Land. Die EU setzte die rumänische Politik gehörig unter Druck. Die Korruptionsbekämpfer der Staatsanwaltschaften durchpflügten das ganze Land, was es für ihn immer schwieriger gestaltete, Grenz- und Zollbeamte für seine Zwecke einzuspannen. Mal abgesehen von allen anderen wichtigen Institutionen und Ämtern, von denen er selbst eines ausfüllte. Als Polizeichef der Stadt galt es in doppelter Hinsicht Vorsicht walten zu lassen. Das Paket auf seinem Schreibtisch war ein gutes Beispiel dafür. Immer wieder schickten die Leute ihm Aufmerksamkeiten als Dank für seine Großzügigkeit und dass er über bestimmte Dinge hinwegsah. Es war eine Bestätigung ihres Respekts ihm gegenüber. Aber eben auch zunehmend ein Fahrschein ins Gefängnis, weshalb er in Zukunft Abstand zu dieser gebräuchlichen Art von Gefälligkeiten nehmen sollte. Zumindest in dieser direkten Form. Dieses Amt erleichterte ihm die Kontrolle und Überwachung seiner Leute. Es wäre fatal, wenn er diese Macht leichtfertig aufs Spiel setzte. Allein diesem Umstand hatte es diese Vorzimmerschlampe Andrada zu verdanken, dass er ihr nicht schon längst gezeigt hatte, welche Qualifikation er an ihr wirklich bevorzugte. Gleichwohl stand dieses Paket auf seinem Schreibtisch, und es war an seinen offiziellen Namen adressiert. Also sprach von Amtswegen auch nichts dagegen, dessen Inhalt zu überprüfen.

Er zog ein Cuttermesser aus der obersten Schublade seines Schreibtischs und durchtrennte das sorgsam verklebte Paketband. Erst jetzt realisierte er den deutschen Poststempel auf dem Etikett. Er zögerte kurz. Doch dann zwang seine Neugier ihn dazu, den Deckel zu öffnen.

Als Erstes fiel ihm auf, dass die Innenwände des Pakets mit Kunststoffplatten verstärkt und mit Klarsichtfolie beklebt waren. Das Zweite, was er wahrnahm, war der süßliche und durchdringende Gestank nach Verwesung. Dann entdeckte er den Vogel am Boden des Pakets. Er sah die Maden, die sich in den Eingeweiden und dem schwarzen Gefieder windeten. Und er sah den Zettel an den Krallen des Tieres. Darauf stand nur ein einziges Wort: Petre.

Schockiert starrte er auf seinen Decknamen. Und in dem Moment, als er diese Botschaft verinnerlichte, bemerkte er die Kabel, die auf der Innenseite des Deckels verliefen und in einem abgetrennten Teil des Pakets endeten. Als Nächstes hörte er ein Klacken.

Das Letzte, was Traian Etimescu, alias Petre, in seinem Leben wahrnahm, war die Druckwelle der ausgelösten Rohrbombe, kurz bevor die Explosion seinen Kopf zerfetzte.

Anmerkung des Autors

Ich möchte an dieser Stelle ausdrücklich betonen, dass ich mit der Geschichte in keinster Weise rechtsradikales Gedankengut verbreiten oder ausländerfeindliches Verhalten fördern möchte. Auch unterstelle ich der Mittelalterszene und ihren Mitgliedern und Anhängern keinen rechtsradikalen oder rassistischen Hintergrund. Diese Geschichte ist rein fiktiv und gibt nicht meine persönliche Meinung wieder. All diese Dinge dienten allein der Handlung.

Die folgenden Internetseiten waren sehr hilfreich dabei, mir einen allgemeinen Überblick über das Leben im Mittelalter und über die Pesterkrankung zu verschaffen:

www.wikipedia.de
www.leben-im-mittelalter.net
www.deutschland-im-mittelalter.de
yersiniapestis.info

Sehr informativ waren auch die historischen Ausführungen über die Stadt Bendorf und deren Umgebung von der dortigen Gesellschaft für Heimatkunde (www.bendorf-geschichte.de), insbesondere der Artikel *Der schwarze Tod am Mittelrhein* von Herrmann Müller, aus dem ich den Stadtführer zitieren lasse.

Die Texte der Botschaften sind Auszüge aus dem Lied *Rache* der Mittelalter-Rock-Band *Ragnaröek* (Album *Rache*, Trollzorn-Records, erschienen im März 2009). Auch hier besteht natürlich kein Zusammenhang zu rechten Inhalten oder Gruppierungen. Es hat einfach gepasst.

Mein besonderer Dank gilt Kommissar Oliver Eberz, vom Bundeskriminalamt in Wiesbaden, der mir interessante Einblicke in die Arbeit der Polizei vermittelt hat. Einige dieser Ausführungen wurden von mir der Handlung angepasst. Sollten sich diesbezüglich Fehler in der Darstellung eingeschlichen haben, so sind diese allein mir zuzuschreiben.

Nun bleibt mir nur noch, mich für Ihr Interesse zu bedanken und zu hoffen, dass ich Sie gut unterhalten konnte. Wer mehr über mich und meine Bücher wissen will, den lade ich auf meine Internetseite *www.michaelhuebner.de* ein. Ich freue mich über jeden Besucher.

Michael Hübner
Dezember 2013

Weitere Thriller von Michael Hübner sind im Goldmann Verlag erschienen und stehen auch als E-Book zur Verfügung:

Stigma (2011)
Sterbestunde (2012)
Todesdrang (2013)

18400615R00187

Printed in Poland
by Amazon Fulfillment
Poland Sp. z o.o., Wrocław